夏天的倒立

林梓　著

中国·广州

图书在版编目（CIP）数据

夏天的倒立/林梓著．—广州：暨南大学出版社，2016.5（2016.6重印）
ISBN 978-7-5668-1781-5

Ⅰ.①夏…　Ⅱ.①林…　Ⅲ.①小说集—中国—当代　Ⅳ.①I247

中国版本图书馆CIP数据核字（2016）第056821号

夏天的倒立
XIATIAN DE DAOLI
著　者：林　梓

出 版 人：徐义雄
责任编辑：周玉宏　黄志波
责任校对：周海燕
责任印制：汤慧君　周一丹
设计制作：彭　力　小　文

出版发行：暨南大学出版社（510630）
电　　话：总编室（8620）85221601
营销部（8620）85225284　85228291　85228292（邮购）
传　　真：（8620）85221583（办公室）　85223774（营销部）
网　　址：http://www.jnupress.com　http://press.jnu.edu.cn
排　　版：广州良弓广告有限公司
印　　刷：佛山市浩文彩色印刷有限公司
开　　本：787mm×1092mm　1/16
印　　张：18.75
彩　　插：18
字　　数：380千
版　　次：2016年5月第1版
印　　次：2016年6月第2次
定　　价：46.80元

序一　一个少女心底的历史倒影

胡发云[1]

和林梓是在网上结识的，应该是20世纪末或21世纪初，很多年了。我们在一个早已消失了的论坛"华夏知青"相遇。从那时起，我们互相读到了对方的文字。那时候，她似乎还没有开始写小说，有一些长长短短的文章——散文、随笔，或率性的帖子。文字是我喜欢的那一类。

林梓体弱，十二年前，终于摊上一场大病。长长的治疗休养期间，她开始写小说了。这个时候的写作，与其说是为了文学，不如说是为了将自己的生命用另一种方式延续下去。

林梓从小爱文学，亦有很好的天赋。恢复高考的时候，却报读了一个冷僻的专业——历史学。二十多年之后，她开始动笔，这个专业的濡染与训练终于用另一种方式融入她的文字之中，也算是命运对她的一次丰厚的回报。

林梓总是与这个世界错过抑或对撞。可以说是生不逢时还加上写不逢时。十二岁小学没毕业就遇上"文革"了，十五岁身子没长好就下乡插队落户了，20世纪70年代末，那场肆虐十多年的社会风暴终于渐渐平息，一时间控诉"文革"的各类伤痕文学应声而起，许多人由此一举登上文坛，吃上了一辈子稳稳当当的专业饭，林梓却不知为何没有投入这一次千载难逢的文学大潮，到了她突然兴起，想写写那段岁月的时候，许多东西又不让写了，即便千难万苦地写了，又千难万苦地发了，却再也没有多少人去关注它了。

其实，林梓的文字、语感、才情、哲思，还有她那令人惊讶的历史直觉与独特的个人视角，就是放在当今最优秀的一批作家中，也属上乘。这个时候，为她出一部集子，实在是一件适时、应当且有意义的事。

这集子中的八九个中短篇，大部分在国内品质较高的几个刊物上发表过，都写于十余年前，但今天看来，不论从哪个方面来讲，都还值得一读。

今天再读林梓的小说，不禁悄悄为她庆幸。如果当年她也加入了那一拨伤痕文学新浪潮，那就太糟蹋她如此珍贵的少女记忆了。

---

① 胡发云，武汉市专业作家。代表作有《老海的失踪》《隐匿者》《如焉》《迷冬》等。

林梓以其一个中篇《夏天的倒立》为这部书命名。《夏天的倒立》一篇，讲述的是发生在1967年夏天的一段往事。因此，1967年，成为林梓记忆中关于那一段历史的意象。

那一年，林梓十三岁，正值豆蔻年华。豆蔻年华本应有豆蔻年华的情愫、遐想、快乐或忧伤，她当时生活在南方一个宁静古雅、如梦如幻的小城，读了许多那个时代的少女不该读的书，多病而敏感，她应该像勃朗特三姐妹中的艾米丽一样，写一些缠绵的诗才对。

待到许多年后，她拿起笔写了，我们才发现，那段岁月，那段岁月中的各色人等，在一个少女的记忆中是那样的独特——它没有被政治教化洗涤过，没有被意识形态矫正过，也没有被一套套官方语词绑架过……于是我有理由相信，我看到了一些更为真实的东西。

在《夏天的倒立》开篇不久，林梓写道：

我曾经怀疑过，我想回忆的重点，绝不应该是那扇窗子，而是老房子里出现的那些更激荡人心的东西。类如整日整夜的秘密会议，来往匆匆的各种神秘人物，还有一张张跳跃着滚烫激烈的词句的大字报。更重要的，还有随着我的进进出出，在我的手掌上传来传去的纸条、信件、文稿等奇奇怪怪的东西。而这些，都跟当时我最向往的革命呀理想呀战斗呀联系在一起，同时还是我走进老房子的唯一目的。但是我最终发现，我回忆的重点，无可避免地只能是那扇窗子，那扇有着碎花窗帘的窗子。所以，当一连串的事件被牵带出来的时候，我又醒悟了一点，那就是，在那个1967年夏天的记忆中，我不过是个十三岁的女孩。十三岁的我，读了不少古今中外的书籍，喜欢沉溺于海阔天空的遐思和想象中，自以为聪明，也懵懵懂懂。因此，除了革命之外，我还会注意到那些让自己敏感的东西。类似女人呀，男人呀，还有爱情。

当这些东西纷纷落落地被我的记忆牵带着出来后，我就意识到，我要讲一个故事了。

我曾说过，我们的历史是没有人的历史，我们的人是没有历史的人。多少年来，我们看到的那些写“文革”、写运动、写战争、写宏大事件的文字，都只看到思想、路线、是非、胜负、领袖、民众、战斗或牺牲……这些历史长卷中，只有被贴上标签的各种角色：英雄、敌人、叛徒、懦夫、醒悟者、同路人……“文革”结束之后，我们看到的依然是这样反复重演、脸谱夸张的活报剧。但是，在一个少女的心里，历史留下的是那些人，活生生的人，陈腐的，革命的，优雅的，放浪的，洒脱的，拘谨的，漂亮英俊的，古怪刁钻的……让她喜欢或厌恶，爱慕或冷淡，亲近或疏远，嫉妒或鄙夷。不论是后来被定为哪一派哪一种，他们或她们的命运都一样触动了她。

书中这些篇章，不论是言情还是灵异，也不论是畸恋抑或神怪，初看总像离这个世道很远，像明清笔记小说或民初报章连载一类，但是读着读着，某处就会闪出一股阴风或渗出一道血水：

那些夜晚也怪，月色特别好，泉边一切景物清晰能见，如同白昼。偷泉的人战战兢兢地把水舀起来，仔细一瞧，不禁手一抖，水的颜色不一样了！不再是那种如玉般温润透亮的微黄，而是一种铁锈般的暗红。胆大的尝上一口，即刻大骇：味道也变得又腥又苦，完全没有了原先的清香醇甜。

血太多了！

偷泉的人都想起了那句话。惊恐中不禁抬首，玉泉庵那一扇窗口，亮着青幽幽的灯光，分明看见一个静静的身影肃立窗前。

乱世呀……什么怪事都有了……

喉音很重的声音，听起来变得沉暗遥远。

是哪一年？玉儿觉得自己的声音也一下子沉暗下来，像从很远的地方传来。

应该是 1968 年吧……惊蛰刚过没多久，就下大雨了，怪了，下个不停……江水都涨得满满的……江面浮着死人，船也不敢走了……

——《山中传奇二段：泉变》

村子周围的山，清一色的松林，或疏疏落落，或密密集集，多见树干笔直，叶冠俊逸，横侧成画。有月的夜晚，剪影绰约，温情脉脉。无月的夜晚，远近朦胧，山意深深。有风时，纷纷扰扰，犹藏千军万马。无风时，静若处子，似有柔情难诉。

唯一有奇的，是那后山顶上平地而见的坑口，有四五丈宽，乍看青藤碧树环绕，鸟语花香，不知有险。无意间撞起一石块，往坑里翻滚而下，竟半天不闻落地之声，不禁心中悚然，退避而走。

虽是大山深深，与外界仍有多少联系。还因是山高路远，好些事到了这里，终究是淡了许多。

不料到了一年，终是出了一事。

先是听说山下的地方，远远近近的都乱起来了，好像是些臂佩红色袖章的人，在砸什么东西和烧什么东西。不久，就有一群人上山来了，果然是臂佩红色袖章，看上去还有好些熟悉的面孔，只是不知为何脸色都变了，说是要以什么什么的名义，来杀人了。村人迷糊中，看到皓被拉出来了，怀里抱着未满三岁的儿子。皓，是村里唯一的富农儿子，是被归于阶级的敌人一类的。

山顶坑口前，一直闭口不言的皓，突然跪伏下来，求留下小儿一命。一张熟悉的面孔冷冷拒之：斩草除根！皓惨然而笑，站立起来，仰天长啸一声，抱着小儿纵身跳下山坑。那一声长啸久久不绝，在坑口上空徘徊不去，又顺风而下，飘飘悠悠，断断续续，终是融入了那疏疏落落密密集集的松林里去了。

——《山中传奇二段：女鬼》

我不知道那一段岁月，在少女林梓的心灵中刻下了什么，几乎在她所有的作品中，都可以看到同样的印记。

现在回头去看，林梓当年没有加入那一拨伤痕文学的潮流中去，也实在是一件幸事，在那个历史倏然转折的时刻，不论是作家还是读者，都还没有完全从数十年来的思想禁锢中醒来，根本无力走出一张改装后的意识形态罗网，在一种强大的政治的正确指引下和群体性情感的蛊惑中，落入了另一种语言圈套，将那一段历史简单化、功利化、政治实用化，放弃了对它更深入的思考与批判，放弃了对历史真相的厘清，也放弃了更加丰富更加自由地用文学表达它的可能性，伤痕文学的短命就是必然的了，它非常动情地哭错了坟头。

四十多年之后，林梓已经远离了当年那些思想、路线、派别、集团、政治纠葛的羁绊，以一个纯然的少女记忆和少女之心来写她看到、听到、感受到的那段历史及它留在其后漫长日子里的伤痕——一道道依然在隐隐作痛甚至渗血的真正的伤痕。

还是《夏天的倒立》，林梓写道：

我为什么会常常到老房子里来。这跟故事里我要提到的另外三个不是主角的男人有关。那三个男人，一个是我的父亲，一个是瑶的父亲，还有一个就是我把他叫作向叔叔的。这三个男人是好朋友。他们之间的友谊开始于战争的年代，到了这个时候，又因为一场狂热的革命，而结成了一种更亲密的关系。这种亲密的关系是以一个组织表现出来的，这样的组织，在当时很时髦，称为造反组织。重要的是他们的这个组织，后来发展成为小城里两大对立派的其中一派，声势甚为浩大，在所谓的武斗期间，与对立派之间进行了非常残酷的激战，以至于将名气一直扬上了京城。若是历史学家能够真实地记录这段历史，他们的组织必会在史书上留下不朽的声名，无论是恶名还是善名。到了今天，学历史的我回忆起那段岁月，却为自己在无意中卷进了其中而感到深深的困惑和恐惧。

十三岁的那年，显然我还没有意识到这种恐惧。我仍然激动地被那场狂热的革命所诱惑，并为自己介入其中而常常兴奋莫名。但奇怪的是，我也依然沉醉于倒立这样的孩童游戏。这或许是一个历史的隐语。所以，当我的记忆又回到那个园子和老房子的时候，我能清晰地记住的，只是那个我在倒立中看到的爱情故事，而将那场革命的许多细节都忘掉了。甚至，我连那个组织的完整名称都记不起来了。

“倒立”，也成为林梓小说的一种意象，它寄寓着一种顽皮、纯真，与成人世界颠倒的视角。

林梓用这种视角，推出了三个男人：“我的父亲”“瑶的父亲”“向叔叔”，他们有着很多共同的经历，读过书，家境较好，地下党，地方游击队，1949 年后担任一定的行政职务或从事文教工作，“文革”初期被地方政权作为替罪羊抛出来，最高当局号召造反，他们参与其中，为响应领袖号召，也为自己所遭遇的不公，也许还有青年时代引导他们投身革命的那面理想的旗帜，这些人其后的作为及遭际，林梓都作了非常中性的叙述，但是，这都只是一个背景，如她所说：“我能清晰地记住的，只是那个我在倒立中看到的爱情故事……”

如她的另一篇小说《燕州美人》一样，她的笔墨主要都是落在那个美人以及围绕美人的纠结争斗之上，尽管他们有着这一派那一派的社会身份，但他们都是为美色所惑的男人，于是引发了一个中国南方小城的特洛伊之战。和《伊利亚特》不同的是，荷马主要写战争与英雄，林梓主要写爱情与美女，于是，我们看见了在一个极端意识形态化的社会运动中，其坚硬外壳的包裹中，依然还是那个古老到俗套的话题：情欲、嫉妒、占有与厮杀，还有祸水红颜的传说。即便是那些被后来的史家说得冠冕堂皇或气贯长虹的大是大非，故事的背后，也常常隐藏着这类最普遍的人性元素，包括那些被人视为大老粗的贫下中农们。林梓在写到一个农民组织的头头时，这样说：

所以，刘保升的进城，成了那场革命中一件具有重大意义的事情。而对于刘保升的人生来说，也是一个重要的转折。这个转折，以灵子日后的思维来判断，一开始与革命并没有关系，而仅仅是因为他遇见了那个涂着红趾甲的女孩。就是在小城人不断进行诠释的传闻中，也成了一个非常充分而美丽动听的理由，完全符合燕州美人传奇般的名气。

林梓执着地以一个少女的眼光回望当年，也执着地用这个少女的价值标准作出各种分析各种判断。于是，坚硬的历史，在这种少女情怀与女性视角的关注下被柔化了。

我早些年曾说过，看历史，有多种维度，有官史也有民史。但我一直不相信官史，它不可能告诉你完整的历史真相，我们看到的很多史书，哪怕局部是真实的，放到历史的大背景下，却不是真实的。因为我们的历史是没有人的历史。

当人出现了，历史才有可能呈现它真正的面目。

林梓书中的这些故事都很好读，那些被各种决议、文件、教科书、大史记弄得只剩下三根骨头两根筋的历史，林梓用一束人性之光温情地洒在上面，那些波诡云谲、山重水复就显出它们的脉络与纹理来了。

林梓的文字也很好，是我喜欢的那一种。有章有法，有韵律感。汉语言文字，从先秦到民初，从四言的诗经汉赋到楚辞宋词的长短句，一直到新文化运动后的白话文，其间有一条绵绵不绝的文脉，那就是这种方块字的节奏。如音乐的旋律一样，看似就那么几样原始形态，但用起来，能千变万化又不离其宗，看起来平白如话，品起来却意味无穷。当然，这也要有语感的读者来读才好。就像好的乐曲，对于没有乐感的人，也就是一连串高低强弱的音响而已。这样的例子很多，不一一列举了，其实前面那些引文，也是可以拿来作证的。

林梓的小说语言还有一些属于她的特点，看似有点细碎甚至啰唆，一句话一个意思会前前后后说上几处，但细读是能读出一些意味来的，有点像音乐的回旋曲，一咏三叹。林梓的想象力也是独特的，这一篇篇色彩斑斓、荡气回肠又极具中国风韵的故事，其实都是很好的影视材料。

以上杂谈充作序。

2015 年 10 月 30 日　武汉

序二 林梓其人其文

王力坚[1]

林梓自小就是我的偶像，我自小就是她的粉丝。其实，林梓就是我姐姐，只比我大一岁，却早熟多了。“文革”开始那年，林梓小学毕业，因父母亲一下子成了黑帮，她失去了升学机会。也因此自由自在介入了“文革”，卷入派性斗争，出入于众多造反组织，激烈、坚毅、沉着、冷静，整一个林道静[2]似的。这也就为她日后的小说创作，超前打下了坚实的基础。那时我才小四，懵里懵懂的。

林梓自小就聪慧过人。聪慧与早熟，孰因孰果？大概就是互为因果吧。林梓小时候懂的事情就比年龄大于她的小孩还多，主意也特多，因此“文革”中所结交的朋友，大多为哥哥姐姐级甚至叔叔阿姨级的人物，而且往往是造反组织的领袖人物。这些人物，在她日后的小说中逐一登场亮相。

林梓自小身体就不好，经常患这病那病的。据说体弱多病者特别敏感，我是相信这说法的——《红楼梦》中的林黛玉就是明证。反正，林梓自小就特敏感。我们没注意到的事情她会注意到，我们没发现的东西她会发现到，甚至还没发生的事情她也能预感到，敏感到有点让人心里发毛。敏感也就罢了，林梓记性还特强，所以，日后她小说里的历史细节就特多特细，令我们咋舌（自己咋就不知道），郁闷（自己咋就没印象）。这种敏感的特质，在日常生活中往往就表现为多愁善感，体现到小说创作中，便多见缠绵悱恻的情感抒写了。

看我把林梓说得像天才似的，其实，林梓的后天努力更有说服力。林梓自小就喜欢读书。或许受父母亲影响吧，但我觉得林梓的读书是有点儿不正常的——读得多、杂、快，而且记得牢。反正我至今望尘莫及。不过，林梓

---

① 王力坚，台湾“中央大学”中文系教授。近年致力于“文革”知青文化研究，著有《回眸青春——中国知青文学》《天地间的影子——记忆与省思》《转眼一甲子——由大陆知青到台湾教授》等。

② 杨沫《青春之歌》（作家出版社 1958 年版）中的女主人公，为当局所树立的“革命青年”典范。

读的书还是有个方向的，主要是文学艺术，包括小说、诗歌、散文、戏剧、电影。所以，“文革”期间，我们逃难到乡下，林梓就带领我们跟一群农村娃，自编自导自演类似“抬头望见北斗星，心中想念毛泽东”的歌舞剧；下乡插队到返城工作期间，更成为宣传队里举足轻重的编导；“文革”后参加高考，一心要考中文系，偏偏语文考砸，读了历史系，但是依然文心不死，在大学里写诗、作文、编写演出节目，亦能获奖。从其年纪轻轻就享有才女之誉，到今日屡屡发表小说，可谓修成正果了。

林梓第一篇小说《水魇》就发表在中国大陆最高级别的文学刊物《人民文学》（2003 年第 7 期）上，那是一篇短篇小说，之后接二连三发表的却都是中篇小说，诸如《蛇魇》（《钟山》2004 年第 5 期）、《锁住的笛声》（《钟山》2005 年第 3 期）、《夏天的倒立》（《人民文学》2005 年第 5 期）、《乱红》（《钟山》2006 年第 3 期）、《燕州美人》（《江南》2007 年第 3 期）等。

林梓小说的表现特征，可从如下几个方面讨论：

乱世——这是林梓小说最为显著的故事背景，从大革命、内战、土改、“大跃进”，以至“文革”。这既是林梓小说人物的苦难命运，也是中国当代史的艰辛历程。故事发生的地方，多为小城、乡镇、山区，以小人物的命运，引领出大时代的潮流；以民间的叨絮叙述，纠补官方的恢宏史观。

女性——林梓小说的主人公，无一例外都是女性，而且都是心灵、容貌俱美的女性，如《夏天的倒立》中的女人、《水魇》中的女知青、《燕州美人》中的苏如花、《锁住的笛声》中的云孃孃、《蛇魇》中的莺姑、《乱红》中的石娘等等。这些女性，就是中国命运（缩影）悲剧的载体。悲剧是美的毁灭，林梓深谙其道。这些美丽女性遭遇的悲剧，尤见凄美。《乱红》末句，一语道破：“乱红如雨，仍然美丽而凄然。”在正式发表小说之前，林梓曾在北岛主编的文学杂志《今天》（2002 年秋季号）上发表过一篇叙述性散文，所用标题就是《那一个年代的漂亮女人》，描写了市民出身的新，书香门第出身的枚与杨，高干出身的芬，都是容貌漂亮也喜欢美又不乏革命理想的女知青，都不同程度地渴望人性，甚至不惜张扬原欲，然而她们被当时的社会环境所禁锢、毒化乃至异化，最终成为那个时代人性冷漠残酷的牺牲品。

细腻——这是林梓小说文笔最令人瞩目的特点。或许是身为女性，或许写的主要是女性，这种最具女性特征的文笔表现，在林梓的小说中发挥得淋漓尽致，诸如：

今天苏如花的木屐看上去还很特别，因为在那上面，非常显眼地裸露着一只只圆圆小小鲜艳娇嫩的红趾甲。……苏如花竟然还有辫子，只是铰短了，用了一块素花手帕紧紧绑扎一起，干净妩媚地露出了修长而白皙的颈脖，白晃晃的阳光下，甚至能清晰地看到细而柔软的绒毛在上面微微扇动。

——《燕州美人》

刚入秋，凤凰花开得茂盛，也开始落了，没有风的时候，碎红从树上落下来，一点一点地落，轻轻慢慢，温柔细致。当年母亲牵着我们的手走过树下，给我们吟诵古人的诗词。母亲的声音洒落地面，也是轻轻慢慢，温柔细致。

——《乱红》

无论是描景还是状人，林梓都以细腻入微、沉静温柔的笔触，营造、渲染、烘托出一个柔美的氛围。在冷硬尖锐的革命历史叙述中，这样一种柔美氛围的营造、渲染、烘托，颇有几分突兀、怪异，而又彰显无尽的张力及魅力。

忧郁——这是林梓小说十分普遍的感情基调。网友董浩在《最后的贵族——我读林梓》中精辟指出："我试图从这些文字里找出'忧郁'这两个字，但是没有。可忧郁就像《水魇》里所描绘的氛围一样，四处浸润、弥漫，无所不在，感觉如同在江南的黄梅雨季里的湿漉漉，但这湿漉漉是心的湿漉漉，'梧桐更兼细雨，到黄昏，点点滴滴'。"这种忧郁的情感基调，固然跟女性、悲剧的因素有关，我想，应该还跟林梓自身的经历，以及因体弱敏感而衍生的多愁善感关系密切。值得注意的是，林梓小说这种忧郁的情感基调中，往往蕴含着凝重深沉的历史感。这一表现，使林梓小说的忧郁，突破缠绵悱恻的儿女情长，透现出风云际会的历史沧桑。这个特征的形成，或许是跟林梓的历史专业训练及关注有关。

由此可见，历史专业的基础对林梓的小说创作大有帮助，然而，因历史专业训练而对史实的执着，却跟林梓对美/善的天然敏感与追求，形成了某种不协调性，以致在小说故事情节描述及人物塑造上，在某种程度上存在诠释、解读的困难。比如林梓显然甚为偏爱主人公，尤其是女主人公，而这些主人公大多有现实原型，鲜明的历史对位加上爱之深、护之切，林梓有意或无意"过滤"掉他/她们原有或应有的"杂质"，致使这些主人公几乎是零缺点，以致这些来自史实的小说人物放置在小说反映的史实环境中，反而与史实产生了某种程度的疏离与脱节。虽然"纯净人物 VS 污浊现实"的构思/范式也在一定程度上强化了小说的思想及审美张力，但也导致人物塑造的丰富性、复杂性未能得到更为充分多元的展现，故事情节未能得到更具戏剧性的冲突与发展演变。当然，这是我个人的观感，或许是不同的创作理念与审美观所致。

尽管如此，就我的认知而言，林梓的小说瑕不掩瑜，其成功与成就是不容置疑的。我也相信，林梓的小说能给予读者历史的震撼、美学的濡染、情感的熏陶、精神的感召。

行文至此，余情未尽，因赋一律，以诉未了之情：

南江雾雨明湖月，夙愿终偿纵性灵。
倒立夏天伤水魇，幽囚横笛乱红凝。
桃花巷里三生恨，竹岭山中一辈情。
乱世女儿书乱世，青灯掩卷意暝暝。①

2015 年 10 月 3 日　台湾桃园

① 首联：南江，即老家南流江；明湖，即母校（暨南大学）地标明湖；隐喻林梓文学生命成长的历程。颔联、颈联均以林梓小说标题与内容入诗。

序三 最后的贵族——我读林梓

董 浩[①]

一、认识林梓

认识林梓是从《认识孙伟》[②] 开始的，这是我第一次看林梓的文章。说是“认识”，其实并没晤过面，只是与她写写邮件而已。

套用写作上的陈词滥调，林梓的文章写人状物，使人如见其人如临其境。

林梓与孙伟相约在西餐厅见面，“西餐厅里的灯光温馨迷人，轻慢柔和的音乐水一般流淌”。“那个名叫孙伟的男人，非常准时地等候在云南大学的校门前，衣裳单薄，风尘仆仆，极平凡，极朴素，仿佛刚从山野田间走过来，带着风的粗犷泥土的腥气，带着庄稼的青涩溪流的欢畅。”

而林梓的穿着时尚，她“帽子太张扬，靴子太时尚，围巾太洋气……太熟练地叮嘱咖啡要加奶，牛扒只能六成熟，太熟练地摆弄各式刀叉，小心翼翼地将餐巾掖在胸前……”如她自己说的，这是“一种精致细腻的生活方式”。

林梓是这样描绘她与孙伟之间的交往：“我们不像第一次见面，而像多年的老朋友。他非常健谈，敏锐机灵。他喜欢朗朗大笑，豪放中，竟又见一种孩童般的纯真与顽皮……我们率性地说话，面对面地开怀大笑，不再顾忌服务生的眼光。”

率性地说话，面对面地开怀大笑，不再顾忌服务生的眼光……这是一个我们都熟悉的有着知青影子的林梓。

林梓是个多产的作家，她的创作有着独特的风格，翻开她的文集，很多

---

① 董浩，律师。居上海。

② 《认识孙伟》是林梓的一篇网络文章。下面提到的文章，除了说明在报纸或杂志刊登过的，其余都是发表在网络上。

标题都很特别，比如《山中传奇二段：女鬼·泉变》《水魇》《蛇魇》《锁住的笛声》《燕州美人》《乱红》《蛇精》《大红灯笼高高挂》《四月江南雨》《谁识昨日黄花》……

我试图从这些文字里找出"忧郁"这两个字，但是没有。可忧郁就像《水魇》里所描绘的氛围一样，四处浸润、弥漫，无所不在，感觉如同在江南的黄梅雨季里的湿漉漉，但这湿漉漉是心的湿漉漉，"梧桐更兼细雨，到黄昏，点点滴滴"。

其实，哪怕她在说一些《女儿的快乐》《女儿的世界》，抑或是在《10号咖啡厅》里闲聊，在北京会见朋友都透出一股子易安式的落寞……这是一个忧郁的林梓。

如果要找一个与林梓风格接近的作家，那会是谁？我会毫不犹豫地指着那个渐行渐远的身影，那个婀娜摇曳的身影——张爱玲。

那是远逝了的年代。于是，我想起了"最后的贵族"这个词。

那么，林梓是怎样的一个人？于是去读林梓的书。

二、笔调凄清

之所以不厌其烦地罗列那么多标题，是因为我觉得这些标题已经表明了林梓的性格或者写作风格。虽然描写的对象各异，但从创造的氛围看，总体似乎都散发着一种雍容的幽幽或者愁苦的气息。

林梓作品一个共同的特征就是对时代有刻骨铭心的悲剧性认知。她始终把时代已经发生的"破坏"作为大背景，由此开掘出人的情感世界，这种认知的传达首先来自传奇的故事以及弥漫其中的梦魇般的氛围。她的文章似梦呓，诱你走入一个传奇而虚幻的文学世界。比如，《29日风雨大作》《夕阳下的歌》等。

《山中传奇二段：女鬼》讲述了这样一个故事：

……臂佩红色袖章……说是要以什么什么的名义，来杀人了。村人迷糊中，看到皓被拉出来了，怀里抱着未满三岁的儿子。皓，是村里唯一的富农儿子，是被归于阶级的敌人一类的。

山顶坑口前，一直闭口不言的皓，突然跪伏下来，求留下小儿一命。一张熟悉的面孔冷冷拒之：斩草除根！皓惨然而笑，站立起来，仰天长啸一声，抱着小儿纵身跳下山坑。那一声长啸久久不绝，在坑口上徘徊不去，又顺风而下，飘飘悠悠，断断续续，终是融入了那疏疏落落密密集集的松林里去了。

自那以后，逢有月有风之夜，便让人觉得银光惨淡涛声肃杀。无月无风之夜，也见气肃苍凉阴森谲诡……久之，便是草满林深更见荒芜了。

……皓的女人，被另一帮人强行拉回了她的娘家。几天后，村人骇然发现她披头散发两眼发直地跑回来……在坑口前跪伏了整整三天三夜，不吃不喝不眠，只是一味地轻轻呼唤和嘤嘤哭泣……到了第四天的清晨，村人闻着鸡鸣醒过来时，听不到哭声了……村人疑疑惑惑中，便有了两种说法：一说是女人也已纵身跳下山坑了，二说是娘家的人找到她偷偷带她回去了。自此之后，便没有了女人的踪影和任何音信。

后来，便是有了知青，其中有一个“会拉一种很奇怪的琴，是下巴夹着拉”的面白书生，小说把读者带进一个诡异境界中，留下几个悬念。

面白书生与皓夫妇是什么关系？以至于他的琴声“悠悠忽忽，丝丝缕缕，直往心底钻……那琴声，是透着鬼气的”。

面白书生是不是当年那些臂佩红色袖章中的一个？以至于琴声“融进了好些说不清的东西，悠悠忽忽地直钻人的心底。一会沉甸甸的，一会又轻悠悠的。一会让人觉得心沉苦潭，欲哭无声；一会又让人觉得心上云端，明朗澄净……”

这种近乎禅理的跌宕，展示了人性在忏悔中的煎熬。

《山中传奇二段：女鬼》弥漫着浓厚的悲剧色彩。林梓以一种近乎冷静的悲剧笔调叙述着一个个悲凉的传奇。内省、孤傲以及人格的尊严与孤独感交织起来，形成她对时代“愚昧荒蛮”特色的心理感受和价值观。她在塑造小说人物形象或者讲述故事时是不是可以找到亚里士多德关于悲剧主人公的美学理论？

故事开头与结尾的平静与凄凉，又似乎是林梓在告诉读者，这不过是个故事，大幕拉开，您看看热闹，大幕关上，生活还要继续。您该怎么活？故事讲完了，许多事都还没完呢。这不，面白书生的忏悔这辈子恐怕都不会完。这就是林梓，写了一个个传奇故事，而又平淡处之。

三、“靡靡之音”

网友老例说，林梓的文章总有那种“靡靡之音”的魅力，直击人内心最柔软处。

我很惊讶，老例兄竟然给出如此精辟的点评。

迷离、寂寥，芳馨俊逸，如嚼在嘴里的青橄榄，其味苦涩而回味隽永，表现出女性敏锐纤细的感觉，而且在表达方面往往用白描之笔，真切而且自然。

林梓的作品负载着深刻的人性内容，揭示着人生的真谛。她的小说即便在表现男女之间的感应、摸索、闪避，凡此种种，也在她的作品中得到了细致入微的刻画。

《水魇》是一篇艺术成就很高的具有意识流特质的纯文学作品。评论它可以有很多角度，它的主题是多元的。比如可以是“知青生活”；可以是对人性解放的呼唤；可以是对美丽少女青春萌动的赞美；可以是哲学意义上的触景生情；可以欣赏作者创作的意境；可以研究作者创作语言的特点；也可以抨击“普通的人不幸生活在一个人性被扭曲的梦魇时代”等等。

如果要从《水魇》里找一个中心词，那就只有一个词——“弥漫”，以及随这种弥漫而来的无休止的浸润。它似乎没有很直接和完整的故事情节乃至细节，正如作品名字“水”“魇”所显示的含义，特定的环境、人物意识的流动处处体现了“水”的流动和“魇”的跳跃，整个作品的氛围皆呈现出一种迷蒙的美，梦幻的美。

小说呈现出的水之影、光之影、人之影，甚至是情之影都给人十分缥缈的感觉，甚至连固定的建筑物比如竹楼、比如很现实存在的人都让人觉得不真实起来：

……她望着最靠近水边的那幢小竹楼，没有灯光，那是一号楼。想着刚才自己提出要住那里，女孩说已经有人住了，让她住了三号楼。

……一号楼的客人还不来用早餐吗？

细眼睛的女孩答道，一号楼没有住上客人。

……她盯着那摊茶渍，又问，昨晚起风了吧？

女孩答道，没有，昨晚到现在，都没有起风。窗子，一直开着哪。

可昨晚的一摊茶渍却“还好端端地留在洁白的桌布上”。

茶渍、客人、交谈、风，哪一个是真实存在的？

那么到底“昨晚起风了”吗？昨晚她与人交谈了吗？昨晚的一摊茶渍是真实存在的吗？女主人翁的迷茫也是读者的困惑。至少她明明感觉到起风了呀。

……是起风了。她是用身体感觉到的。感觉到那风从湖面一下子涌上来，带着水的潮气，水的湿润，毫无顾忌地，就将她紧紧裹住。……下意识地用手紧抱住双肩。

是啊，她明明“是用身体感觉到的”，并且感觉“仿佛将什么荡漾起来了”。

那么什么被荡漾起来了？突然，我没来由地想起“风动幡动心动”的典故。“风”在她的心里，于是读者只能这么安慰自己。

在表现“原欲”上，《水魇》也是十分含蓄、唯美。

风有些紧了，搅动着夜色，也搅动着水面，把越来越浓的潮气送上来。她觉得身子越来越湿润了。……竹藤椅里的她，渐渐地，觉得自己被湿润越来越紧地裹住了，一点一点地，浸满了从心底到身体的每个部位，像要将里面膨胀着的东西逼出来。……慢慢地，她感觉到有微微的热气柔柔罩住了自己。……她一下子感觉到自己像一片飘起来的羽毛……温润柔软的嗓音，一下一下撞击着她的内心深处，还在令她窒息。空气里，仍然弥漫着大片大片的湿润……

《水魇》以散文诗般的语言近乎呢喃地讲述了一个近乎迷蒙的往事以及由往事引发的梦境，在词语的把握和句子的组成，甚至是标点运用上，通篇呈现出几乎是无所不在的由特定环境引起的心理与生理交互影响而产生的双关、多关的寓意和由此在阅读中产生的只可意会的感受。因此它与一般意义上的现实主义文学所显示的对现实的批判或者说教相比，有着显著的个性特点。这种特点概言之就是柔美或者委婉。

四、仁者心动

从没见过/那么多的墓碑在一起/密密麻麻/遍布山冈/一个挨着一个/一个跟着一个/亲密沉默而肃然/每一块石碑上/刻着一个名字和军衔/一个挨着一个/一个跟着一个/像肃立的军列/等候集结号吹响在前方——

看过林梓很多文章，包括一些没在网上发表的，就所读的作品看，《在远方征战的军人》是林梓少见的在众多“靡靡之音”中发出的铿锵之声。

读着这首被林梓自称为“无法顾及是否押上韵”的诗，我心如同被抽紧了似的，脑子里不由自主地闪现出李白的《子夜吴歌》：“长安一片月，万户捣衣声。秋风吹不尽，总是玉关情。何日平胡虏，良人罢远征。”如今这些为人兄、为人夫、为人父的男人永远地躺在了异乡的土地上。

腾冲位于滇西南，是个很小的小城，如果不是“国殇墓园”，我想，知道那地方的人实在很少。

四十年前我曾是奔赴云南农场的数十万知识青年中的一员。可我并不知道，我们去农场走过的那条路曾是闻名世界的“滇缅公路”。

于是，我第一次在人们闪烁的话语中知道了“中国远征军”。

据说中共江西省委书记、留守中央苏区分局委员李才莲是兴国人，1935年5月，二十一岁的他在瑞金突围时战死。他的妻子池煜华每天站在自家门槛上望郎归，一等就是七十一年，直到去世。因为她的丈夫曾经说过：战争的时候什么消息都有，如果有人说我死了，你千万别信，我一定会回来找你。

那么这些远征军的家人呢?

斯皮尔伯格在《拯救大兵瑞恩》的影片纪念仪式后引用他父亲当年的一句话，形容这些仍健在的老兵的心境：“我们不怕死亡，我们怕被遗忘。”于是在“女儿在兴致勃勃地给朋友回电话。年轻的声音在空旷静谧的树林里回荡，清亮好听，而又有点缥缈虚幻”中，林梓写下了激切昂扬的诗歌《在远方征战的军人》。

中国远征军是中国历史上最伟大的一支军队，国共双方在此前或此后都再也没有这样的军队了。关于这支军队的种种，虽然得到了一点宣传，但远远不够，唯其如此，国人心中就一直有个结：什么时候能够摒弃党派以及意识形态之争而正面面对中国的英雄？什么时候我们能不站在党派的旗帜下而是站在中国人的旗帜下?

君不见，汉终军，弱冠系虏请长缨；
君不见，班定远，绝域轻骑催战云！
男儿应是重危行，岂让儒冠误此生?
况乃国危若累卵，羽檄争驰无少停！
弃我昔时笔，著我战时衿，
一呼同志逾十万，高唱战歌齐从军。
齐从军，净胡尘，誓扫倭奴不顾身！
……

——《知识青年从军歌》

当你听到九千多名将士一起高歌这雄浑的军歌，那是怎样一种震撼?

所以，林梓说：“九千多的赤诚男儿呀！站起来，是一片直逼苍穹的森林耸立；倒下去，也是一片地动山摇的热血翻飞!”与女儿“年轻的声音在空旷静谧的树林里回荡，清亮好听”的反衬，是沉寂而又坚硬粗糙的九千多个墓碑。当代青春——往昔青春；鲜活的生命——冷寂的墓园；生命的意义——

良知的意义。我想，林梓一定会这么想。

“风从身上抚过，留下一阵低咽般的林涛。突然很想放声大哭，毫无顾忌地大哭，让哭声穿越树林，穿越云层，带上多年来所有的愧疚和悔恨、委屈和愤懑。也许，正是因为我们为自己民族的热血男儿流泪太少了，才令我们的历史变得如此干涸、苍白和冷漠。”林梓直白地表达了女性性别的优势，可作为男人呢？只有低啸长吟：羌笛不与征人便，关山万重失路人。

岂曰无衣？与子同袍。王于兴师，修我戈矛。与子同仇！
岂曰无衣？与子同泽。王于兴师，修我矛戟。与子偕作！
岂曰无衣？与子同裳。王于兴师，修我甲兵。与子偕行！

——《诗经·秦风·无衣》

太多的债务，没有理清；太多的恩情，没有回报；太多的伤口，没有愈合；太多的亏欠，没有补偿……太多、太多的不公平，六十年来，没有一声“对不起”。

我不管你是哪一个战场，我不管你是谁的国家，我不管你对谁效忠、对谁背叛，我不管你是胜利者还是失败者，我不管你对正义或不正义怎么诠释，我可不可以说，所有被时代践踏、污辱、伤害的人，都是我的兄弟、我的姊妹？

——龙应台

快离开的时候，才发现右边一墙之隔外，是另一座高高耸立的纪念碑……那是我从小熟悉的革命烈士纪念碑。几乎在所有的城市里，都有这样一座纪念碑……然而，他们在这里竟然亲密而靠，像兄弟一样。

——林梓

于是曾经互相作战的双方，终于在这里化解了所有的一切，亲密无间，如同手足。

“向所有被时代践踏、污辱、伤害的人致敬。”于是：

少尉宋庆林
到——
中士周正坤
到——
一等兵林梓云

到——
上等兵王少安
到——
……
每一个清晨
声音穿越树梢雾霭
直跃云霄
那一刻
满城的人肃立静听

五、结束语

写作的一个要件是“我手写我心”，社会上不是说吗，文品即人品。没见过林梓，感觉她的性格应该是如《蛇魇》中的竹子，“细细高高的，青翠欲滴，修长柔软”——修长而柔韧。

其实，见不见都不重要。有时候，保持一份遐想、一份猜想应该更美。

修订于2015年11月1日　上海

那个遥远的红色年代充满矛盾，美丽，又危险，悲壮，又丑陋……
希望有一天，我能真正理解妈妈的文字。

目录

夏天的倒立

到了我觉得自己喜欢像个历史学家一样，将经历的往事一点一点梳理的时候，突然发现，有关1967年那段历史的记忆是中断的。

我大吃一惊。正巧我多年来所苦心经营的专业就是历史，所以我完全了解1967这个年头，在我们这个国家的历史中是非常特殊的。有点年纪的中国人，对它都应该会印象深刻。

但是，它怎么会在我的记忆里中断了呢？

我认为这是不可思议的事情。因为我从来都认为自己是一个意识相当清醒而且有着惊人记忆的女人。我赶紧给一个很知心的朋友打电话，她在一个著名的热带海岛上从医，专业是心理医学。她耐心听完了我有些语无伦次的咨询，然后说，失去记忆的一种可能，是某些不愉快的事情使我在无意识中强迫自己忘掉了那段历史。朋友的专业意见，叫我在惊慌中更加疑惑。于是，我开始作各种各样的努力，去寻找关于1967年这段历史的记忆。

终于，我将这段历史的记忆慢慢恢复过来了。但是，我又发现，有关这段历史的记忆却是非常奇怪的。

不仅是模糊、抽象和混乱的，犹如一场暴风雨中，所有的场景都变成了翻卷着的落叶，看不清颜色，也看不清形状了。同时，还是错位、颠倒和怪诞的，犹如在醒来的早晨，突然踏进了一个完全不同的世界，所有的东西都变得陌生和无法认识。也像我在美术馆里常常看到的一些后现代流派的画，有着一大堆让人激动甚而发疯的色彩和线条，但最终什么意义也找不出来。

这种记忆的混乱和颠倒，也让我非常惊慌。

要说我的记忆中还有一点比较清晰的东西，那就是季节了。只是这季节的记忆也是怪异的。似乎没有完整的四季顺序，一开始就是夏天，一个酷热的夏天，长长地持续着。有意思的是，在那个长长的夏天里，我又时不时看到暮春遗留的影子，兀然而现，倏忽而逝。而当意识到夏天结束的时候，一个特别寒冷的冬天骤然而至，将在夏天里发生的事情迅速作了了结。然后，1967 年就过去了。

不过，有一点很重要，在一个突然从梦中醒过来的早晨，我终于回忆起一个重要的线索，那就是，我在那个长长的酷热的夏天里，总保持着一种倒立的姿势。

是的，是一种很多普通人都能做到的倒立。双脚在上，搭在墙上，而头往下冲，两只手撑着地面，用力地支撑着全身的重量。

这个记忆像一道闪电，激活了我的思维，使我终于能将一个又一个混乱和颠倒的画面，拼凑成一段完整的历史了。同时，我还可以将对 1967 年历史记忆的种种不正常，归结到我的倒立姿势。所以，当我要向人讲述这段历史和一个故事的时候，我会下意识地认定所有的画面，都是在我倒立的视线中呈现的。我怀疑过，有这种可能吗？但这个时候，我以为自己已经懂得了一点科学知识，了解到人在出生的时候，眼睛里出现的任何图像其实是颠倒的。这点知识的获得对我很有启发，让我可以确定自己在倒立的姿势中，不过是恢复了眼睛的本能来观察这个世界发生的一切。

于是，我的回忆，只能这样开头了——

一个有树的园子和老房子

我看见了落叶。

许多的落叶，深浅不一的、金黄色的、褐色的落叶，从容地离开枝干，往上空的地面飞去。（是的，是飞去，不是落下。）大片大片的，纷纷扬扬，无比壮观，就像一出宏大的戏剧开始时，试图以震撼人心的场面来展开的序幕。

这是一个很重要的意象，让我终于回想起那就是我在倒立的姿势中，看到的第一个场景。

前些日子，我甚至老远地跑回去那个地方，认真寻找熟悉的东西。但我什么也看不到了。那个时候，我已经试图将自己倒立姿势中的场景，努力地复原到真实的面貌。我对与我同行的人说，那一定是一个园子。一个有树的园子。

那些树是少见的。粗壮宽阔如撑开的大伞，但不高，有着宽大肥厚的叶子，在树枝上挤得密密实实，重叠有致，看上去丰满美丽而具有立体感。正午酷热的时候，几缕阳光疏疏落落地漏下来，顿时变得柔和。变柔和了的阳光再从园子漫进老房子里来，甚至带上了微微阴凉的感觉。我就是在那座弥漫着阴凉感觉的老房子里，面朝着门口做着倒立的姿势。

琼说，看到树下有蝴蝶了吗？

白色的——

我下意识地四处张望，没来由地有些慌张。

——《夏天的倒立》

在我第一次走进园子的时候，正是落叶纷飞。我将它看成是暮春遗留的最后影子了。南方的气候就是这样，冬天不够冷，叶子落不下来。到了春天，该暖了，又冷，往往是乍暖还寒，那么反复折腾几回，叶子倒耐不住了，到了暮春时分，终于无可奈何地凋落下来了。

那点暮春的影子，也让我从气味里闻出来了。它不仅仅是湿润的，暖烘烘的，还带点腥味。土地经历了冬天和春天，遗留下一些散不去的寒气，再搅和着植物和动物在怀春时的萌动，便产生了一种微腥的气味。这一点很重要。在那个长长的酷热的夏天里，当豪雨突兀而至又突兀而停之后，那点暮春的气味，便会幽幽地散发出来，悄然间漫进了老房子，不经意中，就使老房子里张扬着的狂热发生了微妙的变化。爱情，也随之产生了。

当然，这个记忆，也使我再次确信了在那个长长的夏天里，我总是保持一种倒立的姿势。我认为，气味是沉重的，在空间里停留在低处。因此，我只有在倒立的时候，才能对所有的气味表现出异常的敏感。在后来的记忆中，依然处处可以看到这一点。

和我在老房子里一起做着倒立姿势的，是另外一个女孩。她和我同龄，单名琼，是老房子主人的小女儿。我走进园子的第一天，首先看到的就是她。

当我吃惊地看到琼从一棵树后突然闪出来的时候，她对我说了一句很有意义的话。我后来能够判断出这句话具有重要的意义，是因为它与将要发生的那个故事有关。

琼说，看到树下有蝴蝶了吗?

白色的——

我下意识地四处张望，没来由地有些慌张。

树下没有花，只有稀稀落落的青草，看不到一只蝴蝶的影子。

我定定神，想认真地回答琼的问题。但发现琼说话的对象好像并不是我。她的眼睛有点往上斜着，看着我头顶的什么地方。然后她又说，姐姐一定糊涂了。我们的园子从来没有蝴蝶。说完，飞快地转过身往回走了。

我在她身后继续惊愕着，不由自主地跟着她穿越着一棵又一棵的树，最后进入了园子后面的老房子。在我惊愕的行走中，蝴蝶的意念已经强迫性地走进了我的意识。虽然那个时候，我似乎更忧虑着另一个问题，我和琼能不能成为朋友。在那个年纪，我对同龄人有着强烈的认同感。

幸好我在进入老房子没有多久，就和琼成了天天在一起倒立的朋友了。原因正是我会倒立。这引起了她对我的兴趣和好感，并很快发展到崇拜的地步。不过，当我饶有兴趣地询问有关白色蝴蝶的话题时，她那种古怪的神情又出现了，甚至是在倒立的姿势中，我仍然感觉到她的眼光，远远地落在我身后的什么地方去了。

当然，我有些失落。但我很享受她对我的崇拜。在她面前，我淋漓尽致地表演自己倒立的技巧。其实琼一直不知道，在我读书的那个小学里，几乎所有的女孩子都会倒立。因为我们学校的一旁，是杂技团。在那一大座空空荡荡的老祠堂里，杂技团的训练，每天袒露无遗地展现在我们眼前，使我们能在无限的景仰中，轻易地学到了下软腰、翻跟斗和倒立这些技巧。所以，当我走进那个园子和老房子的时候，也轻易地成为琼崇拜的对象。在天井那一堵有着漏光花窗的围墙前倒立，成为我们每天必做的作业。在我做着倒立姿势的时候，最方便看到的场景，就是越过门口之外的那个有树的园子。我是穿过那个园子，在那里遇到了琼，然后跟着她走进这座老房子的。那个时候，园子和老房子，对我来说还非常陌生。我走进来的时候，也没有料到我会有一个漫长的夏天待在这里，和这个叫琼的女孩天天做着倒立的姿势。

无论怎样，当我不得不和这个叫琼的女孩一起做着倒立姿势的时候，我就有了很多的时间来观察那个园子和老房子。

那种长时间的观察激发了我许多无边际的遐想。到今天我还认为，遐想是我在那个年纪里最大的乐趣。因此，当我盯着园子的时候，能慢慢回味起这个园子的古怪了。这是我第一次走进园子就有的感觉。为什么是古怪呢?我说不清。有时我觉得是因为它让我想起一些被当时的人已经遗忘了好久的东西，而这些东西，还藏在一些书、一些画和一些电影里，而我恰好是喜欢看这样一些书、画和电影的人。我后来还想起来，为什么我一旦回忆起那个园子，就有了说故事的冲动。因为那个地方的气息，从一开始就让我感觉到它是一个隐藏着很多故事的地方。即便那个时候我还只有十三岁，但这方面的敏感已经开始表露出来了。我后来常常为自己具有这样的天赋而自得，甚至感动，因为这使我觉得自己很早就表现出与别人的不同。

园子挺大的。同样的树，一棵挤着一棵，把园子挤得满满登登，像一个丰盛的林子。园子里只有树，没有花。也就是说，它不像一些花园那样，有着刻意栽种的花卉。只有树的园子，从外面看上去，是严肃而封闭的，无法看清它的内涵。粗壮而叶子密实的树，将园子遮掩得如同一个衣着严实高贵的妇人，傲慢地将外面的世界拒之千里。还能证明这一点的，是在这个园子里，从来没有像小城里其他有树的地方，在酷热的夏天里，到处充斥着聒噪的蝉鸣。没有蝉鸣的园子，更像是一个与世隔绝的天地。每次踩着满地浓荫走进园子的时候，静悄悄中，我立即有了一种轻飘飘的感觉，无端地就预感到要发生点什么事情。

当然，在倒立中长时间地观察那个园子，是乏味的。只有树的园子，总显得太单一和沉闷。我喜欢我居住的那个校园，到处种着花，不同季节地轮换着好看的色彩，吸引着各式各样漂亮的蝴蝶，还有蜜蜂。而这个园子，树下总是空荡荡的，只有稀稀疏疏的小草。后来的日子里，有时能见到有星星点点的小花在闪动，浅浅的白，或浅浅的黄，仔细端详也很动人。但是，从来看不到蝴蝶的影子，哪怕是那种最微不足道的小粉蝶。我常常为了琼对我说的第一句话而去深究这个问题，并由此产生了一些虚无缥缈的想象。所以，当到了那么一天，一场豪雨之后，一只蝴蝶飞进屋子里来了，果然是白色的，立即引起我极大的警觉。那只蝴蝶的白色身影，整整一天，在幽暗的老房子里一扇一扇地闪动着，飘忽诡异，令我既惊喜又有些害怕。

我对琼说，有蝴蝶了，白色的——

琼没有吭声。她倒立的姿势已经很准确，使她把所有的热情都放在了上面，对我的问题没有兴趣了。

我不甘心。又说，你姐姐——

琼仍然有点斜的眼睛突然落下来盯住了我的脸。我心一凛，收住了口。

我开始忐忑不安了。白色蝴蝶的影子和琼的态度，使我无端预感到要发生点什么事情。后来，是有事情发生了。这使我成功地又一次验证了我的预感能力。

穿过园子的，是一条鹅卵石铺成的小径。小径绕着树弯曲着，有了一种曲径通幽的感觉。当老房子突然出现在眼前时，神秘的感觉更是不期而至，往往让我想起电影中某些刺激性的镜头。有一次我突然对琼说，我在电影里见过你们家的房子。琼听着一愣，虽然眼睛仍然上斜着并没有看着我，但已是满脸的激动。其实我知道那不可能。但我高兴我这样说了，能让琼得到一次满足，作为她对我的倒立技巧无限崇拜的一种回报。

老房子不大，和园子比起来，它显得太小了，好像只是园子的一小部分而已。我在第一眼看到它的时候，就感觉到它更大的一部分不知怎么回事被弄丢了。

我将之称为老房子，是因为它给我的感觉。我走进它的时候，就强烈意识到它离我生存的时代有一个遥远的距离。这种距离是由什么凝聚而成的呢?我说不清。也许是青苔，那些碧绿湿润厚实可爱的青苔，长在青砖房墙的缝隙，长在小天井同样是青砖铺成的地面，甚至还长在水井的里里外外，散落在墙边那些模样精致的花盆上。当然，也许不仅仅是青苔，还有那种幽暗，那种一走进老房子就感觉到的幽暗。

老房子的幽暗，是一种悠长而神秘的幽暗。当我从外面酷热的世界中突然走进来，就特别清晰地感觉到那种幽暗。我很快就发现，那种幽暗是水的感觉造成的。我将之归结到那个小天井，因为那里有一口水井。那是一口小而精致的水井。高出地面的井台，用齐整的青砖砌成很好看的六角形，有些青苔长在上面，显得古老而又活泼生气。井看起来不深，但水很充沛，什么时候都满在离井口那么一小截的地方，所以打起水来很方便。大人们只要靠近着井台，低低地伏下腰，就能手拎着水桶把水打上来了。那水从井里打上来，清凌凌的喜人，将手浸到水里，感觉到的也是一种难以描述的清凉，慢慢地就将心底的燥热浇熄了。所以，每当我靠近了那口井，就觉得井水的那一份清凉幽幽地从井里漫上来，漫满了整个天井，也漫满了老房子的每个角落，终于酿成了一种悠长而神秘的幽暗。后来我才意识到，那口水井能给我留下那么深刻的印象，就是因为它在将要发生的故事里有着非同小可的作用。

老房子从正面看上去，是一栋有阁楼的房子，暗藏着一种气派。走进门口，是一个很宽敞的厅，厅的两边是房间，房间也很大，门口都开向走廊。厅和房间的前面，就是一条宽宽敞敞的走廊，地面一样铺着齐齐整整的青砖，在幽暗中总有透着湿润的感觉。从走廊拾级而下，是一个小天井。小天井的两旁，是平房，也有着宽敞的走廊，直通着上面的走廊，所以在精致中仍然见出了气派。天井的对面是一堵墙，一堵将老房子围住了的墙。墙很漂亮，顶部是水波形，盖着闪闪发亮的琉璃瓦。墙的上方，是一排窄窄的漏光花窗，看上去更像是墙的装饰。那堵漂亮的墙，一开始就让我觉得古怪。因此，我很快就发现了那堵墙实际上是一扇门墙。漏光花窗的下方，原来有一个被堵上了的门，一个很漂亮的圆形门。我在别的老房子里见过这样的门，我觉得可以叫作月亮门，当然是满月。我回过头来惊讶地对琼说，这是个门哟！这个时候，我发现，被堵上的月亮门才像是这座老房子的正门，而从园子里走进来的那个门，更像一个后门。这个发现使我又一次感觉到与园子和老房子连在一起的，还应该是一座更大的房子。因此，我对墙那边产生了兴趣。

我问琼，墙那边是什么？

逸园。

琼轻轻巧巧说出来的话，却令我大吃一惊。逸园是小城里最有名气的地方。父亲带我去过那个地方好几次，那是一个有着很多漂亮房子的大花园，原来是一个旧官僚的私邸，新中国成立后成为小城权力中心的所在地。

我突然意识到老房子和园子也是逸园的一部分，回头紧盯着琼，期待更进一步的说法。但是，琼又不开口了。一次我擅自登上了一把梯子，发现那排漏光花窗的设计精巧隐秘，挡住了太多的视线，我只是模模糊糊地看到一团一团粉红色的花影。不过，我已经判断出那就是逸园了。在小城里，只有逸园遍地种着夹竹桃，开花的时候成了一片粉红色的海洋。

当我看过围墙那边的逸园之后，就觉得自己终于可以将老房子称为后院了。我在那个年纪，已经看了不少的书和电影，这使我对许多东西都能作出熟悉的判断。了解了这一点详情后，我再走进园子和老房子，就有了一种深深的遗憾，总觉得园子和老房子丢掉了自己本身最大最漂亮的那一部分。

该说到阁楼了。老房子的阁楼，矮矮的，从里面看，不大起眼。让我感到特别的是那几扇窗子，镶着淡蓝色的玻璃，很少见，也很好看。上阁楼的楼梯隐藏在房子的某个地方，叫我往往怀疑那阁楼是无法上去的。重要的是，那些待在楼下厅堂和房间的人，要是不走下小天井，是看不到阁楼的。所以，天井里那口小水井的意义就变得非常重要了。要是没有它，那个爱情故事就不能发生了。因为故事的男主人公对水井有一种很亲切的兴趣，当他出现在水井边时，阁楼上的女人看到了他，并将那把动听的嗓音与一个俊秀的男人联系起来了。同时，那个俊秀的男人，也有机会看到了阁楼和阁楼上那个女人若隐若现的面影。这一切，在要发生的故事里，将是很关键的一个环节。

当然，对于待在老房子里的我来说，却是常常要看到阁楼的。当我在那堵漂亮的围墙前倒立时，眼睛只要那么一低，无可避免地就看到阁楼了。

接着，我的眼前就是那扇窗子了。

一扇窗子和女人的面影

我曾经怀疑过，我想回忆的重点，绝不应该是那扇窗子，而是老房子里出现的那些更激荡人心的东西。类如整日整夜的秘密会议，来往匆匆的各种神秘人物，还有一张张跳跃着滚烫激烈的词句的大字报。更重要的，还有随着我的进进出出，在我的手掌上传来传去的纸条、信件、文稿等奇奇怪怪的东西。而这些，都跟当时我最向往的革命呀理想呀战斗呀联系在一起，同时还是我走进老房子的唯一目的。但是我最终发现，我回忆的重点，无可避免地只能是那扇窗子，那扇有着碎花窗帘的窗子。所以，当一连串的事件被牵带出来的时候，我又醒悟了一点，那就是，在那个 1967 年夏天的记忆中，我不过是个十三岁的女孩。十三岁的我，读了不少古今中外的书籍，喜欢沉溺于海阔天空的遐思和想象中，自以为聪明，也懵懵懂懂。因此，除了革命之外，我还会注意到那些让自己敏感的东西。类似女人呀，男人呀，还有爱情。

当这些东西纷纷落落地被我的记忆牵带着出来后，我就意识到，我要讲一个故事了。

我是个善于讲故事的女孩。我的十三岁，并不妨碍我这点天才的发挥，而只能更彻底地表现出我的早熟和聪颖，这使我在好多年过去之后，终于相信自己是能成为一个作家的。所以，我知道了自己从很小的时候开始，就能将一些零碎混乱的甚至是颠倒错位的记忆，拼凑成一个完整的故事。

这样，当我要讲述一个爱情故事的时候，那么，主角首先就一定是个女人。

其实在刚刚踏进老房子的第一天，我就满怀兴趣地问琼，你姐姐呢？

我那么断定老房子里还有一个女人，当然是琼的那句话。她说，姐姐一定糊涂了，我们的园子从来没有蝴蝶……

就这样，蝴蝶的意象，从一开始就和一个女人的存在联系在一起了。我急切地想见到那个女人。但是，一直到后来的日子里，我始终都没有真正地见到过那个女人。在走进老房子的第一天，我见到的除琼之外，还有另外一个女人。那是个老女人，自然不可能是琼的姐姐。

但在第一天，我就很准确地判断那个女人一定存在，而且叫着一个很美丽的名字：瑶。

在我一脸惊愕跟随琼踏进老房子时，即刻感觉到一种长长的幽静震慑了我。我站在那条宽宽敞敞的走廊上，大气也不敢出。这个时候，是一声叫唤，绵绵长长的一声叫唤出现了。

瑶瑶——

声音像从房子很深的地方幽幽地扬出来，然后又飘飘悠悠地流荡在房子的每一个角落，就像在那一瞬间，将一缕美妙无比的芬芳散发开来，让我措手不及。

那一声叫唤的效果，后来回想起来，给我的感觉只能用当时很时髦的一个革命词汇来形容：横空出世。

我在一种横空出世的震撼中，却非常细心地听清了那个美丽无比的字：瑶。

我能看见我非常惊愕的眼神，还停留在琼的身上。但琼一脸无动于衷。很快我就知道了，她叫琼，而不是瑶。

后来我想过，那个女人的名字真的叫瑶吗？那时我已经在母亲的强制下，熟读了《诗经》，所以我能背出“投之以木瓜，报之以琼瑶”的诗句。我想，瑶是姐姐，她应该叫琼才对呀，怎么会颠倒了呢？是我在倒立中颠倒了事实吗？还是因为瑶在出生的时候，就明显有了比在她之后的妹妹琼更惊人的美丽，让她的母亲固执地要将瑶这个字先给了她？瑶这个字念起来，确实要比琼更柔媚更好听。

其实我从来没有真正地看清楚瑶的相貌。窗子后的面孔始终是若现若隐的，只在我的记忆中留下一张朦朦胧胧的面影。但我始终坚信，瑶是美丽的。瑶的美丽，随着那一声叫唤就开始展现在我的眼前了。虽然那个时候，我还没有看到那扇窗子，看到的，却是那个老女人。

老女人是随着那一声美妙的叫唤声，突然出现在走廊上的。从那一天开始，老女人的声音和身影就常常飘荡在老房子里，成为我记忆中最为鲜明的一幕。

老女人恍如老房子中一个不可缺少的部分，同样成了我的故事中重要的一个链节。她的存在，也像她第一次出现时的那般奇异。她常常像影子一般飘忽在老房子里，行踪诡秘，刚看到她的影子在走廊上，一会听到她在阁楼上面说话的声音，再一会，又传来她在平房里操作厨具的嘈杂声了。这种奇异的现象，让我有时要质疑自己的记忆，会不会因为我的倒立而与事实有着太大的偏差。

很快我就发现，老女人是老房子中身份暧昧的一员。她明明干着像我们家保姆那样的事情，却常常像家长一样吆喝，使家中的每一个人，明显地对她有着一种恭敬和畏惧。后来我猜想，她是主人家里的老仆人，是将主人带大的功臣，甚至是主人的父母在临终时托孤的那个人。所以她既忠心耿耿，又骄横跋扈。在她不走动的时候，她就坐在水井旁边那张陈旧但依然精致结实的藤椅上，说着永远说不完的话。她责怪家中的每一个人，也说着很多关于老房子里的旧事。她在说话的时候很特别，哪怕我和琼就在她的跟前做着倒立的姿势，她也从来视而不见，似乎是在对着一个很遥远的对象倾诉。我又发现，她的这种神态与琼说话时的神态很相似，大概琼就是在这般氛围的熏陶下，继承了同样的气质。

因此，我觉得，老女人的那种倾诉，更像一种自言自语，带着无限的缅怀和幸福，也带着无限的怨气和委屈。尤其是说到旧事时，她的眼睛一下子变得亮晶晶的，有一些水光在漂浮，很是生动。这往往叫我着迷，使我无意中记住了她说话的许多内容，这将使我对后来要发生的故事有了更深刻的理解。这种细腻的关注，也让我发现了她衣服的特别，又轻又软，即使在没有走动的时候，也有着无限的动感。而每一件衣服上，都飘荡着古老的气息。我在倒立中，曾经很仔细地看清了上面有着一些虫蛀的小洞。还有，她的发髻，也与小城里的老女人梳得很不同。那是贴着耳朵旁边卷起了弯弯的一圈，精致严谨而又妩媚。这令我在很多时候，觉得她还是年轻的。后来想起来，也认为她还不能被称为老女人。只不过是那个时候的我还太小，就将她给看老了。

当然，老女人最特别的地方，就是她叫唤瑶的声音。她使用优美的叠字，尾音拖得很长很长，打着好几个弯儿，好像是水涡的感觉，也柔也媚，听起来让人觉得发出这种声音的人，还是一个多么年轻的女人。而且我还注意到，每当她叫唤的时候，脸上无端漂浮起一层兴奋的红晕，两道总是显得精心修理过的细眉毛，一扬一扬地跳跃着。这常常叫我怀疑她的叫唤，仅仅是为了表现她别具一格的声音。瑶对她的叫唤从来不作任何的反应，说不定也是有了如我一样的感想。她叫唤的内容，只有两样，一是督促瑶吃药，二是吩咐瑶关窗子。

瑶瑶——吃药了——

瑶瑶——关窗子了——

一声叠一声的，拥挤在老房子的每一个角落。叫停了之后，总是静寂。

她并不在意什么反应。消停一会，又开始重复地叫唤了。

我总是在这般消消停停的叫唤声中，看到她的脚在移动，快速而轻盈，像猫，也像鹿。而瑶的形象，也是在这样动人的叫唤中，以一种异常美丽的意象进入了我的想象空间。所以，当那扇窗子的碎花窗帘出现在我眼前的时候，自然引起了我非常兴奋的反应。

我是在第一次给琼表演我的倒立技巧时，仔细注意到了阁楼上的窗子。当我轻轻巧巧地将双脚搭上了墙壁，眼睛即刻落到了那扇窗子上。那是一扇最靠近水井的窗子，也与其他的窗子一样，装饰着有一种淡淡蓝色的玻璃。这种玻璃窗的效果，就是使窗子关起来后，便无法看清楚里面的情景。平时我无意中抬头，看到几个窗子都是关得严严实实的。后来想起来，那应该是为了挡住围墙另一边的视线。但那一天，我在琼的哀求下第一次表演倒立，那扇窗子打开了，在悄无声息中打开了。虽然只是半开半掩，但已经让我清晰地看到了一块碎花窗帘。那碎花窗帘的色调很好看，是一种有点灰暗的紫色，柔和而浪漫。我想我惊异了。因为在那个年代里，周围很少见到这样色调柔和浪漫的花布。母亲在新年里给我们姐妹做的花棉衣，是一种大红大绿，看上去眼花缭乱。每次被母亲逼着穿着上学，我都委屈得要哭。因此，一看到那块碎花窗帘，我马上想象着要是做成了一件衣服穿到身上，该是怎样的美呀！这个不可抑制的念头，令我深深地叹了一口气。正是这时，那块漂亮的碎花窗帘微微地飘动了，好像在无意中掀起了一个角。

后来我仔细想过，那天有风吗？还是房间里的瑶，听到了我和琼要玩倒立游戏，忍不住掀开窗帘看一眼？

无论怎样，那一刻，我看到一张女人的面影了。

尽管只是瞬间的一个朦朦胧胧的面影，也已经让我强烈地感觉到那逼真的美丽了。

虽然我后来推算出瑶的年龄也只有十八岁，但在我的眼里，瑶的面影是很女人的。我说的女人，是有区别于女孩的。不知是否因为窗子后大片阴影的衬托，那面影显得特别苍白和精致，使之有了一种非常女人的味道，冷冷的，静静的，像成熟的果子透着一份镇定自若和傲慢。一点也不像我和琼，摆在脸上的还总是一副晃晃悠悠而青涩的神态。

这个发现让我惊异万分而又兴奋莫名。我又感觉到在小说或电影中熟悉的场景和气味了，并让我更相信这是一个容易发生故事的地方。虽然那个时候，作为故事主人公的那个男人还没有出现。

这个时候，我已经知道，瑶有病。正因为她的病，才使她从来不会从阁楼上下来。每天到了固定的时间，我就能看到老女人从平房端出一碗黑乎乎的汤药，小心翼翼地穿过长长的走廊，走进一个房间，然后，就听到她在阁楼上说话的声音了。我没有问琼，但我知道，那是给瑶吃的药。

瑶的病是什么？我从来没有得到印证过。后来有了经验，才猜想那是肺的问题。因为窗帘后那张若隐若现的脸，白的时候太白，而红的时候又太红，不断变幻着，交织成一张异常美丽的脸。有时，还听到咳嗽的声音，但声音不大，轻轻的，响在窗帘后，让我想着那窗帘的颤动，是因为咳嗽的缘故。

有关瑶的病，我还回忆起一个重要的线索。那就是她对花粉敏感。我想我是在梯子上看完了围墙那边满目的夹竹桃，然后回过头来的时候，突然发现墙这边没有一点花的影子。园子没有种任何的花，老房子里也没有。墙边一溜的花盆里，栽的全是绿叶植物，甚至是草。这个发现让我大吃一惊。我从梯子上下来的时候，对正在努力学习倒立的琼说，你们家不种花？我这样问是很正常的。在我们那个地处南方的小城里，种花是一种很普遍的爱好。

琼那时候兴致很好。她在倒立的姿势中很奇怪地看着我说，我们当然不能种花，我姐姐有花粉过敏症。

那是我第一次听到花粉过敏症这个词，引起了我极大的好奇心。但琼后来只作了很简单的解释，说是她姐姐一旦闻到花的香味，就会引起剧烈的咳嗽。所以在有南风的日子里，墙那边的花香吹过来，窗子是不能开的。末了，琼嘟囔了一句，怎么会有蝴蝶呢？

我第二次听到蝴蝶的话了。这又给我留下了深刻的印象。

一场狂热的革命和男人

有了女人，就该有男人了，那才有故事的发生。

说到男人，我想起我还没有交代清楚，我为什么会常常到老房子里来。这跟故事里我要提到的另外三个不是主角的男人有关。那三个男人，一个是我的父亲，一个是瑶的父亲，还有一个就是我把他叫作向叔叔的。这三个男人是好朋友。他们之间的友谊开始于战争的年代，到了这个时候，又因为一场狂热的革命，而结成了一种更亲密的关系。这种亲密的关系是以一个组织表现出来的，这样的组织，在当时很时髦，称为造反组织。重要的是他们的这个组织，后来发展成为小城里两大对立派的其中一派，声势甚为浩大，在所谓的武斗期间，与对立派之间进行了非常残酷的激战，以至于将名气一直扬上了京城。若是历史学家能够真实地记录这段历史，他们的组织必会在史书上留下不朽的声名，无论是恶名还是善名。到了今天，学历史的我回忆起那段岁月，却为自己在无意中卷进了其中而感到深深的困惑和恐惧。

十三岁的那年，显然我还没有意识到这种恐惧。我仍然激动地被那场狂热的革命所诱惑，并为自己介入其中而常常兴奋莫名。但奇怪的是，我也依然沉醉于倒立这样的孩童游戏。这或许是一个历史的隐语。所以，当我的记忆又回到那个园子和老房子的时候，我能清晰地记住的，只是那个我在倒立中看到的爱情故事，而将那场革命的许多细节都忘掉了。甚至，我连那个组织的完整名称都记不起来了。

那个组织的名称，我依稀记住了其中的一个字：风。我的历史知识，已足以令我了解在那个年代很容易出现的一些组织名称。所以我知道这个风字，绝对不会与风花雪月这类词有关，而只可能衍生出类似风暴呀风在吼呀风雷激荡呀甚至是无限风光在险峰这样的名称。向叔叔和瑶的父亲成为这个造反组织的头目，是比较有理由的。因为他们虽然也被揪成了走资派这样被革命的对象，但他们都有着那个年代里推崇的红色出身，所以，当他们醒悟过来自己也可以成为革命派的时候，他们就比那些乳臭未干的年轻人更老练更成熟也更有经验。他们甚至可以网罗到更多的人来充实自己的队伍，像我父亲这样的铁杆朋友，更是自然而然地成为与他们并肩作战的战友。我后来曾经久久纳闷，像父亲这样的人，顶着很多帽子的被革命的对象，怎么也可能成为风这个组织里的核心人物呢？无论怎样，父亲的加入是很重要的，没有他，那个爱情故事里的男主人公也就无法出现了。

当然，父亲的加入，首先对我产生了最直接的影响。他毫不迟疑地把我交给了向叔叔，交给了风这个造反组织，让我担当了向叔叔的秘密情报员。那个时候，我已经辍学。也就是说，我连学生的身份也没有了，也失去了革命的资格。这令十三岁的我陷入非常惶惑的心境。父亲的安排及时拯救了我。这应该是我迷醉于到老房子来的重要原因了。那个叫风的造反组织的总部，从一开始就秘密地设在了老房子。这里紧靠着小城的权力中心地，却因此得到了最好的隐蔽。

但是，秘密情报员，是一个到今天连我自己都觉得陌生无比的名词。我曾经对此作了无数次的考证，想具体了解我当年是如何担当这么一个重要职务的，因为我毕竟只是一个十三岁的小女孩。但我的记忆始终是模糊的。我仍然只能清晰地记住了倒立这个内容，而对其他的行动忘却了。我只好充分地调动自己的历史知识和想象能力，来判断自己应该是干着替向叔叔传递重要情报的工作。我用那个时候革命的普遍规律来设想，向叔叔的身份在当时出来造反还有些不那么光明磊落，他还顶着走资派的帽子，是革命的对象。而他组织网罗的很多人才，也如他一样有着暧昧的身份，尤其是像我父亲这样的人物。所以我父亲是很少到老房子里来的，即使来也是在天色昏暗的时候，我父亲和向叔叔的联系，也主要是通过我来实现。我后来才知道，风这个组织的一些文章，出自我父亲的笔下。而那些文稿，就正好是由我的手来传替的。

所以说到底，是一场狂热的革命，将我引进这个园子和老房子里来了。

由于这一点，我走进那个园子和老房子的理由很崇高。革命是我们那代人的理想。即便我只有十三岁，对革命仍然抱着一种虔诚的崇拜，充满了向往和梦想。很长一段时间，那些梦想大而无当，与现实相距太远，常常令我沮丧。所以，在我跟随着向叔叔走进那个园子和老房子的日子里，革命就变得真实了。可见，我进入那个园子和老房子的理由，跟倒立原是一点关系也没有的。只是不知为什么，到最后，我却会将倒立作为一个美丽的意象保留在记忆中，也将那个与爱情有关的故事牢牢地记住了，但对与那场革命相关的种种细节，却很淡漠地忘掉了。

在那座老房子里出现的男人，最重要的也应该是那个我叫他向叔叔的人，他是风这个组织的总头目。在当时，也就是叫着总司令这样一种非常威武的称呼。但是，向叔叔的印象在我的记忆中已经模糊零碎，始终没有办法拼缀完整。我问过我父亲，也就是向叔叔的至交朋友，向叔叔的革命形象是纯洁的吗？当然，我问这句话的时候，是20世纪80年代，离向叔叔死去的日子已经很久了。父亲的回答是肯定的，他也只有在说起向叔叔的时候，才显出当年的清醒。而在我问起其他人物时，父亲却是迷惘不安的。这一点常常令我对自己的记忆充满了疑惑。

然而，那个能在我记忆中留下完整印象的男人，是个年轻男人，比向叔叔要年轻好多。虽然他一开始，仍然是以革命的色彩出现在我的记忆中的，但他后来的经历，注定他身上的革命色彩远远比不上向叔叔。但不知是否这一点，反而使我将他牢牢地记住了。

那个年轻男人让我首先想起来的地方，是他的相貌。我后来很困惑地思索起自己的十三岁，是否已经有了青春期意识的萌动，才使我对异性的相貌，有着那么浓烈的兴趣。

年轻男人很俊秀。他的俊秀，容易让人想起女人的漂亮，有着蛊惑人的魅力。那张脸上的线条清晰而柔和，与他微黑而细腻的肤色很相配。他那微黑细腻的肤色尤其吸引人，以今天的语境来说，是一种巧克力的感觉，精致而柔和。这样的肤色，让人觉得是经历了阳光充分的照射，而后又长久地待在舒适的房子里，便显得自然健康而又保养良好。我后来才意识到这与他的出身很吻合，他是一个在乡村学校长大，然后又到城里来读书和工作的人。他的相貌还有一个很突出的特点，那就是他的上嘴唇。他的上嘴唇有点短。这在他看起来完美无瑕的脸上，本来是不容易觉察出来的。而且由于他的上嘴唇有点短，他总得紧抿着的嘴，给那张过于俊秀的脸添上了一点清峻的气质。这点发现，要归结于老女人。她是在那么精心地打量了那年轻男人之后，用非常古怪的口气说出来，这男人的上嘴唇有点短！

那是年轻男人走进老房子的第一天。

我那天迟迟没有离开老房子，应该是向叔叔叮嘱我留下来的。所以我还陪着琼一起倒立。这时候，我看到年轻男人的身影闪进了老房子。我用了闪这个字，是因为那个黄昏的暮色很重，我似乎并没有看到园子里有人，就看到了一个矫健的身影在房子里了。

我没有注意到是谁。因为每天走进老房子里来的人都有一种神秘的色彩，久了我也就兴趣索然了。但那一天，闪进来的身影在走廊上停住了，分明叫着我的小名。

我一愣，眼睛才从他的脚往上看清了他的脸。

我不吭声。我不高兴在琼的面前听到有人叫我的小名。虽然向叔叔和瑶的父亲也是这样叫我的。但他们是长辈，而现在是一个我认为比我大不了多少的年轻男人叫我的小名，这让我感到难堪。

但我依然不能阻止那个年轻男人站在走廊上，叫着我的小名。

年轻男人好听的嗓音在那个暮色飘动的黄昏里，有着蛊惑人的魅力。所有的女人都被吸引住了。

琼的眼睛不斜了，亮了起来，她说，有人叫你了。

老女人正在井边打水。她及时地抬起头来，盯住了走廊上的年轻男人。

我后来回忆起来，老女人看着年轻男人的眼神是非常警觉的，这似乎是引起了她熟悉的一种情景。但是，她仍然情不自禁地说出了那一句话。

这男人的上嘴唇有点短！

那句话说得很清晰。我的眼睛正转过来，盯住了老女人轻轻软软的裤脚。上面飘动的感觉，令我对那句话充满了好奇，总觉得像在某种神秘的情景下，首先表现出来的预兆。与此同时，我从老女人身上闻到一种巫婆的气味。后来，我有机会见到了一个真正的巫婆。她对我说，这样的男人很容易得到女人的喜欢，但这样的男人命不好。记得我听了之后，有了一种如获重释的轻松。我想，我终于可以将一切不如意事情的发生，归结为宿命的悲剧了。

但有一个重要的环节，我却很难回忆起来。就是那个年轻男人的名字。在这个故事里，除他之外的其他男人，我只是很轻微地提到，却能将他们的名字牢牢地记住。不过是因为他们都有明确的身份，使我不必提起他们的名字。但是，这个年轻男人，故事的主人公，最重要的人物，却被我忘了名字。这真是一个很严重的忽略。所以我有些惊恐，我费尽心思去回忆。终于有一天我想起了一部分，他的名字中有一个为。我已经能够肯定，他的名字不像瑶和琼是单名。也就是说，除了为，他的名字中还有一个字。但那是一个什么字呢？我就再也想不起来了。我曾经用那个时代的思维习惯来想象他完整的名字，叫为国？还是为民？或者是为党？好像都不对。所以，我就只好叫他为了。但当我确定了他的名字后，又遭到了最大的质疑。因为我去问我父亲的时候，他奇怪地看了我一眼，说，为是谁呀？为，正是父亲前半生中最得意的门生呀！而为之所以也在那座老房子里出现，就是父亲将他带到那里去的。

父亲的态度，沉重打击了我，使我的故事在回忆中常常要陷入一种无端的迷惑：这个名字叫为的年轻男人存在过吗？尤其是在那一年过去之后，我的父亲，为的恩师，就闭口不再提起为，好像从来就没有为这个人存在过一样。由此我曾经质疑，是不是我的倒立姿势，使我对很多事情的印象走了样？

但是，我最终还是确信了自己的记忆，故事中的主人公只能是他。

我和为之间很熟悉。他在老房子里见到我，一点也不奇怪，就像我见到他出现，也不吃惊。他进进出出看见我的时候，喜欢对我笑，微微露出他好看的白牙齿。要是走近井边的时候，他就对倒立着的我说话了。说的话不外是你怎么还这么贪玩，还叫我的小名，好像我是一个很小的小女孩。这令我有些生气，常常做出不爱搭理他的样子。他不计较，走的时候总向我笑着扬扬手。每到这个时候，琼的眼睛照样不斜了，亮晶晶地盯着为的背影。

我知道琼的反应为什么这么大。为是个很吸引女人眼光的年轻男人，虽然琼和我一样，还称不上是女人。但我不知道，在为走进老房子的第一天，阁楼上的瑶是否就注意到了为。即便她还不能见到为的相貌，但她应该听到了为的嗓音。后来我回想起来，深信在那个暮色很重的黄昏里，为的嗓音犹如一道闪电，开始冲击着老房子里的沉闷和单调。

为的嗓音是很吸引人的。用今天的话来说，是那种带着磁性的嗓音。听上去，给人一种非常浑厚圆润而细腻的感觉。我记得为还在读书的时候，母亲的一个在歌舞团当领导的朋友一见到为，就老缠着为说，你的嗓音天生是唱歌的材料，到歌舞团来吧。为听着从来都是淡淡一笑，不置一词。过后听父亲得意地对母亲说，为的心，高着哪！

那个时候的为，是学校的高才生，有一手好文笔，领头办一个叫玫瑰园的文学社，每期下来都有他的诗或散文，父亲常常眉飞色舞地向省报的朋友推荐。到毕业的那年，父亲和他自己都以为一定能考上北大中文系，但结果是名落孙山。两人极受打击，后来父亲细细分析了是与时局有关，就找了关系将为弄到郊区的一间中学。慢慢地，为习惯了他的教书生涯，又开始了他的写作。每逢周末，为带着他的新作到家里来，与父亲整日整夜地讨论和谈笑。我见惯了他俩相处的场面，对父亲会将他带进老房子来也就不奇怪了。

从那天开始，为比任何一个人都更频繁地到老房子里来了。不久我就发现，为已经成了向叔叔最重要的帮手。所以他常常一进门，就匆匆地到向叔叔待的房间里，连与我打招呼的时间也越来越少了。只是在有些时候，他会迈出房门，在走廊上站着，沉默不言。琼看着会少有地主动对我说话，他在发呆哪！我说，他在沉思哪！说完我就笑了。有时，为也笑了。他听到了我们的话。这个时候，他会走下天井，走近井台，很欣赏地左看右看，然后默默地站一会，又回房间里去了。

为喜欢那口井。后来我想，是水井那种悠远古朴的宁静吸引了为，引起了为心底极为丰富敏感的情感骚动，不由自主生出了一种莫名的惆怅和伤感。这一点很重要，这使他在投身于那场革命的同时，还忘不了用一种审美的眼光来注意周围的事物。因此，在那一个雨后的黄昏，暮色飘荡起来，房子里的幽暗变得鲜明浓重，他站在井边，不由满怀惆怅地叹了一口气，并在无意间抬起了头。然后，他看到那扇窗子了。

那个雨后的黄昏，那扇窗子不知什么时候悄悄地打开了。里面好看的碎花窗帘掀起了一角，露出了一张女人的面影。那一张若隐若现的女人面影，就这样，搅和着四周的暮色和幽暗，犹如一幅古旧而精致的画卷，猛然间落到了年轻男人的眼中。那一瞬间，年轻男人不可避免地要掉进一个陷阱，一个女人的爱情陷阱。

一只白色蝴蝶飞了进来

在我的记忆中，那是一个浪漫无比美丽无比的场景，使我从一开始就坚信爱情一定会发生。

我熟悉叫着为这个名字的年轻男人，因为他是我父亲的得意门生。他在读书和毕业出去当了中学老师的日子里，都常常到我们家来，和父亲说着永远说不完的话，走的时候，还会带走家中各式书籍。所以，我知道那个男人熟读《红楼梦》和《西厢记》这样的古典文学，也爱读《莎菲女士的日记》和《家》《春》《秋》这样的五四新小说，还读过《红与黑》《安娜·卡列尼娜》和《战争与和平》这样的世界名著。这样的男人，在这样浪漫无比的情景下，爱情无可避免地要发生，即便那是一个狂热追求革命的年代。

我反复地琢磨过，为的第一次爱情为什么会发生在老房子里呢？是与老房子的特别氛围有关？还是与为的气质有关？

为的心高。他的优秀出众，使他在学校读书的日子里，成为女生们注目的对象。但是，从来不见为对任何人有兴趣。记得母亲当班主任的那个班里，有一个特别好看的女生，学习也很好，还是学校话剧社的主角，一年冬天的演出中，她在《哈姆雷特》里扮演奥菲利娅，轰动了小城。正巧省话剧团的导演下来采风，看到了演出，惊为天才，便缠着母亲一起动员她到省话剧团去。那女生酷爱演剧，但她拒绝了，留下来的唯一原因是为。而为仍然无动于衷。我见过那女生在母亲的面前哭了好几次，模样甚可怜。父亲也不止一次叹着气对母亲说，别费心了，为呀，还是心太高了……

到了今天，当我也早就成为一个成熟女人的时候，我想我理解了为在爱情上的心高。由那样一种丰富的文学滋养出来的心灵，追求太超脱太完美的境界了。平淡庸常的生活，还不能激起他心灵的振荡。只能在一个更富有诗意的情景下，爱情才会被诱发出来。

在我细细地回忆那个带着美丽意象的场景时，我突然发现自己有了一个很大的疏忽。那就是在那个场景发生之前的日子里，瑶是怎样一点一点地注意为的呢？

我承认，我是关注过为的出现，对阁楼上的瑶有多大的影响。因为琼和老女人对为的反应，都使我感觉到为作为一个好看的男人，对女人有着致命的吸引力。每当为走下天井，站在井台边的时候，我会注意阁楼上的那扇窗子，有时是半开半掩的，可是碎花窗帘仍然是拉得严严实实的。只有当为离开井台了，我才看到那块碎花窗帘微微地飘动起来，似乎是被什么东西震动了一样。但是，在那个雨后的黄昏里，那块碎花窗帘掀开了，虽然只是掀开了一部分，但足以让一张女人的面孔露出来。窗帘的轻轻飘动和暮色的搅动，使女人的面孔只能呈现一种若隐若现的状态。但正是这样一张若隐若现的美丽面影，在为的眼中营造了无比的诗意和浪漫，在那一瞬间如箭一般击中了为的心。

我后来无数次地想象着那个情景。

那是非常古典非常浪漫的，带着那种我和为都熟悉的气息。年轻男人的脑海里，一定出现了《西厢记》里普救寺张生巧遇崔莺莺的情景，甚至还出现了潘金莲手挑竹帘无意打到西门庆的场面。

这个时候，老女人的叫唤声非常合适地出现了。

瑶瑶——吃药了——

那长长的一声叫唤，出现在那个雨后的黄昏，在搅动着水汽的暮色中，缠绕上了湿润而柔软的感觉，神奇般地带出了瑶美丽的气息。

为的脸上出现了极为诧然的神情。这个时候，他才醒悟到老女人每天的叫唤意味着什么。之前的日子里，他被那场革命占据了所有的思想。

窗子的碎花窗帘忽地拉上了。窗帘的一角被什么东西重重地撞了一下，用力地拍打了窗子一下。然后，又什么也看不到了。

为仍然仰着头，在井边呆住了。当向叔叔出来在走廊上喊叫的时候，他好一会都没有听到。那个雨后的黄昏，年轻男人走神了。

我隐隐约约地感觉到爱情发生了。这令我激动莫名。到了今天，我仍然吃惊于自己在十三岁那个年龄，对爱情就已经有了太早熟的敏感。这也许是我读了太多小说的缘故。于是，当我意识到爱情在发生了的时候，我就开始用自己熟悉的小说情景，去无数次想象后来的发展。

但是，第二天，为并没有像我想象的那样到井边来。他甚至整整一天都待在房间里，连出来走廊沉思的时间也没有了。他仍然还是那个沉浸在狂热革命中的为，专注而虔诚。那些日子，正是造反组织迅速壮大声势的时候，老房子来往的人多了起来。每个人的脸上，都洋溢着热烈而激昂的神情，就像老房子外面那个热浪滚滚的世界。

但是，我仍然记住了那一个黄昏，为在水井边的走神。因此，我顽固地等待。等待什么呢？

后来我才知道，是在等待那只白色蝴蝶飞进来。

那天午后，又下了一场雨。

在我的记忆中，那个长长的夏天里，似乎有着太多的雨。所以，我故事中的场景，总离不开一个又一个雨后的黄昏。我对这种场景的重复出现，有过很大的疑惑。但我仍然没有办法改变自己的记忆。后来我细细分析了自己的感觉，才意识到每当我回忆起那个爱情故事的时候，都无法摆脱老房子里那种充满了水汽的幽暗。而这种幽暗，总是在雨后的黄昏里，最为淋漓尽致地弥漫出来。

所以，到了故事中一个重要的场景要出现的时候，我仍然又将它安排在一个雨后的黄昏。

那个黄昏，雨早停了，但暮色很重，好像是因为带上了太多的水分。园子和老房子，又开始弥漫起那一种阴凉的气息了。这种阴凉，使房子里的幽暗显得更为逼真和感性。我真切地觉得自己的皮肤触摸到冰凉的物体。

我是先感觉到气味的。这是我在倒立的姿势中，更容易捕捉到的感觉。我记得我对琼说，凉了。琼继续专注她的倒立，没有回答我的话。我又说，凉了。说得也并不着急。从我走进老房子以后，我和琼之间的谈话多数处在这样的状态。所以我们两人也习惯了。

我一边对着琼说着重复的话，一边又陷入了无边际的遐思和想象。

那种气味刺激了我。我喜欢这样的气味。后来我想是因为自己看多了旧的小说和电影。那种气味令我熟悉和喜爱，那是一种很柔和的让心灵无端颤抖的东西，就像爱情。我在那个年纪里，已经开始注意小说和电影里的爱情故事。对其中的细节，我往往更用心去读，用心去体会，然后会觉得自己的脸发热起来，还隐隐有了罪恶感。但是，仍然不能阻止我想了解爱情和接近爱情的强烈欲望。所以，当我闻到了这样熟悉的气味时，我就有了爱情的预感，懵懵懂懂的，但仍然清晰而不可抑制。这个时候，我看到一只白色的蝴蝶飞进来了。

这不再是想象，而是一个真实的影像。我吃惊而欣喜。

有蝴蝶了——

琼没有回答。

真是白色的哪——

我继续提醒着琼的记忆。

琼仍然没有回答。她继续专注着她的倒立。好像她的生命意义只剩下了倒立。

……

后来，我不再开口了。接下来的时间里，我一个人静静地等待着，注视着那蝴蝶的白色身影，在老房子的幽暗中一扇一扇地闪动着，美丽而诡异，明显让我有了要发生什么事情的预感。

果然，是有事情发生了。

是琴声，非常悠扬好听的小提琴声。在那个雨后的黄昏，终于从阁楼上悠悠地飘落下来了，也飘飘悠悠地充溢了整座老房子。蝴蝶的白色身影，随着琴声的荡漾，一闪一闪的，顿时充满了无法言说的优美和空灵。我的心，忽地一下，随之飘动起来。

《梁祝》。那是当时会拉小提琴的人都必然要拉的曲子。

这是我很熟悉的音乐。我甚至听出了拉的是“楼台会”那一段，特别缠绵感伤。邻居娜娜姐姐的男朋友，也拉得一手非常漂亮的小提琴，他常常给娜娜姐姐拉的就是这段“楼台会”。我听多了，常常浮想联翩，想象着将来也有一个男孩子，给自己拉这般美妙的琴声。我甚至能想象出在音乐中出现的美丽场景，鲜花遍地，蝴蝶飞舞。

琴声唤起了我非常熟悉的意境。蓦然间，我醒悟了白色蝴蝶为什么飞了进来。我意识到自己的想象丰富而美丽。于是，我微笑了。

我也意识到自己在微笑了，因为琼转过脸在看我，她的眼神是奇怪的。

我仍然微笑，原来你姐姐会拉琴哟——

姐姐很久都不拉琴了嘛——

琼嘟囔了一句，似乎有点扫兴的意味。

老女人及时出现了。她细眉毛一拧，说，哪根筋又不对了。几乎是同一个时间，她看到了站在水井边的为，神色即刻大变。

接下来，老女人说了一句话，造孽了——

水分很重的暮色中，老女人的话清晰而神秘，使我的想象即刻飞扬起来。

但是，老女人话中的含义，我是后来才明白的。

那个时候，为站在水井边，手中捏着一大把的毛笔。

那些天，为频繁地到井台来，是为了洗毛笔。洗毛笔的这一点回忆很重要，它让我更加确信为在老房子里举足轻重的地位。一直以来，父亲喜欢夸奖为是少见的才子，甚至断言他日后可以成为名扬全国的作家。而他的才气，却首先在这个革命的时代里得到了淋漓尽致的表现。他走进老房子后，顺理成章地成为向叔叔的得力助手。用后来的对立派给他定的罪证来说，他是风这个造反组织的铁笔杆，两派相争对峙中那些引起强烈反响的大文章，大多出自为的笔下。

为写作的时候很有风度。他常常是得到了向叔叔的一个想法，便马上在头脑中迅速成篇，笔墨准备好了就写下来了。他在挥毫书写的时候，有一个特别的动作，他需要不断地洗笔。这可能是表现他个人洁癖的习惯。原先他洗笔的时候，是用摆在走廊上的水缸里的水来洗，一点一点地用木勺舀出来，又一点一点地淋着来洗。有时他一边洗一边和在天井里倒立的我说话，说着无关紧要的话。我有一句没一句地答着为的话，眼中是那水在不断地流淌着，带着墨汁的芳香。我常常觉得那墨的芳香是很诱人的，会让人陷入一种想入非非的状态。不知是否阁楼上的瑶也同样闻着了，并越来越受到了诱惑，由此使那静静的等待终于有了结果。

那一天，不知为什么，为到井边来洗笔了。

我注意到，为在听到琴声的一刹那，毛笔哗啦一声掉落地面。当他蹲下身子拾笔的时候，我看到，那只手在微微抖动。

那一定是爱情了。这样的琴声在这样的时候出现，只能传达了一个美丽女人对一个男人的爱情。瑶的琴拉得很专业。她用自己的心，诠释了梁祝悱恻缠绵的爱情，使之更加动人。

我强烈地感觉到，一段“楼台会”使瑶的魅力更鲜明地张扬了。随着流动的音乐，瑶的魅力弥漫在整个老房子里。我情不自禁地对琼感叹说，你姐姐真美!

我妈妈拉的小提琴可好听了——

琼答非所问。

我听着，有点愣。琼第一次在我面前提起她妈妈，这个家中的另一个女人。

琼说完，脸色有些暗淡。我想起她一次无意中说的话，她是家里的丑小鸭。我觉得自己能感觉到这点。老女人对瑶的态度是细腻的，犹如对着一件精致美丽的东西。而对琼，却是简单的，就像看着一件无足轻重的东西。

这个时候，我就听到老女人那句话了。

造孽了——

为就那样蹲着，动作缓慢地收拾着散落的毛笔。任由着阁楼飘落下来的旋律，将他整个地缠绕住了。当为终于站起来了的时候，我清晰地看到为的脸上，有了一种叫忧郁的东西。同时，也有了一种说不清的困惑。

我在今天仍然可以肯定，那一首最具有爱情意义的千古绝唱，以一种古典的旧套的但又浪漫无比的方式，将一个心很高的男人的心思扰乱了。

那个时候，我突然发现，白色蝴蝶的身影从为的眼前一掠而过，骤然间留下了一道惨然白光。我微微一惊，但还来不及想什么。音乐中的爱情和现实中的爱情交织在一起，已经深深感动了我。

从那天开始，老房子里每天都有琴声了。仍然是《梁祝》，是那一段特别缠绵感伤的“楼台会”。

我惊异地发现，优美而缠绵的琴声里，狂热的革命仍然在进行，来来往往的人仍然沉浸于一种高亢激奋的情绪之中，没有谁会刻意注意到那琴声。只有为，他激情而专注的脸上，常常会倏忽间掠过一丝淡淡的忧郁。那一刻，他会有点走神，会不由自主地走到了井边。他一样在洗笔，但动作常常有了中断，好像是在思考什么，也好像是在聆听琴声。当琴声骤然停下，我注意到，为的脸上又浮现那点困惑了。在他离开井边时，那匆匆的背影，看上去有了一种失落感。

然后，我会听到老女人在楼上的声音了。我知道她在和瑶说话，似乎是一种责备，但听不清楚。只感觉到，回应她的是一种很顽固的沉默。所以，当老女人在楼下见到为的时候，她盯着为的眼神是愈发警觉了。到了今天，我几乎可以判断，老女人是预感到后来要发生的事情了。因此她用一种敌视的态度来看待那场爱情的发生，这却是当时的我不能理解的。十三岁的我，对眼前发生的爱情，满怀着一种美满的向往。我甚至期待着，瑶有一天会从阁楼上下来，与为真正地会面。我已经隐隐地感觉到，为的困惑，是他还不能清晰地见到那个对他充满爱意的女人。

那时的我，还不能意识到，我的感觉接近了事实本身。到后来我离开了老房子，有了机会将那段往事静静地梳理的时候，我才突然有了疑惑，那爱情有没有真实地发生了？

或许，我所认为的爱情，只是在一种虚幻的状态中发生，并没有实质性的意义。

因为为始终没有清晰地看到瑶的面目，他只是感受到了瑶，像我一样。这一定是个不能忽视的缺陷。这使爱情有了距离，有了致命的距离。尤其是在我长大以后，熟悉了爱情之后，我就可以很清楚地意识到，为假如已经爱上了，那他爱上的也还只是一个虚幻的形象。而爱情是需要有感性的认识和接触的，这对于男人来说，更为重要。所以，当另一个女人出现的时候，而这个女人，又有着比瑶更惊人的美丽和魅力的同时，真正的爱情才会发生。

又一个女人出现了

在这个爱情故事里，注定还要出现另一个女人。

当一个女人和一个男人的故事里，出现了另一个女人时，总是有悲剧发生的。

老女人说，造孽了——

这是一个无法避开的预言。

后来出现的那个女人，其实一直都存在。她是老房子的女主人，瑶的母亲。她才是园子和老房子的真正主人，这是她的父亲留给她的遗产。由于她的父亲跟共产党有很深的关系，因此在1949年解放的时候，将园子和老房子留给了她这个独生女儿，而将逸园的大部分房子和花园献给了新政府。

当那个女人在我的记忆中出现以后，我就不可避免地想起了老房子里的老故事了。

这个老故事，是我从老女人琐琐碎碎的自言自语中整理出来的。

当然，到我能将这个老故事整理清晰的时候，已经是后来的事情了。那个时候，1967年的那个长长的夏天早已过去，老房子里发生的那个故事里所有人的命运也有了分晓。我很悲哀，躲在家里不想出门。

在一个个不眠的夜里，我听着屋外小树林沙沙的嘈杂声，想念着那个静悄悄的园子，眼光穿过了历史长长的隧道，看到了当年发生在老房子里的事情。虽然这些事情在今天说起来已经老套，还被不少的小说和电影使用过，但我相信在那个年代里，这样相似的事情，在我们这个国家不少的地方都发生过。

我首先看见那女人。当然，那个时候，她还是瑶一样的年龄，十八岁，花季年华。她从省城的医学院赶回逸园来了。她的父亲，家中唯一的亲人，在那个冬天里突然心脏病发作，躺在了床上。所以，当那女人年轻的身影出现在夹竹桃粉红的花影下时，她的身影是美丽的，也是慌乱的。

逸园的主人，已经不任什么官职了，但他省参议员的身份，叫小城里所有的军政要员都敬畏他。而且他从事教育的出身，也使这个小城里的军政要员中，有不少是他的门生。这一点很重要，决定了当时小城的地下党将要利用他来策动起义。所以，瑶的父亲就在这个时候，很适时地住进了逸园。这个时候，已经是1948年底，离小城的解放只有一年了。

我一直还没有机会提到瑶的父亲，是因为我待在老房子的日子里，他很少出现。他似乎为造反组织负责着发动乡村的工作，所以大多的时间都不在老房子里。他是个性格豪爽的人，见了我喜欢大声叫我的小名，然后用手拍拍我的脑袋，说些我长高了之类的话。我听到他死去的消息那一刻，竟清晰地感觉到脑袋上被他拍打过的部分剧疼起来。

当然，在那个老故事里，瑶的父亲也还是年轻的。他起先是为了躲避搜捕和疗伤住进了逸园，但一住就是一年，不仅鼓动参议员成功策动了小城的最后起义，还意外得到了一个美丽女人的爱情。到了小城解放的炮声响彻夜空的那一晚，瑶出生了。

那血哗哗地流呀……还去不了医院……外面的炮声响哪，天空都染红了……红极了，吓死人了……

老女人的话颠来倒去的，都听不清她说的是血的红，还是炮火的红。

不过，血光和炮火交织的意象，已经让我无可避免地对那段神奇般的爱情充满了强烈的兴趣。

但是，我唯一了解到的只是一个细节。而这个细节，也就是发生在老房子里的水井边。

造孽了——

老女人总用这句话来开始追溯起那个黄昏。

于是，我能看见那个暮色轻轻飘动的黄昏里，女人往后院走过来了。

年轻单纯的女人，从来不知道她的父亲和地下党有着密切的关系，也就不知道领导县城学生运动的领袖，会因为躲避搜捕和疗伤住进了逸园，住在了后院阁楼上最靠近水井的那间房子里。那个黄昏，那间房子的窗子又正好打开了，因为在暮色飘荡的时候，可以将危险阻挡住。就这样，从她娉娉婷婷的身影闪进那个月亮门开始，就应该没有离开过窗子后面那双眼睛熠熠发亮的注视。所以，当她站在水井边，和洗衣服的老女人（当然，老女人也还不老）琐琐碎碎地说着心里话的时候，她无意中抬起了头，看到了那扇窗子。那扇窗子，是打开的，露出了一张年轻男人的面孔。重要的是，那年轻男人注视着她的眼神是热切的，熠熠发亮中，带着无比的惊喜和无比的温柔，无遮无拦地从高处跌落，重重地压在了她的头上她的身上，使她在毫无防备之下，被击中了。

当我将这个细节反反复复地回忆时，猛然醒悟到，从水井到阁楼，绝对是一个致命的距离，它使男人和女人在不需要任何理性的情况下发生爱情。因为这样的事情将同样出现在后来的日子里。我仍然清晰地记得，当为站在井台上，悱恻缠绵的琴声悠悠然然从阁楼上飘落下来，老女人的脸上即刻布满震惊的神情，脱口而出的仍然是这句话：

造孽了——

到了今天，我已经相信，任何事情的发生，都隐藏着某种无法解释的历史隐语。

所以，老房子里的爱情，只有在那女人出现之后，才有了真正的意义。也就使一个看起来本来很平常的爱情故事，变得复杂起来了。

我见到那女人，是在晚一点的时候。在我开始进入老房子的那段时间里，她去了省城，她的姨妈去世了，那是她唯一的亲人，所以她奔丧去了。等她回来的时候，她的家已经成了一个神秘的地下堡垒。我愿意这样称呼老房子在当时那场革命中的意义。她显然有些吃惊，但没有任何异议。

当然，在她还没有在老房子里出现时，我就已经从老女人的自言自语中知道了她。在老女人的口里，是将她叫作小姐的。老女人爱说的一句是，要是小姐在，就不让什么乱七八糟的人进来了。

老女人说这话的时候，我并没有什么被谴责的感觉。大概是我在老房子的日子里，老女人只是把我当小孩看，有什么好东西的也叫上我和琼一起吃。这让我对她有了好感，对她说的话，往往比琼还要听得用心。所以，在她一天比一天更频繁地提到小姐这个词的时候，我就知道，那女人要回来了。在那个年纪里，我对小姐这个词的理解是很抽象的。它包含了太古老的气息，甚至有一种腐朽的感觉。我久久惊异于老女人用那么自然的口吻来说这个词，总给我一个强烈的错觉，老女人和她的小姐，似乎还生活在一个过去了的年代里。这种感觉，使我对那被叫作小姐的女人，产生了越来越浓烈的兴趣。我尝试让琼理解我的这种兴趣，但琼对她母亲回家的事似乎缺乏应有的热情，对我的问题不爱作什么正面回答。我仅仅能知道的是那女人是一个外科医生，救过不少人的性命，所以常常有人找上门来答谢。外科医生的形象，使我想象着那女人会是一个面容冷静性格硬朗的女人，尽管我怀疑这样的形象，与小姐的称号似乎并不太吻合。因此，当我第一眼看到她的时候，我就被现实与想象之间太大的差异而惊呆了。

记得那女人回家的那天，我也是与琼在倒立。

后来我怀疑起来，我怎么可能总是在倒立呢？是倒立使我的记忆出现了混乱，还是在那间老房子待着的时候，我除了倒立就没有别的事情可以做了？

总之那天，一开始就与往日有了不同。这是老女人营造出来的。

一大早起，老女人就里里外外地进行大清洁。她用心捡起那些不断掉落在厅堂和走廊地面上的碎纸片，细细地用水一遍又一遍冲洗所有的地面，包括天井。我和琼被她赶到一边，还被数落了一番。但琼仍然是一副眼睛往上斜的模样，似乎一点也听不到老女人对她的责骂。后来，我们闻到了很香的鸡汤味道。就在我和琼死命地咽着口水的时候，老女人迈着轻快的步子往门口迎出去了，口里叫着，小姐，小姐回来了——

鸡汤的诱惑，让我的目光紧紧追随着老女人。所以，我及时地看到那个从园子迈进老房子里来的女人了。

我的第一个反应是无比惊异而迷糊的。这不是瑶吗？苍白，美丽。

但那只是我一刹那的错觉，我很快就判断出她不是瑶。因为琼在我的身后喊那女人妈妈了。她微笑了。朝着琼，也朝着我，微笑了。那一刻，我马上强烈地感觉到，女人的美丽，是具体的，具体地展露在白皙细腻的肤色、精致秀丽的五官，还有乌黑浓密的头发和柔软窈窕的腰身。因此，女人的美丽是真实的，真实得就像将一束灿烂而温馨的光芒，突然间带进了幽暗阴凉的老房子里来。我在抑制不住的惊异中，看着她的身影在眼前飘动，轻盈而优雅，听着她的声音，在空气中流动，温柔而动听。我真实地感受到女人的美丽触手可及，我甚至在空气中，也闻到了女人的美丽，如鲜花般芬芳，沁人心脾。记得那天我回到家，急急赶到父亲的跟前对他说，瑶的母亲真美丽！我能看到自己说这话的时候，小脸是通红的，除了兴奋，还有点妒意。我第一次妒忌琼了。父亲笑了，说了一句，哦，我的女儿开始懂得女人的美丽了。

我承认，在第一天，我就被女人的美丽迷住了。我不知道别的女孩在我那个年纪里，会不会像我那样，对成熟的男人和女人的相貌就已经有了非常浓烈的兴趣。这样的注意，不知是否意味着一个渴望成熟的女孩，必然要经历的启蒙。所以，我在事后才想起来，那天在我被女人的美丽弄得迷迷糊糊的时候，为却迟迟地没有在老房子里出现。向叔叔几次从房间里走出来，神色焦急地看着我说，为呢？为呢？他怎么还没有来？在刚好撞到女人从园子外走进房子的那一刻，他一边很高兴很熟络地打着招呼，一边仍然盯着我问，为呢？为呢？女人似乎专注地听到了，但她没有发问。她一开始就表现出她是一个不过问男人事情的女人。因此，当为在黄昏时分匆匆赶来的时候，她也是在不知不觉中与为相遇了。

相遇是在走廊上。暮色刚落，走廊的灯还没有开，有些昏暗。昏暗，使女人在与为交臂而过时，没有注意到从门外匆匆进来的男人有什么不同，她照例没有开口。因为在她刚回来的这一天里，她就已经发现了进来老房子的人都神神秘秘的不爱开口。她也许从很早的时候起，就习惯了这种做派。所以，她也没有和为打招呼。而匆匆进来的男人，也因为心中有事，在与女人交臂而过时也没有注意看到女人的面孔。但他感觉到了异样。因为他走到房间门口的时候，迟疑了那么一小会，似乎想转过头来。这个时候，向叔叔从房间出来了。一见为，他一边嚷起来，一边拉着为急急走进了房间。已经走过去了的女人，没有停下脚步，但她一定听清了为这个有了熟悉感的名字。

这一点很重要，这使女人在第二天早上再次在走廊上遇见为的时候，很自然地露出了微笑，还轻轻点了头。这是一种有教养的人打招呼的方式，优雅得体。

女人在走廊上微笑着向为打招呼，正是晴朗明亮的朝阳斜照在走廊上的时候，昨晚的昏暗消失了，女人美丽的形象像阳光一般，灿烂无比地展现在为的眼前，使为在猝然间不知所措。那一刻，我清晰地看到，为的脸上，先是出现一种无比震惊的神态，然后，红了。

年轻男人那张俊秀的脸上，第一次出现羞涩的红晕。即使那是一张肤色微黑的脸，红晕也显而易见地展露出来了。

这也让我立即吃惊了。为从他读书的日子开始，一直就表现出与他年龄不相称的成熟气质。他什么时候都是一副过于镇定和冷静的神情，哪怕喜欢他的女生在他面前大胆表露的时候，也只是静静的，波澜不起。即便这些日子以来，我懵懵懂懂地断定他已经掉进了瑶的爱情陷阱，也还没有见过他脸红。

我隐隐地感到困惑了。因为我知道，那美丽的女人是瑶的母亲。

老房子的变化在一夜之间就出现了。

首先是老女人的叫唤声。我清楚地记得我在第二天一到老房子，听到的是一声绵绵长长的叫唤：

小姐——豆浆好了——

小姐——衣服熨好了——

老女人的声音显得更加柔媚动听。叫唤的内容不同，使这样的叫唤，无形中就带上了一种悠远古典的气息。老女人在叫唤的时候，脸上仍然漂浮起一层兴奋的红晕，两道总是显得精心修理过的细眉毛，一扬一扬地跳跃着。她似乎更沉醉于这样的叫唤，在叫唤中，她回到了一个她非常熟悉和喜爱的世界，那是一个她和那女人相互厮守过的世界。在那一刻，我那样鲜明地感觉到，在老房子里始终存在着一个遥远了的世界。老女人就是那个坚持不走出来的人。所以，老女人在来来往往中，对那些迷醉于革命中的人从来都是视而不见的。而那些出入于老房子的人们，也似乎习惯于这样一种与革命格格不入的环境。到了今天，我仍然不能完全理解这种奇特现象的存在。

从那天开始，我以一种非常惊异的心情，听着这带着古老气息的叫唤，与老房子里狂热的革命交织一起，既协调，又格格不入。

就在这一声声的叫唤中，女人的韵味，一点一点地被引出来了，最后充溢了整个老房子。我还来不及细想，就意识到所有的东西都被淹没，只剩下了女人，剩下了女人真实生动的身影和气息。她就在老房子里，来来往往地做着什么事情，细细碎碎地说着什么话。她走动的时候，是轻柔的，悄无声息的步子，像在房子里的每一处留下一股温馨的微风。她说话的时候，也是轻柔的，低低的声调滑行着，空气中久久留下一连串优美的颤音。那些日子里，我一点一点地感觉到，女人的归来，唤醒了老房子一种久远了的灵气和生气。

自然，到了这个时候，进进出出的为，也就很容易地与女人相遇了。

后来的日子里，我曾经努力追忆两人在相遇的时候，就已经有了点什么事情在发生。但是，我还是什么也想不起来。我只记得，他们最容易相遇的地方是在走廊。总是在为从房间里出来，很偶然就遇到了路过走廊的女人。当他们相遇的时候，为就那样站立在门边，看到女人走过来，为会很快地低垂下头。而走过来的女人，仍然优雅得体地向为微笑，然后，走了过去，就像她在这个时候，对待每个在她回家之前就闯进这老房子来的人一样，礼貌而有距离。两人之间，始终没有开口说过一句话。为甚至没有抬头正眼看过女人一眼。但是我注意到，每当女人从身边走过去后，为的身体就会难以觉察地颤抖，似乎女人将一种什么东西留在了他的身上，使他很不安。要是我再细心地看上一眼，还会发现，为的脸又红了。

年轻男人的脸红是很动人的，给我留下了非常深刻的印象。我曾经久久地对这种现象的发生感到奇怪。到了我长大了，对男女之间的事情已经经历了太多的时候，我就明白了，当一个男人或一个女人在面对自己深深心仪的异性时，他才会有那样一种难以抑制的羞涩。

当然，十三岁的我，还难以理解为对一个成熟的已婚女人的那种反应。我只是感觉到女人对为产生了极大的吸引力，就像女人的美丽深深地迷住了我一样。所以，我在越来越深的困惑中，更加好奇地追随女人的身影和声音，我甚至在女人靠近我身边的时候，起劲地张开鼻孔闻着。我曾经设想过那女人的身上会散发着好闻的香味，这是我读小说得来的经验。我对琼说，我想你妈妈应该有香味。琼对我的话不以为然。后来我当然印证了那女人的身上，并没有我想象中的香味。但她是有一种味道的，那味道若有若无，清清幽幽，当她走过去以后，我仍然感觉到那味道在四周缭绕不去。我对此非常迷惑。那是什么味道呢？这种迷惑引起了我无限的遐思和想象，使我在自己长大成人以后，还不断地想从旁人的反应中，考证自己身上是否也能散发出这样的味道。我顽固地相信，有了这样的味道，才算是一个成熟迷人的女人。

到了今天，我终于能够清晰地意识到，那美丽的女人，才真正地以一种感性的生动的鲜活的形式，将为在老房子里体会到的那样一种古典、悠远、精致和优雅的韵味表现出来了。这对于为来说，或许就是一种致命的诱惑。假如在这之前，爱情还是以一种虚幻而飘忽的形式开始搅动了为的心思，那么，到了那个女人出现时，爱情就以一种活泼真实的形式，彻底征服了为高傲的心。

这一切，令原先那场看起来正在进行的爱情，有了微妙的变化。

我首先发现是琴声没有了。

当老房子里重新漾起那女人的气息以后，琴声就悄悄地消失了。让我惊异的是，琴声的突然消失，竟没有谁特别去注意它。我对琼说，你姐姐怎么不拉琴了？琼没有说话，好像这是根本不值得大惊小怪的事情。老女人也没有什么反应。在叫唤瑶的时候，只是比原先平和了好些。我注意到为，也看不出他有什么反应。他到井边来洗笔的时候，也没有再抬头看那扇窗子。

我发现爱情并不像我想象的那样发展下去了。于是，我的困惑慢慢地变成了隐隐的不安。终于到了有一天，我注意到那扇窗子严严实实地关上了，再也看不到那块好看的碎花窗帘，也看不到那张若隐若现的女人的面影了。我的心似乎在一点一点地往下沉，虽然我仍然还不清楚自己在担忧什么。

但是，当我每天看着那扇再也不打开的窗子时，慢慢地，就有了一种非常奇异的感觉，我觉得那紧紧关闭着的窗子后面，碎花窗帘仍然在飘动着，仍然还有着一张女人的面影，白的时候太白，红的时候太红，仍然一直在注意着楼下发生的一切。所以，每当楼下的另一个女人出现的时候，就有一个眼神，一个充满了怨气和仇恨的眼神，重重地透过那窗子撒落下来，然后悠悠地往房子的每个角落蔓延，变成了一种阴冷冷的气味沉淀下来，积蓄着，等待着爆发的一天。

到了后来，我曾经为自己有过这样的预感而害怕。也许是因为我在那座老房子里待久了，太沉浸于它那古老神秘的气息中，我对在那里发生的事情总有着比别人更敏感的感觉，尤其是在下雨的日子里。所以，当夏天的最后那一场雨到来时，我就预感到有什么事情要发生了。

夏天的最后一场雨

又要下雨了——

老女人一大早就在水井边说了这句话。她说这话的时候，细眉毛是拧起来的，让我无端有了一种紧迫感。后来我意识到，从那一刻起，有什么事情要发生的预感，就开始困扰我了。这使我对那一天里出现的任何事情，都有了更敏感细腻的关注。

那天上午有一种明显的闷热。从医院下夜班回来的女人，在井边洗头。我已经发现了女人在家里喜欢做两件事情：一是洗衣物，从衣服到被盖、床单、桌布还有窗帘等东西，好像总也洗不完。二是洗头发。她差不多隔两天要洗一次头发，而一洗就是老长的时间。那慢腾腾的过程，让我觉得她将洗头发当作了一种享受。每到这个时候，老女人会早早准备好泡好的茶麸水，还有一壶热水。然后，她会亲手替女人解开辫子，轻轻梳顺，再用勺子舀着对好的茶麸水，一点一点地淋到头发上。女人在这个时候，总是顺从着老女人的摆弄，让我觉得她像个在母亲面前的女孩子，乖巧可爱。到终于洗好了，女人就自己用大毛巾仔细地擦着头发，让老女人坐到藤椅上去。坐到了藤椅上的老女人，心满意足地看着女人，就迫不及待地开始说话了。这个时候的老女人，说的话多是旧事。一时说女人第一次登台表演小提琴，才有六岁，那舞台太高了，要别人抱上去。一时又说女人十二岁那年，由于躲在床上看《红楼梦》被父亲发现，罚了一天不给饭吃，但到了晚上父亲又心软了，带着女儿到外面的饭馆海吃一顿，弄得半夜闹了肚子。还说到女人在省城读书的时候，每到假期回家来，总有那么几个风度翩翩的男同学追到小城里来，弄得家里还得好饭好菜地招待。有时也会说到上一年发生的事情。说是来的什么乱七八糟的人，把小姐的多少书呀乐器呀都烧了砸了，要不是小提琴放在瑶的房间里，那些恶人怕了瑶的病不敢进去，想着也保不住了。女人听着，多数是不搭腔的，只是微微笑着，仍然慢条斯理地梳理着她的头发。长长的头发湿淋淋的，瀑布般地流泻在她的身上，是一种非常柔媚的好看。我常常是听呆了也看呆了。有时无意中抬起头来，会看到为不知什么时候站在了走廊上，低着头，很安静的模样，看不出他是思想革命的事情，还是也和我一样，被旧事里的女人吸引住了。

后来我回想起这些细节，也始终没有搞清楚女人怎么还会有那样一头漂亮的长头发。经历了头一年的革命，小城里的女人都失去长发了。但是，我的记忆中，女人仍然留着一头长发，乌黑浓密而柔顺。平时是将之编成了两条长辫子，然后紧紧地盘在头上。头上盘着辫子的女人，妩媚而年轻。这是令我最为着迷的地方，让我常常怀念母亲曾经也有过的长辫子。我后来猜想过，女人的头发能保留下来，可能跟她在医院里的声望有关，说不定在有人要剪她辫子的时候，有她抢救过的人临危救下了她。这又是一个太特殊的现象，使女人在那个年代里，还能将自己所有的美丽和妩媚保留下来。

快到中午时，果然下雨了。雨很大。

我记得是那个夏天里的最后一场豪雨了。因为它比之前所有的雨都激烈，下的时间也更长，下了整整的一个中午。

当我将那个夏天的历史梳理清楚之后，我就意识到那场豪雨有着重要的意义。它就像一场暴风雨到来前的一个预兆。那场豪雨下完后，夏天也就过去了。而在那个夏天过去后，两派间的激烈武斗就开始了。残酷的暴力形式，使小城那场狂热的革命达到了最高的境界。多年以后，所有的人对那场革命最深刻的印象，都集中到了那场武斗。而很多人对那场革命的虔诚和崇拜，也在那场武斗中彻底幻灭了。到了今天，我终于醒悟到一点，那个长长的夏天，好像就是为了酝酿着这样一场残酷的暴力而出现的。

但是，在那场豪雨到来的时候，我还没有这样的预感。即使我已经听说了街头上出现了用石头用木棍的两派摩擦，也感觉到老房子里越来越紧张凝重的气氛。但是，我仍然热衷于倒立这样的孩童游戏。我的注意力，也仍然放在与男人与女人有关的爱情上。这又是记忆中一个不能解释的疑团，使我不得不承认十三岁的自己对爱情有着太早熟的敏感，而对革命，依然缺乏坚定成熟的信仰。

所以，那场豪雨停了之后，我就闻到了熟悉的味道。

是园子里那点暮春留下的气味，那种带着点腥味的气味，被豪雨诱发出来了，在不经意中漫进了老房子，使老房子里的幽暗更为鲜明地张扬起来了。

于是，我下意识地寻找蝴蝶的身影。我不断地问着琼，看到蝴蝶了吗？白色的——

琼总是表现出漠然的神情。她说，我们这里从来没有蝴蝶。

我想反驳，因为那蝴蝶已经出现过了。这个时候，我看见了白色的光影一掠而过。我兴奋了。但定睛一看，还是什么也看不到。这种怪异的现象，也令我在那个长长的下午里，有了很不安的感觉。这个时候，我重复地听到老女人的叫唤声，一会响在走廊，一会又响在哪一个房间里，听上去更让我有了紧迫感。

瑶瑶——吃药了——

瑶瑶——吃药了——

我听着，在想，瑶今天又不肯吃药了。这样想，让我觉得心有点闷。

过了一会，午睡起来的女人，到井边来洗衣服了。

女人上午洗过的头发，还来不及扎起来，就那样随意地披散着，垂落在她的肩膀和她的胸前，乌黑柔亮，非常动人。她精致秀丽的脸，在散落的头发簇拥中，显得愈发娇小，更有了一种年轻的光彩。这让在倒立着的我，眼睛始终无法离开她。对美丽女人的日益着迷，已经使我有了越来越强烈的不安，虽然我仍然无法预料到底要发生的是什么。当那个雨后的下午，我又闻到了那种带点腥味的气味时，我想起白色蝴蝶了。于是，我敏感地意识到某种不寻常的事情了。

太安静了。是的，那个下午的老房子显得特别安静。

我首先发现老女人并没有出现在她应该出现的地方。平时女人在井边忙碌的时候，老女人会坐在一旁的旧藤椅上，唠唠叨叨地说着永远说不完的旧事。但在那天，老女人一直没有出现，女人就一个人在井台边洗衣服。

接着，我就发现往常在老房子里进进出出的人也不见了。不知是不是豪雨挡住了他们的到来，还是外面已经发生什么要紧的事情了。显得空空荡荡的老房子里，只有向叔叔一个人在屋内苦思冥想，还有为，一个人在厅堂里抄写大字报。那些日子里，随着进入这老房子的人越来越多，也越来越神秘，为好像越来越忙碌了。他将抄写大字报的事情搬到宽敞的厅堂里来做了。在那里有一张很大的黑漆方桌，正好适合在上面铺开大大的纸张。那天，为从早上一直写到了下午都没有停过手，他的手边，已经堆上了一大把用脏了的毛笔。但他来不及洗笔了。所以，他后来就表现出有些焦虑的神情，但他还不能停下来。偶尔，向叔叔走出来，对着为低语几句，或什么也不说，只塞给为一张写着几行字的小纸条，然后又返身回屋里去了。为一边听着一边看着，挥毫就写下来了。我已经熟悉了向叔叔和为之间的这种做派。向叔叔是个很有革命智慧的人，头脑里随时都有闪光的念头。对立派最恨他的就是永远躲不过他犀利的攻击。他和为的和谐配合，就在于他只要将脑子里的一个念头说出来，为就可以演绎为一整篇漂亮的文章。在两大对立派相争越来越激烈的日子里，街头上最吸引人的大字报，几乎都出自这两人之间的完美配合。我想我父亲对风这个造反组织最大的功劳，就在于将为这样一个文才出色的人推荐给了向叔叔。

我还清楚地记得，为在那几天里写的大字报，用同一个标题。那个标题的起头是“九评”。这是一组后来被称为具有重大历史意义的大字报，因为人人都说，是这组大字报最终挑起了两派之间关系的彻底恶化，而后由“文攻”进入了武斗的阶段。我知道这组标题为“九评”的最后一篇大字报，在当天的深夜贴到了十字街头，第二天，小城的天空就布满枪声了。为在后来成为对立派极力要追捕的对象，也就是因为知道他是这组大字报的撰稿人。到了我对那段历史有了思考的能力时，我才醒悟到，“九评”的标题，是仿照了那个年代一种有名的模式。革命的模式都差不多，在很多时候被反复地使用。而使用的人，总是被一种高昂的激情所驱使，心中充满了对未来美好的憧憬。为恰好又是这样一个充满浪漫主义的革命者，因此他在书写那篇大字报的时候，浑身是充满魅力的。专注的表情，飞扬的眼神，在不动声色中，将一种无法说明的魅力悠悠散发出来。异常宁静的老房子里，好像都沉浸在他的魅力之中了。所有的人，都不由自主地被他吸引。井台边的女人和在阁楼上的女人，一样在非常用心地注意着这个男人。而水井边后来发生的一举一动，也毫无疑问地，被阁楼上那双冷澈的眼睛看到骨子里了。

那真是一个长长的下午。

女人那一大盆衣服好像总也洗不完，天井里的晾衣绳都挂满了。为的大字报好像也是总写不完，一张张墨迹未干的大字报，铺满了厅里的地面，还挤到了走廊的地面。我在倒立中，就看着一张张飞舞着墨迹的纸在眼前晃动，令人兴奋也令人不安。

四周很安静。只听到女人洗衣服的水声，还有为拉动纸张发出的哗啦啦的声响。这种安静，渐渐地有点让人生疑了，好像是在极力掩盖着要发生的什么。

在我突然想起老女人到哪儿去了的时候，为走下天井来了。他终于不得不洗笔了。

为站在井边了。他低头看着井，犹豫着。打水的桶在女人的脚边，女人低着头用心搓洗着衣物，似乎完全没有注意到走下来的为。

这时，空气有些凝固。

首先开口说话的是女人。但她说话的时候，并没有抬头，也没有停止手中的搓洗。

写的是赵体吧——

为的脸在那一刻通红了。他的嘴巴动了动，但什么也没有说出来。他的眼睛抬起了一点，落在了眼前女人的侧影上。

我的父亲也写赵体。以前，我常常看父亲写字……

女人在说话的时候，微笑了，脸也微微地红了。微微红着的笑脸，在乌黑柔亮的长发簇拥中，闪烁着更加迷人的美丽。那个时刻，我那样真实地感觉到她不再像瑶的母亲了，而像一个女人，一个在另一个男人面前展示自己的女人。

我在后来的日子里，细细回忆起自己在那个时刻的感觉，终于意识到一个真相。那就是女人早就注意到为了。为是那种文学气质非常浓厚的男人，带着一种让很多女人都非常欣赏和喜爱的柔和、细腻与浪漫，这一定是一种让女人非常熟悉的气质。所以，在他们那些短暂的相遇中，她一定注意到了他脸上的羞涩。那种羞涩出现在一个如此俊秀的男人脸上，是非常动人的。他完全不同于瑶的父亲的那种硬朗和豪爽。我看见过女人和瑶的父亲在一起的情景，我感觉到，瑶的父亲让她感受到的更多的是敬仰和顺从。在今天，我已经能意识到，在男女之间，敬仰其实是一种距离，而顺从，也会阻碍女人的真性情和更多的灵气展示出来。而为不一样，女人在为的身上感受到的，一定是一种更亲切的东西，一种没有距离没有隔阂的东西。

这无疑是致命的，会一点点唤起女人心底已经隐藏得很深很深的渴望。那是一种带着诗意带着浪漫的渴望。那是很多女人在年轻时都容易滋生的，而在后来的婚姻里慢慢磨灭了的东西。女人当年能凭水井边一眼对视定了终身，就足以说明她是那种心底充满诗意和浪漫的女人。

所以，女人在那一刻也脸红了。

女人的脸红，似乎鼓励了为。他果断地走到女人身边。看起来，为是要拿那个水桶，但在靠近女人的时候，为没有及时地做这个动作，他站在那里不动了。这个时候，他们俩靠得很近。为的眼睛里，浮动着井水一般亮晶晶的东西。

那一刻，时间似乎在我的感觉中凝固了，眼前的图景化作了永恒，深深地铭刻在我的脑海中。当我在后来的日子里回想起来，眼前总是浮动起一片亮晶晶的水光。

事实上，那个场面只维持了很短的时间。为很快拎起了水桶，转身离开了女人的身边，动作快速而生硬。

接下来的时间里，是没有话的。

女人仍然在洗着她的衣服，头没有再抬起来。为蹲在水井的另一边，很认真地洗他那一大把毛笔。他的头也是低垂着的，我看不清他的表情。在细细的水流声中，墨的芳香很夸张地散发开了，搅和着雨后特别浓重的水汽，使墨的芳香变得诱人而刺激，叫人心底要涌起一点什么冲动的感觉。

太安静了。我无端地慌乱起来，突然渴望听到老女人的声音。老女人到哪里去了呢？我好像全身心掉进了那个疑问，开始用眼睛四处搜索。

这个时候，我终于看到那只白色的蝴蝶了。

蝴蝶的白色身影，在老房子的幽暗中一扇一扇地闪动着，飘忽诡异，仍然令我既惊喜又有些害怕。那一刻，我的意识却一下子清晰起来，有什么事要发生了。

果然，啪啦一声清脆而响亮的声音，打破了凝固了的安静。那是瓷碗砸在青砖地上的声音，从阁楼砸到了天井上。

那是一碗黑乎乎的中药，在地面上还冒着腾腾热气。

所有人的头都抬了起来。阁楼上的那扇窗子打开了。

那扇窗子什么时候打开的？谁也没有注意到。后来回想起来，我意识到这是自己极大的忽略。我的眼睛，一直被井边的女人和男人紧紧吸引了。所以，我没有去注意那扇窗子。那扇窗子，也许早就打开了。在女人披散着长发到井边来洗衣服的时候，它就打开了，甚至，那块碎花窗帘也早就掀开了。十八岁的瑶，就那样心思重重地站在窗帘后面，一直仔细观望着井边的男人和女人。他们之间的对话，还有所有的举止，都毫无遗漏地展现在她的眼下。她一定证实了自己多日来的猜想。于是，那碗一点也没有喝的中药被砸下来了，带着腾腾热气，带着各种各样说不清的苦味。

霎时间，我清晰地感觉到那中药浓郁的味道，是贴着地面，迅速地向周围蔓延开的。我闻到苦楝子的味道了。不知道为什么，我会那么快地判断出那是一种苦楝子的味道。我有吃中药的经验。我将苦楝子的味道看成最难忍受的味道。那苦涩非常浓烈，让人即刻反胃。苦楝子难受的味道，让我在那一刻，觉得自己切身体会到瑶的感受。到了今天，我终于看清了自己十三岁的思维里，与瑶一样，无法接受那美丽女人和为之间所发生的一切。

造孽了——

老女人的声音终于出现了。

几乎与此同时，向叔叔叫唤为的声音也急促地响起来。为在那一刻几乎没有迟疑，急疾起身离去了。在他站起来的那一刻，他的脸上已经恢复了平日里惯有的冷静，他的步子急促而果断，将散落四周的浓重药味踩在了脚下。

女人没有动弹，仍然仰着头，适才淡淡的红晕已经消失，只留下异常的苍白。那一刻，我看到那只蝴蝶的白色身影在她的脸上掠过，惨然而惊栗。

就在这个时候，那一声枪声响了。从很远的地方传来，但很清晰，尖锐而凄厉。

老房子里的人很快就知道，那是很有意义的一声枪声，它是第二天两派间武斗开始的先兆。那场革命，终于迫不及待地走向了暴力的一幕。

后来我细细想过，怎么可能在那同一个时间里，发生了几件事情呢？但我已经无法推翻自己的这个记忆。因为那一声枪声响了以后，老房子里的安静就不再存在，所有在革命之外发生的事情都草草结束了。人们在进进出出中，面容肃穆凝重。后来，就有长的短的枪支出现在一些人的手中了。向叔叔从房间里疾步出来，催着我赶紧回家去。

我离开的时候，在门口回过头来，看到琼还在那面带有漂亮琉璃瓦和花窗的墙下倒立，所有的事情好像都与她没有关系。所以，我在穿越着那个园子走出来的时候，老房子给我留下的最后印象，仍然是倒立。

没有结局的结局

长长的夏天终于结束了。

结束在一个特别寒冷的冬天突然降临的时候。那个冬天里，一场残酷的武斗，将老房子里发生的一切都作了彻底的了结，无论是我介入的那场狂热的革命，还是那场不知是真实存在过还是我想象中的爱情。

到了今天，我的记忆依然无法将这种季节的混乱和事情的结局完全梳理清楚，我只记得自己在那个夏天过去之后，就离开了那个园子和老房子，到乡下避难去了。所以，我没能够亲眼看见所有事情的最后结局。

后来的信息，都是从别人的口中了解到的。所以，我不能判断，在这些信息之中，有多少的真实性。

首先是我知道瑶的父亲死了。和向叔叔一起，死在最后一个据点被攻下来的那个夜晚。那个夜晚过去之后，风这个曾经显赫一时的造反组织，被胜利了然后掌了权的对立派宣判为反动组织，并开始追捕那些逃出来的首要人物。革命的美丽光环消失了，用当时时髦的词汇来说，被钉在了历史的耻辱柱上。我少年时代里唯一经历的一场革命，就以如此丑陋的方式结束了。

接着知道的，是为从据点里活着出来了。他出来后，没有一刻的迟疑，就去了老房子。他去的时候，琼和老女人也已经到乡下避难去了。瑶仍然留在老房子里。还有她的母亲，那个美丽的女人。她们在那些动荡的日子里，还守在那里，应该是为了男人。女人是为了她的丈夫，这是可以想象的。但是瑶为了谁呢？是为了那年轻的男人吗？而在那个时局还非常危险的时候，为这个年轻的男人，为什么又回到那个园子和老房子里去呢？是想尽一点力来帮助孤女寡母？还是为了躲避当时要进行的搜捕？抑或是为了那个夏天里没有结局的爱情？已经无从知道了。从人们的津津乐道中，只知道为在被前往老房子去的人绑住之前，是和两个女人睡在一起的。

这是一个令我极为惊骇的说法。在听到的那一刻，我的眼前，出现了那只白色蝴蝶的诡异身影，飘忽在老房子里神秘而悠长的幽暗中。与此同时，我又闻到了苦楝子那股非常难闻的味道，令我即刻有了要呕吐的感觉。

毫无疑问，这种说法，使那个爱情故事里的男人和女人变得异常肮脏。因此，我想这是一个很充分的理由，使我的父亲在后来的日子里，绝口不再提他的那位得意门生。

还有一种更具体的说法。说为在老房子的消息，是瑶告的密。瑶在那个时候，病已经好多了，可以下楼了，她独自走出了老房子，将为和母亲一起留在了老房子里。她是微笑着走出来的，外面的人看到她从那园子走出来，带着一股幽暗的气息，便觉得她的笑是有些邪恶的。她没有在意外人的眼光，径直找到了她要找的人，将为的消息告诉了对方。然后，她又回到老房子去，像什么事情也没有发生，继续和为和母亲一起吃了晚饭，然后睡觉。凌晨的时候，抓人的人来了。没有敲门，是将门撞开进来的。说的人还生动地描绘，当人群拥进房间的时候，是瑶将灯点着的。那个时候常常停电，那个晚上也停电了。黑暗中，瑶点着了煤油灯，那是一盏式样古老精致的煤油灯，擦拭得亮晶晶的，这应该也是瑶的母亲家族留下来的物件。灯光很亮，也很柔和，很温暖地照在瑶的脸上。人人都看到瑶苍白美丽的脸上，浮现着很好看的笑容。但看见了的人又说，那笑有些邪恶。她的母亲，也就是那女人，在一旁看着，脸上是无比惊骇的神情，但她自始至终都没有开口。在场的人还感慨地说了那么一句话，母亲比女儿还要美丽动人。

后来又有人补充说，当人们推着为穿过园子走出去的时候，后面的老房子传来了琴声，非常优美动听的小提琴，是人人都熟悉的《梁祝》。会听的人还说，是最缠绵感伤的那一段“楼台会”了。那些人一边往外走，一边听着，似乎还欣赏着说了些什么话，就在这个时候，他们看到园子里的树下，突然飞起了很多蝴蝶。那蝴蝶只有一种，是白色的。于是，有人在黑暗中看到为俊秀的脸上，掠过无数道白光，惨然而惊栗。

这种说法，使爱情故事里的男人和女人不仅肮脏，而且邪恶。

这个时候，我已经回到城里了。发生的一切使我非常悲伤，我躲在家里不出门。在一个个不眠的夜里，我听着屋外小树林沙沙的嘈杂声，想念着那个静悄悄的园子和老房子。我反复地回忆在那里发生的所有事情，梳理着其中一个个的疑团。因而，在听到那个肮脏而且邪恶的说法时，我觉得所有的一切都粉碎了，无论是事实，还是想象。我感到了一种绝望，对自己十三岁人生启蒙经验的绝望。我在绝望中，一点一点地否定着自己的所有回忆。不久，我就下乡了。在那个离小城已经很远的山清水秀的地方，我习惯了在明亮的阳光下努力劳作，慢慢遗忘了那个浓荫满地的园子和那个充满着神秘感的悠长的幽暗的老房子，还有那个有着男人和女人的爱情故事，以及那场以一种丑陋的方式结束的革命。

在那期间，我在无意中，还是陆陆续续听到了一点有关的消息。先是说那女人带着两个女儿和老女人，一起回很远的老家去了。然后又说为坐监狱的日子里，有女人去探望他。而探望他的女人，一直在他那远在小镇的老家里等着他回去。见过那女人的人都说，那真是一个美丽的女人哟！我听着这话，神态是木然的，但竟然开口问，那女人很年轻吗？还是不年轻了？被问的人惊异地看着我，一点也听不懂我的话是什么意思。我久久盯着对方的脸，也被自己的问题困惑了。

当我把故事努力地拼凑起来之后，我的记忆磁带上，有关 1967 年的历史就与前后完整地连接起来了。虽然那其间还充满着或混乱或颠倒或荒谬或悖论的种种困惑，但是我已经能将之归结于我的倒立姿势了。

当然，我的心仍然不踏实。为了证实自己记忆的准确性，我试图将我的记忆对父亲说起，因为父亲偶尔也到那个园子和老房子里去，同样属于投身于那场狂热革命中的一员。他和向叔叔和瑶的父亲，甚至一起坚持在最后一个据点的鏖战中，成了三个好朋友中唯一活下来的一个。所以，我很重视他的看法。但是，父亲在听我讲述时，神色是怪异的，惊愕而漠然，好像我在说着如天方夜谭般的故事。他甚至打断了我的话说，你是不是小说看多了？父亲的态度叫我沮丧。但我不愿意推翻我的记忆，我又热情地对弟弟说起，因为我曾经好几次将他带到那个地方去。弟弟的反应也是奇怪的。他的声音从遥远的地方经由电话线传过来，使其中的崇拜意味变成了调侃，姐姐你编故事的本领越来越厉害了哟！

我懊丧极了，再试图对我那个当心理医生的好朋友倾诉，她仍然很耐心地听完，然后用专业的语气对我说，人在倒立的时候，血迅速冲往大脑，会让人产生幻觉，出现臆想中的图景。

终于，我无法印证我对 1967 年夏天那段记忆的真实性了。

2003 年 6 月 9 日完稿

原刊《人民文学》2005 年第 5 期

蛇精

山里人把山上流淌下来的水流，不叫河，也不叫溪，就叫水。

问起哪个村子在什么地方，习惯回答，顺着这条水走下去就是了。或是聊起山里头什么有趣的事情，也是这样说，山背那边那条水哟……进山来的人一听总忍不住要笑，什么这条水那条水的没有个名称呀？在山外，叫的都是明明白白的南流溪白沙河，大的，还叫成了龙江凤江，听起来也是气派的。

山里人听着，并不着恼山外人的数落，只是谦卑地笑着。或许在他们心里，也是认为他们山里人还是谦卑惯了，事事就不必太张扬。何况这山里的水，也没有什么气派，就那般细细长长地从山上流淌下来，遇着平坦的地方了，汇聚在一起，也是温温和和、缓缓慢慢地走着。除了端午时节雨下大下久了发了山水，急流汹涌放肆一番，平日里，水浅浅的，连小腿都盖不过。似乎也只是为了山里人清晨里挑个水，午后洗个衣裳，还有从田里上来时，顺带着就将脚洗干净了。

当然，也有水深的地方，那是潭了。

山上淌下来的水，自然是往山与山之间狭窄的平地上流去的。但这山与山之间的平地，也不像山外的地方那样平坦得规范，上下落坎的地方是常见的，若是遇到一个落坎大的地方，水就聚集起来，成了一个水深惊人的潭。潭积满了，漫出来继续地往前流去。所以，潭的水，也是活的。

水活，就有了鱼。浅水地方的鱼，多是小鱼，身体细长而透明，玲珑可人，随着活泼泼的流水，穿越在大大小小的石头缝隙间，游过清澈见底的沙砾面，温和安静，从不掀波作浪。深水的鱼，就不一样了，身体大了，颜色深了，模样也凶狠起来，动辄噗噜噜地在水面掀起一片水花，能着着实实地吓倒不知情的人。

到了一年，来了一些叫知青的城里学生，还带着铺盖，说是要在山里住下不走了。

村人听了，心里疑疑惑惑，没说出来。倒是喜欢看到这些年纪轻轻做派不一样的男女，对山里头样样好奇，看山说山好，看水说水好，看到潭了，也开心地说比城里的游泳池还要好。说是说，那个夏天里，也当真天天一下工就跑潭里游泳去了。

游了些日子，更是知道了这潭的水深不见底，知道了潭里的水是说不出的清凉，也知道了潭里的鱼的模样做派都不一样。有时在水里泡长了时间不出来，不知什么时候暮色就满了山坡满了田垌，快圆了的月亮升在了山脊上，一片温存静寂中突然听到身边水声哗啦，还以为是同伴，懒懒说上好一会话，才知道是鱼在作怪，啧啧称奇，又笑了。却也有骇人的时候，上岸时，发现一手臂粗的圆鼓鼓的滑溜溜的似鱼非鱼的东西，也随着自己一起往石面上爬，月光朗朗下，一下子看得清清楚楚，不禁大惊失色，连呼怪物，撒腿便跑了个没影。

若遇村人问明白了，忙温语慰之，别怕别怕，是蛇而已。知青们自以为懂点生物知识，连说这怎么会是蛇呢？粗粗短短，头大而圆，细看还有四只脚。村人反问，不是蛇是鱼吗？知青们语塞。是呀，这东西有了那四只脚，怎么看也不像鱼了。后来一外地的男知青过来，也跟随着去了游泳，见了倒不吃惊，说道，这叫娃娃鱼，书上写过哪！仔细看去，果然那头是像了人形，难怪村人也叫作人蛇。只是不明白，为什么这村人不叫鱼，而偏叫了蛇。村人又反问了，你们见过鱼离开水到岸上来的吗？知青们一想，也对，便认同了村人的说法，将之称为蛇了。

后来的日子里，虽说也没有谁被这称为蛇的东西伤过，但总觉得那怪模怪样的让人害怕，渐渐地，这些知青也不太敢到那潭里游泳了。

山里头通常看不到大人游泳，在浅水里和在潭里嬉闹的，只是那些光屁股的黑泥鳅般的娃娃们。大人们不喜游泳，却又多少会一点。原都是在孩童时候玩水玩出来的。所以起初看到穿着鲜艳泳衣的男女知青嘻嘻哈哈地下水，觉得有些过分，但看多了几次，也习惯了，心想城里来的学生毕竟是不一样的。后来看到知青们因为蛇的缘故，不再游泳，反而惋惜劝之，这蛇没有什么可怕的，不就是像了人吗？看到那祠堂屋梁上的画了吧，我们的祖先伏羲女娲不就是人蛇吗？

知青们听着，愣了愣，便是嘻嘻哈哈地笑成一团，心想这村人还真把神话当历史了。

唯一不笑的是一个名叫灵子的女知青，她熟悉伏羲女娲的传说，还读过《聊斋》《白蛇传》，从小喜欢这些神话传说，因而听着觉得很吸引人，倒不觉得有什么好笑的了。

水活，就有了鱼。浅水地方的鱼，多是小鱼，身体细长而透明，玲珑可人，随着活泼泼的流水，穿越在大大小小的石头缝隙间，游过清澈见底的沙砾面，温和安静，从不掀波作浪。

——《蛇精》

游泳是不敢了，但潭那个地方还是常常去的。因为那里有一座碾坊。

山里人都种稻谷，种了稻谷就有了碾坊。进到山来，顺着这条水或那条水走，都可以见到碾坊。

碾坊建在潭的下方。往往是在潭靠山的一边开凿了一条引渠，将水导到碾坊上方，一泻而下的水流带动起风车的飞速转动，整个碾坊就像一部大机器一样轰隆隆地运作起来了。碾坊巨大的声响，会传出很远，打破了山里的沉寂，知青们起初听到，就感受到一种莫名的兴奋。奇怪的是，这种从久远年代流传下来的碾谷模式，让知青们体会到的不是农业社会的古老情怀，而是一种接近现代工业文明的美丽诱惑。在后来消沉下来的日子里，这些知青们最热切的渴望，就是有机会抽调去工厂。不知这种渴望与碾坊的潜意识诱惑，是不是也有了点关系。

不管怎样，有了这诱惑，知青们就喜欢到碾坊来了。

碾坊是个热闹的地方。人来人往，笑语盈耳。除了真正来碾谷的，还有很多是为了说话和听别人说话而来的。多年后，叫灵子的女知青在另一个很繁华的城市里生活的时候，觉得城里人喜欢泡酒吧的做派，就像极了山里人喜欢到碾坊里坐坐。

碾坊每天最热闹的辰光，是从傍晚开始的。

下了工的人陆陆续续来了。碾谷的，在上工的路上已把谷子摆在了这里，这时就急急找出自家碾好的稻米，然后用筛米的工具将米与糠分好，才算是完了事。不是碾谷的，进来先抓上摆在门边的水烟筒，找了个舒服的位置坐下来，用力伸展几下累乏的身子，然后大叫，老牯头——

话音未落，一篾白小筐就放在了跟前，里面盛的是切得非常细的烟丝，若是堆得扎扎实实，还冒尖，就知道已经是新烟叶烤出来的季节，而若是松松散散地平铺着，也就知道还是去年的老烟叶。抽烟的人也从不客套，头都不抬，一味用心地往烟筒嘴里塞烟丝。知青们第一次见了，很惊讶平日里待人上下尊卑礼数周到的山里人，对守碾坊的老牯头却是没大没小。而奇怪的是，那被叫作老牯头的，总是笑嘻嘻地听从着人人的使唤。日子久了，才知道那是一种更亲密的关系。

老牯头是个孤老头。听说年轻时到山外闯荡了好些日子，后来父母相继去世后就不走了，但自己对农活却有点干不惯了，便向村里要求来守碾坊，说是在外面也学了点机械技术。村人听着好笑，这碾坊都是多少年代的东西了，还需要什么技术呀！但可怜他孤身一人，也到了难娶媳妇的年纪，便一致同意了。没有料到，他的技术还真的管用，这碾坊就硬是被他鼓捣得比其他地方的碾坊要好用，速度更快，出米更多也更白。名声一传开，山里附近好些村子的人，也放着近的碾坊不去，老远地挑着谷子到这里来了。碾谷的人每次是以留下几斤米作为工钱的，米收多了对村里就有了好处。因此大家对老牯头的尽职十分满意，而老牯头对大家的宽容也深为感激。

碾坊在离村子不远不近的地方。山里人耕田不容易，见缝插针地处处开垦土地，田耕到了门前，也耕到了远在十来里路外的山窝里，出工要跑上老半天是常有的事。因此，碾坊就成了村人上工下工的歇脚点，在这里抽上一筒烟，喝上一碗米汤，是少不了的了。若是遇上在田里干活时，还顺带着摸到点泥鳅或牛蛙什么的，下工时拎着到这里来，再加上老牯头有时在潭里也捉来三两条鱼，便能打上一顿美美的牙祭了。所以呀，要是当媳妇的在家做好饭，左等右等还等不回男人，必是支使着儿子或是自己一路顺着水寻来，高一声低一声地喊着自家男人的名字，之间也夹着一两句骂上老牯头。碾坊里外大风车的声响震天动地，通常是听不到的。正巧在停下来的时候，那叫声顺着水送来，顿时听得清清楚楚，自然引起了众人哄笑。被叫的男人，脸讪讪的不好意思，嘴巴硬着是说不回去，但神色已惶惶。山里人娶上门媳妇不容易，男人心里终是不敢忤逆到底的。这时，老牯头不由分说地将男人推出门，在门外遇上是小孩的话，会顺手塞上一把炒黄豆或煮花生什么的。遇上是媳妇的话，就要顺口说上几句荤话，直教那媳妇臊红着脸，一边骂着老牯头活该娶不上媳妇，一边让自家男人给老牯头留下一包自家腌的咸菜。老牯头听着说着笑着接过东西，很满足地转身进了碾坊。风车重新转了起来，轰隆隆的声响，紧紧追随着相互埋怨着回家去的夫妇。

这个时候，通常已是入夜了。遇上有月，一路景物轮廓清晰，路面的坎坷上下也看得仔细，便可放心着说说吵吵地走路。若是无月，便见山色浓重，身边流淌着的水，闪烁着隐隐约约的波光，但路面却是看不清的，走路的人就只能点上油灯或油松木，即便口里说着吵着，也还得埋着头小心翼翼地看路。偶尔，也有打着手电筒的，多是那些知青，或是那几个爱与知青玩在一块的年轻后生。还在碾坊里的人，有意无意地往外看去，便会看到那顺着潭边往村里去的小路上，是一闪一闪而远去的光团。

又是一个无月的夜晚，一对还年轻的夫妇相互埋怨着离去。

碾坊里的人，一边继续说着取笑的话，一边也是这样有意无意地往外看去，却看见那顺着潭边的小路上，没有了往日的那一闪一闪的光团。一人顺口说道，小两口怎么就灭灯了？还没有到家呀——

众人听着，又是悟出了多少意思，即刻哄然大笑。在座也有知青，这个时候虽然多少熟悉了山里人说荤话的习惯，但脸上仍然热辣辣的挂不住。村人看着这些城里学生的样子，更是笑得开怀不已。没有注意到这个时候，门口跌跌撞撞地闯进来两个人，一看到屋里的人，摇晃着脚一软，瘫倒在地上了。

到众人看清楚地上的两个人是刚刚离去的年轻夫妇时，他们还说不出一句囫囵话来。老牯头二话不说，伸手就往两人的人中处掐去。两人的脸慢慢地从白转红，话也就说出来了。但第一句话说出来后，众人的脸却唰地变白了。多年后，灵子还非常清楚地记得那个夏天的夜里，在碾坊轰隆隆的声音刚刚停下来的一瞬间，那句话一下子让她毛骨悚然。

潭里有鬼！

灵子在听着这句话的时候，蓦然感觉到门口无端吹进一阵风，阴凉阴凉的，墙壁上挂着的那盏油灯，火光随之跳跃起来，屋里变得忽暗忽明，众人忽地噤了口。寂静中，只听到屋外刚停下的风车留着滴答滴答的水声，异常清晰，一下比一下慢下来，好像在静静等待着什么的出现。

接下来能把经过说清楚的，倒是那位年轻媳妇。说是两人正吵吵嚷嚷地走过潭边的小路时，忽然迎面吹来一阵风，噗地一下就把灯弄灭了。小两口奇怪着，那晚上是月暗山静，四围草木不动，怎么就无端起了风？正疑惑中，潭里哗啦啦的水声大响，就像有什么庞大的东西从水中爬上了岸，然后，便看到一如大人高的黑影从潭边的灌木丛中站立起来，飘飘悠悠地走出来，在他们前面不远的地方穿过小路，闪入了对面的竹林。路面，留下隐隐约约的水的光亮。

是谁——去了游水吧？老牯头转着身子看屋内的人。脸上虽还是强作镇定，但眼中已见出一丝惶然。

出去看看！

一听就是村里血气方刚的年轻后生。口气有几分好奇，也有几分逞强。

几位男知青马上附和起来。不等其他人阻止，一伙人扬着手电筒已经冲出去了。灵子迟疑间，手被另一个女知青拉着，也跑着跟了上去。

出了碾坊的门往右一拐，就是回村的路了。在这里往前的一段路，紧靠着潭边，但也看不清那潭的水面，因为潭的岸上密密实实地长着一溜不高不矮的灌木，正好就挡住了视线。这伙人叫叫嚷嚷的，用手电筒往潭的方向照去。什么动静也没有，那位首先扬言出来的年轻后生忘乎所以地叫起来，是什么鬼呀，也让我看看呀——话音未落，他手中的手电筒啪地甩到了地面，在地面滚动着，闪了几下，即刻灭了。眼前一下子变得漆黑一团，后面的人下意识地跟着停下脚步，也停住了叫嚷。后来回想起来，那骇人的声响就是这个时候出现了。

灵子清楚地记得，那阵兀然而起的巨大声响是从前面的灌木丛里传出来的，很快地，身边一溜的灌木丛就哗啦啦地作响起来，像有什么庞大的东西在里面疾速地窜跑。那一瞬间，所有人的反应都失去了。大概是片刻之后，一个声音颤巍巍地问道：是——谁？声响戛然而止。接下来，是死一般的寂静。不知是谁喊了一句：妈呀——随着这一声叫喊，所有的人几乎是同时撒开腿就跑了。

待这一伙人奔跑着穿过长长的田垌，跳下石坎，越过水，看到村头人家的灯光时，都一下子趴倒在地上再也动不了了。

跑在最后的灵子，这时发现手中的手电筒不知什么时候给扔掉了。

那个夜晚以后，水的上上下下的村子，都传开了潭里闹鬼的事了。

知青们听着，欲要出面驳斥这是迷信的说法，转而想想那个晚上每人的狼狈样子，终是开不了口。本来以为村人自此是不敢往那潭边走了，但看见人人说是说，上工下工时照样有说有笑走过那潭，照样走进那碾坊，做着往日喜欢做的事。不同的是在碾坊里的话题变了，都爱说潭里闹鬼的事。说着说着，就会盯着老牯头紧问，你老牯头就一天到晚地在这潭边，知道不知道是什么鬼呀？

这个时候的老牯头，倒显出了相当镇定的做派，很有智慧地说，潭从来干干净净的没死过人，怎么会有鬼呢？要说有什么的话，也只能是水里的精灵了，不是听老一辈人都说嘛，我们这大山里，什么没有呀，山有山精，水有水怪，花有花妖，树有树神……众人听着，觉得很有道理，也更来劲地追问，潭里又是什么成了精成了神了？

我看哪——八成是那人蛇！

老牯头煞有介事地回答。前些日子我看有条人蛇长大了好多，都像一两岁的娃娃了……

哇！那不得了——大了是要成精的哪！

众人惊惊乍乍地议论着，然后又嘻嘻哈哈地笑着，没有了那天晚上听到闹鬼时的惊恐。在一旁听呆了的灵子心中好生纳闷，原来这山里人只怕鬼，不怕神灵？

碾坊里的话是传得最快的。很快地，人人都在说，潭里的人蛇成精了。有年长一点的妇人，暗底下拿着香到潭边来烧了，说是成了精的人蛇是可以保佑人的。老牯头也悄悄然在碾坊里的墙角点上一炷香，知青问了，说是熏蚊虫。村人明白是烧给蛇精的，每日离开前，也悄悄地到跟前拜一拜，然后走出来，豁然觉得心里头踏实起来。

果然，那些日子里，再也没有人在潭边遇到什么怪异的事情了。

知青们愈发觉得这是难以容忍的迷信了。

但每当知青们试图与村人辩论这桩事，都被老牯头笑眯眯地拉劝住。说是山里人总有和城里人不一样的信仰，就像你们城里人喜欢拜活着的人，还让山里人也学着一样呀！现在他们又不要求你们一样，就装着不知道好了……知青们迷迷糊糊听着老牯头拐来拐去的话，觉得不对劲，却又反驳不来，心里忽然生出许多纳闷：不是叫我们来接受教育的吗？

这个时候，却有一个人会在里面的墙角下嘟囔起来：什么神呀精呀，还有人呀，都不能信！不能信！

说话人的口气，总有几分醉意几分睡意。往往一说出来，就被众人的叫嚷声盖住了：不要乱说，不要乱说——

知青里有人一听就生气，便要努力想出什么话来反驳。这个时候，若是灵子在场，她注意的就不是什么精呀神呀人呀的争论，而是说话的这个人了。

说话的人是桑。

桑是林站的护林员。

在潭的右面，往山上走去，是一面难得的平缓山坡，有一片稀疏的小树林，小树林里，孤零零地建着一排很气派的大房子，是那种在山里难见到的青砖到顶的大房子，间间玻璃大窗明亮宽敞。知青们第一次见到的时候，倍感亲切，下乡前在报纸上杂志上和在心目中想象的新农村，就本该是这个样子的。村人告诉他们，这是林站，原来也住了一帮像你们一样从城里来的学生哪！知青们听着欢欣雀跃，冲上去一看，不觉大失所望，除了一间房子里还摆着一张挂着蚊帐的床、一张桌子、一张椅子，另有一间烟熏火燎黑乎乎的成了厨房，其他的都是空落落的。跟着上来的村人说，没有了没有了，都走光了，就剩一个桑了——

住下来久了，知青们认识了桑，也知道了这林站的来源。

这山里，一走进来才知道其大其深。随便攀上一个峰顶往远处望去，群山重叠林海茫茫没有个尽头。村人说了，别看山里人守着这山这林，都不是自己的，全归了公家的林场。那打柴割草的也是有着规定的山岭，若是进错了山砍错了树，是要被判刑的。自然公家的东西，就得有公家的人来守。早些年，还没有这林站的时候，是别处的护林员远远地巡过来的。到了有一年，也不知为什么到处都建什么高炉炼什么钢铁，山外的人砍树都砍疯了，一下子毁了好多林子。后来，就建起了这林站，来了一帮城里人，男的女的好年轻哟，都像你们一样呀！也热热闹闹的，白天在山上种树嘻嘻哈哈的，夜里是唱呀吹呀弹呀，有时还在门前烧起火堆围着跳舞。树种够了，人也累趴了，后来陆陆续续地都走了。听说个别有病有伤的回了城，其他的是到总场或别的林场去了，就留下桑一个人在这里，守着当年他们种下的树。

灵子听着，觉得是熟悉的。家里邻居谢老师的女儿娜娜就是去了林场，几年后回来，得了很严重的风湿病，很多的时间是要躺在床上或靠背椅上，林场是再也回不去了。有了这点，灵子看桑从一开始就有了熟悉和顺眼的地方。而不像有的知青那样，用一种完全不理解甚而是鄙夷的眼光来看桑。这个时候的知青，尚有着热情和憧憬，还不会想到若干日子过去后，自己身上也一样有了桑那种颓落灰暗的气质。

桑，很普通的男人，不高大，不英俊，背有些佝偻着，头发乱糟糟，加上总是一副萎靡不振的神情姿态，那年纪看上去是谁也猜不准，有说三十的，也有说五十的。见到村人也打招呼，但神态淡淡的看不出什么表情。村人似已习惯，照样热情地喊着他桑，还常常会带给他一包自家腌的咸菜，或逢年过节的粽子糍粑米糕什么的。有了同样的背景，知青们慢慢对桑表示了很大的热情，在山上、在田垌、在碾坊遇到了，便是主动打招呼，每次路过林站，都要径直走进去转转，桑不在了，也喜欢坐在大屋檐下等他回来，为的是说上几句话。尤其是在山中待久了，日子的循环无尽开始令人无端心慌，能找个这样的人说说那些越来越遥远的城市印象，似乎还是个安慰。但奇怪的是，桑对知青们的态度始终淡淡的，从不主动开口，问到了说得也少。就算是难得留下来一起吃顿饭，也是一席无言。这令知青们多有不解，照理说，他与知青应有同伍相怜之情。

桑的工作是巡山。每天，众人在田里已经干了好一阵了，太阳早已出来，草上的露水也干了，才看见他慢悠悠地从房子里转出来，往山上溜达而去，身后跟着一条大白狗。知青们很快发现，大白狗是桑形影不离的伴侣，它甚至有一个与桑的名字很对称的名字：白。知青们起初听到桑和白这样的称呼时，不禁大笑不已。灵子惊讶了一番，却是感到很亲切，这让她想起熟悉的一些书，里面的人物就是喜欢这样称呼的，那是一种搁久了年代的书卷味道。这种熟悉，想来也是使她对桑有了好感的原因之一。她奇怪的是村人也接受了桑和白的叫法，这明显不太符合山里人的语言逻辑。后来有了机会询问村人，答案很简单，因为桑喜欢村人这样叫他，村人也习惯了。灵子在山里待久了，也渐渐得出了一个结论：山里人其实很能接受城里人喜欢的东西。

每天看着桑带着白，从一个山岭溜达到另一个山岭，在路经田垌的时候，被村人叫住，说上几句话，然后又溜达而去。走远了，会听到一声声断断续续的吆喝，像是吆喝白，又像是不知什么调子的歌。在田里头泥里水里干活的知青们看着听着，心里总有了点说不清的妒忌。

桑也到碾坊。但桑到碾坊的时间，总比其他人要晚一些，而在众人离开后，他却一人留下来，与老牯头碗碰碗的，慢慢地对喝着一点总喝不到底的酒。这个时候，下酒的菜通常都被众人吃得所剩无几了，两人盯着偶尔还余下的几颗黄豆或花生米喝上好一会。直到夜深了，觉得肚子喝得空起来了，老牯头会舀出一些米来熬粥，还到潭的水闸口处抽出摆在那里的鱼笱，总能抖出一条不大不小的鱼，拎回来用桑带来的油煎香了，两人又是再对着喝上半宿。这样，天往往就快亮了。

知青们起初见到两人喝酒的架势，以为他们之间有着说不完的知己话。后来深夜里跟着村人赶野猪什么的，撞到碾坊里，看到两人相对坐在那喝酒，是很安静的，低眉垂眼，一言不发。若是喝得醉意深了，便能看到桑在吹口琴。知青们看到桑吹口琴，都有亲切的感觉，只是不明白他在清醒的时候为什么不吹。吹的，也尽是些让众人听不懂的曲子。倒是灵子细细听出了那份温婉柔媚悠悠长长，是像了江南一带的调子。桑吹口琴的时候，老牯头通常会让风车歇了下来。琴声悠悠长长从碾坊里传出来，飘过潭面，顺水而上，掉落在两岸，远远地沉入夜色苍茫的大山里去了。遇到村上有人也还没有睡下的，或已经是早起喂猪和出远门什么的，便也能听到了。男人听到会说，这桑怎么了，大男人还吹出这样听起来凄凄惨惨的东西来。若是女人听到了，会深深叹出口气，又幽幽说道，是该给桑说门媳妇了。

山里人把找媳妇叫作说媳妇，是因为这工夫全在了说上。山里人穷，找媳妇不容易，得到处托人去说。受托的人，也就是那些已成了山里人媳妇的妇人。这些妇人通常是回娘家去物色合适的人家，便开始了漫长的说的过程。这说是很费劲的，所以山里人在婚事成了之后，是很讲究谢媒的，久之便成风气，山里的媳妇都爱做媒，这成了山里的一种习俗。照理说，要给桑说媳妇也应该是早点的事情。但村人说了，早些年，也以为桑会像别的年轻人那样离开这里的，到现在看起来，他是不会走到哪里去了，也该说个媳妇安个家好好过日子了，别像现在的这日子过得乱糟糟的，没有女人的日子怎么过呀？

听村人说着，灵子也觉得很有道理。虽然桑守着那一大排山里最有气派的大房子，但日子过得一塌糊涂，房中无一处不乱不脏。灵子进去过一次那间黑乎乎的厨房，有印象的是挂在墙上的一块木雕饰物。灵子将之看成一块饰物，是觉得那有半个巴掌大的木雕，用一根细细的麻绳穿起来，吊在那里，明显就像了戴在胸前的饰物。那饰物的形状很特别，扭来扭去地聚成一团，细细端详，看出是用树根雕成的，很巧妙地顺着树根的纹路雕成了一条蛇，一条在水波中舞蹈着的蛇。雕得很精致，看上去栩栩如生，灵气逼人。烟熏久了，已看不出树根原来的颜色，但黑亮亮的，像是常常有人用手抚摩。灵子心中有些奇怪，干吗刻这样的动物？后来的日子里，灵子才猜想那可能与人的生肖有关。听村人说过，在林站还有着大帮的男男女女热闹着的时候，喜欢在冬闲的夜晚围着篝火跳舞，那其中一个身材瘦瘦长长的女孩子，常常独个儿跳一种很好看的舞。村人说了，那女孩的腰身真柔软真好看呀，扭动旋转起来就像蛇一样灵活。灵子在后来的日子里，不知为什么，总会将那木雕饰物，与这个会跳蛇一般柔软的舞蹈的女孩联想在一起。因而，在那蛇精的事发生后，就觉得那是暗合着什么隐秘难测的东西。

后来回想起来，那事情发生前，正是村里的妇人在张罗着给桑说媳妇的日子。

对于说媳妇这桩事情，桑是一概拒之，甚至让女方在大房子前左等右等老半天，也躲在山上的林子或碾坊里，死活不回去见面。弄得村里妇人里里外外不是人，跑到碾坊里冲着老牯头狠骂，说是自己找不到媳妇也罢了，怎么把桑也糊弄得连女人也不愿意沾？老牯头少有的不回腔，末了却是慢悠悠说出一句，算了，城里人对女人的要求哪与我们乡下人一样呀？妇人听不明白，但也没有什么好说的了，跺跺脚，摇摇头，算是凉了说的心愿。

蛇精的事就是这个时候出现的。

那也是一个如往常一样的日子。众人已经在田垌里干了好一会活了，抬起头，朝那林站看去，想着该是桑带着白溜达出来的时候了。山里的日子很单调，日复一日地重复着，人们难得遇到什么新鲜的事情，便是将每天该发生的事都有滋有味地关注着。桑在这一方山里，也算是一道看不厌的风景。每天到了这个时候，人们就习惯了等着那桑带着白溜达过来，待说上话，就可以趁机歇歇手了。那天在同样的时间里，桑和白的身影却久久没有出现，众人等着等着就显出焦虑了，几个性急的后生，开始扯着大嗓门叫起桑的名字。接下来的时间里，众人一边嘀咕着，一边更频繁地往山上看去。

那女人的身影，就是这样出现在众人的视野中的。

灵子也是与众人一起同时看到了那女人的身影。事后她想起来，也没有什么特别让她吃惊的地方。她记得，自己是在感觉到老弯着的腰累乏了的时候，很无聊地抬起头往上看去，因为那是一面向东的山坡，阳光从那里闪射过来，让她觉得有些刺眼，就是在感觉着一团一团的光亮在跳跃的时刻，那女人的身影很自然地出现了。那女人是在走动着，从林站的房子里出来往那小树林走去，灵子还来不及想到那房子里怎么会走出一个女人，脑海里首先冒出来的是一个好像很遥远的词：绰约。对这个词的突然出现，灵子有一种蓦然而至的兴奋，她沉浸在对某些很虚渺的东西的缅怀中去了。所以，当村人在后来的日子里纷纷重述那天看到那女人的情景时，灵子对村人的丰富想象大感吃惊。

是有风了，确实有风了！吹过来阴凉阴凉的，还有些腥味，像潭的水……

这是村人不断重复的。到了村人最后确认了那女人就是蛇精之后，这句话更被重复地说道。当这话被村人重复地说着时，灵子的感觉也渐渐地逼真起来了。每次在她靠近那女人身边时，便顿时觉得四周弥漫了水的味道，阴凉阴凉的，还有些腥味。后来，灵子总在问自己，那感觉是真实的还是虚幻的？

那女人却是真实的。

在那天以后，人们就不断地看到那女人的身影了。多数的时间里，是看到她在林站大房子前面，走来走去，忙碌着各种事情，晒衣服，晒被单和蚊帐，也晒咸菜、干菜和柴火。后来，还看到她在小树林的空隙里翻起了一小块地，种上了黄瓜豆角什么的，天天提着桶在浇水。远远看去，那走来走去的身影很是动人，一下子令那座孤零零的大房子变得有生气起来了。

田里干活的人看着，新奇中还有了一种莫名的激动，怎么就突然冒出个女人来了？歇下手的时候，都迫不及待地走上林站，吵吵嚷嚷的还来不及与女人打上照面，那女人已闪进厨房，悄无声息地掩上了门。众人在门外与桑说着闲话，从亮晃晃的玻璃窗偷眼看进去，也只是看到那影影绰绰的身影。到众人磨磨蹭蹭走下山坡，忍不住再回过头来，房子上方飘起了一缕炊烟，袅袅摇曳，也像那女人走动着的身影。众人一时发怔，都说不出话来。

那些日子里，桑是不再到碾坊去了。而碾坊里的话题，全是围绕着那女人的出现。

在老牯头的吞吞吐吐中，众人终于知道了女人是桑捡来的。

捡来的？能在哪里捡到一个大活人？众人惊乍起来。是夜里呀！在从碾坊回林站的路上，那天没有月亮呀，伸手不见五指的，桑打着手电筒，就看见这女人了，坐在路边嘤嘤哭着哪。醉意深了的桑，问不了几句话，自己倒先迷糊了，最后还是女人将他架回了林站。后来，也就留下来了。众人听着，惊奇着，激动着，也更是纳闷了。这半夜三更，哪来的女人在路边？要知道，在这偏僻人少的大山里头，有什么外人走动都是很清楚的。而这女人，虽只看了背影，但也可看出她不是这山里的人，也不是熟悉了的进山来的人。说着说着，天也见黑了，众人收拾着要回家。走出碾坊的门口，一阵风迎面吹过来，阴凉阴凉的，还有些腥味，是潭里的水的味道哟。其中一人大声地吸了一口气，很顺口地说，那女人该不是从潭里走出来的吧？说者还无心，听者倒给惊醒了。众人相互看了看，脸色凛然一变，不用再开口，都知道每个人的心里，都想起了那潭里蛇精的事情。

蛇精！

对了，会不会就是蛇精化成了女人？不是常常听老人说了，这山里成了精的东西，往往会化为人形来找凡人的呀……

细细想想也是，在那样的深夜里，在那样的地方，怎么会有女人在哭？而且心甘情愿地留下来陪桑这个孤单的男人？要知道，在这山里，要找一个媳妇是多么困难的事情，弄得有的人家，不得不在暗地里向人贩子买来一个价格昂贵傻头傻脑说不出家在什么山长水远的地方的媳妇。

众人想着想着，是惊了怕了更好奇，待再看到那女人的身影，眼光就更仔细了。便也发现了那女人，果然是很不同的，腰条那个细长柔软呀，走起路来摇摇曳曳，像足了那蛇的扭动。接下来的日子里，女人偶尔也走出房门，与众人打招呼了，虽然不说多余的话，但也让众人看清了女人的容貌，不年轻了，也不漂亮，但略略往上挑着的眉眼间，有一股子说不出的媚态。年纪大一点的村人说了，这味道呀，也是像了蛇精，不见早年间那戏班子里唱的白蛇精，描的就是这样的眉眼哪！

在灵子看来，村人越来越确信那女人就是蛇精以后，态度是令人惊异的，表现得格外热情和友好。他们频繁地去探望桑和那女人，送去自己精心腌制的各式咸菜，还有一些红薯芋头或花生黄豆什么的，还抱去了几只毛茸茸的小鸡小鸭。热心的妇人，甚至在张罗着要给两人操办一个正式的成家仪式，说是这样不明不白地进了门，终归不合了山里规矩。桑听着训斥，难得地脸红起来。那女人听着，一副恭敬谦卑的神态，终是不开口。后来的日子里，人们回忆起来，竟想不起那女人都说过什么话了。留下深刻印象的，只是那摇摇曳曳的身影，在走来走去间，分明让人闻到了那水的味道，阴凉阴凉的，还有些腥味。

那些日子里，灵子看着那桑，那女人，还有那叫白的大白狗，以及村人，都是快乐的。尤其是桑，一变往日的冷漠，脸上常常有了笑容，夜里不到碾坊去了。大白天也听到他的口琴声，有时在巡山时吹，有时在大房间里吹，调子还是听熟了的调子，但变得欢快起来了。

不知什么缘故，灵子从一开始，即便有许多的惊奇和疑惑，但也认同了村人的惊人想象。所以她也如村人一样，对那女人持一种友好热情的态度，而不像别的知青那样，始终用一种戒备的眼光看那女人。后来想起来，也许就是这态度，使那女人在一次赶墟的日子里，特地悄悄托了灵子帮她买一些女人要用的物品，重要的是还顺带着寄一封信。灵子看信封上的地址，是外省的一个县，心咯噔一下，生起一种似曾熟悉的感觉。仔细一想，不由大惊，应该是1967年的事情了。那里发生了可怕的武斗，逃出来的人是话也不会说了。起初听到是不相信的，但很快这样的武斗就蔓延开了，死去的人是以成千上万计。灵子认识的一些人，也在那期间死去或失踪。这些年来，灵子努力想忘掉那些可怖的记忆。而眼前这个来历不明的女人，又蓦然将那些往事带了回来。

仔细想想，女人说话是带着那个地方的口音的。她或许就是那场武斗中的幸存者？千里迢迢地逃难到山里头，隐名埋姓，却还是放不下那些不知下落的亲人。她还有什么亲人呢？死去了？还是活着？灵子很想开口问问女人，但始终没有问。只是每回见到女人，心里便陡然一紧，生出一阵无法名状的痛。女人似乎能感觉到灵子的心情，总是多看了灵子几眼，但也无话。那之后不久，女人突然走了。灵子闻讯一惊，无端有了一种如释重负的感觉。但看到桑失魂落魄的模样，心底又冒出好些的愧疚与不安。那女人的离开，或许就与寄出的那封信脱不了干系。

女人的突然离去，让村人最后确信了蛇精的说法。

女人是在一个风雨夜走了的。后来人们回忆起来，就觉得那场风雨来得突兀来得奇怪。白天里风和日丽，近了黄昏，还见一轮满月早早地从山顶爬出来，被落霞映得血红鲜艳，让人惊异。但入夜没多久，却突然雷电交加，大雨如注。后来老牯头说了，那天晚上的水一下子就涨得厉害，好像山上所有的水都涌下来了，幸而在碾坊里说闲话的人看着天变走得快，要不断然是过不了水回不了家的。那潭呀，更像开了锅一样，闹腾得惊人，水闸的石板也差点掀翻了，弄得碾坊的风车一夜都不敢开。等到第二天早上，雨停了，水退了，人们都忙着到田里去收拾。干累了，直起腰往山坡上看去，意外地见不到那多日来总在走来走去的女人身影。桑是独个儿走出来了，奇怪的是身后也没有跟着白。他没有走下田垌，而径直往山上走去。灵子还看出一点异样，是口琴声没有了。

消息还是在碾坊里传开的。

那个晚上，桑又意外地到碾坊里来了，但躲在角落里不说话。说话的是老牯头。说是风雨骤起时，那女人说是忘了收晒在小树林的菜干，急急跑出去后就不见回来了。她跑出去的时候，白也紧跟在后面，桑在屋里，还一直听到白叫得很大声，想着是雷电吓着了它。待桑突然醒悟到耽误了太长的时间，已是大雨如注，他抓起蓑衣跑出去，赫然看到小树林竟被雷电削去了一半树梢，幸而有大雨，没有酿成火灾。冲进林子，一地的断枝残叶，好似一场鏖战刚过，却不见了女人和白的影子。桑慌了，四处奔走着寻找。一夜过去，仍是踪影全无。众人听了，惊呆着说不出话来。半天，有人开了口，不可能，山水涨了，是谁也走不出去的呀……听的人马上顺口反驳了，谁走出去了？她是蛇精呀！

是呀，她是蛇精！

众人的脸色凛凛，眼光不由都往外看去，碾坊上方的潭，已恢复原样，风和水敛，静悄悄的，好像什么事情也没有发生过。

女人再也没有回来。

村人惊异地传说着，假如早些时候有人还有些疑惑，那么到了这时，都完完全全相信那女人就是蛇精了。说蛇精在潭里待的年日久了，一个个有月无月的夜里，听多了桑凄凄惨惨的口琴声，怜他孤单，化了人形来陪伴他。谁不知，犯了天条呀！那个风雨夜，就是天兵天将赶来收服她了。大战一场，把蛇精打回了潭底。不见那戏文里唱的都是这样吗？至情至性的白蛇精，打得个水漫金山，但还是被法海收服了。还有那掌管宝莲灯的三圣母，也一样被她的哥哥二郎神打败，压到华山底呀……说着说着，眼窝浅的妇人还抹开了眼泪。

知青们听着，是欲反驳的，但想着那女人来无影去无踪，也是说不清的离奇神秘，到了嘴边的话也吞了回去。日后，看到有村里妇人悄悄带着香到潭边来烧，也没有想着要与人辩论了。灵子看着，生出了隐隐的悲哀，觉得成了精成了神的生灵，与人一样，并不自由。后来，灵子跟着众人到林站的大房子去过，一切又恢复了原状，那女人似乎没有留下任何痕迹。走进那间厨房的时候，灵子注意到，唯一有变化的，是不见了原来挂在墙上的那块木雕胸饰。

日子慢慢地过去了，知青们终于陆陆续续回了城。

村人想起知青们刚下来时说不走了的话，不由感叹了一番。感叹是感叹，过了一些时候，又照常过日子了。

桑还照常巡山，只是身后少了那叫白的大白狗，更是形单影只叫人生怜。有时从山上溜达下来，仍然神色木木的不言不语不应答。众人见状，也渐渐提不起以往说话的兴趣了。夜里，桑还到碾坊里与老牯头喝酒，也会喝到深夜，一直喝到醉意朦胧。但这个时候，他是不再吹口琴了。听一放牛的娃说，看见桑将口琴扔到潭里去了。那娃想想，也不怕什么蛇精，就扎水下去想捞起归为己有，却怎样也扎不下去，那水下面好像有什么东西顶住了一样。那娃最后只好作罢。众人听了，更觉有奇，但看着桑的样子，也不说什么了。那些妇人，还是继续偷偷带了香到潭边来烧。后来的日子里，也没有听说过潭里再闹什么事。

知青们回城后不久，也是各奔东西，很少见面，难得撞上了，说的也是别的，似乎没有人再记得有这回事了。至于灵子，她到了一个很远的城市去读大学，毕业后就留在了那个城市，天天东奔西跑忙于生计，对以前的人与事似乎也渐渐遗忘。倏忽到了一日，在一家新上市集团公司的酒会上，她见到了那位很有传奇色彩的女董事长。打照面时的感觉十分奇异，不断闪烁的镁光灯，在对方的面孔和身上留着一团一团的光亮，灵子似乎闻到了什么熟悉的味道。这时，她一眼看到了女董事长的胸前，一根很精致的皮绳子上吊着一块饰物，树根雕成的，形状是一条蛇，一条在水波中舞蹈着的蛇，栩栩如生，灵气逼人。

灵子的记忆一下子惊醒过来。那熟悉的味道蓦然充溢了全身，阴凉阴凉的感觉……

是水的感觉！

灵子被这种感觉紧紧地攥住了。她吃惊地望着对方，那是一张修饰精致与这现代都市潮流很吻合的女人面孔，看不出是三十岁，还是五十岁，脸上始终挂着极专业的笑容，让人无可挑剔。灵子犹疑着，终于趁她一人走到餐桌前时，凑过去，试探着开了口，这胸饰真有特色哟！

对方抬起头，微微一笑，口气轻柔，地摊上随便买来的。灵子还来不及说别的，对方已经被一群走过来的人包围住了。

灵子在人群后面怔怔地站了一会，心中想，天下不会有这么巧的事吧？何况当年那女人在众人面前，总是一脸谦卑之色，与今日这女人是截然不一样的。想想，觉得无趣，酒会没有结束，便借故提前走了。

走出酒家的门口，发现不知什么时候下了雨，空气中浓浓地弥漫着水的味道，阴凉阴凉的，还有些腥味。

2002 年 8 月 1 日完稿

水魘

后来回想起来，她完全是在一种无意识中，到了这个名叫骊水的地方。

第一次到高原来，为了开一个无关紧要的学术会议。在省城那间豪华到见出土气的宾馆里，同房住了几天的女人与她辞别，又突然说了一句，你应该到骊水去。

这话在头一天晚上已经说了一次，她听着，并没有放在心里。但第二次听的时候，就觉得这话说得有点怪怪的了。

同房住的女人是个搞楚辞研究的专家，头发银白，神情温雅，说起话来抑扬顿挫，声情并茂，也像了在吟诗。骊水这词，从这般口中又一次慢慢吐出来，不知为什么，陡然有了山鬼神女的诡异意境。

她听着，有了些迷惘。所以，当她提着行李到了车站的时候，鬼使神差地，就买了到骊水来的车票。

当她看到这个叫骊水的小城，果然依傍着一大片绿莹莹的水，不禁大吃一惊。

她自小住在南方的水边，对高原的印象只有高山林海、荒原旷野，从没有想到会有这般类似水乡的地方。而骊水这个名字，也从一开始就给她错位的感觉，总让她联想起中原古老历史上某个熟悉的地方，又怎么会出现在这边远一隅的高原上？

从车站走出来的时候，听身边的人在说，这个小城还有另一个叫法：风城。

她仰起头，蓝天白云，日丽风静。

所以，进到城里，她向人打听的第一句话是，为什么叫风城？被问的男人茫然地看着她，摇摇头。她转过头来又问另一个人，那水叫骊水吧？这回是个女人了，吃惊地叫起来，那是天湖呀！

她更多了些迷惘。

小城很冷清。

这是一个有着古老历史的小城。听说原来也吸引众多的游客，后来，在离这里更边远的地方，又发掘了一个更古老的小城，众人便涌涌趋之，就把这个叫骊水的地方冷落了。

街道两边的商铺门可罗雀，里面的人坐着往外看，不冷漠，也没有热情。路过一小幢挂着博物馆牌子的房子，走进去，园子清清冷冷，竖立着好些刻着长长短短文字的碑石，在寂寥的阳光下读着，像是很遥远的地方传来的声音。

城墙刚重修好，小巧精致，有了点虚假的模样。就是在城墙边，看着最后一抹夕阳，似红似紫，顺着墙石的边缘颓然消失的时候，她感觉到身后有人在注视她。

她转过脸，没有人，眼前不远处，一大片水光迷蒙，往天边延伸，暮色淡淡漫上来了。好像就在那一刻，她开始在一种越来越深的迷惘中，走进了一个在潜意识中非常熟悉的情景。

后来她问自己，为什么偏偏会进了那一间离水边最近的客栈？

是客栈这个名字了。

当她听到客栈这个名字，蓦然起了莫名的感动。所以，毫不犹豫地依着路人的指引，往那个叫客栈的地方走去。

走进客栈的时候，越来越深的暮色，已经紧紧地裹住整个小城了。

竹楼模样的客栈里，灯光有些昏暗，也有些摇曳。长着一双丹凤眼的女孩迎上前，笑吟吟的很有些妩媚。她心中的感动更清晰起来。但当时似乎闪过一丝不安，无缘无故的，灯光怎么会摇曳？这时，她从客栈的竹格子窗口看到了水，看到了那一大片没有边际的水了。暮色中，水面有光影，光影，是摇曳着的，漫进了屋子，灯光，也摇曳了。

她释然了。那水，那一大片的水，一下子给了她非常熟悉而安适的感觉。

晚餐的砂锅鱼美味无穷，说是当地有名的风味菜。坐在临窗的桌子，可以非常清晰地看到水面。用餐的地方，是另一幢小竹楼，只摆得下两张圆桌子。看不到别的顾客，来回端菜送茶的，也只有那个有着妩媚丹凤眼的女孩。她望着最靠近水边的那幢小竹楼，没有灯光，那是一号楼。想着刚才自己提出要住那里，女孩说已经有人住了，让她住了三号楼。那人怎么不来用餐？

她这样想着，就走出来了。

客栈里所有的小竹楼之间，是长长的走廊，竹子搭成，两边的扶栏下，设着靠椅。她往水边走去，那里有一座高起来的亭台，也是竹子搭成。

没有灯，但凭借水面反射过来的光影，看得清眼前的路面。登上亭台的时候，她才发现这叫作天湖的水面非常开阔。让她惊讶的，是水边还长着长长短短的植物，有芦苇，也有水草，暮色里绿茵茵一片，弥漫着南方水乡一样的阴凉之气。完全没有在省城里感觉到的干燥和枯涩，挥之不去，令她一刻也不习惯。她还以为，高原的味道只能是那样。

感觉很像南方水乡吧？一个男人的声音。

她一惊，转过脸。原来亭子的另一端，坐着一个人。闪闪烁烁的光影中，她觉得那眼神似曾熟悉。

今天在城墙边我们见过。他站起来，走近了一点。

她想起那缕似红似紫在墙石边缘颓然消失的夕阳了。

我看你，也像南方水乡来的人哟。他说着，一见如故的口吻。

她看着他，有些困惑地笑了笑。

他也笑了。又靠着扶栏坐下来，手一扬，示意着她坐下。

她也坐下了。不知为什么，他给她的感觉很舒服，像是遇到很久不见的故人。

看见远处那山吗?

屏障一样，调节了这块盆地的气候。他独自说下去，有些兴奋，好像就因为找到了一个说话的对象。

她努力往远处看去，越来越沉的暮色中，除了水还是水，已经想不起远处那山的模样了。

我喜欢水乡的感觉。他望着水面说。到了这个年纪，觉得这种感觉，更接近人类的原生状态。你说，是这样吧?

她有些惊讶，已经很少听到与自己年纪相仿的男人，还在认真地谈什么生活的感觉了。她也突然有些兴奋。这于她不容易，多年来，她完全失去了与陌生人谈话的兴致，尤其是男人。

我年轻的时候，在水乡待过好几年——他继续滔滔不绝地说下去，并不在意她是否回答他的提问。

说着，他歪过头来，细细端详着她，你让我想起在水乡时认识的一个人。

她听着，不作声。光影闪烁中，眼前的面孔一片模糊。

哦，这话老套了。他把脸转过去，轻轻笑了起来，都说男人遇见自己欣赏的女人，爱说这话。

那年岁，她不需要口红，嘴唇就像玫瑰一样鲜润。她用清水洗出来的头发，就像水一般滑润柔顺。她一笑呀，喜欢将头往后仰着，头发抖落在腰间，说不出是多么的好看……

——《水魔》

是这样吗？她忍不住笑了，也是轻轻的。笑声一点点地落进水面，仿佛将什么荡漾起来了。

起风了。他的话，带着一点抑制不住的欣喜。

是起风了。

她是用身体感觉到的。感觉到那风从湖面一下子涌上来，带着水的潮气，水的湿润，毫无顾忌地，就将她紧紧裹住。四周的声音，渐渐被隔绝在更远的地方，而又在将什么很遥远的东西，一点一点地拉回来，使自己的身体和心，也一点一点地柔软起来。这感觉，似乎很陌生但又很熟悉。她有些慌乱起来，下意识地用手紧抱住双肩。

冷了？他关心地问道。

不，不冷。她努力作出轻松的笑。才八月，怎么就冷了呢？她还没有老到那个程度。

当然，你不是她……她很年轻。他说，似乎还轻轻地吁了一口气。

她想，她也曾经年轻……

那年岁，她不需要口红，嘴唇就像玫瑰一样鲜润。她用清水洗出来的头发，就像水一般滑润柔顺。她一笑呀，喜欢将头往后仰着，头发抖落在腰间，说不出是多么的好看……

他声音缓慢地说着，带着点沉醉。

不知怎么地，这使她突然想起当年农场里那帮喜欢围在她身边的男知青。要是让她再遇上他们之中的一个，彼此还能认出来吗？

她这样想着，不由心中咯噔一下，身子有意识地往后紧靠上木栏杆，感觉到了木头上的湿意很重。

我们呀，都喜欢看她笑，看她那个抖着长发笑的模样……

他继续说着，头也往后仰，更加沉醉于往事之中，似乎也忘了眼前的她。

她有些好笑了。哪有那么巧的事？眼前的这个陌生男人，不过在说着一个和自己相似的人罢了。

是呀，那个时候的她，头发也是浓密极了，那个柔滑呀，辫子老是扎不紧，一笑，就散开了……

怎么会这样？怎么会这样呀？总是这般惊喜。说话的人，有一副格外温润柔软的嗓音。

她终于想起那温润柔软的嗓音了？她惶然，摇摇头，努力想摆脱什么。但她分明感觉到，那温润柔软的嗓音越来越近，像眼前的水，如丝如缕，一点一点地将自己紧紧裹缠。

她不是很喜欢这样被紧紧裹缠起来的感觉吗？还喜欢眯起眼，听着这个温润柔软的声音在耳边低低咬着，感受着同样温润柔软的手，在她的长发间来回摩挲。

知道我们叫她什么吗?

就叫女孩。

陌生男人的话，怎么越来越熟悉了?她觉得自己的心，悠悠荡荡地沉不着底了。

她当然知道，场里的男知青们，背地里把她叫女孩。场里的女知青都是年轻女孩，但为什么偏偏将她叫成了女孩?

知道我们为什么把她叫女孩吗?满场的女知青，就只有她像真正的女孩，纯真，快乐，美丽，天使一般——

你是我的女孩，我的天使……

那个温润柔软的声音，继续在她的耳边咬着，愈益清晰。

我们那时，好久都想不明白……那么好的女孩，为什么会堕落呢?

堕落。是的，是这个词了。

事情发生之后，身边的每一个人，都在说堕落这个词。包括她的亲生父母。

为什么要用这个词?听着，就感觉到身上柔软的地方，被什么尖利的东西，粗鲁地刮过。那个时候，她常常困惑于周遭的人，为什么总喜欢使用类似的语言。也许正是这样，才使还非常年轻的她，对那个温润柔软的嗓音格外敏感和亲近。

传来一阵笑声。

她和他似乎同时从冥想中惊醒过来，转过头去。不远处，一群年轻男女在水边喧闹着。

年轻多好……他口气中透出深深的惆怅。

是的。她不由自主地附和。

那时我们在农场，叫军垦农场，知道吧?

她当然知道。她想。

说是军队编制，其实也就与老百姓一样。但有那么一大堆的年轻人凑在一起，还是要多热闹就有多热闹。他的声音有点兴奋了。

但是要多寂寞就有多寂寞。她想说出来，但没有说。

我们那个农场好大哟……大家来自不同的城市。女孩，来自最远的城市。那是一个有着大港口的城市，说是水多，船多，人也多。还说那有一眼很著名的泉水，喝起来是沁人心脾的清甜……

所以那个城市的人呀，早就学会用这泉水做成豆浆，卖给全城的女人喝。

她不是从小喝着这豆浆长大的吗？护士出身的妈妈老说，女人喝豆浆好，喝了肤色白，性子软……她想到了一些细小的事情，在黑暗中微笑了。

都说那个城市的女人，喝多了豆浆，也有了不一样的味道。女孩，就是那个味道了……

你身上有一种很特殊的香味，是什么？她又想起那个温润柔软的嗓音了。

她记得她喜欢把脚一蹬，撒着娇声，是豆香味嘛——

真的？难怪也带着腥味哪……

这里的豆浆也很好，明天的早餐你记得喝。他特别叮嘱着。

是吗？她有些感激。眼前这个男人不仅能说话，也温柔细腻。但他怎么老让她想起当年农场里的那帮男知青呢？那时的他们，毛毛躁躁，也不解风情，还不懂温柔。没有成熟的男人，也许永远也无法将深藏在女人身心中的万般柔情激发出来。

风有些紧了，搅动着夜色，也搅动着水面，把越来越浓的潮气送上来。她觉得身子越来越湿润了。

是不是该回房了？她困惑地对自己说。但身子一点也不想动。

眼前的男人还在说话，说着她熟悉的话。闪烁不定的光影中，那张脸仍然模糊不清。

想起那个时候，我们最喜欢去的地方，就是小镇上的邮局了。

那个邮局，多小呀——

是的，很小。但让她觉得那就是她的整个世界。

邮局只有一个人，一个男人。我们曾经多么喜欢他，多么信任他呀——

他说着，用力扬起手，将手中的什么东西甩进了水里。没有声息。他懊丧地摇摇头。

唯一的邮局，孤零零地建在小镇的一头，紧靠着湖边，长年累月弥漫着重重的水汽。她第一次看到那个地方，就觉得是自己喜欢的了。

农场的知青们，都喜欢到那里去。交寄信件，等待信件，也聚朋会友，交换信息，笑着，闹着，开心着，也叫骂着。屋子里挤不下，就涌到门外，将门前的一大片空地，踩成晒谷坪一般结实。而她，却常常独个儿跑到屋子后面去，那里的屋檐下，总摆着一张用竹子编的躺椅，她喜欢蜷缩着身子坐在椅子上，从午后一直坐到黄昏，望着眼前的湖水，在日色中涨涨落落。

那是个水乡。小镇靠着一个大湖，没有明确边沿的湖，涨涨落落中，有时见着田，有时见着水，总给她扑朔迷离的感觉。她所在的农场，在湖的另一边，紧靠着水边，天天干的活计，就是将水中的沼地变成农田。初看时很有成就感。但雨季来了，所有的田，又变成了水。这样反反复复的，人人都觉得没有了意思。小镇，就成了最喜欢来的地方。邮局的男人，也成了所有的知青最熟悉的人了。

那邮局的男人，真的懂好多的东西哟……那时我们的生活乏味极了，有空就喜欢跑到小镇去，听他说话……

他回味无穷地说着。

其实他说得不多，只是在被问着的时候，都能一一解答出来。她最初就是在听他与那些男知青说话的时候，被他的嗓音吸引住的。

是的，是他的嗓音。她从来都不知道，男人也可以有这样温润柔软的嗓音。她听着，觉得有了那水的感觉。她喜欢水。从一开始，她就喜欢跑到那后面的屋檐下，看水，想自己的事情。在场里，她是个快乐的女孩，但到了这里，听到了那温润柔软的嗓音，却有了忧郁的感觉，有了想寻找什么的感觉。

每当她坐在那个屋檐下，望着那水在暮色中涨涨落落，被水的感觉久久地缠住的时候，就期待着那个男人，那个有着温润柔软嗓音的男人，过来对自己说上些什么。

那个男人，三十出头。那时候，在我们的眼里，他已经是个太成熟的老男人了……

说着，他的口气竟有了些苍凉。

是呀。那时的她也这样想过。

但是，就是他把我们的女孩迷住了。十九岁的女孩，我们青春的梦……

这有什么不对吗？她听出自己的声音有些忧伤。

那男人有妻子，还有三个孩子。他深深地叹了口气。

哦，是这样。

她知道的。

她知道他有妻室，知道他是三个孩子的父亲。她甚至常常能见到他的妻子和儿女。好像就是在见多了他和他的妻子儿女在一起的情景，才有了后来一切的发生。

从一开始，人人都知道。那男人原来是在县城邮局上班，不知犯了什么错误，被放到这个离县城很远的水乡来。在城里的妻子虽然没有工作，但死活不肯跟着下来，仍然带着三个儿女留在县城里。每月到了一定的时候，她才携着儿女到这里来，待上两天，然后将男人的工资一并带走。

那些日子，对那男人来说，是灾难性的。

怨气很重的妻子，到这里来好像不是为了团聚，而是将重复了无数次的咒骂再重复，让老待在那里的人，都知道了那男人的种种不是。听多了，人人都同情那男人。因为，那男人从不还嘴，总是那般忍让，那般温存，一边默默接受各式各样的数落，一边小心呵护着三个还小的儿女。

看多了这个情景，她就将那男人的温存和细腻，一点一点地存进心里。

再听到那温润柔软的声音，心底便起了难以言状的战栗。这种感觉越来越强烈地袭击她时，终于有了那一天。

那是春天到了。

所有的东西都膨胀着，她觉得自己的身体也胀得难受，似乎迫切地渴望着什么。是什么呢？她说不清。她坐在那水边的屋檐下，只是久久不愿离去。

暮色下来了。水面上又弥漫起浓浓的雾气，一点一点地涌上来，涌上了屋檐，拼命地往屋子里钻。

竹藤椅里的她，渐渐地，觉得自己被湿润越来越紧地裹住了，一点一点地，浸满了从心底到身体的每个部位，像要将里面膨胀着的东西逼出来。她停住了哭泣，让自己蜷缩起来，有些惊讶地等待着什么。

她流泪，并不为了什么伤心的事情。刚刚接到妈妈寄来的包裹，拆开来是她喜欢吃的大白兔奶糖。她坐在这里，嘴里嚼着奶糖，看着那水面，眼泪就突然涌出来了。

好点了吗？轻轻的声音靠近了跟前，总是那样温润柔软，像在心底一点一点地抚摩着她。

她小猫般轻轻地哼了一声，没有睁开紧闭着的眼睛，蜷缩着的身体却在下意识地伸张，似乎为了迎接久已等待的什么。慢慢地，她感觉到有微微的热气柔柔罩住了自己。

四周很静。远远的地方传来一两声吆喝，很快又沉入了越来越浓的暮色中。一只叫不上名字的小虫子，在她的眼前上下飞舞，细小的触须，时不时碰着她的脸颊，还有头发，非常非常的轻柔。她的内心深处，也被什么东西很轻柔地抚弄着。

她感觉到一只手轻轻地探进她的身体了。

手很凉，让她即刻感觉到自己的身子原来是火一般滚烫。奇妙的相撞中，她颤抖了。

手移动着。开始是缓慢的，轻柔的，还带着点迟疑，但一寸一寸地，坚定不移地探索下去，越来越急促，变成了一种揉搓，有力而粗鲁。她的全身，在颤抖中，一点一点地融化着，融化在一片弥漫开来的湿润里了。

她终于抑制不住，高高抬起两条胳臂，搂住了那个男人的脖子。裸露的胳臂像两道白光，划走了一片暮色，在那个春天的日子。

还来不及将憋在胸口的呻吟喊出来，嘴巴被重重地压住，她一下子感觉到自己像一片飘起来的羽毛，刹那间被什么强大的东西吸走了。

那个暮色沉沉的时刻，十九岁的她，就这样，被那个声音温润柔软的男人坚定不移地抱起来，走进了屋子。

水面湿润的雾气，一起跟着涌进了屋子，使她在那以后很长的时间里，都无法忘怀那让全身心融化的湿润。

四周也是静极了。

不远处的那群年轻男女，不知什么时候已经离去，带走了刚才的喧哗。

水面还有风，带着潮气和凉意，仍然一点一点地涌上来。她觉得自己的身体和内心，深深浸泡在无边无际的湿润中。

多少年了，她都以为，自己无法再找回这种感觉。

那是多么奇妙的感觉。

那个春天的日子过后，她觉得自己的全身心，时时刻刻地，都沉浸在水的潮湿和水的温润之中了。

湿润中，自己变得敏感、脆弱、柔软无比，涌动在内心深处的欲望，常常如潮水般漫上，霎时间令全身活跃起来。她惊异无比，又因难以抑制而慌乱，还有羞耻。她更喜欢看到水，但又害怕看到水。夜里，一个人躲在帐子里，清晰地听着屋外湖水涨涨落落的低吟，无法入眠。到了白天，她常常呆呆望着水面，脸红一阵，白一阵，无端泪水盈眶……

刚开始的时候，我们多奇怪呀！快乐的女孩怎么变得忧郁起来了……

说完，是久久的沉默。

近处的芦苇丛中，倏忽跃起一声鸟啼，又倏忽掉落沉寂的水面，有些凄凉，又有些快意。

她也沉默。

是的，她变得沉默了，变得不快乐了。

她更频繁地找机会到小镇上去，到小邮局那座总是水汽迷蒙的小屋子里去。去了，径直走到后面，水边屋檐下的竹藤椅如常摆着，她还会蜷缩着身子坐在那里，专心一意地看那水在暮色中的涨涨落落，久久地等着，等着那温润柔软的声音。有些时候，她并不能等着。因为那些时候，小屋里突然多了一个女人的叫骂，还有孩童们高高低低的喧闹声和哭声。

她甚至不敢走近了。她躲在树后，远远地眺望，想象那温润柔软的嗓音，是如何淹没在高高低低的哭声、喧闹声和叫骂声中，心乱糟糟的，也隐隐痛着。当暮色降落，又将水边的小屋浓浓地笼罩住，她看不清了，什么也看不清了，才带着满怀的委屈和痛苦离去。到了夜深人静，在落下的帐子里，她一遍又一遍地咀嚼心中无尽的委屈和痛苦，一遍又一遍地抚摸自己的身体，最后满脸湿淋淋地睡去。

梦中，她又来到了水边的小屋。暮色降落了，水面弥漫起浓浓的雾气，涌上来，湿淋淋的，一点一点地将她缠紧，直到那个温润柔软的声音，重新在耳边响起……她感受到自己的身体和内心，又掉进无边无际的湿润中，终于抑制不住，大声呻吟起来。

一阵粗鲁的推搡将她惊醒。她看到，掀开的帐子外，盯着她的一个个眼神，有困惑，有怜惜，也有鄙夷。

我们那时多傻呀！

他终于又说话了。

恨透了邮局的那个男人……觉得是他毁掉了我们心中最纯洁的女孩……

找他算账了？她说。

是的。

是到了总在下雨的日子了。

漫天漫地都是水，迷蒙一色。更多的雾气，从水面弥漫而来，涌上了屋檐，涌进了屋子。她已经整天地待在这里。场里因下雨开不了工，她借故要看病就来了。

她躺在那张黑漆漆的大床上，听着外屋的人说着话，温润柔软的嗓音，一下一下撞击着她的内心深处，还在令她窒息。空气里，仍然弥漫着大片大片的湿润，分不出是窗外漫进来的水汽，还是自己身体没有退落的高潮。她不断抚摸着自己，回味着他温润柔软的手，一寸一寸留在自己身上的感觉。

突然外面吵嚷起来了。有人在愤怒地质问什么，也有人在刻薄地嘲弄什么。但没有再听到那个温润柔软的嗓音。

她听出来了，是场里的那帮男知青。

他们要干什么？她有些迷惘。

纷乱的脚步声往后面来了。她坐起身，又有了点惊异，我碍着什么了吗？

门被重重地推开了。拥挤在一起的一张张面孔，在有些昏暗的光线中，都显得有些怪诞。

她站起来了，高高地站在大床上面。双手别着最后一只衣扣，动作缓慢，优美。目光，也缓慢，优美，从高处自然洒落下来，落在那一张张她非常熟悉的面孔上。那一张张面孔，由于吃力地仰望显得僵硬而更为怪诞。她下意识地微笑了，像她在任何的地方见到熟悉的人一样。

你知道吗？我们看到那女孩的时候，她怎么样？

他的声音有些颤抖。

女孩笑着，笑得坦然极了，美极了……

为什么不笑？当年的她，在众人的面前，不总是快乐的天使吗？

我们谁也说不出话了……他的声音低沉下去。

很远的地方，隐约传来几下沉闷的钟声。是山上的寺庙吗？她陡然打了个冷战。

你没事吧？他有些困惑。

没事。她说。

她想了想，问道，你们高兴了吗？

不，我们不高兴。

他的声音异常沮丧。

其实她知道，她知道他们在看到了事情的后果时，并不高兴。

离开农场的那个清晨，拎着行李的她，在最后一次转过脸的时候，看到那帮男知青簇拥在路边的树后面站着，一个个脸色凝重。

小镇上，再也没有什么比这样的事情更让人关注了。似乎是在一夜之间，不仅是小镇，就连四乡八村的人都知道了。邮局那个男人被抓走了，罪名很大，判了二十年。

女孩呢？

她问道。很关心的口吻。

她走了。她的父母亲自来带她回去的。后来也就没有再回来了。有人说，她去了另一个地方的农场，也有人说，她当兵去了。她的父母，是军队里多少有点权力的人，有办法让她永远在那个地方消失。

她记得父亲铁青的脸和母亲的泪水。还有堕落这个判词，也同样出自他们的口中。

或许，就是从那个时候开始，她与父母之间，就失去了信任，也失去了爱。在外人的眼中，她伤害了她的父母。但她内心顽固地认定，受伤害的是她。远离了那个地方，远离了那片水，她的身体再也没有了湿润，也没有了激情。即便后来，她生活的城市，一样有水和港口，环境还很优裕。两年前，在决定离婚的那个晚上，一起生活了十八年的丈夫对她说，你的身体，从来没有过爱。

她听着，没有惊讶，也没有悲哀。那个时候，她甚至连水的感觉是什么都忘了。

她轻轻地叹了口气。抬起低垂的头，水面投射上来的光影，一团一团地，在她眼前跳跃而过，精灵一般，留下了潮潮湿湿的气息。她觉得对面男人的背影变得愈发模糊了。

你是谁呢？她说着，有些困惑。

什么？你说什么？他转过脸来，仍然模糊不清。

哦，没有什么。她突然又什么都不想问了。

风似乎弱了。水面慢慢地安静下来。夜深了。

从亭台下来，男人往另一个方向走去。她问，你住一号楼？

他没有直接回答，却说，真的，你太像我认识的那个女孩了……你的眼睛里面，一样藏着水的感觉……

说这话的时候，他靠得很近，让她闻着了他的气息，是有些熟悉，带着水的味道。她有了点迷茫，也有了点激动。但最后只是笑了笑，和他道别了。

在快走进三号楼的时候，她回过头来，一号楼的地方仍然漆黑着，没有光亮。她迟疑了一下，掉头进了屋子。

那一夜，她睡得很熟。睡着之前，她抚摸了自己的身体，还流了泪。

再走进用餐的小竹楼，天已是大亮。仍然没有别的人。丹凤眼的女孩不在，换了个细眼睛的女孩，也是笑吟吟的，但让她觉得陌生。她慢慢喝下第一口茶，眼睛望着窗外的水面，很随意地问，一号楼的客人还不来用早餐吗？

细眼睛的女孩答道，一号楼没有住上客人。

什么？

她转过脸，轻轻放下了茶杯。她发现，昨晚用餐时弄脏的一摊茶渍，还好端端地留在洁白的桌布上。

她盯着那摊茶渍，又问，昨晚起风了吧？

女孩答道，没有，昨晚到现在，都没有起风。窗子，一直开着哪。

她抬起头，又望向窗外，果然，水平如镜，没有起风的痕迹。这个时候，她想起了那位楚辞专家对她说了两次的话，你应该到骊水去。

她终于知道，这话是对的。

2003 年 2 月 20 日完稿

原刊《人民文学》2003 年第 7 期

山中传奇二段：女鬼·泉变

女鬼

山是重重叠叠的。

爬上好几座山，觉得已是在这大山脉的背脊上了。一看眼前，还是高耸入云，绵延不尽，不由心中悠悠忽忽，腿一软想歇下来，便听到了鸡鸣狗吠。原这小小一块平坦之地，就有了山里人家了。

在这大山里，竟也不觉森寂逼人。细看，山虽高虽大，但无一丝险峻嵯峨之态，倒是山势圆润逶迤，柔媚万千。久居其间，应会心中悟净，无欲无求，是另一番境界了。

村子周围的山，清一色的松林，或疏疏落落，或密密集集，多见树干笔直，叶冠俊逸，横侧成画。有月的夜晚，剪影绰约，温情脉脉。无月的夜晚，远近朦胧，山意深深。有风时，纷纷扰扰，犹藏千军万马。无风时，静若处子，似有柔情难诉。

唯一有奇的，是那后山顶上平地而见的坑口，有四五丈宽，乍看青藤碧树环绕，鸟语花香，不知有险。无意间撞起一石块，往坑里翻滚而下，竟半天不闻落地之声，不禁心中悚然，退避而走。

虽是大山深深，与外界仍有多少联系。还因是山高路远，好些事到了这里，终究是淡了许多。

不料到了一年，终是出了一事。

先是听说山下的地方，远远近近的都乱起来了，好像是些臂佩红色袖章的人，在砸什么东西和烧什么东西。不久，就有一群人上山来了，果然是臂佩红色袖章，看上去还有好些熟悉的面孔，只是不知为何脸色都变了，说是要以什么什么的名义，来杀人了。村人迷糊中，看到皓被拉出来了，怀里抱着未满三岁的儿子。皓，是村里唯一的富农儿子，是被归于阶级的敌人一类的。

山顶坑口前，一直闭口不言的皓，突然跪伏下来，求留下小儿一命。一张熟悉的面孔冷冷拒之：斩草除根！皓惨然而笑，站立起来，仰天长啸一声，抱着小儿纵身跳下山坑。那一声长啸久久不绝，在坑口上徘徊不去，又顺风而下，飘飘悠悠，断断续续，终是融入了那疏疏落落密密集集的松林里去了。

自那以后，逢有月有风之夜，便让人觉得银光惨淡涛声肃杀。无月无风之夜，也见气肃苍凉阴森谲诡。村人心中惧之，渐渐地不再往那后山一路去了。久之，便是草满林深更见荒芜了。

过了好些日子，来了两男两女的后生，说是城里知青，要在这大山里住下来了。

其中一男，有些瘦弱，然身长面白，神仪清俊，同伴唤之书生，似有不一般的景仰。村人初见，即神色大骇：与皓如此酷像。

这面白书生也喜读书，如皓生前一般。初始，村人乍一见田头树下水边路上的面白书生，也手捧书卷凝神专注的模样，会白日见鬼似的大叫一声。这般场面多了，面白书生与他的同伴，也就从村人吞吞吐吐的言辞间，多少知道了一些根由。其他三人闻之是面露惧色，自后也从不走后山。唯面白书生，却开始屡屡往后山而去，每次回来面色惨白，但又无话。

村人在后来回忆起来，说那面白书生从初始就是有些不同的。他会拉一种很奇怪的琴，是用下巴夹着拉的。夜里，听着他的琴声，悠悠忽忽，丝丝缕缕，直往心底钻，终让人抵受不住。都说，那琴声，是透着鬼气的。

日子年复一年地过着，大山依然，风景如旧，而其他三人却陆陆续续地回了城，就留下了面白书生。

独守几间空房的面白书生，也没有什么变化。除了与村人一般劳作，书还照样读，琴也照样拉。不同的是，他不再躲在屋里拉琴，而是上了后山。

沿着旧路往后山上去不远，是一片密密集集的松林，紧挨山涧而长。其中一处，一块大岩石突兀伸延而出，村人称飞来石。石面平坦如桌，不打一处皱折，如有神工鬼斧。站在其上，仰望山顶雾升雾落云卷云舒，俯视一线涧水若现若隐水花乱溅，遇有月有风时，眼前银装素裹不着一尘，耳边涛声起伏远近传吟，让人心静如水，疑在世外。面白书生就喜这里的一番风景，每每流连不舍，只是一心抚琴弄弦，不闻山外事。每到夜里，琴声从这里传出去，无遮无拦，远近清越，余韵不绝。村人听着，心中乱麻麻的说不清个头绪。

慢慢地，那后山的路走多了，便少了许多的荒芜谲诡。疏疏落落密密集集的松林，有了那琴声做伴，在那有月有风的夜晚，或无月无风的夜晚，也见出了原先的温情和生气。村人在睡着或没睡着的时候，也习惯了琴声在耳边若有若无的存在，好像觉得是令日子有了一些不同的。

冬闲的日子到来时，面白书生上山拉琴的时间更多了。村里几个胆大后生，开始偷偷跟随着上山听琴。但不敢惊扰面白书生，只是远远地藏在岩石下面。

大山里的冬夜很长，也少有雨，常是干冷干冷的。遇月圆日子，一地砌银，寒意更重。围在各家火塘边的村人，也懒得说话，只是闷着头抽水烟，静静地听着由那山上飘悠下来的琴声，心里想着，这城里后生，怎么就能拉出这样叫人又喜欢又害怕的东西来呀？想多了，那乱麻麻的感觉又弥漫出来了。

果然是有事发生了。

又一个月圆日子，村人还不及上床睡觉，几个听琴的后生惊叫着从山上连滚带爬地下来，脸色煞白，话不成句。

村人终于听清了是有鬼，且是女鬼，即刻也脸色煞白，张口结舌。

最后有人开了口，是皓的女人呀！

村人一下子想起了酷像皓的面白书生，还不及开口，已听到熟悉的琴声穿越隐隐涛声一地寒气逼近而来，蓦然一股肃杀之气。

村人惊而抬首。只见朗朗月光下，山顶无遮无掩，唯见一朵轻云缭绕而下，忽舒忽卷，忽疾忽停，如一幽怨女子，悲情难抑，百般缠绵，追随琴声而来……

村人皆面无人色。

那年，皓和小儿被带上山顶坑口的同时，皓的女人，被另一帮人强行拉回了她的娘家。几天后，村人骇然发现她披头散发两眼发直地跑回来，谁也不理睬，径直奔上山顶，在坑口前跪伏了整整三天三夜，不吃不喝不眠，只是一味地轻轻呼唤和嘤嘤哭泣，任由谁也无法劝说下来。到了第四天的清晨，村人闻着鸡鸣醒过来时，听不到哭声了，但跑到山上看时，也不见了人影。村人疑疑惑惑中，便有了两种说法：一说是女人也已纵身跳下山坑了，二说是娘家的人找到她偷偷带她回去了。自此之后，便没有了女人的踪影和任何音信。

久而久之，村人便听出那琴声是变了，融进了好些说不清的东西，悠悠忽忽地直钻人的心底。一会儿匈匈的，一会又轻悠悠的。一会让人觉得心沉苦潭，欲哭无声；一会又让人觉得心上云端，明朗澄净……都说，那琴声，愈发地透着鬼气了。

——《山中传奇二段：女鬼·泉变》

村人都在说，是那琴声，就是那能引人落泪的琴声，引来女人的鬼魂了。

听琴的后生描述着，脸还是煞白煞白的。说是那晚的月亮真大真亮，照得山顶上如同白昼。女鬼是在坑口出现的，轻飘飘的，白晃晃的，就像一袭轻云在徘徊……细听，还有一声声的轻轻呼唤和嘤嘤哭泣。一会，便追随着琴声往山下而来，走走停停，缠缠绕绕，一直走到了面白书生的跟前……

面白书生竟毫无怯意，一样凝神专注地埋首拉琴。更令人惊异的是，听着那琴声，女鬼便不再徘徘徊徊，不再栖栖惶惶，安安静静的，就依偎在涧边的松树下了……

村人惊之，又叹之：奇了，奇了……

然而，日子还是在日复一日地过着，大山依然，琴声也依然，只是再没有人跟随上山听琴了。

终有一天，村人发现面白书生的脸愈见惨白了。便有老者劝之，鬼气是近不得的……

面白书生温雅地笑笑，不语，仍无改变。

村人叹之，又怜之，心想，这城里的后生是鬼迷心窍了。

久而久之，村人便听出那琴声是变了，融进了好些说不清的东西，悠悠忽忽地直钻人的心底。一会沉甸甸的，一会又轻悠悠的。一会让人觉得心沉苦潭，欲哭无声；一会又让人觉得心上云端，明朗澄净……都说，那琴声，愈发地透着鬼气了。

终于到了有一天，面白书生也要走了，是考上大学走的。他走的前一晚，上了后山，就在山顶的坑口前，最后拉了一首长长的曲子。下山来的时候，有遇见他的村人，说是惨白惨白的脸上，满是泪水。

面白书生走后，琴声没有了，村人又忽然感到了好些不惯。每每到了夜里，便觉得心中晃晃悠悠的少了什么。走出屋外，看那山，那松林，也觉得空空落落的没有了什么……只在偶尔逢月圆日子，也有月光朗朗时，山顶无遮无掩，还见一朵轻云缭绕而下，忽舒忽卷，忽疾忽停，似在惶惶徘徊、寻寻觅觅……

又是好多年过去了，大山依然还在。一日，有两女一男突然结伴而至，说是要看看当年生活过的地方。面白书生没在其中。村人问起，说是已到国外谋生去了，靠的就是当年那一把充满鬼气的琴声成了名。还听说，他的成名作，就叫《女鬼》。

泉变

这里的山，是以万来计数的。其中的一座，也不起眼，却因为一眼泉而有了名气。

那眼泉，在半山腰，密密实实地隐藏在那高高矮矮的桂花树丛底下，也不知存在了多少年月，一直不为人知。到了闹长毛的时候，逃难的人在山上待久了，没有了吃食，遍地翻腾起来，无意中在厚厚的落叶下发现了它。

那泉，乍一眼看上去，是无甚可奇的，还似乎比一般的山泉要浑一些。然而细看，就看出其奇处来了。

一奇，奇在那泉的泉眼不大，仅怀抱之内；水也不深，伸臂下去便摸到了底。然而无论有多少人，舀去多少水，或是在那雨季里，十天半个月地下个不停，那泉始终纹丝不动，什么时候都不会亏，也不会盈。

二奇，奇在那泉的颜色，原是微黄的，一种如玉般温润透亮的微黄。看久了，让人忍不住想伸手去抚摩，觉得那水有质感，有暖意，还有格外沉的重量。

三奇，奇在那泉水一入口，满齿留香，直沁心脾，是化也化不开的，让人有了微微醉意。待回过神来，已觉神清气爽，心间澄明。

这时再抬首来看那山，也觉得有不一样的地方了。

沿着泉眼往上，是一片望不到尽头的桂花树，沿着陡坡，沿着断崖，错错落落拥拥挤挤地生长着，不掺一棵杂树，竟不像是野生野长的林子。常年郁郁葱葱，有风无风涛声不息。秋来开花时，漫山遍野，都是那清香浸透了，浸深了。到了无花的季节，便将那浸透浸深的清香慢慢地散发出来，便觉得那漫山遍野，还时时是幽香飘荡，令人迷醉。待久了，觉得那地方有了那泉，也是很自然的了。

有了泉，也就有了求泉的人。

这一方土地，本没有什么热闹人家，多是山野之民。但不想在躲长毛的时候，把远远近近的乡下人城里人都逼到这里了。待闹腾完回去之后，这泉的消息自然传开去，求泉的人就近近远远地陆陆续续地来了。

时间长了，又有了些好为善事的乡绅，商议着立了个石碑，请了人在碑上题了“玉泉”二字，想是暗合泉水那罕见的颜色。无所事事的文人骚客，也随之陆陆续续地在周围的石壁崖面上，题了些长长短短的诗文。

这样一来，泉就渐渐有了名气。

但令这泉的名气真正大起来的，还是在“玉泉庵”修起了以后。

那也是一个战乱的年头。那个年头里，无论是在城里，还是在乡下，也无论在热闹地方，还是在荒僻之处，都会看到许多穿着各式军装操着各式口音的队伍在到处跑。一日，求泉的人突然看见一群军人忙忙碌碌地张罗着，在泉的上方的一面石壁前建起房子来。人心惶惶中，有大胆的乡绅前往小心翼翼地询问。操着软软绵绵江南口音的军人倒还有礼貌，说建的是尼姑庵。

这说法就奇了，从没有听说过会由军人来建庵堂的。但也是谁也不敢阻挠的事了。

没想到就在众人疑疑惑惑中，小小巧巧的尼姑庵果真建起来了。山门后殿，香堂经阁，样样齐全。尚有五六棵老桂花树圈在了里面，看上去不乏清净古旧，还有了幽雅空灵。

终在一个雾气缭绕的早晨里，一帮军人拥着两辆军用吉普车到了山脚下。走下来的人中，最引人注目的，是一个蒙着面纱披着黑色斗篷的年轻女子。军人皆离去后，留下了那年轻女子，还有几个尼姑模样的人。换上了尼姑服装的年轻女子，第三天才在求泉的人们面前露了脸。她娉娉婷婷地走出来，站在了那刚挂上去的“玉泉庵”的门匾下面。虽是面容苍白，双眉紧蹙，但那清雅灵秀之气，脱俗出尘。众人见了，惊为天人。

自然还是大胆的乡绅首先前往打听，回来便向众人解释。说是这“玉泉庵”并非草率而起，而是由远在京城的一家香火极盛的著名佛寺封的号，因此众人大可放心前往烧香，是有灵验的。众人口中诺诺，实则关心的并不是这庵灵验不灵验，他们已习惯了见庙上香见神跪拜，从不问来头。如今奇怪的是这天人一般的女子从何而来，又为何当了这尼姑庵的住持？

这自然就没有人能解释了。那些建庵的军人很快开拔走了，留下了这神秘美貌的住持和这座小小巧巧的玉泉庵。求泉的人，在后来长长的日子里，慢慢地习惯了那和着林涛声传来的木鱼声，也习惯了看着那年轻貌美的住持站在门匾下面，久久地遥望着远处的不知什么地方，眸子里的东西深不可测。再后来，人们还知道了，年轻貌美的住持法号叫妙玉。细想，觉得这名字也是很不一般的。

于是，便有了各种各样的说法，沸沸扬扬地传播着。在这期间，尼姑庵的香火就渐渐盛起来了，而求泉的人也更多了。慢慢地，玉泉和玉泉庵，在众人心目中融为了一体，泉的名气更大了。

到了玉儿寻到这里来的时候，已是很多的年月过去了。

且不说外面的世道发生了多少大大小小的变迁，就是当年貌美如花的妙玉师父，也已垂垂老矣。但是，关于她的传说仍然风行。在江轮上，玉儿一路听到的都是她的故事。

这个时候，故事已被讲述得有根有梢的了。但在就读于大学中文系的玉儿听来，仍是如同民国年间那类《金粉世家》《新儿女英雄传》一样老套的故事模子：京都金陵城的官家千金，因为容貌出众，再读了点新学，便生出了一段风流韵事，到了家人觉察过来，已是暗结珠胎。父母火发完了，还是心疼娇贵女儿，应允了婚事。谁知就在婚礼当晚，新郎竟没有了踪影。那位高大英俊风流倜傥的年轻军官，并不是随着开拔的队伍走的，而是挟带了新娘一批昂贵的珠宝潜逃。官家固然是丢尽了颜面，也只能打碎牙齿往肚子里吞。待女儿在医院里躺了一个多月出来后，便将事情作了一个彻底的了结。于是，就有了后来玉泉庵的故事了。

玉儿原本对故事本身并没有多大兴趣，就像她对这次旅途没有多大兴趣一样。是叔叔婶婶买了船票，让她走水路回学校的，说是这一路风光如画，可以好好散散心。她不好推却唯一亲人的好意，其实心里更想坐快便的火车回学校。两年来，她已经习惯了学校那种孤寂刻板的生活状态，若不是叔叔婶婶再三地邀她过来，她是假期里也不愿意离开学校的。

玉儿第一次坐江轮，感觉有些怪异。船是走得很慢的，那水也是流得很慢，船在缓缓的水面上慢慢地走着，让玉儿觉得那时光也停滞下来，慢慢地往回退去……一个夜晚过去了，一个白天也过去了，玉儿的心底开始被什么东西搅动了，一个多年前缠绕玉儿的噩梦，随着第二个夜晚的临近，慢慢地逼近了。

梦境里，玉儿不断听到妈妈的叫唤：玉……玉……玉……那声音异常的低哑，几乎听不到，好像被什么闷住了，须得费很大劲儿才能喊出来。总是在感觉心被闷得快要窒息时，玉儿便霍然从梦中惊醒。接而，心中是悠悠忽忽的落不着地，努力想抓住什么，但又抓不住。

弟弟说，妈妈叫的是玉儿的名。

玉儿心里想的却不是，总觉得妈妈的话里隐藏着什么玄机。在好多年里，她不断地思索着这个难解的疑问，也不断地做着这同样的梦。一直到了弟弟死了之后，她努力不让自己去想那个疑问，噩梦才渐渐地不再出现了。、

弟弟死的那一年，北方发生了一场大地震，死了很多的人。躺在床上的弟弟已经奄奄一息，原本瘦瘦弱弱的身子，看上去像纸片一般轻薄，那如女孩子一般俊秀的脸庞苍白无血，他看着玉儿，目光灼灼：这是预兆……是预兆！是要乾坤大变的！

弟弟从少年起，就爱说这样一些奇怪诡异让人听不懂的话。玉儿心里充满悲戚与自责。当年未满十四岁的弟弟，非要陪自己一块下乡，在那个老是下雨潮湿闷热的山沟里，染上了钩虫病，没有得到及时治疗，结果到今日得了并发症，无药可救了。玉儿觉得是自己的责任，对不起弟弟，更对不起爸爸妈妈。

弟弟临死前留下话，忘掉爸爸妈妈！好好活着……等着上大学！两年后，

玉儿考上了大学，她对着弟弟的遗像流了一个晚上的泪。

玉儿清楚地记得，弟弟死的时候，刚满二十。那一年，是1976年，离爸爸妈妈失踪的年头是八年过去了。

玉儿从梦境中惊醒过来，夜已深。船不知什么时候停了下来，四周万籁无声，让玉儿感到梦中的窒息，还在紧紧逼迫着自己。有风掀开舷窗的帘子吹进来，阴冷阴冷的，不像是这个季节的感觉。玉儿打了个冷战，不由自主地爬起来，走上甲板，隐约听到人声，俯身一看，几个船工模样的人在水中，原来是船搁浅了。

船工们说着话。本地人，喉音很重，一下一下地撞在水面上，再往上传，让玉儿听起来就像是水的回声，隐隐约约，断断续续，很费劲能听清楚的只是：玉……玉……在江轮上，就他们最喜欢说玉泉和玉泉庵女尼的故事了。

玉儿觉得无趣，转身要离去时，喉音很重的话音突然大起来，好像紧紧追随她而来：玉……玉……玉……就在此刻，头顶蓦然响起一声闷闷的雷声。

玉儿无端地打了个哆嗦，猛然抬首，一道闪电划开黑黝黝的夜空，两岸山峦一下子露出了险峻狰狞的面目。那一刹那，玉儿就在心底异常清晰地意识到，自己一定要到这个有着玉泉和玉泉庵的地方去。

船在这一刻重新启动。雨点，稀稀落落地飘洒下来。

船靠拢码头的时候，天蒙蒙的亮。

雨停了。开始起雾，一晃眼，就很浓很白了，遮掩了远远近近的景物。玉儿跳下船板，往上看，高高的台阶叫雾断去一截，不见顶端，悠悠忽忽的感觉蓦然涌了上来。

浓雾中，玉儿扬手叫住的竟是一辆军车。开着这辆军用吉普车的是一位年轻军官，笑起来有一口很白的牙齿。他跳下车来，看看四周还是空寂无人的街道，便夸张地做了一个无奈的手势，让玉儿上了车。

所以，这个早晨里，当玉泉庵的妙玉师父站在山门往下望的时候，一眼看到的，是一辆军用吉普车上，下来了一位军人和一位年轻女子。这时候，浓雾已在渐渐淡去，薄薄的雾气缭绕中，这情景似曾熟悉。那一瞬间，妙玉师父的身子晃动起来，身边的小尼及时扶住时，发现那双修长枯瘦的手冰冷得骇人。

这时的玉泉庵，只剩下妙玉师父和这位小尼了。小尼是五年前进来的，进来不久，原先的那位老尼就死了。老尼从有玉泉庵以来一直陪伴着妙玉师父，她死的时候很放不下妙玉师父，不断说的一句话让小尼很纳闷：忘掉它……忘掉它，把泉开了，不要等……

妙玉师父一直跪在床前，眼里含着泪，但在听着老尼的话时，却是很坚定地摇着头。最后，老尼叹了一口长气之后，断了气。小尼清楚地记得，那几天，妙玉师父什么都不做，手捏着佛珠站在禅堂的后窗前，久久地眺望着外面。小尼知道，从那里，可以高高地往下看到玉泉。泉边四周高高矮矮的桂花树，仍然郁郁葱葱，幽香飘荡，唯一不同的，是没有了以往的热闹，静寂无人。

这个时候，玉泉已经被封了好多个年头了。

封泉的事玉儿是从船工们那里听到的。当她打听往玉泉和玉泉庵的路途时，他们奇怪地反问，求佛？还是求泉？

这个时候，玉儿才听全了故事的根根梢梢。

一直以来，玉泉庵的名气，是仗着玉泉的名气大起来的。人们上山来，也进庵里烧香磕头，但指望更多的是求到泉水。早些时候，还没有庵，人挤人拥在一眼小泉眼上，免不了摩擦争吵。原是由一些热心的乡绅组织人来维持秩序，有了玉泉庵后，便由庵里的人来包办了。每日里在泉眼前总是排着长长的人群，等着庵里的尼姑给他们分派同等分量的泉水。分水的物件是一把铜瓢，在泉水里浸多了，变得澄黄锃亮，给树缝间漏落下来的阳光一照，闪烁出金子般的光芒。求泉的人，看着那金光闪闪的铜瓢舀起的泉水，缓缓倒入自己的桶或盘中时，顿时生出一种极其神圣的感动，不由自主地就跪了下来，磕起头来是远比在庵里要虔诚得多了。

这个时候，妙玉师父会从山门走下来，远远站在一边看着。神色虽是温和的，但少有笑容，求泉水的人也只是远远地行个礼，不敢走近前去。

如常的日子，年复一年，日复一日，虽也有战乱，也有变动，但泉还在，那份热闹就保持不变。不料到了一年，却突然封了泉。

那一年怎么了？

是乱世……死了很多人……回答的是个见老了的船工。

玉儿的心底又是悠悠忽忽的……

泉就变了……变了……

怎么变？

颜色变了……味道也变了……

夜色中，玉儿也感觉到船工们的脸色是变了……

泉变了之后，玉泉庵就封了泉。

说起封泉，其实没有什么仪式。只是在一天早晨，求泉的人群到了泉边，左等右等都等不到有尼姑到泉边来分派泉水。纳闷片刻，有人欲擅自走近泉眼，有人阻止，接而吵吵嚷嚷起来。后面的人先安静下来，原来是妙玉师父从山门走下来了。她走过来，穿过人群，一直走到了泉眼前，伫立在那里，静静的。看着妙玉师父静静的背影，喧嚷着的人群一下子噤了声。

人人都听清了那句静静说出来的话：泉变了，喝不得……

众人惊愕之中，看着妙玉师父转过身来，再穿过人群，往山门而上。人人都看清了妙玉师父的脸上，不仅没笑容，连往日的温和之色也消失了。靠近跟前的人，还很清晰地听到了妙玉师父说了另一句话。

那句话是：血太多了！

有沙啦啦的声音从林子里传来，似是回声，令人悚然。

众人惊疑着，终是散去了。然而，还是有于心不甘的，夜里偷偷摸上山来偷泉。

那些夜晚也怪，月色特别好，泉边一切景物清晰能见，如同白昼。偷泉的人战战兢兢地把水舀起来，仔细一瞧，不禁手一抖，水的颜色不一样了！不再是那种如玉般温润透亮的微黄，而是一种铁锈般的暗红。胆大的尝上一口，即刻大骇：味道也变得又腥又苦，完全没有了原先的清香醇甜。

血太多了！

偷泉的人都想起了那句话。惊恐中不禁抬首，玉泉庵那一扇窗口，亮着青幽幽的灯光，分明看见一个静静的身影肃立窗前。

乱世呀……什么怪事都有了……

喉音很重的声音，听起来变得沉暗遥远。

是哪一年？玉儿觉得自己的声音也一下子沉暗下来，像从很远的地方传来。

应该是 1968 年吧……惊蛰刚过没多久，就下大雨了，怪了，下个不停……江水都涨得满满的……江面浮着死人，船也不敢走了……

还是那个见老了的船工开的口。

倏然间，玉儿觉得自己一直悠悠忽忽的心脱了底，急速往什么深处坠落而下。

那一年，那边的江也是涨水了。

听人说，上游漂流下来很多尸体，远看像浮在江面的死鱼，小城里的人都去看了，多是看热闹的，也有寻人的。春上时，武斗的枪声刚停，杀戮就在悄无声息中开始了。很多人都逃了，往江的上游逃，说是那里有绵延不断的数以万计的大山，隐身进去是找也找不着的。爸爸妈妈也就是那个时候逃的。玉儿记得，爸爸妈妈前脚刚走，捉人的后脚就到。玉儿紧紧拥着十岁刚过的弟弟，看着那些凶神恶煞的人走出家门远去的背影，心中又是恐惧又是庆幸。但没多久，就听说了那上游的地方一样开始了杀戮。死的人被扔进了溶洞，又顺着地下暗河涌到了江里，随着满满涨涨的江水一路飘浮下来了。家中有人逃的，心中惶惶的都赶着去看。没寻着的悄悄地转回，仍心怀侥幸。寻着了的，也一样是悄悄地将那已是面目全非的亲人尸首带回来，泪也是不敢当众流的。

弟弟说，姐姐你不要去，我去——

玉儿不吭声，在内心抗拒着到江边去的意愿。她的脑海里，仍然清晰地留下爸爸妈妈临走时的情景，爸爸镇定的神色一如往日，妈妈却是眼含泪水，想说什么又说不出什么来了，只是将玉儿和弟弟的手拉在脸颊上，紧紧贴住。玉儿感觉到一颗冰冷冰冷的泪珠，悄悄地落到了自己的手背上。最后，妈妈的手松开了，被爸爸拉着走出了门外。爸爸妈妈的身影，很快在沉沉的夜色中消失了。玉儿的手背，还一直留着那冰冷冰冷的感觉。在后来那些长长等待着的日子里，玉儿就越来越感觉到那冰冷，已经慢慢透入了心底，透入了骨髓。

姐姐，你不要担心……

弟弟每次从江边回来，都用一种成人般的口气对玉儿说。

玉儿记得那一年江水涨满的日子里，弟弟总在说着同样的话。直到有一天，玉儿回过头来对弟弟说，不要去找了——

弟弟看着玉儿已经没有了泪水的脸，不知为什么叹了一口气。这一年，玉儿要下乡了，弟弟早早就自己打包好了行李，坚持着跟着玉儿一起下了乡。临走时，他说了一句令玉儿很震动的话。他说，我答应了妈妈，要照顾你的。

雨下大了，撒在江面上，是嘈嘈杂杂的热闹。船有些晃荡起来，玉儿觉得自己就在悠悠忽忽中，一点一点地走近了什么。

玉儿往山上走的时候，雨又在稀稀落落地飘洒下来了。雾气慢慢在褪落，眼前的一切一点一点地清晰起来。

看得出，上山的路是脚踩出来的。寻着较为平缓的地方，弯来拐去，蜿蜒着往上延伸，不难走，可以悠悠停停地看周围的景物。山下的树不多，稀稀落落的。但往半山腰看去，却是大片遮天盖地的林子，浓浓郁郁，令人惊奇。唯有一面凌空突出的石崖显赫而见，崖边傍着一处错错落落的房子，该是玉泉庵了。

雨下久了，到处湿透透的。路面有细细的水流，想来是流多了，形成了大大小小的沟壑，露着沙砾的层面，反见出了干净清爽，无一星泥泞。玉儿的脚趾从凉鞋的缝隙里露出来，触摸着那水，极清凉的感觉，令人舒坦。雨静无声息地下着，四周看不见一个人影，玉儿开始闻着了空气中飘飘悠悠的清香，慢慢地，觉得心底很安宁，好像有一种很熟悉的东西，在一下一下地，熨帖着自己一直飘忽着的心。

待玉儿站在了泉边，赶着下来的小尼，看到的那张苍白秀雅的脸上，是极平静恬然的神态。那一眼望去，小尼竟觉得这年轻女子的脸庞非常熟悉。细想，这完全是不可能的，便有了疑疑惑惑的感觉。她看到玉儿跪下来，用手捧起泉水就喝，不由掩口惊叫起来。

玉儿闻声抬起头来，微微一笑，用手背擦着嘴唇慢慢地站起来。然后，静静地看着小尼，好像等待着什么。小尼惊惑着，想着适才妙玉师父嘱咐自己下来请人的时候，脸上也是这般神色，好像就知道这年轻女子定会答应见她的。小尼惊讶的是，她从来没有见过妙玉师父要主动见一个人。往往是一些有身份的人来烧香时，想拜见她，或也是想商议开泉的事宜，但妙玉师父是从来不见的。那些有身份的人在禅堂门外等着，听着里面的木鱼声，一下一下地不停歇。听久了，让人心中虚虚怯怯，终是悄然离去。

小尼知道，近些日子以来，山下远远近近的都有了风声，说是现在世道好转了，泉也该清了，可以开泉了。妙玉师父是听到的，却从不作任何表示。众人也知道，开泉这事她不松口，是谁也不敢去干的。然而，这般等待下去，就有了许多的焦虑和浮躁。小尼听到有些烧香的人在私底下说着，得设法逼着妙玉师父在圆寂前把泉开了才是。小尼听着，不禁有了好些担心，觉得世道是好了，可人心怎么还是那样令人不可信。她担心的还有妙玉师父，觉得师父的精神远远不如以前了。几年来，小尼已经习惯了生活中依靠着妙玉师父。当年父母死的时候，是妙玉师父收留了她，她想不出留下她一个人该怎么办。

妙玉师父站在山门等待玉儿。

两人见面的情景很平静。这让小尼看上去，就像两个很熟悉的人遇在了一起，不用说话，相视静静一笑，就见出那亲近了。

紧接着，两人相继走入了禅堂。

小尼把茶端出来时，妙玉师父才开了口，淡淡地说，这沏茶的水是桂花朝露。玉儿接过来，啜了一口，然后也开了口，轻轻地说，那泉水的味道也是这样的。妙玉师父听着，也不惊异，好像就知道玉儿已尝过那泉水了。小尼悄悄退出门外，心中惊诧着，这两人的说话和神情，竟像说禅一般。

接下来的事，小尼就不清楚了。到了她在外面忙完了再回到禅堂，发现玉儿跪在了妙玉师父跟前，满脸泪痕。而妙玉师父的眼睛里，也余留着点点泪光。这情景令小尼大吃一惊，她从来没有见过妙玉师父流泪。

那个晚上，禅堂里的灯光如往常一样，亮了整整的一夜，不同的是，听不到那熟悉的木鱼声了。三更时分，小尼不放心地走近门外，听到里面有低低的说话声，那说话声说说停停，说时凄凄切切，停时长叹低回。小尼心中好生奇怪，想不透两个刚相识的人之间，有着什么说不完的伤心事。返身路过天井的时候，发现飘洒了一天的雨，不知什么时候停了。抬眼看，满天的阴霾竟散了，一弯新月从云间露了出来，柔柔光华中，那云，那夜空，都见清清朗朗的了。

小尼心中惊异着，回到房中，却是睡得极安稳的。她不知道，玉儿和妙玉师父还会踏着那一地朗朗月色，出了山门，下到了玉泉边。在那里，两人却是不再说话了，只是静静地守着那泉坐着。月色越来越晴朗，周围的景物渐见清晰，高高矮矮的桂花树仍然郁郁葱葱，幽香飘荡。最后，妙玉师父掏出了那把黄澄澄的铜瓢，舀起了一勺泉水，然后往那望不到尽头的桂花林轻轻地扬去，水均匀地落在枝叶上，亮晶晶闪烁一片，犹如将月光揉碎了撒落下来。妙玉师父仰天长叹一声，合掌跪伏地面。一旁的玉儿脸色煞白，紧跟着跪下。满地月光陡然变得惨白，天地间一片静寂肃穆。

天亮时，妙玉师父圆寂了。

小尼哭跪在跟前，她看到妙玉师父脸上异常平静的神态，就像了却了一件搁在心头很久的心事一样。这时跪在一旁的玉儿，脸上已经没有了泪痕，却有了另一种宁静而又坚定的神色。

等山下远远近近的人知道了这事，玉泉庵的住持已换了新人。

从远近赶来的人们，看到山门的门匾下站着的，是整整齐齐穿上了法衣的玉儿，那手里握着的，是原先握在妙玉师父手中的那串佛珠。人们在愕然中顿悟过来，这是正式的传承了。年老的人乍眼看到年轻女住持的模样气度，大吃一惊，觉得与当年玉泉庵初建成的情景极相似。惊疑之后，觉得这事看似突然，却是冥冥当中注定的。尤其是这年轻女子的神色，更有了一种比妙玉师父更硬朗坚定的东西在里面，让人觉得她是可信赖的。

果然，在山下远远近近的人还在沸沸扬扬地传播着这位新住持的事情时，就听到了风声，说是玉泉庵要开泉了。

开泉的那天，非常热闹。

到来的人第一眼都发现了，原先舀泉水的那把铜瓢，已经好好地摆在了泉边。适值朝阳初升，金子般的光芒从树缝间透漏下来，铜瓢仍然光灿灿的，令人敬仰如昔。引人注目的是旁边原先竖着“玉泉”一碑的地方，新换了一块石碑，比原来的要高要大，但石碑的上面，还严严实实地蒙着一块红色的布。人们看着便议论了，说是原先的石碑也太旧了，换一块是最好的了，也才衬得起这太平世道。

玉儿肃立人前，听着众人的议论，脸上的神色一直是静静的。

只有小尼，那天一开始就觉得一切都是怪怪的，但又说不出怪在哪里。她已经跟着新师父忙了好一些日子，觉得虽然有很大变化，但有一点是不变的，就是玉儿也如妙玉师父一样待她，让她依然有家的感觉。所以，当玉儿问她，是想继续留在庵里，还是还俗回乡时，小尼一口回答说就跟着师父你了。小尼注意到，当她说这话时，玉儿脸上无端闪过一丝惨然微笑，令小尼心中微微吃惊。

新竖的碑是什么模样，小尼并不知情。当时玉儿托人从北方请来工匠，尽在夜间开工。打磨雕琢的工夫，一并在泉边做了。那些夜晚，玉儿必在场守着，好像担心会随时出什么差错。被留在禅堂里的小尼，有时走到窗前往下面看去，那泉边烧起的汽灯白晃晃地亮得奇特，无端有了一种惨淡的气氛。灯光下静静站立的玉儿，脸上也是一种异常肃穆的惨白之色。看久了，令小尼心中总有了什么不好的预感。

泉边，人们争先恐后地挤着。小尼知道，人们关心的是取到泉水，他们每个人手中的桶都很大。这世道是变了，连盛水的物件也不同了，不再是原先的木的或铁的了，而是一种叫塑料的，又轻巧又光滑，花花绿绿的炫人眼目。小尼想，这东西到了这地方，就有了点不对劲的味儿。

红布终于揭开了。

那一缕金灿灿的阳光，随着红布的滑落疾速铺洒在崭新的石碑面上，那两个深深镂刻进去的红色大字熠熠闪光。

“罪泉”。

人群一阵哗然之后，便是死一般的静寂。小尼觉得自己的心跳，在这个时刻停住了。

死寂中，所有的眼光都集中到玉儿一个人身上。

玉儿走到泉边，拿起那把金灿灿的铜瓢，缓缓弯下腰舀起了一勺泉水。泉水在铜瓢里溢满着流下，在阳光下闪烁着光芒。众人屏住气息，看着转过身来的玉儿，那脸上的神色异常宁静，细看，还有一丝难以觉察的笑容。她的眼光，慢慢地扫视着面前的每一个人。接触到她目光的人，不知为什么心里就有了那种虚虚怯怯的感觉，迅速地避开了眼睛。

看着眼前一张张极其平常的面孔，玉儿的耳边，还是妙玉师父那静静的声音：

不要追查……不要追查是谁……都是些普通人……

普通人。

是的，是普通人……他们很随便，很轻松……处理了别人的生命……

处理。

没错，用的就是这个词：处理。

妙玉师父述说那个风雨交加的夜晚时，就是这样开头的……

他们说，算了，就在这里处理了……

那话，说得很随便，很轻松。

玉儿的心开始疼起来，她觉得自己快要控制不住了。她发现自己在不由自主地走向人群……

人群开始骚动起来，纷纷往后退去，好像都唯恐玉儿手中端着的泉水会落到自己的桶里。前面几个有身份的人，脸色开始变了。

玉儿惨然一笑，手一松，铜瓢掉了下来，泉水哗地全泼落在地，一瞬间了无痕迹，只留下干涩的阳光。玉儿径直穿过人群，往山门而上。靠近她身边的人群，分明听到这样的一句话：这泉，能洗罪……

听着了话的人，脸色也开始变了。

罪……罪……

一声连一声的回音，一直传到了人群的最后一个。不知谁带的头，人群突然一个接着一个地跪下来了。黑压压的一片，跪在了刻着“罪泉”字样的新石碑前。

小尼惊呆了。

阳光灿烂着，却起了风，林涛大作，声音惨然。

玉儿站在禅堂的窗前往外看时，那人群还在跪着，黑压压的一片，让人看着心堵得难受。玉儿想起了那天在禅堂里，刚品完茶，妙玉师父起身走到她的跟前，轻声问道，你的名字，是不是有玉？她当即心中一凛，跪倒在了妙玉师父面前。她知道，她一直要寻找的就在眼前了。

妙玉师父慢慢述说起来的时候，枯涩的眼睛里，令人惊异地流出了很多的泪水，好像已经在体内存留了太长太长的时间。

是的，就是那个风雨交加的夜晚，那帮人骂骂咧咧涌进了庵里，不断说着那句话：算了，在这里处理好了……这个鬼天气带着走路，太麻烦了……

是这句话，让妙玉师父听着心一紧，便一下子注意了那些被押着进来的人。

那个年代常见的情景，是拿着刀枪棍棒的人押着被捆绑着的人。那些日子里，说是从山外逃来了很多坏人，便有了这许多拿刀拿棍拿枪或拿着什么的人，满山遍野地搜捕人。玉泉庵时时成了这些人歇脚的地方，看多了，妙玉师父也认出了里面的面孔多是熟悉的，只是他们手中拿上了这刀这棍这枪时，就与平日里来求泉的神情完全不同了。妙玉师父惊诧着，却也不言语。那年头，玉泉庵也差点保不住，菩萨被砸了，尼姑也赶走了几个，也是有当头的人出面说了有政策，才让妙玉师父和老尼留在了这里。

那个晚上被押进来的人之中，有一男一女很显眼。看得出，他们是一对夫妇，中年模样，文质彬彬，虽然已被打得血肉模糊，站立不稳，仍是紧紧地靠在一起，努力用自己的身体去撑扶着对方。奇怪的是，他们的脸上并没有其他人的那种恐惧或凄惶，而是静静的，一种生死相依的安然自若。妙玉师父看着他们，顿时有了一种熟悉亲切的感觉，一时怔忪，脸上明显流露了什么。那女人抬起眼来，也紧紧地盯着妙玉师父，嘴巴蠕动着，好像想与妙玉师父说什么。妙玉师父微微惊诧，还来不及靠近，就被人推开了。这帮人喝了水吵吵嚷嚷了一番之后，又骂骂咧咧地推搡着那些要处理的人往外走。那女人在被推着出门的时候，不断地回过头来，远远地盯着被拦在后面的妙玉师父，嘴巴还在不断地张大着，在努力想说出什么，但又发不出声音。妙玉师父紧紧盯着那女人不敢移动眼神，在那女人的面孔终于消失在门外风雨中的那一瞬间，妙玉师父突然醒悟到，那蠕动着的嘴唇是在重复着同一个口形。那么，那个女人一定是在说着同一个字！是一个什么字呢？妙玉师父顿感惊惶万分，那个字一定很重要！是这个要死去的女人，在将一个最想留下的信息告诉她。妙玉师父怔怔地看着所有人的身影消失在风雨中后，突然发疯似的转身冲往禅堂。身后的老尼惊惶着追进禅堂，发现妙玉师父在对着一面很久不用的镜子，不断地重复着同一个口形。

镜子中，妙玉师父发现自己的嘴唇是颤抖的，眼睛里是一种从来没有过的惊惑和恐惧。老尼被妙玉师父的反常吓坏了，呆呆地说不出话来。

玉……玉……是玉！

妙玉师父终于醒悟过来了。她手一抖，镜子掉到了地上，很响的哐啷一声。与此同时，外面是一声很响的炸雷，把整个玉泉庵都摇撼了。

妙玉师父脸色陡变。老尼还来不及阻拦，妙玉师父已经冲出了山门，外面正是雷电交加，大雨如注。老尼惊惶地发现，天井里的那棵最老的桂花树，被劈倒了一大截。断裂了的树干仍然光秃秃地矗立着，如矛枪般直刺黑压压的夜空，令人悚然不已。

玉泉边。

终于遇见了那帮人。不过，是少了人了，少了那些被捆绑的人。当然，包括那对夫妇……

妙玉师父的脑子里一片混乱……

他们在泉水那里干什么了？在洗手？他们的手沾上了什么，要洗那么久？还有，那搁在一旁的铁铲是做什么用的？为什么上面沾满了那么多湿湿的泥？……

风中雨中断断续续传来说笑的声音……

竟然挖少了一个坑……让他们夫妇一个坑……正合适了……也怪，别人都在哭呀叫呀，就他们一声不吭……这两个外乡人……到底是什么人……

坑？挖坑干什么？……活埋？

头顶猛地滚过一连串的响雷，天地如同炸开了一般。

从后面赶来的老尼一把扶住妙玉师父的时候，感觉到那身子如筛子般簌簌发抖。

玉儿沿着泉边，穿过那高高矮矮的桂花树，一次又一次地往林子深处走去，不断地想起那一个风雨交加的夜晚，妙玉师父和老尼相互搀扶着，也一次又一次地在这里来回地寻找着，寻找着那可能留下来的痕迹。妙玉师父是在那一连串的雷声响过之后，一下子醒悟到那个女人给她留下的信息，一定与她挂念的亲人有关。所以她坚持想知道，想知道那个准确的地点。

那个晚上的雨下得多大呀……把所有的痕迹在一瞬间都抹去了……什么也找不到了……

是的，什么痕迹也没有了……

玉儿的眼前，一切生机盎然，树木仍然葱郁，花香仍然醉人，鸟鸣仍然动听。玉儿还知道，在山下面的地方，也已经是一片太平盛世的景象了。没有人想着要去记住，那一个风雨交加的夜晚，曾经发生过什么罪恶。

玉儿痛苦地跪伏下来，地面是湿的，湿得很透很透。那是雨水？还是泪水？手插入了湿湿的泥土中，果然是冰冷冰冷的感觉，正是那早就透入了玉儿心底和骨髓的感觉。这时，玉儿很清晰地听到了妈妈异常低哑的声音，从那很深很深的地底下，闷闷地传来：

玉……玉……玉……

小尼走进禅堂的时候，玉儿仍然站在窗口前。小尼知道，从那里看到的是玉泉，这几天的月色多好呀，泉边的一切景物清晰可见，如同白昼。自从开泉那天到现在，山上安静极了，没有人来求泉，也没有人来烧香。小尼心中有些害怕，玉儿还是神色自若，每天仍然到玉泉边去，就站在那“罪泉”的石碑前，久久地候着。那把舀泉的铜瓢，摆在一旁，在阳光照耀下仍然金灿灿地耀眼。最后，玉儿便会往林子深处走去，待出来时，脸色还是静静的，什么也看不出。

从禅堂出来，小尼抬起头，月亮好大好圆，突然想起今晚是中秋。想到早死的父母，小尼有了些悲哀，回到房中躺下来，悄悄地流了点眼泪，也很快地睡着了。她没有看到，当月亮最圆最亮时，玉泉边，陆陆续续地来了好些人。

那些人是悄悄地到了泉边，才突然撞在了一起。撞见时，看着对方手中的大桶，面面相觑，但也无话，很快地将脸转开了。然后，自然地排成队，一个跟随一个，用铜瓢往自己的桶里舀泉水。舀泉水前，还不忘跪下来磕了头。那磕头，往往不止三遍，是更多。如此一来，时间就耽误了。后面的人竟也不嚷不闹，静静等着。仔细看，每个人的头都始终低垂着，像在躲避着什么。泉边，新石碑默然矗立，在皎洁如水的月光中注视着每一个人。

舀上泉水走到一边，便有了些心急，赶紧就着月色细细来看，发现那泉水的颜色，果然是变回了如玉般温润透亮的微黄，再尝上一口，果然又是原先的清香醇甜了。即刻大喜，转而又感大惑。此时，月色正浓，却突然起了风，悠悠地从高高矮矮的桂花树林中吹来，无端地，便有了阴冷惨淡的感觉。

这泉，能洗罪……

偷泉的人都想起了那句话。惊恐万分中不禁抬首，玉泉庵那扇窗口，亮着青幽幽的灯光，分明看见一个静静的身影肃立窗前。

这同一个时间，在一个离这里很远的城市里，几个年轻女孩正在一间大学的宿舍里，熄着灯，依在窗前赏着月，吃着月饼，说着话。

开始，她们说的是玉儿的事。玉儿给她们来了信，说是已经出了家，嘱咐她们为自己办退学手续和将行李处理掉。她们为这个消息感到非常震惊，转而想起了玉儿的种种行为，觉得这等事发生在玉儿身上，也是不奇怪的，心中便释然了。

悠悠然然地，又说起了其他的话题。

说着，笑着，觉得这个中秋节过得也是开心的。无意间回过头，窗外水银般流泻进来的月光，落在那张空了的床上，异常的冷寂惨然，心中一紧，顿时有了一点说不出的怅然。

2001年6月4日完稿

燕州美人

燕州是小城的古名。

相传在秦朝建县制的时候叫起来的。当年秦始皇志在一统天下，往岭南发兵几十万，这些兵后来就不回去了，使不少像小城这样一些原先偏远荒蔽的地方，渐渐变成了人烟繁盛的城镇。叫了燕州这个地名，应该是那些留居岭南的中原人舍弃不了的思乡情怀。到了灵子对这段历史有了兴趣，想寻找早年遗留的县志来看看。负责的官员对她说，没有什么县志了，都在当年那场革命中烧掉了。

灵子知道，在历史教科书上，那场革命谓之“文革”。民间里，也习惯这样叫。眼前这位看上去已经不年轻的官员用“革命”郑重称之，令灵子略感惊异后，隐隐觉得另有深意。

自然，灵子对少年时期的那场革命还有着深刻的记忆，也就相信了这位官员的说法。

灵子带着有点惆怅的心情走回街面。阳光白晃晃的，有些扎眼，眼睛不得不微微地眯着，脑海里有些混沌也有些清醒，一些疏远了的人与事在混沌和清醒中慢慢浮现起来。

其实，小城的古名燕州，早在近代什么时候，不知为了什么原因被丢弃了，而叫了另外一个毫无特色也毫无意义的名字。但是，小城的人还是喜欢自称燕州，外头熟悉小城的人也喜欢叫燕州。到了今天，灵子已经能琢磨出，小城的人之所以怀念燕州这个古名，是因为在历史上，燕州很有名气。

燕州的名气，与美人有关。

燕州出美人。魏晋乱世时，一个色艺双全名扬天下的歌伎，是燕州人。

那歌伎后来卷入京城一群权贵豪富的争风吃醋中，殉情坠楼而亡。这甚至在正史上记录着，名齐西施王昭君杨贵妃，假不了。民间里，更是久传不衰。灵子从小熟悉美人的传奇故事，知道环绕着小城流淌南去的那条江水，用了美人的名字来命名。所以，当灵子走在街面，在白晃晃的阳光下想起苏如花的时候，就觉得那个当年被冠以“燕州美人”的女孩，也会在小城的历史上留下深刻的痕迹，是很自然的。

灵子此刻想起了苏如花，是因为穿过小城长长深深的骑楼时，无意中听到一个老妇人在说燕州美人的事。自然，也说当年那场将县志烧掉了的革命。

老妇人苍老的声音，在常年阴暗潮湿的骑楼里流漾，透着沉重停滞的气息，像是很遥远的回音。灵子望着街面白晃晃的阳光，眼前有了些恍惚。以为会忘却的历史，仍然清晰地沉淀在世间的底层。

末了，老妇人画龙点睛：乱世美人。

灵子一下子惊愣。急急回首，骑楼深处，没有了老妇人的身影，街面白晃晃的光影，绕过墙柱涌进来少许，在阴暗中摇曳，显出一种深深的诡秘。

灵子是第二次听到这句话了。在苏如花家里的小天井里，灵子第一次听过这句话：乱世美人。

说话的人是苏如花的母亲，小城的人称三仙姑。她在说这话的时候，小天井里那一大丛指甲花正开得繁盛，红殷殷的，滴血一般。那个名叫苏如花的女孩，坐在花丛下一张竹椅上，专心一意地在将指甲花鲜红的汁液涂到趾甲上。

站在一旁的灵子听着这话，是非常吃惊的。在她十三岁的阅读经验中，她只熟悉乱世英雄的说法。乱世美人这句话，伴随着一只只圆圆小小鲜艳娇嫩的红趾甲，深刻又有些怪异地留在了灵子的记忆里。

所以，多年后，当灵子走在小城的大街上，又想起那场先后被两个女人称为乱世的革命时，脑海里最清晰的，竟然还是苏如花光滑洁净的俏丽笑脸和一个个圆圆小小鲜艳娇嫩的红趾甲。

苏如花十六岁那年，进了燕州饭店当服务员，顺顺当当地，就得了燕州美人的称号。

都说是一帮常年跑供销跑运输的客人途经饭店，还是风尘仆仆，饥肠辘转，猛一抬眼看到如花似玉的苏如花，大惊失色，其中一人不禁拍案叫绝，果然燕州美人！

此客北方口音，洪亮豪爽，一声震了整个堂面，当即人人附和。燕州美人的名号由此叫开了。接而又说，燕州饭店的生意仍然能一直红火下去，全赖于燕州美人的名号。这样说有一定的道理。因为那是一个革命高扬的年代，有着充分的理由改变原先的生活轨道。

燕州饭店，是小城里最有排场的饭店。

灵子的记忆中，燕州饭店有着古店的味道。雕花的木头门窗，远看粗重厚实，近看精致细腻，暗紫色的光泽，透着久远的质朴。那些有点年纪的掌勺把刀师傅，偶尔走出堂面，举止言谈有着礼数。迎着来客必是躬身点头，招呼的第一句，就是客官您请坐了。送客的时候，步随门口，说的也是客官您走好了。看着，听着，陌生，然而舒坦。

堂面上那些来回走动的服务员，由于有了小城的传统，也是极讲究的。一色年轻女子，面白唇红，眼波婉转，嫩生生，水灵灵，像了燕州饭店的一道名菜“水拎豆腐”。所以，小城的人都说，像苏如花这样的美人坯子，自然应该进燕州饭店。

苏如花进燕州饭店的那年，正是那场烧毁县志的革命开始的第二个年头，1967 年。

灵子记得，那是个暮春的日子。有太阳，也有雾。阳光被雾裹缠着，变成一团团的，白晃晃地在眼前跃动，令人有些困惑，也有些不安，低下头，地面没有人的影子。

灵子那么清晰地记住那个暮春日子白晃晃的阳光，是因为她感觉到那些白晃晃的阳光，漫进了心底，稠稠浓浓地塞满了，然后又留下一种空荡荡的难受。当然，她不知道，这种空荡荡的感觉，还在她的眼睛里流露出来。所以，苏如花遇到她的时候，很专注地盯着她片刻，然后咯咯地笑起来。

苏如花的笑声，沉甸甸地冲荡着裹缠着雾的阳光，有了一种令人警觉的气味。灵子即刻感到莫名的紧张，不自觉地就把头低下了。所以，她发现，地面没有人的影子。同时，她还发现，苏如花脚上穿的是一双木屐。街上的女孩喜欢穿着木屐在街面上走，这是灵子一直觉得很奇怪的事。而今天苏如花的木屐看上去还很特别，因为在那上面，非常显眼地裸露着一只只圆圆小小鲜艳娇嫩的红趾甲。在学校里，灵子见过苏如花双手上涂染得红艳艳的红的指甲，但她不知道，原来趾甲也可以这样来涂染。这个发现，令灵子非常惊诧。

接下来，苏如花说了两句话。

第一句说，我今天到燕州饭店上班了。

这句话在灵子听来，很硬，很重。她把头压得更低了。

第二句说，灵子你不能升学是冤枉的。

这句话在灵子听来，轻了，软了。她抬起了头。

苏如花仍然笑着，灿烂明媚的小脸仰向天空。她舒畅地吐出了一口气，又垂下头来，朝着灵子笑了笑，然后，转过身走了。这一转身，灵子发现苏如花竟然还有辫子，只是铰短了，用了一块素花手帕紧紧绑扎一起，干净妩媚地露出了修长而白皙的颈脖，白晃晃的阳光下，甚至能清晰地看到细而柔软的绒毛在上面微微扇动。这样的发型，原先学校里时髦的女老师喜欢留，但自从去年夏天那场革命开始，小城的街上，几乎看不到梳辫子的女人和女孩了。

但是，苏如花的辫子仍然梳着。在这个革命还在进行的暮春的日子里，她梳着辫子快乐而美丽地走在小城的大街上。而最令灵子印象深刻的，还是苏如花的脚上，竟然涂染着鲜艳的红趾甲。

灵子呆呆地看着苏如花的背影。这一刻，灵子突然感觉到，苏如花有了很大的变化。这种变化是鲜明而奇特的，是从外到里的，让灵子明显意识到苏如花不再是原先那个女孩，是个女人了。这种感觉很突兀，叫灵子有了些陌生感。从这天以后，每逢灵子再遇到苏如花，这种感觉都在不断地增强，并慢慢地变成一种说不清的压抑了。好多年过去后，灵子才醒悟到，当年的这种感觉，成了灵子青春期中一种无法摆脱的自卑感。在快乐美丽的燕州美人面前，灵子始终觉得自己是安徒生童话里那只可怜的丑小鸭。

直到今天，灵子还是那样清晰地记得那个快乐而美丽的背影。后来灵子仔细想过，是不是苏如花的快乐使她的美丽得到最充分的张扬呢？少年的灵子，清晰而又悲伤地意识到自己没有快乐，也没有美丽。因此，那个暮春的日子里，苏如花的快乐和美丽，在她内心引起了极大的震撼。

苏如花是灵子小学的同班同学。

苏如花不爱读书，也读不好，小学六年她留级了两年，也就读了八年。到了高小，她和灵子同在一班，站在班上女生中高一个头，就有了点鹤立鸡群的模样了。那同班的两年中，灵子奇怪苏如花从没有留级生的自卑，却总是一副自我感觉良好的样子，大声地说话，大声地笑，出出进进一帮女生前呼后拥俨然女王。在老师面前，也是神情坦然笑靥如花。即便是刻板严厉的班主任，盯着她写在黑板上谬误百出的算术题也发不起火来。灵子在学校是优等生，与苏如花不是一类人，也玩不到一块。那天突然见到了苏如花，灵子并没有打算和她打招呼，甚至想尽快地回避。灵子失学后，没有兴致见同学朋友。灵子是那种年纪小但自尊心已经很强的女孩。

那个有着白晃晃阳光的日子里，苏如花说的话，一直让灵子记着。这使她在后来的日子里，始终没有像别的同学那样，在说起苏如花的时候，会用鄙夷的口气和眼神。而且在一连串的事情发生后，灵子还去探望苏如花。这点也是令苏如花感动的地方。多年后，她在对别人说起自己的往事时，还喜欢说我真正的朋友只有一个，就是灵子。当然，苏如花说这话时，灵子远在另一个城市里当大学老师，和苏如花已经多年不来往了。

在白晃晃阳光下走着的苏如花，并没有想到她的话对灵子有多大触动。她在一心一意享受着自己的快乐。这是她第一天上班，她的心情好极了。

苏如花也失了学，但并没有像灵子那样遭受巨大的打击。相反，有了如释重负的感觉。所以，她也不像灵子那样，走在白晃晃的阳光下，心里空荡荡地难受。

走在白晃晃阳光下的苏如花，是快乐的，也是美丽的，就像春天里正在吐蕊盛开的鲜花和舒展歌喉的小鸟。

苏如花进了燕州饭店，不仅是周围的人，就连她自己，也觉得自己很合适这样的场所。她在那里面转来转去，身子转得灵活，眼神也转得灵活，来来去去，带着一阵轻柔温煦的清风。别人看着，也觉得赏心悦目。店头牛精三叔从灶口那边扯着欢快的高嗓门说，行呀！天生干这行的！

苏如花得到了夸奖，更是高兴，手脚自然更是麻利轻快，口中还哼起了曲子。也说不清是什么曲子，声音低低的，只有自己能听到。但就是自己听着，也觉得是好听快乐的。

当苏如花在饭店里快乐地哼着曲子，有一个年轻男子，应该说，还是一个大男孩，依小城人的叫法，是后生哥，也在暮春白晃晃的阳光下走到十字街头。要是那个时候灵子还没有离开街口往菜市场走去，就会发现这大男孩是母亲的学生王斌。

王斌的身后跟随着一行十来个人，都是他的同学，也叫作战友了。当然，在小城人的口中，经过了去年的造反，已经习惯将他们称为小将了。在这个暮春的日子里，这些小将们也来到了十字街头。他们个个神情振奋，并带着一种整齐划一而不太自然的肃穆，就有了些装腔作势的可笑。但在当时，这是很时髦的。路人看到，有感兴趣的，回过头多瞅几眼；也有畏惧的，低下头往后躲着。过了一个冷清的冬天和春天，十字街头的大字报棚变得破烂陈旧。这叫王斌很不满。想起从北边一路串联而回的各地，是那样的热闹红火轰轰烈烈振奋人心。他的不满，使他对手中的大字报有了一种迫切的期待。他大声吩咐战友们将大字报贴到棚上去。这是一张呼吁新一轮造反的大字报，大字报的措辞和风格，完全从北方一路回来的学习中模仿而来。贴上后，王斌觉得大字报棚上剩下的一长溜空当仍然很难看，皱着眉头想了想，就叫战友在空当处贴上白纸，然后在上面写了一条标语。那是长长的一句标语，字很大，笔画很粗，泼墨似的。

站远一点，端详着写好的标语，王斌终于满意地笑了。他忍不住左右顾盼，但时辰还早，路人不多，而且多是有着明显目的匆匆赶路，也就没有特别注意他们一行的举动。所以，王斌有了些失落。

待灵子从菜市场转回来的时候，她看到这条标语了。看到这条标语，成了在这个暮春的日子里又一件令灵子吃惊和迷惘的事情，并由此在她的记忆里留下了磨灭不去的印象。因为标语上写着“揪出县里最大最危险的走资派夏天籁”。

小天井里那一大丛指甲花正开得繁盛，红殷殷的，滴血一般。那个名叫苏如花的女孩，坐在花丛下一张竹椅上，专心一意地在将指甲花鲜红的汁液涂到趾甲上。

——《燕州美人》

后来历史的进程证明，灵子的吃惊和迷惘是很正常的。这条标语的出现，不仅很快掀起了小城里新一轮的造反高潮，而且是奠定两大派组织形成和严重对峙的一个鲜明标志。

自然，这样的历史宏观视角，还不是当时的灵子能领悟到的。她只是个十三岁的女孩，注重的是个人的经验和感受。她的吃惊和迷惘，是因为她认识这个叫夏天籁的人。其实，小城里的人大都认识这个叫夏天籁的人。他身任县委书记和县武装部政委的职位，是小城里最有权威的官员。然而，灵子对他的认识还要更深。一个原因是他和灵子的父亲是朋友关系，在一些日子里，他会带着他的妻子和女儿到家中来做客，吃着祖母做的咖喱牛肉或咖喱鸡，和父亲用浅浅的酒杯喝着酒说着话，笑得很开怀。喝了酒，吃了饭，他还兴致勃勃地到父亲的大书桌前，有些夸张地研墨铺纸，然后在父亲的啧啧赞叹中，挥毫写下一幅大字。那些字秀气干净，像他的人。而另一个原因，还在于他的女儿夏莎莎和灵子是同班同学，也是最要好的朋友，每逢京城里的表姐给灵子寄来丝绸发带，她都会给夏莎莎分一份。而夏莎莎每逢假期到北方探望祖父祖母回来，也会给灵子带来一大捧稀罕的大红枣黑核桃什么的。这样的原因，使灵子见了夏天籁，叫他夏叔叔。

去年夏天的第一轮造反，灵子的父母就倒霉了。也就是说，在一个文化部门任职的父亲和在县中学当老师的母亲，首当其冲地成了造反的对象。这是灵子失学的原因。但是，夏莎莎的父亲不倒，仍旧代表着革命的最高权威，常常穿着崭新的绿军装，在人民会场的万人大会上露面，说着许多新鲜而激昂的革命辞藻和口号。因此，夏莎莎顺利地上了县中学。灵子的家就在县中学里，夏莎莎下了课，喜欢径直到家中来找灵子。灵子内心里，却不太情愿见到夏莎莎。坐在那里听着夏莎莎兴致勃勃地讲述学校里同学间的新鲜事，灵子觉得心里像有什么东西堵着，自然没有了话说。这样久了，夏莎莎说的也少了。但她还是继续来，因为她需要朋友。后来两人都长大成人了，灵子就能鲜明地感觉到，夏莎莎的身上有一种很强的等级意识，这使她不能轻易接受一个和自己不同阶层的人。就像夏莎莎在后来始终不会因为时代的变迁而放弃对苏如花的对立态度，在当时，她也不会因为灵子家庭的突变遭遇而改变心中的认同，她仍然愿意将灵子当作自己唯一的朋友。就这样，两家的交情，也似乎是由于两个小女孩的友情没有彻底中断。偶尔，灵子从夏莎莎的口中，得到一些需要转告父亲的消息。那些消息，往往能让父母在那些惶惶不安的日子里得到一些安慰。于是，在那个早上看到这条标语时，灵子的吃惊和迷惘也是很自然的了。她在标语前面站了好一阵子，然后心中惶惶地离开。她一边走一边还在想，晚上去探望父亲的时候，要不要说这件事呢？

灵子从标语前离开的时候，仍然没有见到王斌。这对灵子来说是幸运的。自从父母倒霉后，灵子害怕见到母亲的学生。他们态度上的急剧变化，还不能令灵子的内心坦然接受。

王斌一行人，在灵子再出现之前，进了燕州饭店了。他们一大早忙到现在，还没有吃上什么东西。学校里的学生大都还在往北串联的路上，没去的也回了家，校园里空荡荡的，食堂已经好些日子不开火了。

进到饭店，王斌第一眼就看到了苏如花。

在一群如花似玉的女孩子中间，苏如花仍然是出众耀眼的。王斌看到苏如花，也像灵子一样，即刻有了一种非常吃惊的感觉。他从小就认识这个邻家女孩，进进出出见多了，虽然有时也模糊感觉到她有着跟别的女孩不太一样的地方，但还是将她看成如自己妹妹一样的小女孩不爱搭理。可是在这个早上见到她，却突然有了很不同的感觉了。这感觉竟然也如同灵子一样，眼前的女孩不是女孩了，而是女人了。

当然，在王斌的经验中，他还说不上对女人的感觉具体是什么，但他能感觉到内心有了一些突然涌动起来的东西，那东西是什么，也说不清，似乎隐隐带来一点冲动、一点振奋和一点快乐，朦朦胧胧中，就看到眼前有着什么吸引自己的东西在等着自己了。对于王斌来说，这是一种很新鲜的感觉。以灵子多年后的思维来推断，这种感觉在这个暮春的日子里出现很重要，它在无意中与这个大男孩适才在大字报棚前的情绪契合了，由此酿成了一种饱满的热情和激情，推动着这个大男孩在即将要出现的革命高潮中，出演了一个极为重要的角色。

苏如花自然也看到王斌一行人了。她在堂面的另一头有些兴奋地朝王斌招手，笑得很灿烂。她笑着，也就开口叫了。她叫的是，王斌哥哥——

她叫的声音有些娇，有些甜，就有了家常味道。堂面的客人还不多，听仔细了，觉得新鲜而又亲切，都有些振奋地抬起头来张望，看到是苏如花，眼睛一亮，也微笑了，还多看了几眼。

平日里，苏如花见到王斌，也是这样叫的。王斌也习惯了。但今天听到苏如花的叫唤，王斌却一下子不自在起来，脸腾地热了，他赶紧低下头，装着什么也没有听到。身旁的小将们倒是听清了，转过头来饶有兴趣地看苏如花。这一看，也是眼睛一亮，口中不说，心里头都想到了同样的话，这女孩真好看哟！这样想着，再转过头看看王斌不自在的样子，不由自主地就揣摩了这好看的女孩和王斌的关系不一般。虽然是个革命的年头，但男孩女孩长大了，有些东西也无师自通，想躲也躲不了。这想法有了，在后来的日子里就变得很重要。当王斌成了造反组织的重要头目之后，手下的小将们自然将苏如花视为王斌的女友，甚至将其他男人接近苏如花看成是对组织的挑衅。

当然，这个时候的苏如花不可能去揣摩小将们的想法，她甚至没有注意到王斌的表情，对他们一行人也没有更细心的关注。因为一年来，这样的小将是常见的，没有什么新鲜了，更何况王斌还是从小就看熟悉了的邻家哥哥。而在店里，让苏如花感到新鲜的，是那些说着外地口音的客人。苏如花有着小城里长大的女孩一样的毛病，对外地人有着天然的好感。这一刻，正好有几个客人走进来，牛精三叔急急催促她上前招呼。那是几个明眼就能看出是走南闯北的供销员和司机，嗓门大，派头也大。苏如花知道，外地人是饭店最需要招呼好的重要客人。要说在小城里，单靠本地客不能满足饭店的营业。幸而小城是省城往海边一地的交通枢纽，成了各地供销员和司机往来的必经之途。可以说，小城的商业和服务业，很大程度上占着这点优势来维持。所以，那些说着五花八门口音的人，常常是小城里最招摇的人。在苏如花眼里，这些外地人说的口音新鲜，话的内容也新鲜，是吸引人的。所以，她在这些人面前，更多了些快乐。而一快乐，也就更张扬了她的美丽。就这样，她顺顺当当地从这些外地人的口中得到了燕州美人的称号。

王斌时而能从眼边看到苏如花那忙碌而快乐的身影，心中不由模模糊糊有了点说不清的妒意。听着那些外地口音，王斌也是羡慕的。这让他想起了在北方一路经历的情景，那里有很多如他一样年纪的男女小将，却干着更气派更辉煌的事情。这样想着，王斌对小城革命形势的不满更加强烈了。到了他们一行人从燕州饭店出来的时候，王斌觉得肚子虽然饱了，但心底却有些虚虚的，好像是想干点什么但又不能确定要干什么。这时，他抬眼看到了对面的大字报棚。刚才贴上的大字报和大标语，照眼看去，果然很醒目，已经有不少人驻步在细看了。王斌心里一喜，顿时踏实起来。他努力挺起胸膛，仰起头，微笑了。

微笑着，王斌和他的战友们怀着振奋的心情离开十字街头回学校去了。学校在十字街头的北面，有一段长长的路，走到一半，叫王斌的大男孩不由自主地回了头，远远地，不仅能看到已经是人头涌动的大字报棚，还能看见正当街口的燕州饭店。这一看，他又微笑了，这回笑得好像还有了另一层的快乐。

这时，在店里忙碌着的苏如花，偶尔抬眼往窗外看，也注意到对面大字报棚前的热闹，但她并不感兴趣，她是个专心于手头事情的人，何况手头的事情令她享受很大的快乐。一直到了晚上下班，苏如花迈着快乐的步子走出饭店，四下顾盼，看到大字报棚仍然围观着不少人，才来了一点兴致，就走了过去。待近前看清楚那条大标语，苏如花忍不住咯咯笑起来，她一边笑一边说，怎么有人叫夏天——懒哟?

人群中有人笑了。笑声撞开了一直有些沉闷的空气。旋即，有人及时纠正，是夏天——籁呀!

笑声和纠正的话都是男人，很温和。昏暗的街灯下，男人们仍然注意到她的美丽。无论什么时候，男人们对美丽总是宽容的。

苏如花能感受那温和的宽容，心自然舒坦着，忍不住又笑了，笑得仍然快乐。快乐着，顺口也问了，这个夏天——籁是谁呀？自然，有人很快回答了她的问题。她听了，笑了，走出来了。她对这些没有兴趣。这是苏如花的习惯，自己不熟悉的东西，她是没有兴趣去了解的。这也许就是她与灵子很不同的地方。当然，她也没有想到小学的同班同学夏莎莎是这个人的女儿。到了她知道的时候，已经是几个月后了。那个时候，她首先注意到的却是这个男人明显的外地口音。问了旁边的人，就知道这个叫夏天籁的男人果然是外地人，在一个离燕州很远的省份。听说那个地方一切都和这里很不同，守着一条大河，却没有水用。但那里的男女很快乐，在黄土飞扬的高原上放羊，喜欢唱一种叫“花儿”的歌调。苏如花听着，又惊讶又好奇。在她的意识中，没有水的日子怎么过呢？怎么还能快乐地唱歌？所以，在那些日子里，她觉得自己也应该给这个叫夏天籁的男人送上一碗水。有时，甚至是一碗糖水。

苏如花走出人群，回家去了。

她离开后，大字报棚前的人们似乎觉得少了点什么，没了兴致，也慢慢散了。散了，也就回家了。虽说是一个特殊的年代，但小城人还是遵循着固有的生活习惯，到了时间就有了回家睡觉的念头。于是，十字街头安静了。站在安静下来的十字街头，便能将整个小城的面貌看得清清楚楚了。

多年后，灵子有了机会到很多小城以外的地方去。她惊讶地发现，地处最南边的小城，仍然保留着北方中原的遗习，在城建格局上遵循着东西南北的严格划分。以十字街头为轴心，笔直地形成东西南北四个方向的街道。小城的这种格局，使小城的人在方位上完全使用了东西南北的概念，而不像南方一带的人，在方位上通常只有左右前后的模糊意识。

小城的东西南北四个方向，分别叫东墟、西衙、南街、北院。到了今天，灵子才发现，这样的叫法是非常恰当的，不仅见证着历史的遗传，甚至在那场革命最动荡的时期，也由于这样称呼的便利，小城的人始终记住了当时那种奇特的南北武力对峙。

自然，这样的叫法，见出了各是各的世界。

东墟，是主要的市民居住区，和一些公私合营的小店铺小工场。建筑布局很统一，长长的骑楼，紧凑规范，下面是商铺或工场的，就可以看到铺面旁边留着一个窄窄小小的门出入。街的尽头，是一个农贸市场。小城的人习惯叫墟市，也叫天光墟，能令人想起原先简陋的起源。每逢农历初三、初六、初九赶墟的日子，那几栋游廊一样的建筑和接连着的骑楼下，早早就涌满了从四乡八村挑着各式农货来赶墟的人。而正午一到，人就散了，货也散了，剩下空荡荡的房子和满地的黄菜叶子以及家禽粪便，让人想象起天光墟的旧日光景。

西衙，一听就知道是很老旧的叫法了。当然，官面上不这样叫，只是民间改不了。灵子很迟才明白这个叫法的渊源，知道了就觉得是很恰当的。因为这里是政府大小部门的所在地。林林总总的牌子挂在各式建筑的门前，在总是过于寂静的街面上显出一种肃穆。这里的建筑与东墟、南街不同，除了靠近十字街头一小段还是骑楼建筑，往外走去，就是一些单门独户的大院子了。这些大院子的建筑是全城最有气派的，有老式的，也有新式的，有看起来像官府衙门，也有看起来像私家住宅。灵子听夏莎莎说过，县委会的房子是原先一个官绅的住房。而公安局，却用了旧政府的老房子。这样的历史，使小城的人偶尔走进来，一种难以言明的敬畏油然而生，甚至有隐隐的不安。

南街，是主要的商业区。大小商店、饭店和旅馆都集中在这里，有国营的，也有公私合营的。像燕州饭店，就是一间最老的公私合营的饭店。而紧挨着燕州饭店，是小城最大的百货公司。往下走，各类商店饭店旅店间掺和着两三间小工厂和一所城里最老的小学，甚至还有一间门面小巧装饰精致的福音堂。所以这里的建筑五花八门，有老式骑楼，也有新式气派的楼房。而街道尽头的小学后面，是一个新建成的国营肉菜市场，比东墟的农贸市场要气派得多。

北院呢？格局更是完全不同了。一条笔直开阔的路，能一眼看到路尽头一大片高低错落中西合璧的建筑，那是燕州高中。小城的人有时也叫燕州学堂，听起来应该是近代办新学留下来的叫法了。推算上去，那个时候可能还没有丢掉燕州的古名。灵子还知道，最早的时候，这里叫灵玉书院。小城人习惯叫北院，应该是这个缘故。燕州高中是一个规模很大师生人数也很多的学校。那个时候，燕州下辖十二个公社，只设初中，唯有燕州城里有高中。所以这燕州高中，集中了整个燕州县的优秀学子。在燕州人的眼中，也就是燕州的最高学府了。说是高中，但也办了初中部，专收城里学生，也是严格择优。灵子从小住在校园里，一直以为自己小学毕业后，必会顺利上燕州高中的初中部，接而继续读高中，然后就考大学。自然没有想到遇到了这场革命，将一切都改变了。所以，虽然灵子常常还要出入于这个校园，但心中却是另一番滋味了。

从十字街头往北院去的路很长，路的两边，没有了挨檐连壁的骑楼，只有一些零碎房子。这些房子一看就知道是后来建的，是两三个机关单位和一所幼儿园。房子建得很不规范，到处留着空间，那些空间竟然是一些水田菜地还有荷塘，不同的季节里，变幻着不同的色彩，绿的红的黄的，很写意的田野风光。可以想象到，在没有这些零碎房子之前，这是一处完全与田野风光融于一色的书香之地。而路，由于没有了骑楼，就变得宽敞多了，竟然还有了一条不知从哪流来的溪水，溪水前整齐地栽着树。那树也是极讲究的，一排梨树，一排柳树，溪水从树下流过，到叶子飘零和落花缤纷的时候，常有些年轻男女站在那里，一派风花雪月的情境。这暮春时节，那梨树开花了，云涌雪堆，柳树也在抽枝吐芽，绿意飞流，温煦的春风中，远看如雾如烟，近看生动妖冶。

苏如花回家走的是往东的方向，她的家在东墟的尽头。

走到这里，往外延伸的就是农贸市场，穿过农贸市场，就是出城了。到苏如花走近家门的时候，夜也深了，四周很静，门被轻轻推开的声音仍然很响地传出街面，突兀间便变得遥远空洞。苏如花蹑手蹑脚进了门，她没有开灯，熟悉而灵巧地穿过一条窄窄的走廊，然后是一个小巧精致的天井，头顶有些光亮了，但天井太小，光照不下来，也看不清天井里那一大丛的黑影是什么。当然，苏如花知道那是一大盆指甲花，她已经闻到淡淡的花香，混合在一种潮湿的味道中。小天井的地砖常年见不着阳光，总是潮湿的，白天的时候，能看到那些角角缝缝长满了肥厚的青苔。苏如花从小熟悉着这种味道。她闻着，舒心地笑了。然后，小心翼翼地踏上楼梯，进了顶楼自己的小闺房。闺房里洋溢着少女特有的味道，仔细闻，也有一些指甲花淡淡的香味。在一些日子后，灵子第一次走上来，是非常惊讶的。灵子的生活环境中，还不可能像苏如花这样的街上女孩，在逼仄的骑楼间往往能拥有一间虽然很小但很可爱的闺房。这发现又一次使灵子清晰地意识到自己和苏如花在生活状态中的完全不同。

苏如花换好睡衣躺在床上，她还忍不住轻轻地笑了。苏如花并没有意识到在今天这个日子里，自己变得更爱笑了。小木格窗子开着，淡淡的月色终于漫进了一点，在白色的帐子上闪烁着可爱的光亮，一切如童话一般快乐而美丽。第一天进了燕州饭店上班的苏如花，在一种快乐美丽的心情下，很快地睡着了。

这一夜，苏如花睡得很踏实。她并不知道在小城的另一端，燕州高中的学生宿舍里，那个名叫王斌的大男孩却有些睡不踏实了。他的身子翻来覆去，脑海里也有许多的东西翻来覆去，一会是那条大标语，一会是苏如花的笑靥，一会又是北边那些大城市里红旗飘飘鼓声隆隆的情景，还有那些和自己一般大小的男女小将的迷人风姿。这般翻来覆去地想着，有了些振奋，也有了些冲动，觉得要干什么事情了。但具体要干什么呢？还是模糊的，不确定的。但对于王斌来说，有了这个夜晚的思想，就有了一个大致明朗的方向了。所以，最后，王斌还是踏实地睡着了。

但是，这个夜晚，灵子却是睡不好了。灵子睡不好的时候，脑子里就格外清醒，一切的事情都很有条理地被梳理清楚，并作细腻深入的考虑。这是灵子的习惯。长大后，朋友们都说，灵子是个敏感的人。灵子才意识到，早在她的少年时期，就已经奠定了她的这个秉性。这秉性影响了灵子的一生，使她后来将历史作为自己的爱好来研究，也因此有了追溯小城历史的念头。而这一晚，在灵子脑子里清楚地被梳理的，就是遇见苏如花和看到那条大标语的情景。要是说，遇见苏如花令灵子深刻感受到自己非常失落非常沮丧的心态，那么，那条大标语，却让她隐隐闻到了一种更庞大的不安。

灵子的不安很快得到了证实。

接下来的日子里，那条大标语的效应陆续显现出来了。从北边纷纷回来的学生，看到了，很是振奋，都表示了很张扬的支持。王斌和他的战友们深受鼓舞，很适当地又贴出了第二条更长更大的标语。这条标语贴出来，一时间引起了更大的震动。标语的字里行间最叫人吃惊的，是“夺权”两个字的频繁出现。虽然这场声势很大的革命到来一年了，但小城还是偏远了，吵了闹了，也容易安静下来，终是没有料想到会有权力转移这样的大事发生，何况还是由一帮乳臭未干的学生闹出来的。在小城人的印象中，权力转移这样的事情在 1949 年发生过，那是多大的动荡呀，将一个王朝连带着几百万的军队都赶下海了。对那些从北边如排山倒海般溃退下来的残兵剩勇，小城里有些年纪的人都记忆犹新。这般想着，先有了些不安，然后也换了比较轻松的观望，认定那样的变动是不可能出现的。但没有想到，纷纷响应和支持的大字报和标语，以更强劲的势头铺天盖地地来了，而且迅速介入了一些新的力量，有城里城外几间工厂的工人，也有各机关单位的干部，还有社会各行各业里不同身份的人员，甚至是闲散无业的居民，都打出了各式各样响亮的造反组织名称。人多势众，不可能的事情也变得可能了。终于，在一个阳光灿烂锣鼓喧天的日子，人民会场举行了声势浩大的万人大会庆祝夺权成功。灵子在人群外面远远站着，可以看到红旗飘飘的主席台上，是一些新鲜的面孔在晃动。仔细看，其中有王斌，站在原先夏天籁的位置上。他穿戴着没有帽徽领章的军装，腰上扎着一条宽皮带，叫武装带，那皮带扣很大，很亮，很醒目。串联回来的小将们都是这样的打扮。只是军装的颜色不像夏天籁穿的那种崭新的绿，而是洗褪色了的土黄，说是北方的小将们已经流行这个了。王斌这般穿着站在高高的主席台上，平添了一分稳重，也显得神气得多，与往日那个还带点青涩味道的大男孩有了区别。灵子看着，更有了陌生感，心中惶惶地抬脚离开。走不远，看到一个女孩站在路边树下发愣。仔细看，是夏莎莎，小脸苍白，往日总是樱桃般鲜艳的嘴唇浮起一层发干发白的东西。灵子愕然地看着夏莎莎，心中想问，你怎么不和你的同学在一起开会哪？话说出来，却是另一个样，我们去喝糖水吧——

灵子的手掏在裤袋里，紧捏着两个两分的硬币。那是昨晚父亲给她的。灵子想，两分硬币还喝不上莲子糖水，只能喝绿豆糖水了。父亲说，天开始热了，老在街上走，去喝点糖水吧！父亲知道灵子喜欢喝燕州饭店的糖水。

以前，灵子喜欢在放学后跑到父亲的单位，等父亲下班，然后带着她一起回家。路过燕州饭店的时候，父亲有时会带灵子进去，让她喝上一碗糖水。父亲通常是不喝的，他喜欢到卖卤味的档口看看，和热情的牛精三叔聊上几句，然后挑上一两样祖母爱吃的红烧大肠或烧鸭。当然，灵子失学后，父亲又被关在单位里写检查回不了家，就没有这样的机会了。有时在燕州饭店门口遇见苏如花，她总是大声招呼灵子，进去喝碗糖水呀！每回灵子都认真地谢绝了。这样的场合，灵子表现得像大人一样的严肃。每到这个时候，苏如花又爱咯咯地笑一阵，然后说，灵子你怎么还像当中队长呀！在学校时，灵子是少先队的中队长，升国旗和开大会的时候，都得神情严肃地站在前面喊口令整队列。听着苏如花的话和笑声，灵子总是非常沮丧。

夏莎莎始终一声不吭，像个牵线木偶一样跟随着灵子走到了十字街头，走进了燕州饭店。

一路都是人，都是锣鼓和歌声，很热闹，如同过节。灵子无端想起在大字报上看到的一句话：革命是人民的盛大节日。那自己和夏莎莎算不算人民呢？灵子有些走神地想着，就看到在甜品档口上忙乎着的苏如花了。

燕州饭店的吃食很齐全，也细致，分了饭菜、卤味、粥品和甜品等不同的档口。这里地处潮热的岭南，人们爱吃甜品。一年到头，就有了应时的甜品。这甜品也分了点心和糖水。点心是些馒头、包子、花卷、松糕、油条、油果，那是常年有的。糖水呢，就细致一些了。夏天主要是绿豆糖水、莲子糖水、西米糖水、豆腐花和凉草，冬天则主要是糯米甜粥、醪糟糖水和糖水汤圆。说的主要，也就是说有次要的。夏天的糖水到了冬天也卖，但是次要的。而冬天的到了夏天也卖，只是次要的。豆浆呢，则是一年四季都卖了。平日里，进来饭店吃饭的客人，多是那些外地人和从四乡八村进城的乡下人，小城的人是不多的。那个年月就是请客，也习惯在家中自己做出来，然后到店里来买上点卤菜。有手头宽裕的，偶尔买上一两样现炒的招牌菜，就算是很讲究的生活水平了。所以，饭店里也就知道要在卤味和甜品上做出色，才能在小城中保持好口碑。小城人进来吃甜品，也因为不是为了正餐填饱肚子，就有了一点休闲味道。晨起午后夜间，都在些悠闲的时间里，慢悠悠地进来，要上一小碟点心一小碗糖水什么的，慢慢吃完了，喝完了，就很满足地走了。当然，也有的遇上高兴的事，吃完了，喝完了，还有着兴致多坐一会，闻到了饭店里特有的烧卤浓烈香味，不由有些受诱惑，抬眼顾盼，撞上店头牛精三叔的笑脸，说着今天的烧大肠很地道哟！烧鸭用的是第一茬的嫩水鸭哪！试一试？听了，觉得香味进了口，不由自主地微笑了，走过去，揣摩着，最终也就说，切上一点吧！在柜台后掌刀卖卤味的，都是些有点年纪的师傅，听着客人一开口，马上高兴地吆喝起来，好嘞！切一点嘞！手中的刀一起一落，眨眼间那一点香喷喷的卤肉就切碎了，先搁放在一个盘子里，舀来一点浓浓稠稠的汁均匀地浇上，然后，从柜下抽出一张新鲜荷叶，小心翼翼地从盘子上腾过来，左右折叠着包好，笑吟吟地搁在了客人面前。整个过程，精致细腻，毫不含糊，客人看着舒坦，也高兴，接了东西，付了钱，便是满脸喜气地出门回家去了。

苏如花进店没有多久，也看懂了这般做生意的窍门。看懂了，还喜欢着，有了兴趣，就学着来做，招呼客人吃了点心喝了糖水，也仿着牛精三叔的口气说话。话虽然没有牛精三叔说得巧，但一张笑靥如花的俏脸，竟也让客人推却不去。牛精三叔看着极是顺眼，就说，如花你专门照看甜品档口吧。苏如花听到这样的安排是很高兴的。卖甜品的档口要干净漂亮一些，站在那里的服务员也显眼。苏如花还是有着女孩爱干净爱漂亮的心理，觉得自己刚进来就能得到这样的安排，是很幸运的，也就表现得非常积极。一张俏脸从早到晚笑靥如花，让客人看着舒心满意。因此她的档口前，总是挤得满满登登。有时灵子从门外经过，忍不住扭头往里张望，看到了苏如花，也觉得她确实是个很出色的服务员，态度热情有加，动作敏捷周到，从不像另一些漂亮女孩，偶尔还是摆上一副清高傲慢的脸色，待客上也就怠慢了。所以，在有外地人进来用餐的时候，牛精三叔仍然要从里面的灶台上跑出来，吩咐苏如花抽身去招呼。那些外地人若是刚赶路来的，多数就有些疲惫有些焦虑，而一当眼看到了苏如花，也是眉开眼笑活泛起来了。熟悉了的就开起玩笑来，不熟悉的，也搭讪着问上话。苏如花熟练自如地应对着，桌面上热热闹闹地就摆满了。后来的日子里，小城里的人爱说，在那个乱世年头，燕州饭店的生意仍然兴隆，全凭有了苏如花燕州美人的名气。灵子听了，虽然觉得这话说得暧昧不好听，但也合了几分事实。

当灵子和夏莎莎在饭店的门口站得有些不自在的时候，苏如花神采飞扬地从人群中挤出来了。近在跟前，看清一方雪白围裙上，脸颊绯红，笑靥如花，还真有过节的喜气洋洋哪！灵子转过脸来，看到夏莎莎的小脸更见惨白了，她盯着苏如花的眼神严肃得有些古怪，小嘴紧抿着，没有打招呼。

苏如花冲着夏莎莎笑笑，也没有叫她的名字。

苏如花低头看看灵子伸出来的硬币，没有接，说，我请客了！等着啦！说完咯咯笑着，转身又挤进人群中去了。

灵子一时发愣。她不认为自己和苏如花的关系，已经到了可以让她请自己吃东西的程度。灵子是那种家教很严的女孩，不习惯苏如花这样的派头。

灵子还来不及细想如何应对苏如花的热情，就被夏莎莎扯住衣袖拉出来了。热辣辣的太阳底下，夏莎莎沙哑着嗓子，我回家了！说完，头也不回就走了。

灵子看着夏莎莎的背影在热闹的人群中很快消失，心中懊丧极了。在学校里，夏莎莎和苏如花之间，就有一种特别明显但又说不透的对立。多年过去后，灵子才想明白，她们两人的骨子里，都有一种居高临下的优越感。这一点，也许是夏莎莎永远不能容纳对方的原因。灵子有时细想，她们的优越感又是很不同的。夏莎莎的优越感来自家庭身份和自己的聪明才学。而苏如花呢？她的优越感是不是就来自自身的美丽？还有她的快乐？

到苏如花端着糖水挤出人群，也已经看不到灵子的身影了。她笑了笑，转身忙她的去了。到了下次灵子再见到苏如花，想起那天的情景，脸上有了些羞惭之色。苏如花倒欢笑如常，强拉灵子进去，非是自己掏钱请灵子喝了一碗莲子糖水。在舀糖水的时候，灵子看到苏如花非常麻利地加了一勺满满的白糖进碗里。当灵子埋着发烫的脸大口大口地喝那碗特别甜的糖水时，不由在想，苏如花这点比夏莎莎好，心里不藏仇。

记得那年入夏没有多久，就来了第一场台风。小城离海边有着近百里路，中间还隔着一大片的山区，说来小城见过海的人还是不多。但这里每年夏天都要来好几次台风。台风一来，将大海的威力和味道带来了。那些年，城外的公路种一种叫木麻黄的防风树，树长得又高又直，台风一刮，都软软地往地面弯垂下来，却又不容易折断，只是时间长了，树形便往一个方向斜着长，形成了公路上非常奇异的景观。

这年的第一场台风来得早，也厉害，听说城外公路的防风树，有的被完全吹倒，压着地面了，造成了交通的中断。在城内，往北院一路的梨树刚结的青果子，一个不剩地全部掉落，撒满在地面和溪水中，引得小城的小孩风雨未停就争先恐后地跑出来捡拾。小城的人看着，有了些不安，想着不是要有什么了不得的事情发生吧？那场看上去轰轰烈烈的权力转移之后，虽然还是一片热火朝天莺歌燕舞，但看着那些一拨一拨兴冲冲往西衙方向而去的人，脸上的表情从一开始的喜悦兴奋和激昂，渐渐地变成了有些焦虑有些急躁还有些愤怒，就有了些担心。

果然，台风过后便进入热浪滚滚的盛夏，小城的革命形势也开始变得复杂起来了。或许是夺权后，就得面临着权力重新分配的许多麻烦。麻烦无法解决，就出现了分裂。于是，一部分人打出了保夏天籁的旗号，与原先的造反派俨然形成了泾渭分明的对立派。这两大派组织都有着自己非常响亮威严的名称，不过小城的人还是喜欢将它们简单地叫作倒夏派和保夏派。到了武斗开始后，又习惯称北院和南街了。

保夏派的出现，使小城的革命发展得更红火了。有了对立，就有斗争，有斗争，也才见出革命的威力。这似乎是革命的一种规律。而更复杂的革命格局，使所有的人都意识到可以找到自己的立场，无论是为了谋求什么还是为了保护自己。保夏派在开始一段时间内显然力量单薄，掌握小城新权力的倒夏派将他们嘲笑为保皇派。但没有多久，他们的势力就迅速发展壮大起来了。他们的队伍中，除了小将、工人以及机关学校里的革命群众之外，甚至还有了自去年以来陆续被打倒和靠边站的一些人物。这一点很重要，这批人中的不少人，往往有着老革命的出身，被打倒前在各级单位里身居大小领导，因此他们对政治对革命显得更老练也更有经验，尤其在“以农村包围城市”这一革命传统上，运用得极为成功。当一支浩浩荡荡的农民大军打着保夏派的旗帜，从东墟进城，一路奔十字街头而来，小城里两大派旗鼓相当并将发展到枪弹相见的严重对峙局面就正式开始了。

这个时候，小城的人注意到，走在前头率领农民大军进城的，是一个身着绿军装的年轻男人，当然，那军装是没有帽徽领章的。有人说，哗！是一个复员军人哟！崭新而合体的军装，使这个从农村来的年轻男人显得英气勃勃，与城里的革命氛围天衣无缝地吻合了。正在十字街头作着演讲的王斌，第一眼看到这个男人的时候，心猛然咯噔一下，口中竟忘了词。过后思量好久仍然想不通，是什么东西让自己对这个陌生的男人产生如此强烈的反应？到手下的人告诉他，这个从农村来的复员军人名叫刘保升，他脱口而出，真土气！即使在革命高扬的年代里，城乡的等级差异和歧见仍然在最革命的阶级中存在着。

自然，在这个时候，不仅仅是王斌，还有小城的人，对这个叫刘保升的年轻男人还不熟悉，更不知道他率领农民大军进城的这一壮举，竟与燕州美人苏如花有着直接的关系。到了后来，当燕州美人的种种传闻在小城里被渲染得离奇迷人时，灵子才回过头来细细将当时的情景想清楚，也就觉得，即便是一些看起来非常重大的事件，它的起因也可能是很偶然很简单的。

那是一个四乡八村的人到城里来赶墟的日子。

苏如花那天上的是中班。她没有睡懒觉，早早起来去后巷的水井挑来了水，洗了衣服，然后又洗了头，待她洗完头出来站在骑楼下，外面的墟市一点一点地热闹起来了。苏如花喜欢赶墟日子的热闹，站在那里，看着那些土头土脑的乡下人，挑来鸡鸭鹅小猪还有各式时鲜果子蔬菜和干菜咸菜，满脸亢奋地挤来挤去，让她觉得非常有趣，一种优越感油然而生。这样，她也觉得快乐了。快乐了，就想着给谁说说。因此她站在那里，很张扬地左右顾盼。于是，她见到灵子了。

祖母叫灵子到东墟的墟市上买只老母鸡，说是要给刚刚病了一场的父亲熬汤喝。在保姆被赶走后，这样的家务琐事就成了灵子自然得承担的。灵子在心里是很不情愿的，但她没有办法不做，不能上学了，她失去了生活的重心。

灵子是在一种不太好的心情下走到了东墟。苏如花站在骑楼下大声叫唤她时，她半天回不过神来。

苏如花的头发湿淋淋的。发尖上，有一些水珠往下滴。刚好是早上八九点的时辰，阳光鲜艳温和，落在带着水珠的湿头发上，闪烁出晶莹迷人的光晕。灵子盯着苏如花，觉得有些目眩，还有些失落。她懊丧着想，怎么每回见到苏如花的时候，都会特别意识到自己的不快乐呢？

苏如花歪着头，一边姿势优美地甩着手拨弄头发，一边笑吟吟地对灵子说，我洗头了。

灵子下意识地吸吸鼻子，闻到了茶麸水的味道。那是一种特别的芳香，有点像油的香，又有点像木的香。灵子知道，街上的女孩洗头用的是茶麸水，而不是香皂。到了去当知青的日子，灵子也开始用茶麸水来洗头，才发现所谓的茶麸其实是用榨过油的花生渣子做成的。所以洗出来的头发能够油光水亮，非常的顺滑。看着苏如花顺滑黑亮的头发，灵子心里充满了羡慕。她也能看见自己的头发，却是微黄而带点干的，不由心中埋怨母亲，为什么非要用香皂洗头呢？

苏如花说，这是我的家，灵子你进来玩一玩吧——

灵子探头看看那窄小不显眼的门面，没有吭声。在灵子的感觉中，东墟这条街道上的骑楼门面都是一个样，阴暗陈旧，令人看着有不舒服的压抑感。灵子想说，我不进去了。但看着苏如花转过身时向她扬扬手的笑容，不由自主地跟着进去了。

走廊那么窄，天井又那么小，外面的光亮好像都被挡住了，令灵子大吃一惊。灵子自小住在校园里，到处宽敞通亮，感觉是完全不同的。小天井里唯一一个很大的花盆，盆中是一大丛的指甲花，开得正盛，红殷殷的滴血一般。

苏如花说，灵子你也涂一涂吧？

灵子起劲摇摇头。

在灵子的生活中，她从来没有这样的经验。她虽然不拒绝和苏如花在一起，但在内心，还是不自觉地将自己和苏如花分成两类人。她不能想象自己也会像苏如花一样，走在街上，在木屐的有意袒露中，醒目地展现着一只只圆圆小小鲜艳娇嫩的红趾甲。

灵子惊异而又好奇地站在一旁，第一次看苏如花涂趾甲。苏如花说，在饭店干活手不能涂，只能涂趾甲了。她一边说，一边仔细地挑选着摘下那些颜色最深的花瓣，然后随手在掌心轻轻一揉，眼看着碎了，软了，湿了，见出了稠稠的汁液，再把那稠稠的汁液往趾甲上一抹，就见出红色了。乍一看，是那种鲜艳的红，看深了，觉得带着一点点玫瑰红，浓淡交融，就见出那点娇嫩的味道来了。每涂抹完一只，苏如花会停下来，左右端详一会，满意地微笑了，然后又开始涂抹另一只。整个过程，缓慢、精致、熟练而灵巧，像在精心而又愉快地完成一件艺术品。

灵子呆呆地看着，入了迷。

多年后，灵子怀着仍然惊奇而困惑的心情，细细回想起当年苏如花涂趾甲的情景，终于悟出了一个很准确的词汇：性感。少年的灵子对性感这个词的启蒙，是在一个比自己大三岁的女孩身上，在那个潮湿而又光线不足的小天井里。灵子第一次惊奇而困惑地感觉到，一个女孩的脚，可以在刻意的修饰下变得生动鲜活起来，充满了独特的女性魅力。因此，灵子在之后的时间里，就能很敏感地发现这些可爱的红趾甲，紧紧地吸引了一个年轻男人惊奇而又贪婪的眼光。但灵子在当时也不能预料到，这些充满魅力的红趾甲，对于那个年轻男人来说，将有着特殊意义的诱惑。因为那个年轻男人，将很快卷入小城那场革命中，成为名震小城的农民司令。

这个年轻男人的名字叫刘保升。用后来王斌的话来说，土气！

的确，刘保升那时还是山里头一个地道的农民。在那个赶墟的日子里，他和妹妹挑了两笼鸡和一担杨梅来卖。应该说，在一路上，甚至在见到苏如花的红趾甲之前，他还是一个思想单纯的农民。他是一个复员军人，有着在部队里服役三年的光荣历史，而且这三年的光荣历史，使他的父母能给他说上了一门有地位的亲事，女方的父亲是大队的支书，这在农村里是一个很有权威的职位。何况，那位未来的岳父在见过他之后，已经很满意地表示要极力保荐他当大队的团支书。因此，他和他的家人，对这桩婚事抱着很美好的期待。母亲准备好这两笼鸡和一担杨梅给他和妹妹来城里赶墟，就是为了尽快筹钱来办一场体面的婚事。从山里出来城里不容易，他和妹妹天未亮就匆匆忙忙赶路，到了这里还是有些迟了。他们挤不进游廊里了，只能紧紧迫迫地在骑楼下占着了摊位。东墟的农贸市场就这样，游廊太局促，赶墟的人多了，就往紧挨着的骑楼里摆，想赶也赶不了。幸好东墟这头的居民已经习惯了这样的热闹和纷乱，有时想买点什么东西，一迈出门就有了，倒也觉得是很方便的事。因此，苏如花坐在小天井里，一边慢悠悠地涂抹红趾甲，一边对灵子说，不要急，待一会出去就能买到东西了！果然，到苏如花涂抹好她的红趾甲，和灵子一起出来，门外的骑楼下，已经被各式农货挤得满满当当的了。

苏如花一眼看到那些红殷殷的杨梅，就来了兴致。她爱吃这种酸酸甜甜的果子，还喜欢那红殷殷的颜色。她高兴地塞一颗果子在嘴里品尝着，一边嚷起来，灵子你也挑一点呀！很新鲜哪！灵子闷闷地说，我得挑只老母鸡！灵子已经在旁边的那笼鸡前面蹲下来了，本来看的是鸡，但心里有了点不太痛快的东西，眼神就涣散了。这眼神涣散着，就注意到了鸡笼后面坐着一个年轻男人，而这个年轻男人的眼光，正紧紧地盯住了苏如花脚上的红趾甲。那眼光很亮很亮，毫无遮掩地流露出一种惊奇和一种贪婪。灵子不由一愣，下意识地抬起头看看苏如花。她发现，苏如花是看不到这个年轻男人的脸的。因为男人坐着，低垂着头，还戴着斗笠，将他的脸完全挡住了。要不是灵子蹲下来，也看不到那张脸和他的眼光。灵子看到了，也就记住了这个年轻男人。不仅仅是那眼光的缘故，还因为这个年轻男人，有着一张非常英俊的面孔。这张面孔，是那种骨棱棱的不见肉，却将五官非常鲜明生动地凸显出来，能让灵子即刻与某个著名的电影演员联想起来。而那个电影演员，在当时几乎是灵子这个年纪的女孩都崇拜和爱慕的。他的剧照被制作成精美的画片，被很多的女孩珍藏着，就是灵子和夏莎莎的书包里也有。因为这一点，灵子对这个发现非常吃惊。所以，她印象深刻地记住了这个年轻男人的面孔了。到了那支农民大军浩浩荡荡地开进城里时，灵子便轻易地认出了领头的年轻男人，就是当初在墟市上见到的那个年轻男人。不同的是他穿上了一套绿军装。那套合体整洁的军装，使这个年轻男人更加英气逼人，紧紧吸引了街面和骑楼下所有人的眼光。自然，这个年轻男人的军装上，还套着一只醒目的红袖章，上面是保夏派组织的响亮名称。这个时候，灵子已经非常熟悉这个组织了，因为父亲也成了其中重要的一员。所以，她很惊讶也很激动地告诉父亲，我认识那个农民司令，他是卖鸡的！

父亲欣喜而严肃地说，农民永远是革命依靠的对象！

一直被隔离写检查的父亲，由于加入了组织而获得了自由，并很快成为组织中的宣传主笔，有了一种意气风发的新面貌。这个时候，夏莎莎又常常来找灵子说话了。她的父亲夏天籁在春天的夺权后虽然一直闲置在家写检查，但有了一个强大组织的支持，原先的权威也在微妙地恢复着，偶尔在大会上露面，仍然造成台下群情振奋的盛况。

灵子在这个时候，偶尔也有了革命是人民的盛大节日的心情了。有了这样的心情，灵子就意识到自己也会像那些街上女孩，用羡慕甚至是崇拜的眼光，来关注王斌、刘保升这些在那场革命中叱咤风云的男孩或者男人了。

那个时候的小城，总有一群很招人眼的街上女孩。她们的年龄和苏如花差不多，大多是灵子小学时的同学，而且家也在东墟或者南街。她们之中，有的像苏如花一样不上学了，但并不能找到燕州饭店这样的好活干，就闲在了家；有的虽然上了学，但刚上初一，远不是学校里可以出风头的人物，而这个时候，也是不用上课的。这样一来，她们就有了很多的时间，成群结队地在街面上闲逛了。她们穿着精心挑选的衣裳，嚼着酸酸甜甜的果子，勾肩搭背交头接耳地走着，兴致勃勃地观看街上的风景，观看那场热闹的革命和革命中轮番表演的风云人物。如王斌这样最早出名的小将，还是本街的男孩，自然是她们最早关注并总要进行热烈议论的人。而到了刘保升出现，这个完全不同于城里学生模样的男人，更令她们感到新鲜和惊诧。她们神情激奋地奔走相告和谈论，那个农民司令真像电影演员呀！在当时，将一个人与电影演员联系起来说的，是最高的赞美。但是，到了苏如花的口中，却是说，那个男人真是俊！

灵子听着从苏如花的口中说出男人这个词，非常惊愕。这个年纪的女孩，还不习惯怎样去议论男人。即使她们已经开始仰慕迷恋一些男人，比如那些电影明星，也比如革命中的这些风云人物。不过，她们在议论他们的相貌时，还是不会使用男人这个词。也许她们下意识里，仍然要将自己和大人区别开来。而苏如花，却用非常坦然的口气说，那个男人！灵子听着，又一次鲜明地感受到，苏如花是个女人，不是女孩了。同时也隐隐约约想通了一点，男人们将燕州美人的称号给了苏如花，是很自然的。

当然，那个时候，刘保升并不知道站在他面前的那个女孩，已经有了燕州美人这个称号。自始至终，他仅仅是被那袒露在木屐上面的红趾甲吸引住了。他从来没有这样仔细端详过女人的脚，而且是这样一双经过精心细腻的修饰而美轮美奂的脚。一只只圆圆小小鲜艳娇嫩的红趾甲，在他的眼中，就好像一只只活蹦乱跳的小兔子，轻轻挠痒了他的心。这种奇妙而突然的感觉，一下子勾起了他对城市的所有记忆。

刘保升是在北方一个城市里当兵。那个城市比燕州小城大，也更热闹。三年里，他的任务是在军分区大院的门口站岗。那里紧靠闹市，每日里眼前尽是与山里农村完全不同的城市风景，看多了，看熟了，看入了眼，也看入了心，对城市的许多好处都看懂了。尤其是城市的女人，那更是有着许多说不清也不好细说的好处，能让人心里头生出了好些不安宁的想法。但想法归想法，到了要复员的时候还是要复员，回到了农村，也就是回到了原先的人生位置。钉子钉在了木板上，无法改变。有关城市的一切美好记忆，只有在黎明时分突然醒来会偶然冒出，但很快又被窗外的鸡鸣狗叫声残酷撞碎，渐渐淡化成一个遥远空洞触摸不到的东西了。

然而，那一只只红趾甲，又将这种记忆以一种鲜明生动的形象，重新展现在这个年轻男人的眼前了。上过初中当过兵的刘保升，在这个时候，重拾了内心的那一点浪漫情怀。

刘保升在女孩包好杨梅转身要离去的那一刻，猛然抬起头来了。在极其紧张而失落的一刹那，他突然闻到了一股很好闻的味道。他发现，那香味是从女孩散披着的头发上飘落下来的，很轻柔，很鲜甜，像春天的时候躺在小河边，让绿茸茸的青草肆意从脸颊上划拉过的感觉。这感觉，令他顿时目眩头晕。

刘保升没有意识到，这个时刻的他，脑子里已经失去了任何的思考。他完全忘了刚才还在一直幸福地筹划着的婚事，也忘了面临的所有现实。他的眼光，只能紧紧追随着女孩的背影，如同魂魄出了窍，由不得自己了。他看着她和那个看上去要矮一截的女孩在一个门口分了手，然后走了进去，过一会，又出来了，换了另一套更好看的衣服，但脚上的木屐没换。隔着乱哄哄的人群，刘保升仍然感觉自己能看到那一只只可爱的红趾甲在木屐上跳跃。女孩在门口还站了那么一小会，仰着头甩甩头发，然后低下头来，小心地躲过那些摆得乱糟糟的摊位，再绕过墙柱，身影跳跃着就到街面上去了。刘保升顿时心慌意乱起来，他不由自主地站起来，对妹妹说，我走开一阵啦！妹妹转过脸，有些畏怯地说，哥你快点回来！东西还没卖掉哪！妹妹的声音和动作，令他一下子想起了所有乡下女孩的土气。他突然强烈地意识到，他内心仍然喜欢着城里的女人，喜欢她们身上那一种神秘的魅力。一直以来，他弄不清那魅力来自何方，今天他突然醒悟到，就是那一只只在木屐上醒目地招摇着的圆圆小小鲜艳娇嫩的红趾甲了。

刘保升急步赶出街面，抬头张望，女孩走在前面了。

即使是赶墟热闹的日子，走在街面的人还是不多，人群都挤在了骑楼下。像燕州这样有骑楼的小城，人们上街，习惯走在骑楼下，那街面通常显得冷清了。北边的人来了觉得奇怪。小城的人会说，太阳太大啦！天下雨啦！北边的人听了发笑，南边的人娇气哟！小城的人听了有些惭愧，但上了街还是习惯走在骑楼下。当然，到了革命的年代里，是有了些不同，涌在街面上的人多了起来。不过，在东墟这一头，还是不一样。因为在这头街上走的人，多数是居民或者赶墟的农民。

所以，那个女孩走在街面上是非常显眼的。没有扎起来的头发散落肩头，随着女孩轻快的步子跃动，在阳光下闪烁着光亮。身边走过的路人，不由自主地都回头看她，眼神都很专注。刘保升想，他们一定是看到了地面上跳跃的红趾甲，也闻到了头发上飘落的香味了。那香味真好闻呀！刘保升过后虽然也想出了那是茶麸水的味道，妹妹洗头也用这个。但是，从这个女孩身上闻到的，却多了鲜甜和温软，新鲜诱人。

刘保升在街面上走着，感觉到自己的心扑通扑通地跳，也感觉到自己的步子急促而有力。这让他想起了在军营里的感觉，一时有了一种很新鲜的冲动和振奋了。这时，他看到女孩在前面站住了，心竟有些慌，也停下了步子。于是，他看到一个学生模样的大男孩从骑楼下走出来。女孩很高兴地向那男孩打招呼，男孩的神情看上去有些过分的严肃，但见到女孩，却微笑了。那微笑中，竟带着少许的腼腆和慌乱，被刘保升在一刹那敏锐地捕捉到了。刘保升心中顿时一动，这两人的关系不一般！这念头令他一时发怔。他看着两人站着说了一小会的话，然后，一起肩并肩地继续往西边走去了。刘保升仍然呆呆地站着，觉得心一下子被扯了出来，狠狠地摔在了硬邦邦的灰沙地面上。他在心底满怀懊丧地对自己说，回去卖鸡吧！但两脚竟不听指挥，迈开了还是继续往前。他的眼光，只能紧紧追随前面女孩的身影了。

这个时候，不仅仅是刘保升一个人，街面上和骑楼下的人的眼光，也都被这女孩和男孩的身影吸引住了。

还没到正午，太阳仍然鲜艳而带着少许的温和。两张年轻的脸庞在阳光的照耀下，也是鲜艳动人的。盯着他们看的人，都微笑了。因为这两个人大家都熟悉，一个是人人惊羡的燕州美人，一个是大名鼎鼎的小将和造反派领袖。走在一起，竟能让人联想起什么金童玉女男才女貌，像了戏文中的场面。有了这样的场面，自然给小城人一个深刻的印象。看多了，心里就有了想法。偶然间，还有了一点说不清的安慰。在那些革命高扬的日子里，这样的场面像城外吹过来的清风，勾起了人们对日常生活一种温情的怀恋。

经过春天里那场轰轰烈烈的夺权，王斌已经成为小城里无人不晓的造反派领袖了。在两大派对峙局面形成的形势下，他作为倒夏派的代表人物，更积极地活跃在十字街头。这里，已经成为小城的政治舞台中心。他和他的战友们，每天在这里张贴大字报，作演说，发传单，还有，与对方进行轮番不断的辩论。这样的日子里，王斌是繁忙的，能睡觉的时间越来越少，但他睡得很踏实了。他由衷地热爱这场革命。每逢作演讲和辩论时，他常常被自己激昂悲壮的情怀所感动，觉得自己就像小说里电影中那些真正的革命家和战士。这个时候，他特别希望能从台下的人群中看到苏如花笑靥如花的俏脸。

革命在十字街头如火如荼地进行的同时，燕州饭店充当了一个重要而奇妙的角色。这要归结于牛精三叔的谋略。从去年造反开始，牛精三叔就定下了一个主动出击的对策，主动贴出大标语支持造反，支持小将，并给上街造反的小将们送水送吃食和提供各种方便。这样的姿态到了两大派形成的局势下也没改变。牛精三叔还给苏如花一个联络员的身份，让她负责一切有关接待革命造反派的事项。有了这个身份，苏如花和王斌来往的机会就多了。有时王斌找机会回家看看，来往的路上遇到了苏如花上下班，也就走到一起了。王斌发现，自己非常喜欢和苏如花一起走在街面上的感觉，有点紧张又有点甜蜜。想细了，竟惊讶地发现这感觉与对革命的体会十分接近。王斌也像那个时候的年轻人，多少有一点对文学的爱好，时而也在学校图书馆里读到几本五四时期的小说。以前读了，觉得新鲜，也觉得有隔阂，朦朦胧胧中，又有些说不清的向往。到了这个时候回忆起来，却有了强烈的共鸣，革命和爱情，原来都一样的高尚和美妙，令人充满自由而幸福的憧憬。

王斌自然没有料想到，自己满心享受的这种美好心境，会随着一个叫刘保升的年轻男人一步一步地追随他们来到十字街头后，就要一点一点地被破坏了。

刘保升即刻感觉到，十字街头是小城最热闹的地方。当然，他很快还发现，这里也是小城的政治舞台中心。不过，他还不能预感到，自己也将很快成为这个舞台上的显赫人物。这个时候，他全神贯注的还是走在前面的女孩。他看到那女孩和男孩站住了，说了几句话，然后女孩向男孩扬扬手，转身独个儿走了。她一边走，一边拢起散落的头发，用一块素色手帕扎起来。那动作那姿势，又利索，又好看，带动着浑身摇曳生辉，光彩照人。四周的眼光都被吸引住了，无论是男人，还是女人，无论是老人，还是小孩。

女孩对那些眼光熟视无睹。她迈着轻快的步子，很快地就走进了燕州饭店。在门口时，她停留了一下，转过身来，朝着不远处站着的王斌扬扬手，仍然笑着，阳光一般灿烂。这真是个爱笑的女孩！那一刻，刘保升的心中顿时充满了复杂而难受的东西。他已经很清楚地判断出来，女孩和那个男孩之间，是一种非常熟稔的关系。这个发现，令刘保升心头翻腾起一股酸溜溜的感觉，也即刻使他对眼前这个男孩产生一种明显的敌意。但他还没有意识到，这种潜意识的敌意，使他对四周看到的和听到的东西充满了极大的兴趣，并作出了决定自己一生的重大决定。

这时，他听到周围的人在说，看，那就是燕州美人哪——

啧啧的叹息中，还听到一些其他的话。同时，他看到了那个男孩被一帮也是学生模样的人簇拥起来，激动地谈论什么，然后又扬起高高的手臂在喊着什么，还没听清，一大落雪白传单魔术般抛向天空，又纷纷落下。于是，更多的手臂高扬起来，去抢那空中飘落的东西。有人叫起来，辩论了！辩论了！骚动起来的人群将刘保升挤到了旁边，他转眼看，上下左右密密麻麻的大字报，也是措辞激烈，风云翻滚，令人眼花缭乱。

接下来发生的事情就很有意义了。没有人知道这个名叫刘保升的年轻男人，在这十字街头转悠的短短时间里，都看懂了什么和听懂了什么。而知道的是，他在那里贴出了自己写的第一张大字报。那张大字报的内容其实很简单，支持夏天籁。在刘保升来说，也许这只是一种下意识的行为。因为他刚刚从那个名叫王斌的男孩的演讲中听出，他是倒夏派的观点。他甚至听到很多人冲着他叫司令。他在一种越发不好受的心情下，理所当然地将自己摆在了保夏派的立场上了。刘保升读过初中，成绩不错，在部队的时候，还常常写点小报道，本来想过以此来争取提干入党什么的，但最终还是什么也没有。复员回家后是提笔的兴致都没有了。没想到，到了现在，一下子又意识到自己仍然文思灵敏下笔流畅。于是，他很快就完成了自己平生中的第一张大字报，也是最后的一张。因为在他写了这张大字报后，马上就被保夏派的人注意到了。很快，他成了农民大军的司令，下面自然就有了专门舞文弄墨的人。但这个时候，他还是孤身一人在写这张大字报，而且是因为一种很难说出口的理由。他很快就写完了，在落款的时候犹疑了一会，然后，他一挥笔，落下了一个很响亮的名称：老区赤卫队。刘保升的家乡，在1949年前是有名的游击区。后来打游击的人进城了，给那里留下了一个老区的光荣称号。这是刘保升从小就知道的。他常常听老人说起那些往事那些人物，心中仰慕着。后来去了北边当兵，到过一个全国最有名的老区参观，发现那里与自己的家乡有相同的地方也有不同的地方。相同的是农民的房屋一样破破烂烂，不同的是那些破破烂烂房子的墙壁上，还保留着许多当年的标语。其中令刘保升印象深刻的是处处可见的一句口号：赤化苏区！落款赤卫队。这个“赤”字的使用，令刘保升的印象非常深刻。他认定，那是一个代表着最革命的词汇了。这一刻，他突然想起来，就觉得很合适。当然，到他率领大批农民进城的时候，已经有人指令他，将组织的名称改为农民赤卫大军，自然是为了符合更浩大的革命声势了。他后来知道，保夏派中那些老革命出身的领导干部中，有不少就是从游击区里出来的。因此，他大字报上的落款引起了强烈反响，一切的发生就顺理成章了。刘保升，成了老区人民重新支持革命的标志，也是新时代的英雄。到灵子学了历史，她曾经设想过，要不是那场革命最终以一种尴尬的形式结束，那么，对刘保升无论是褒是贬，也有足够的理由以显赫的地位将他记载在新修的县志上。

小城的人也这样说，刘保升率领那支农民大军进城，决定了保夏派的势力可以与倒夏派形成均衡对抗的局面。而正是这一点，决定了小城里那整整一个冬天和一个春天的武斗，进行得如此的激烈和残酷。王斌和他的战友们在后来也非常懊丧地意识到，忽略了以农村包围城市的革命传统，是战略上最大的失当。他们只注意了发动工人阶级，这是北上很多大城市著名的斗争经验，但他们忘了，在燕州这个小城里，周围农村的力量远比城里工人阶级的力量要大得多。尤其是刘保升率领的农民大军中，有一部分是复员军人，这批人在后来的武斗中组成了有名的赤卫敢死队，勇敢善战，这更是王斌和他的战友们万万料想不到的。

所以，刘保升的进城，成了那场革命中一件具有重大意义的事情。而对于刘保升的人生来说，也是一个重要的转折。这个转折，以灵子日后的思维来判断，一开始与革命并没有关系，而仅仅是因为他遇见了那个涂着红趾甲的女孩。就是在小城人不断进行诠释的传闻中，也成了一个非常充分而美丽动听的理由，完全符合燕州美人传奇般的名气。

多年后，灵子再回到小城来，听到一个老妇人的声音从深深长长的骑楼下传出。

燕州美人的名气，一定与男人有关！不仅仅是一个男人，还有另外的男人。这样，才真正成全了燕州美人的名气！

语气深刻而意味悠长。灵子大惊。

末了，老妇人画龙点睛：乱世美人！

当然，那是灵子第二次从一个女人口中听到这句话了。而第一次，还是在苏如花家这个潮湿而又光线不足的小天井里。

说话的女人是苏如花的母亲。小城的人叫她三仙姑，传说她在早年间为人掐算命数灵验得很。她在说出乱世美人这句话的时候，小天井里那一大丛指甲花仍然繁盛地开着，红殷殷的，滴血一般。苏如花坐在花丛旁的竹椅上，仔细而耐心地将指甲花鲜红的汁液涂到趾甲上去。

最后，苏如花满意而喜悦地端详着脚上的红趾甲，用征询的语气问灵子，你不觉得那个男人很俊吗？和王斌不一样哟！

灵子当即愕然。

这个时候，有关燕州美人和两个男人的传闻，已经在小城里沸沸扬扬地传播开了。

在那场革命中产生这样的传闻，无疑是给小城的舆论带来极大的刺激。传闻如风般传播，革命也如火如荼般进行。到了秋风紧的时候，两派间的对抗非常紧张了。已经有很多的迹象表明，两派的对抗，将要从以大字报大辩论为手段的方式转为一种武力的方式了。

往北院路上的梨树，竟少见地掉光了叶子，光秃秃的枝干举向天空，充满了肃杀之气。灵子每次从树下走过，就有一种心惊胆战的预感。不久，据点形成了。所谓的据点，也就是两派各自占据的地盘。王斌他们的倒夏派，自然是先占据了燕州高中，这里地方大，建筑多，一时间声势浩大，热闹非凡，日夜不停的高音喇叭，豪情满怀地以革命巴黎自称。而保夏派，一开始只占据了南街的百货公司和其他两三栋国营单位的房子，虽然是楼房，但毕竟地方局促。到了农民大军一进城，形势就发展很快，不久就将南街一路的建筑基本揽进了自己的防区里面，组织的指挥中心落在了街尾的那间小学。那间小学的地盘虽然不大，但格局复杂精致，外有完整围墙，内是三重院子，房子叠落紧凑，用刘保升有限的军事知识来看，也是一个攻守自如的地方。所以，到了最后关头，保夏派在强大的攻势下，打剩了小学一个据点，也仍然能够在里面坚持了近六十天。而刘保升才觉得，自己虽然当了三年的兵，但也是到了这个时候，才真正领略了战争的含义是什么。

据点形成后，两派的对抗也就成了北院和南街的对抗。当时的一篇战斗檄文里，用了一个词来形容这时的武斗格局：南北战争。

这样一来，商店纷纷关门了，街面上的人少了，更不敢往北院南街一带随便走去。倒是东墟的农贸市场，遇上以往赶墟的日子，还有些不知是胆大还是不知情的乡下人，竟还带着一些鸡鸭鱼时鲜果子蔬菜什么的进城来。城里的人也需要过日子，赶上了就是价钱贵了也要下了。所以，那些日子里，东墟的农贸市场又悄悄叫成了天光墟。苏如花和那些街上女孩，也时而能在这里买到她们喜欢吃的酸酸甜甜的果子。遇到了，也说说笑笑，有时还相互打听，见到灵子了吗？只是当美人转身离开了，那些女孩们在后面小嘴一撇，说的话就不一样了。

小城有小城的特点，所有发生的事都躲不过小城人的嘴巴。街面上不好说了，就躲在骑楼下屋檐底悄悄地说，说完了美人说战争。枪林弹雨，炮火纷飞，到了口舌中的言语和感叹，竟有了莫名的冲动和美妙的回味，也像据点里那些亲临战争的人一样，忘记了胆怯和畏惧。多年后灵子回想起来，心中仍然惊讶而迷惑。那真是一个奇特的年月，战争变成了近在眼前的真实，充满了危险，但又充满诱惑。

无论是在当时还是在后来，所有的人都说，导致两派武斗进入真枪实弹对峙的第一枪，是在燕州饭店发生的。

地处十字街头的燕州饭店，从一开始就是双方以大字报大辩论对抗的舞台，接而就成了据点之间非常敏感的前沿地带。然而，当不少的商店纷纷停业关门的时候，燕州饭店仍然按部就班地营业。

人们说，到了夜间，燕州饭店的夜宵更红火了。那是因为白天里，两派都要全力关注于革命和战斗。到了晚上，却自然松弛下来，有了要出去吃点夜宵的欲望。当然，第一枪还没响，双方的人在店面里遇着了，虽然已是怒目相视摩拳擦掌，但还是没有料想到，第一枪响了之后，就不得不面临一场可怕的真枪实弹的战争了。

但是，既然枪声还没响，就还丢不了吃点夜宵的心情。这也许就是小城人的习性，虽说是革命了，对抗了，但那点过平常日子的心思还是隐隐藏着。尤其是进了燕州饭店，依然能见到燕州美人热情的笑脸。

吃夜宵是小城的传统风气。那场革命前，小城人将之作为社交的一种爱好。到了夜间，约了知己好友，先去看场电影，或是杂技，或是什么戏剧歌舞的演出，看完了，还有着兴致，就进了饭店，来上那么几小碟点心，一小碗糖水，凑着不太够亮的灯光，甚至是停电时的烛光，开怀地笑，说一些白天不好说的话，便觉得是最大的享受。遇上秋雨连绵的日子，潮湿着，还有点冷，就想喝点酒。喝酒，就得炒菜了，凑着红红的炉火说话，更觉得适意畅怀。这样的夜间，反倒有了白天没有的味道。用灵子的父亲这类文化人的话来说，是情调。当然，有了燕州美人，就更不一样了。所以，相互对抗着的两拨人轮番地到这里来的时候，双方的眼光总是在美人的身上相遇碰撞，越来越频繁，越来越尖锐，最终，便是浓浓的火药味了。

于是，第一枪打响了。在这样一个秋雨连绵吃夜宵的夜晚。

枪声响了后，对当时情景的说法就有了不同的版本。一个版本说，有人流血了。流血的是王斌的人。另一个版本却说，不仅流血了，还死了人。但死的是刘保升的人。后来补充的版本又说，枪声响后，双方据点内即刻进入最高级的戒严状态，大批的米、面、黄豆、花生油还有高射炮火急万分地拉进去了。燕州饭店关了门，终于也停业了。

那个夜晚以后，连绵的秋雨结束了，刮起了北风。突然来临的北风，灌满了小城的每一个角落。人们在措手不及的寒冷中，激动地议论着不同版本的传闻。

不管哪一种版本的说法，都与燕州美人苏如花有关。

那第一枪，使两大派的对抗正式进入了一种真正战争的状况。在当时的语境中，称为武斗。武斗结束后，灵子从乡下回到城里，发现弟弟和其他小男孩在好些日子里所热心的事情，就是从什么地方挖出成把成把的弹壳和弹片，送到废品收购站去换硬币。

第一枪响起的前夕，灵子和祖母弟弟妹妹到乡下避难去了。同行的还有夏莎莎姐妹三个。当然，灵子的父母，还有夏莎莎的父母，自然是进了据点，他们无可避免地和他们组织的命运联系在一起了。父亲在告别的时候，脸上竟有了肃穆而悲壮的神情，令灵子不禁想象起父亲在战争年代里弃笔从戎的情景。这点浪漫的想象，让灵子还没有放弃对革命满怀崇拜和向往。所以，当灵子躺在乡下那些稻草堆上晒着暖烘烘的太阳时，她带着非常懊丧的心情怀念着城里的革命。自然，有时也会想起苏如花，还有王斌和刘保升。想多了，灵子就有些悲哀，刘保升离开乡下进城去革命，而自己却躲到乡下来。想得没劲了，她就去找夏莎莎。但夏莎莎这个时候不再喜欢来找灵子说话了，而是整天躲在屋里，翻来覆去地看一本没有了封面的小说。后来，灵子也看了，也过了好久，灵子才知道，那本小说的名字叫《毁灭》。灵子去找她，她也没有话说。所以灵子也没有办法将自己的想法和她交流。她们俩静静地坐在乡下简陋的屋子里，时不时能听到东北方向传来闷闷的炮火声。那是小城的上空。

到了冬天过去，春天也快过去了，灵子和家人才回到城里。小城的变化非常大，好像经历了一场强台风，把好多东西都弄丢了，光秃秃得怕人。南街一路全是废墟，那间小巧精致的福音堂完全被夷为平地，只有燕州饭店的门面，完整得令人不敢相信。仔细看了，才注意到头顶那块老匾，留下了好些弹痕。往北院一路的梨树，齐整整地没有了树冠，看不到往年云涌雪堆般的繁花，到了夏天该结果子的时候，也没有结果。城里爱拾果子的小孩失望地在树下跑来跑去，最后又惶惶地跑回家了。没有了奔跑的小孩，小城很沉寂。

那一年夏天的第一场台风来得也很迟，好像被什么阻隔着。台风过了之后，小城慢慢复苏了。人们走出了街面，东墟一路没有被毁坏的小店铺率先开了业，一直偷偷运转的农贸市场一点一点地活跃起来。十字街头的燕州饭店，成了南街一路最早恢复营业的地方，只是没有了原先的热闹红火，门口冷冷清清，时而跑出一个掌刀或掌勺的年长师傅，大声喝令几条窜上门的野狗。路人看着，心中不由怀念着原先的热闹红火和古朴礼数。然而，能走出来了，心情也慢慢舒畅了，相互见着，也爱说话了。

但不再说革命，只说美人。

有关燕州美人的所有传闻，灵子都一一听到了。大多是从那些街上女孩的口中听到的。

这些街上女孩，她们仍然穿着精心挑选的衣服，嚼着酸酸甜甜的果子，勾肩搭背交头接耳兴致勃勃地走在街上了。但是，她们不再走在骑楼下，却像苏如花喜欢的那样，走到街面上来了。她们走在街面上，让夏日的阳光肆意洒满在她们年轻光洁的脸庞上。那个夏天是不一样的。经历了一个冬天和一个春天的寒冷，小城的人反常地不害怕夏天的太阳了。他们时时也像那些街上女孩一样，从骑楼下走出了街面，走到阳光下。于是，他们也像那些街上女孩一样，喜欢对像灵子这样跑到乡下避难的人，说起燕州美人的传闻。大家说得都很快乐，好像在努力生出多一些的快乐，赶走长长日子以来的沉寂。

当然，对燕州美人的传闻说得最有兴致的，还是那些街上女孩。她们从小受着市井的影响，心智行为比灵子夏莎莎她们这样住在校园和机关里的女孩要早熟，又正在一个爱模仿成人的年纪，开始在积极的学习中启发了女人碎嘴说人是非的天性。而且，她们都不喜欢苏如花，即使那些在学校时追随过苏如花的，也知道灵子和苏如花有些来往，这使她们在灵子面前，有意无意地，竟有了多少成心诋毁的冲动。所以，灵子始终不能确认，从她们口中说出来的东西，有多少是事实，又有多少是虚构的。

她们最热衷说的，是那些夜间的约会。

美人和男人的约会。

她们说，在那些硝烟弥漫的日子里，美人照样到饭店来。其实，饭店已经不能开门营业了。她继续来，是为了约会。但具体和哪个男人约会呢？她们之中，却有了不同的说法。崇拜并喜欢王斌的说，和美人约会的是刘保升，所以让王斌非常痛苦。而崇拜并喜欢刘保升的说，和美人约会的是王斌，所以令刘保升十分伤心。接下来又说，那美人仍然是喜欢穿木屐的。那些冷清清的夜晚，每个关闭着门窗在家中待着的人，都听到了街面上传来清脆好听的木屐声。灵子的心中充满了疑窦，天冷了，还穿木屐吗？但说的人反驳着，千真万确！因为有人从门缝或窗帘后偷偷看过，即使街灯忽暗忽亮，仍然能看清白色的木屐上，跳动着一只只圆圆小小鲜艳娇嫩的红趾甲。

仍然是红趾甲。

回想在乡下避难的那一个冬天和那一个春天，是多么的冷。天晴的时候，灵子要跑到村口的稻草垛上去晒太阳。她无法想象，在那些寒冷的夜里，苏如花还穿着木屐涂着一只只鲜艳的红趾甲，穿过长长的静寂无人的街面，走到壁垒森严硝烟弥漫的十字街头。她还爱洗头吗？要是她披散着湿淋淋的头发走出来，茶麸水那好闻的香味，在硝烟中说不定也被淹没了。

最后，是听到苏如花怀上孩子的消息了。

多年后，灵子仍然确定在那场革命中，这是令自己最难接受的一个事实。那些日子里，灵子的情绪极度低落，父母回到单位后继续被隔离审查，而期待能重新上学的事也没有了任何指望。灵子在失落和悲伤中，开始像大人一样失眠。苏如花怀孕的消息使灵子非常震惊，她在更严重的失眠中反复回忆着那场革命中发生的所有事情，感到了从未有过的惶惑和绝望。白天里，那些街上女孩仍然兴致勃勃地跟灵子转述，苏如花还在上班哪，只是清闲着没事干，坐在门口的板凳上，显示着日见臃肿的腰身……

灵子听多了，渐渐有了麻木的感觉。

夏莎莎来找灵子了。她从乡下回来，还一直没有来过。她见到灵子，只说了一句话：我爸爸——决不会看一眼这样的女人！

说这话的时候，夏莎莎的小脸也是惨白的，嘴唇上浮着一层发干发白的东西。

灵子一时愕然。但说不出话。

这时，苏如花的孩子生下来了，起名花儿。跟苏如花姓，就叫了苏花儿。

花儿。这个名字超出了小城人的想象力。

在当地的语言里，这个“儿”字是不会用作名字的，因为很难清晰地念出来。所以在小城人的概念中，这只能是北方人才会起的名字。本来，这也不应该有什么好追究的。苏如花是燕州饭店的服务员，与北方客人交往，也可能学来了这种新鲜做派。但有了前面的太多传闻，自然就有人回忆起春天最后的日子里发生的事情了。

那是双方停战了。夏天籁自然成了挑动武斗的罪魁祸首。在一段日子里，他每天站在十字街头的台子上，胸前挂着一块写着“我低头认罪”的木牌子。那字潦草难看还布满污迹，灵子一看到难免要怀念起夏天籁那手秀气干净的大字。那些日子出奇的闷热，台子上的夏天籁低着头，石雕般的动也不动。当灵子不得不从台子下经过，忍不住要抬头望一眼，就能看到一张大汗淋漓的脸。细看，那脸上的表情非常痛苦，竟也是惨白惨白的，嘴唇上还起了一层厚厚的白色而干了的东西。灵子战战兢兢地走过后，心里久久在想，夏叔叔的痛苦是因为天气太热，还是因为想起那些在冬天和春天里死去的人呢？

灵子去找夏莎莎。她想对夏莎莎说，夏叔叔可能口太干了。灵子这样想的时候，就觉得自己有了要喝糖水的强烈欲望。但是，她已经很久不到燕州饭店喝糖水了。

灵子没有找到夏莎莎。她的家里没有人。灵子知道夏莎莎的母亲也被单位关押起来了。但夏莎莎呢？这个时候，她还会到哪里去呢？

正当灵子心慌意乱地寻找夏莎莎的时候，就听说有人给夏天籁送水了。送水的人不是别人，是燕州美人苏如花。本来在那些日子里，苏如花还像以前一样给十字街头的人送水。一开始，是送给那些看押夏天籁的人。后来，她也把水给夏天籁了。有时甚至是一碗糖水。那些看押夏天籁的人为什么不阻拦呢？说的人也有很合理的解释，因为看押夏天籁的人都是王斌的战友呀！王斌死了。但他们仍然记得苏如花是王斌的女友，就没有阻拦了。也许到了这个时候，小将们经历了出生入死，身心俱疲，又隐隐意识到新一轮的权力机构对他们已经日渐失去兴趣，他们甚至预感到将很快会被抛弃。所以，他们的思想和行为就有了迷惑，有了松懈。到了后来，也没有了兴致天天盯着在台上的夏天籁，就将他关押到燕州饭店后院一间闲置的小房子里去了。这样一来，苏如花送水的时候，还有机会说上了话，不仅知道了这个名叫夏天籁的男人正是同学夏莎莎的父亲，还知道了花儿是怎样唱的。

但是，灵子始终没能目睹到那个送水的场面。

这使灵子在很长的时间内，惊讶而疑惑地对那个场面作了无数次的推测和想象。因为灵子是读过《巴黎圣母院》的女孩。读过这本书的人，都非常熟悉那个场面。那是个浪漫而感人的场面。灵子无法想象，主角竟然可以是苏如花，这样一个被夏莎莎瞧不起的女人。灵子相信，苏如花绝对没有读过《巴黎圣母院》，而且她也没有兴趣读。但是，她却给女儿取了个极有韵味的名字：花儿。

灵子知道，人们会将这个名字与那个叫夏天籁的男人联想起来，是因为那个男人是北方人，会唱一种叫花儿的歌调。

多年后，当灵子在另一个大城市里，穿上一个名叫夏花儿的牌子服装时，马上想到的，也是那黄土飞扬的高原上，那长长悠悠的让人听到心折肠断的花儿调子。

灵子是在知道了要下乡的消息后去看苏如花的。经过了一段长长日子的失眠，下乡的消息竟使灵子有了解脱的感觉。于是，她想，自己要离开小城了，该去看看苏如花。灵子是个习惯记住别人好处的女孩，她忘不了苏如花热情请她喝糖水的情景。

灵子在门前的骑楼下见到苏如花了。

她安详地坐在竹椅上给孩子喂奶。午后的骑楼很安静，外面的墟市已经散了，偶尔吹来一阵微风，吹起地上毛茸茸的东西，落在地面上，也是无声的。太阳懒洋洋地斜照过来，在苏如花的脸上身上，还有孩子的脸上身上晃动着，给人虚幻而不真实的感觉。灵子不敢靠得太近，不敢去仔细端详那个婴儿，她还没有心理准备接受一个苏如花的孩子。低下头，灵子看到白色木屐上，仍然是一只只圆圆小小鲜艳娇嫩的红趾甲。那个赶墟日子里的情景，突然像电影镜头一般闪现在灵子的眼前。灵子有些恍惚，想起了在里面的小天井里，一个女人说了那句话：乱世美人！

对孩子的父亲，小城人口中的传言始终还是没有定论。尽管一开始在刘保升和王斌之间争执，然后又多了与花儿这个名字有关联的男人，但传闻终归是传闻，没有任何确凿的证据来印证。王斌在武斗最后那场也是最激烈的鏖战中死去。而令王斌致命的那一枪，正是刘保升开的。自然这是据点里传出的说法。外面的人听着，回忆起第一枪响起的那个夜晚的情景，也是相信的。刘保升活下来了，却作为有确凿血债的凶手被通缉，在逃了一些日子后，竟然又贸然回到小城，刚下车即刻被抓住。知情的人言辞凿凿地说早就预料他会回来见苏如花，所以才能那么准确地在车站截住了。这样说固然引起不同的质疑。但质疑是质疑，刘保升终于被判了无期徒刑。但在将他押到监狱门口的时候，他突然疯了。疯得很奇怪，先是冲到门口哨兵身边，咧着大嘴笑，接而又放声大哭，冲上去起劲地将那年轻哨兵从台上推下来，自己站上去，腰杆笔直着立正，像个标准军人一样向每个人敬礼。被强拉下来后，就胡说八道起来。都说那胡说八道也是奇怪的。一会柔声细气娓娓倾诉，一会声嘶力竭慷慨陈词，时而眉欢眼笑，时而痛不欲生。旁边的人听着，看着，竟觉得那躺在了烈士陵园新墓地里的王斌还是幸运的。自然没有想到，有一天那墓地终于也得掘开毁掉，连同那场革命留下的痕迹一起干干净净地抹去。当然，那已是后话了。而这个时候的刘保升，是监狱没进成，先进了精神病院。后来他的妹妹和未婚妻来了，将他接了回去。这样一来，本来要清算的血债也只好不了了之。有人说，装疯了！有人又说，活到要装疯，也可怜了！还有人叹了气，可惜了这般俊的男人哟！叹气的是年长的女人。这让那些年纪轻轻的街上女孩听着，有了些怅然，还有了些难过。不管怎样，这个英俊的男人对苏如花孩子的事是无法解释了。至于另一个名叫夏天籁的男人，在被严密关押后就没有了音信，也无法作出什么交代。至于苏如花自己，则是守口如瓶，安安稳稳地一直待在燕州饭店。每天上班的时候，一样笑靥如花热情待客。下了班，抱着孩子坐在骑楼下喂奶逗笑。左右来往的人，多是熟悉的，看着孩子，觉得是可爱的，也逗一逗，看久了，也习惯了，并不觉得有什么不妥。只是在抬头看着那做了母亲的苏如花，还是如花似玉的鲜艳迷人，不由想起那些传闻中的种种争端，感慨万分，渐渐地，也把想说什么的心思放淡了。

到了有关燕州美人的传闻已近尘埃落定，灵子也下乡当知青去了。离开小城的时候，灵子突然有了一种格外轻松的心情。

一直到好些年过去了。灵子和夏莎莎一起从乡下回了城，又一起考上了大学。然后，灵子留在了读书的那个城市定居，而夏莎莎，则出了国。

灵子在夏莎莎出国前夕听到了夏天籁离婚的消息。那是母亲告诉她的。灵子对这消息竟然没有一点意外。虽然母亲既是惋惜又是困惑，两人出生入死患难过来，终于等到了今天的好日子，干吗要离婚呀？父亲没有搭腔，神情坦然。父亲也和夏天籁一样，刚刚离休下来，对生活突然间有了一种豁然明达的态度。灵子觉得自己的心里是明白的。但她见了夏莎莎，却莫名生出一点愧疚来。为什么呢？是因为听到这个消息后突然有了一种如释重负的感觉？难道自己终归想要证实一点什么吗？

灵子到底没有想明白。

而夏莎莎，对这个消息不置一词。她甚至没有回家，就上了出国的飞机。上飞机时，她神色毅然，没有回头看一眼。但是，过了好些年后，她还是回来了，作为国外一家大公司的中国代理，来与国内一个服装品牌洽谈合作。而这个服装品牌的名称，叫夏花儿，设计师正是当年燕州美人苏如花的女儿苏花儿。

当然，从苏花儿改名夏花儿，是在夏天籁娶了苏如花之后的事情了。

灵子记忆中的夏天籁，还是那个笑眯眯站在父亲的书桌前，挥毫写下那些秀气干净的大字的男人。以灵子今天的眼光来看，那个叫夏天籁的男人在那个时候还一点也不老。在经历了好几年的折腾后，夏天籁最后还是官复原职。在灵子和夏莎莎考上大学离开小城后，他也调到省里任职，一直到离休，也已经在一个较高的职位了。但谁也没有想到，离休后他做的第一件事，就是离了婚，然后回小城去，将苏如花带走了。走的时候，他给燕州饭店留下了他的墨宝。灵子记得，燕州饭店的那块老匾，在武斗后终于还是变得弹痕累累了。灵子听苏如花说过，牛精三叔天天看着心疼得长吁短叹，但又无奈。很长时间内，能写好字的，不敢写，而敢写的，又上不了门面。

后来的事就说得很动听了。苏如花嫁给夏天籁后，到了一个军队的疗养院里当服务员，仍然笑靥如花热情待客，也成了那里有名气的美人。所以疗养院专门给她分了一套房子，夏天籁也就离开了城市，将家安在了那个有山有水的疗养院里。不难想象，两人终于像童话里说的那样，从此过上了幸福美满的生活。固然，这里还有着那个孩子的事情。那个起名花儿的女孩，随着母亲就有了个父亲，姓也随之改了，叫成了夏花儿。听说还是夏天籁的主意。这个名叫夏花儿的女孩，渐渐地长大，终于也读了一个中专学服装设计。毕业后，先后在省城几个大公司打工，最后自己就弄出个女装品牌来，在市场上一下子就走俏了，甚至在灵子住的这个南方最大的城市里，也有了自己的专卖店。这女装的牌子，就叫夏花儿。这名字用在服装上，竟有了非常合适的韵味，还暗合了某个国外品牌的名气，自然就响亮得很。没多久，被一间美国大公司看中，与之签了长期的合作条约。后来灵子就听说，那间美国大公司的中国代理，正是夏莎莎。这消息，一开始令灵子非常吃惊而又深感不安。但在夏莎莎面前，灵子始终没提这个话题。只是一次无意中看到夏莎莎大衣口袋里掉出的一张照片，令灵子大为吃惊。那上面是夏莎莎和一个年轻女人的合照。那年轻女人分明是当年燕州美人苏如花的翻版，甜美鲜艳，笑靥如花。但令灵子吃惊的，是照片上的夏莎莎，竟也是神情舒坦笑容柔和，仿佛在那一瞬间，将多年来心中的重负卸了下来。夏莎莎从灵子手中接过照片，不动声色。灵子想问什么，最终也没问了。

这以后，夏莎莎就国内国外来回跑，常有机会在灵子居住的城市逗留。她又变得喜欢找灵子说话了。但是，说了那么多的话，还是不说夏花儿，也不说她父亲夏天籁。灵子知道她回国的日子里，只是去探望她的母亲和妹妹。所以，每次到机场接送夏莎莎的时候，灵子都忍不住想对她说，很久不见夏叔叔了。

有一次，终于就说了。

夏莎莎听到了，不作声，将脸转过去。玻璃窗外的停机坪上，一架巨大的客机正轰然落地，天空上留下的那一道白色气流，如烟般散开，融入白色云层，混沌一片。灵子怅然而想，真是往事如烟。

灵子终于回到小城了。

她非常吃惊地发现，那场烧毁县志的革命，还有那个燕州美人的故事，仍然顽固鲜活地保存在小城人的记忆中。

又一次听到一个女人说出那句话：乱世美人！

看着白晃晃的阳光绕过墙柱漫进骑楼的阴暗中，闪烁出深深的诡秘，灵子心里充满了巨大的惊异和困惑。

到了今天，小城的人还坚持这样的说法，当年小城两派对抗的惨烈武斗，是因为燕州美人而起。

小城的人在说这话时，明显带着夸耀的味道，让人联想到魏晋乱世时那个著名歌伎的传奇故事，至今仍被津津乐道地传诵。这在外人听来，也是很合乎小城民情的。当然，已经能用理性的眼光来审视当年历史的灵子，觉得这么一说，那场革命的崇高意义就全被消解了。

2004 年 12 月 24 日完稿

原刊《江南》2007 年第 3 期

锁住的笛声

一

我是在病榻上梦到云嬢嬢的。

这时是进入21世纪的第四个年头，离云嬢嬢死去已经是十二年了。

梦里见到云嬢嬢的情景令我十分吃惊，甚至有些恐惧。在我被这种情绪困扰的时候，小雨哥哥来了。小雨哥哥是云嬢嬢的儿子。他听到我病倒的消息后，从京城赶来了。他的到来使我非常欣慰。所以，当他突然出现在我眼前的时候，我高兴得不知所措，第一句话就说，我梦见云嬢嬢了。

小雨哥哥身子晃动了一下，弯下腰，将我轻轻拥进怀里。我即刻感觉到一种熟悉的气息，不由哗的一声哭起来了。

这个时候，我已经知道了小雨哥哥的真实身世。因此，当我在小雨哥哥的怀里大声哭泣的时候，却是无比开心的。我又感受到内心深处那种奇异的感觉了，强烈鲜明，犹如夏天的暴风雨突然来临，霎时间痛痛快快地撕开了沉闷混沌的天地。那是一种男女间才有的感觉，而不是亲情意义上的感觉。这种自少时以来就有了的奇异感觉，在此刻，令我非常舒坦而感动。

二

读大学期间，我的恋爱一次又一次地失败后，我幡然醒悟，我爱的男人只有一个，那就是小雨哥哥。

但在当时，这个念头令我内心充满羞耻和罪恶感。因为，小雨哥哥是我的堂哥。他的父亲是我的亲叔叔，而云孃孃，是我的亲婶婶。

一个个不能成眠的夜里，苦苦的思念像毒药一般，烧灼着我的五脏六腑，我大睁着发肿发痛的眼睛，倾听着不远处传来的汽笛声。那是南来北往的列车，两头长长牵连着我对小雨哥哥的思念。在汽笛声响起的时候，我分明感到我的心蹦跳出来，摆在了铁轨上，被飞驰而来的火车轮碾得粉碎。

那个时候，小雨哥哥在京城的一所名牌大学读书。他比我早一年考上。我知道自己其实也可以考上那所大学。但我在填志愿时，没有填那所大学，而是填了这个南方大都市的另一所名牌大学。果然，我如愿考上了。小雨哥哥在送我去报到的一路上，不断遗憾地说着同一句话，方方你为什么不报京城的学校？你一个人没人照顾怎么行呀？

小雨哥哥说这话的时候，语气如常的认真而温柔，双手也一直没有停下来，拎行李，整理床铺，寻找开水，买饭菜买零食，然后哄着我一点一点吃下去。我像个不谙世事的小女孩，心安理得地接受着小雨哥哥无微不至的照顾。我习惯了，习惯了小雨哥哥对我的这般态度。小雨哥哥也习惯了，习惯了以哥哥的身份照顾我宠爱我纵容我。所以，他从来不知道我心里那种奇异的感觉。

因此，我没有回答他的话。

列车在奔驰，窗外的风景快速地往后倒退，像一幅幅令人眼花缭乱而无法细看的人生画面。我用手指蘸着杯里的水，在窗子上机械地划拉着。我知道我在画一幅画。我从小画得一手漂亮的水彩画，只是好长时间不画了。现在小雨哥哥回到了我身边，我又有了想画画的冲动。

我在画我和小雨哥哥都熟悉的画面：山坡，树林，河滩，流水，还有阳光和雨。但水落在光洁的玻璃窗上，无色无痕，什么也看不到。小雨哥哥也看不到。他的眼光随着我的手指移动，但他没有任何激动的表情。因此我像以往一样失落，也没有兴趣回答他的问题。但我还是高兴的，只要小雨哥哥还在我的身边。

但几天后，当我将小雨哥哥送上前往京城的火车时，突然有了一种强烈的预感，这辈子我和小雨哥哥再也没有机会在一起了。这突如而至的感觉，像锋利的刀子一样割伤了我的心，割疼了我的心。我的心在伤痛中裂开，破碎着。那一刻，我鲜明地意识到，我就像被魔镜碎片掉进心里的女孩，从此有了种种邪恶的念头。于是，在大学里，我一面恨心恨肠地冷落小雨哥哥，一面肆无忌惮地谈恋爱。到了四年级，小雨哥哥已经毕业留在了京城，而且准备和一个京城的漂亮女孩结婚。那个深秋清凉的夜里，我和男友说了分手的话，一个人跑到校园北面的小山坡上坐了半宿。山坡下的铁路，来回奔驰着南来北往的列车。车灯在黑夜中突然出现，好像天上的流星坠落地面，美丽而骇人。这是一条贯通南北的铁路线，往北通往京城，那里有小雨哥哥；往南通往另一个省份，那是我和小雨哥哥从小生长的家乡。我觉得心里充满了爱也充满了恨。我听到自己的牙齿在清凉的夜色中咯咯作响。

深秋的露水下来了，打湿了我的衣袖，打湿了我的脸颊。凉意很重的湿润，一点一点地沁入心底，柔软的感觉在一瞬间回来了。我想起了那些遥远的日子里，有雨，天湿淋淋，地湿淋淋，我们的湿衣服，晾在了教室外头走廊的绳子上，滴着水珠，在地面上留下了一摊摊形状奇怪的水渍。我们大声笑着嚷着，从衣服底下跑过，水珠滴在了我们的脸上，湿了我们的脸，凉飕飕的，不由打了个冷噤，停住了叫嚷。这时，听到云孃孃在走廊那头叫唤了。

方方，吃饭了——

小雨，吃饭了——

三

云孃孃是我的婶婶。

我有三个叔叔。于是，就有了三个婶婶。我分别叫二婶婶、三婶婶，到了四婶婶，却叫成了云孃孃。

在我们家乡那个小城里，孃孃这个称呼是奇怪的。所以，每当我的小学同学听到我这样叫唤时，都惊奇地盯着我问，她是你的谁呀？这个问题肯定困扰了我很久，幸而在长大了一点的时候，我知道了云孃孃是外省人，而在西南那个边远的省份里，人们将比父辈小的女子叫作孃孃，就像我们家乡叫姑姑一样。到了我再长大了一点的时候，我就能猜测出，云孃孃一定是在和我们家族来往了一段时间以后，才正式成为我的亲婶婶。因为，大人们在将云孃孃叫作四婶的时候，总带着某种说不出的迟疑。只有亚彩姑叫唤云表妹，才变得非常爽快。当然，四叔是不同的，他叫的是韩云。

每逢听到亚彩姑叫云表妹的时候，我都有一种莫名的激动。这激动中，带着许多的好奇。到了后来，我已经能非常肯定，云孃孃在刚来的时候，所有的大人，叫她云表妹，而小一辈的，则叫云孃孃。因此，在她成了我的四婶婶后，小辈的没有改口，大人们，则变复杂了。

长大以后，我发现这个听起来娇媚无比的称谓，对于云孃孃来说，是最合适不过的了。当我在慢慢长大的日子里，始终如一地叫唤着云孃孃时，就有了一种奇异而美好的感觉：我的云孃孃总是一如既往的年轻好看。

这种感觉，一直持续到云孃孃病逝。我甚至在内心暗暗庆幸，我最终没有见到病逝前的云孃孃。见过的人都在告诉我，唉，不成人形了，不成人形了……

我闭住眼，憋住气息，抗拒着自己去想象不成人形了的云孃孃。

我跑出了灵堂，跑到了离人群很远的地方。当我独自对着自己的时候，终于放声大哭。我在心底里，一遍又一遍地叫唤着那个娇媚无比的称呼。

我的云孃孃呀——

这个时候，我听到了美妙的笛声，清越明亮，缭绕在我的四周，在天地之间。

长大以后，我喜欢对朋友说，我小时候常去的一个地方，可以听到美妙的笛声……

我这样说的时候，声调轻轻慢慢，兴奋莫名，犹如描述一个人间仙境。我能看见自己的脸颊红扑扑，眼睛水汪汪，浑身上下，流光溢彩。

到了近三十岁那年，我能确定对方是自己要结婚的人的唯一理由，仅仅是因为他在听我这样说的时候，眸子发亮，泪水盈眶，声音颤抖，方方，你的话让我想起那些纯真美好的东西……

看着眼前的男人，我深深感动。我确信，他听懂了我内心那难以描述的情愫。于是，当我在诸多的压力下不得不结婚时，就决定嫁给了这个男人。但几年后，我在电话里对云孃孃说，我错了！

云孃孃是我唯一能说出这话的人。小时候开始，云孃孃就从来不责骂我。

为什么方方犯了错可以原谅呢？那是小雨哥哥的声音，很稚气的声音，充满惊讶和好奇，还有一点点的委屈。

云孃孃莞尔一笑，说，女孩子像小花小草，像小猫小狗，理应得到多一些的宽容和宠爱。方方，你说是吗？

我藏在云孃孃的怀里，羞红着脸，想掉泪。长大以后，我始终相信，所有的女人性情，都是云孃孃教导给我的。

于是，我只能对云孃孃说出这话。虽然我知道，我心中隐藏的最大秘密，还没有胆量对云孃孃说出来。

云孃孃在电话那头沉默了好一会，然后说，方方，要学会忘记一些东西……

后来我才回忆起来，云孃孃在说这话的时候，气息很虚弱。那个时候，她已经知道自己的病重了。但她没有告诉我，也没有告诉小雨哥哥。我只关注自己的事情，没有注意到云孃孃的虚弱，更没有像后来那样琢磨出，云孃孃的虚弱，不仅仅是身体上的，还是心理上的。在她知道了自己将不久于人世的时候，她一定想起了那些忘记不了的东西。

不过，当云孃孃对我说这句话时，我仍然有一种特别的感觉，觉得云孃嬢早已洞察了我内心隐藏的情愫。她知道我忘不了的是什么。

我也知道云嬢嬢的话是对的。但是，我仍然做不到。又是好多年过去了，我终于还是病了。得了和云嬢嬢一样的病。

其中一个男友在分手的时候，充满疑窦地追问，你爱的那个人是谁？是谁？

我们走在校园的路上说话。身边是来来往往的行人，头顶是一树一树的紫荆花，正在纷纷扬扬地开，也在纷纷扬扬地凋落，壮观迷人。我惊讶地看着，心里充满了柔软的感觉，不由脱口而出，是我哥哥——

男友满脸愕然，嘴都张大了。

我抿口一笑，赶紧补充，是堂——哥哥。

一串花朵在我眼前骤然坠落，碎开在半空中，美丽而残酷。我心一颤，下意识伸出手掌去接。

男友的声调有些变了，你怎么能爱你的哥哥呀？

怎么不能呀？林妹妹爱的不是她的宝哥哥吗？我没有接住坠落下来的花，有些遗憾地蹲下，把碎花瓣一片一片地拾进了我的手掌。碎花瓣装在我的掌心里，满满溢溢，在阳光下仍然鲜艳明丽，闪烁着生命的光亮。

我微笑了，生命多么美好。

男友呆呆注视着我的举止。半晌，他说，你有病！说完，他走了，没有再回头。回头看我的，是几个不相识的行人，因为他们听到了他的话。

我伫立在原地，脸上的笑容慢慢消失。手一松，碎花瓣哗然跌落地面，满掌心的明丽光亮骤然消失。我听到了自己的心在破裂的声音。于是，我哭了。是一种带着羞耻和罪恶感的哭。我永远摆脱不了的羞耻和罪恶呀！我不顾一切地哭。来往路人频频回头，留下一连串奇异暧昧的眼光，使地面的碎花瓣也变得暧昧难看起来。

在哭泣中，我看到自己的脸和心，一样的暧昧难看。

男友的话是对的。我有病。很小的时候开始，我就爱上了我的堂哥哥。我曾经认定，我一辈子，都不会和小雨哥哥分开的。我不知道，会有这样一天，小雨哥哥在电话里告诉我，他要结婚了，和一个我不认识的女孩。

我仍然牢牢地记住那条湿淋淋的走廊，装扮成新娘子的我，坐在长板凳上，被几个男孩子晃来晃去地抬着，往走廊的另一头走去。看着站在走廊尽头的小雨哥哥，我的心充满了蜜糖一般的感觉。那个时候，我坚信，只有我，才能当小雨哥哥的新娘子。

我的头上，插满鲜花。那是清晨从山坡上河滩上采来的，还带着露水和阳光的味道，鲜艳诱人。充当花轿的板凳摇摇晃晃，我的小手紧张地抓住板凳硬邦邦的边角，咯得生疼，却不愿意放松。我看得到头上插满鲜花的自己，明艳照人，像个真正的新娘子，脸颊红扑扑，眼睛水汪汪，浑身上下，流光溢彩。

板凳从湿淋淋的衣服下经过，水珠落在我的脸颊，满脸湿淋淋。我有意不擦去。我希望我脸上的水珠能引起小雨哥哥惊异的目光，并联想到梨花带雨这类的词。那个时候的我，从父母的书架上，开始半通不通地读了不少古代诗词和戏文。

在后来一个个被悔恨咬噬着的夜晚里，忘不了的记忆，像电影的镜头一样重重复复地叠印脑海。校园边上那条南来北往的铁路，已经迁走了。但我仍然清晰地听到汽笛声，在静寂中一次又一次兀然响起。汽笛声响起的时候，我还分明感到心蹦跳出来，摆在了铁轨上，被飞驰而来的火车轮碾得粉碎。

在我知道了事情的所有真相后，我曾经久久地猜想过，云孃孃会不会也经历过我这样的夜晚呢？她的心是不是也摆在了铁轨上，被飞驰而来的火车轮碾得粉碎？当我在那些清晨突然从梦中惊醒过来，看到了身边躺着的云孃孃，眼睛亮晶晶的，闪烁着星星一般神秘的光彩。我情不自禁地开口问道，云孃孃，你也听到了笛声，对吗？

我常常是在梦中的时候，听到了笛声。于是，我醒了。

在异常沉寂的清晨，我仍然清晰地感受到梦中的笛声，清越明亮，缭绕在我的四周，缭绕在天地之间。我醒来的那一瞬间，分明看到满天的星星，伴随着笛声跌落在大床上，熠熠闪光。

一床星星。一床笛声。

我无比惊异，继而无比兴奋。我左右转动着脸，云孃孃不在了，小雨哥哥脸趴在床上，还睡得正香，我伸手使劲摇小雨哥哥的手臂，叫嚷着，笛声！笛声——

小雨哥哥在迷糊中含糊着说，方方你说什么呀？什么笛声呀？

真的有笛声哪！有笛声哪——

我急得使劲瞪大着眼睛。顷刻之间，满床的星星没有了，笛声也没有了。清晨无边的静寂中，梦中的笛声消失得无痕无迹。

我一时呆了。

方方，没有笛声。小雨哥哥的声音清醒了。

不！有笛声！我回过神来，仍然坚持。

笛声在哪里呀？小雨哥哥的声音也很有耐心。

我轻手轻脚地坐起来，小心翼翼地张望四周，而后小声着说，有笛声……真的有笛声……它藏起来了——

方方你说什么呀？

笛声藏起来了！我猛然理直气壮起来，大声地重复，笛声藏起来了！藏起来了！

我清亮的声音在清晨的静寂中跳跃，闪烁着星星一般神秘的光彩。

在异常沉寂的清晨，我仍然清晰地感受到梦中的笛声，清越明亮，缭绕在我的四周，缭绕在天地之间。

——《锁住的笛声》

方方——

不是小雨哥哥的声音，是云孃孃的声音。带着明显的颤抖。

我转过脸来，看到了云孃孃。站在床前的云孃孃，眼睛里，也闪烁着星星一般神秘的光彩。

后来我寻思，从那一刻起，在云孃孃的心灵上，就将我视为她真正的孩子了。

四

我小时候，在我们那个大家庭中，是一个容易被忽略的孩子。且不说上上下下一大堆的孩子，就是在父母跟前，也是上有一个聪明非常的姐姐，下有一个可爱非常的弟弟，已经过多吸引了父母的注意力。幸而我天性喜欢自由，这种忽略使我可以自由自在地去做自己喜欢的事情。到了今天，我完全可以肯定，正是这个原因，使我有了很多的时间在云孃孃的家里度过。

那些日子里，我最盼望的事情就是放学回来，在前面的大天井里能见到几个明显是从乡下来的大男人，他们拘谨地站在那里，扶着一辆笨重的自行车在等待。看到我回来，他们黝黑粗粝的脸庞即刻浮满笑容。我也马上心花怒放地笑了。我知道，他们是来接我到云孃孃家的。我会迫不及待地丢下书包往车尾座椅上爬。母亲从房间里走出来紧声叫道，把功课带上——

跟随在我后面进来的姐姐，抬起头，用不屑的眼光看看我，又看看那几个乡下男人，而后昂首挺胸走进屋去了。在祖母怀里牙牙学语的弟弟，冲着我手舞足蹈，眉开眼笑。我自顾自地笑着，不理睬身边的一切，心里想的，只有云孃孃家里的快乐。

云孃孃的家离城里有好一段路，骑自行车快的也要一个小时多一点。

坐在自行车后座上的感觉，是我小时候最难忘的。一路上的风景，被我无数次贪婪地浏览。到了我离开家乡到很远的城市读书和生活以后，对家乡风景最深刻的记忆，除了云孃孃的家，就是那一路的景物了。我记得那条总是坎坷不平的公路，汽车开过，发出震动不已的响声，长长的烟雾喷到两旁高高的树，留下一层厚而难看的尘土，一直等到一场大雨来了，才能重新冲刷干净。我们的自行车靠在树下走，时时裹在烟雾尘土中，迷了眼睛，挡了视线。但我一点也不讨厌，不躲避，我甚至喜欢张大鼻孔，用力去吸入那裹在烟雾尘土中的汽油味，发觉这能给我带来一种非常兴奋的诱惑。

坎坷不平的公路，有很多的上坡和下坡。下坡的时候，车是不用踩的，把车的乡下男人将车闸完全放开，车子就像脱弦的箭窜出去，一口气窜上了另一个坡。当然，有些坡太高，无法窜上，到了半途只能下车往上推。不过，我是不用下车的。把车的乡下男人坚持要我坐在车上，笑着说我这么丁点大的女娃手松松的就推上去了。若是上了一个长长的坡，坡顶上通常就有一个路铺了。路铺的模样很简陋，但总有着非常好吃的东西。到云孃孃家的那一路，会经过两个路铺，一个叫五里亭，比较小，只有一个摊口，卖卷粉，非常驰名，粉特别润滑，浇汁也特别香。有城里的人常常专程来吃，吃了还买回去。另一个叫八里铺，大一些，有两个摊口，一个卖猪肉，一个卖凉草。凉草是我们那里一种很流行的吃食，用米和一种很特殊的山上植物做成，看上去透明硬爽，像当今流行的果冻，只不过是黑色的，很纯的黑色。黑乎乎，亮晶晶，到了今天想起来，还觉得它是一种外观很吸引人的吃食。所以爱吃的人很多。卖肉的摊口到了下午往往已经没有了，剩下卖凉草的就很热闹了。大概是因为这里离城里远了一点，过路的人都喜欢歇上了。凉草是一年四季都有的，夏天吃着凉爽痛快，冬天吃着也冰冷刺激。

每一次在路上，我都能尝上五里亭的卷粉或八里铺的凉草。我知道，那是云孃孃预先交代好的，说我刚放学就赶来，肚子一定饿了。所以，车子在经过五里亭或八里铺的时候，那些乡下男人会停下来，冬天多数叫一碟卷粉，而夏天多数叫一碗凉草。我在吃的时候，那些乡下男人是不吃的，他们蹲在一旁抽上一筒烟，或者喝一碗店家给他们端上的凉水。这时，我会听到他们与店家或别的路人很熟络地交谈几句。与我无关的，我通常听不懂。与我有关的，我就听懂了。他们通常会说，哦，韩老师的侄女来了！然后又说，来了好，来了好，韩老师的男娃有个伴玩了——

我知道他们说的韩老师就是云孃孃，而说的男娃，就是小雨哥哥了。云孃孃的家跟我们的家不一样，很清静，只有小雨哥哥一个孩子。那个时候我就奇怪，为什么二婶婶、三婶婶，还有我母亲，都能生几个孩子，唯有云孃孃，独独的一个小雨哥哥。

后来想起来我觉得很庆幸。这种不平衡的情形，才使我有了很多的时间和云孃孃和小雨哥哥在一起。

从八里铺吃了凉草出来，我们的单车就离开公路，拐进一片很大的田垌里去了。

田垌是很多平整的田地连在一起的地方。所谓的路，只是一条弯弯窄窄的田埂，有的地方，仅仅够一辆单车通过，若是对面也来了行人或车，还得在宽一点的地方等着让路。乡下男人到了这个地方，像是回到家了，开始大声地说话和笑，说着笑着，脚下踩得更欢。车子在弯弯曲曲的田埂上，仍然像箭一般窜得飞快。刚开始的时候，坐在后座上的我往往吓得叫起来，但几次下来，就再也不怕了。有时，两边的田地还没有种上稻子，一片水光涟漪，好像一个很大的湖，我们的车，就像了在水中滑行的小艇。那感觉，真是又新鲜又刺激。

穿过那片长长的田垌，云孃孃的家就在眼前了。

云孃孃的家其实是一所乡村小学。学校建在一面小山坡上，不大的一片平坦空地，房子占去了大部分，余下的一小块成了操场。在我的印象中，那个小小的操场，连升国旗的旗杆也没有，到了后来，有了一个用木板和树干简单搭起来的篮球架子，球砸上去，摇摇晃晃地半天停不下来。我每次看着，担忧着同一个问题：体育课怎样上呢？后来，我认定长大了的小雨哥哥文文弱弱的什么运动都不爱好，完全是因为这个环境。

学校的房子也很简单，只有长长的一排，坐北向南，一共六间。中间四间是教室。很长的时间里我始终搞不清楚，六个年级的班级是怎样在四个教室里上课的。房子是用土坯垒建起来的，墙面素净粗粝，与周围村子的房子没有什么两样。不同的是房子前面，有一条宽宽长长的走廊，顿时使房子大气起来了。南方的雨多，下雨的时候，学生就在走廊上出操。到了我十六岁那年到乡下去当知青，才知道云孃孃这个学校的规模，在乡下已经是很奢侈的了。

房子东西两头的房间有些特别，把走廊包在了里面，所以走进去显得深了，用木板隔成了里外两间，里间是睡房，外间是厨房。云孃孃和小雨哥哥住的是西头的那间。房间的门口向着走廊，每当我站在门口，遥遥看着走廊的尽头，就对东头的房间充满了没来由的兴趣。那个房间其实也没什么，推开掩闭的门，里面的格局与西头房间的一样，外间厨房也有着精心垒起来的灶，只是明显有好长时间不生火了。旁边堆着一些柴草，是学生从家里带来给云孃孃用的。那边的厨房放不下，就堆到这里来了。小雨哥哥对我说，家里养的鸡喜欢跑来这里生蛋做窝，云孃孃见了总是要把鸡赶出去，然后将门拉上。她叮嘱小雨哥哥，住人的房间要保持清洁。

我起初听到这些的时候，是不在意的。后来有了很多想象之后，我突然奇怪起来，那是谁住的房间呢？我知道学校里另一个姓刘的女老师是河对岸村子的人，并不住学校。于是，我对房子的里间开始产生了兴趣。我在之前的很长时间里忽略了那个地方，是因为从我第一次看到，那里就一直是紧闭着门，门上挂着一把锁，好像主人出门去了，已经很久没有回来了。我家里也有这样的房间，总是紧闭着门，挂着一把锁，比如后院我四叔的房间。后来，在一个下雨的午后，我和小雨哥哥玩捉迷藏，在无法找到新的藏身地方时，我突然发现门上的那把锁是虚挂着的，并没有锁上。我又惊又喜地板下锁，轻轻推开门。那一刻，我是激动的，我盼望自己能看到一个意外的情景。

但展现在眼前的让我很失望：一张光秃秃的床，一张光秃秃的桌子，还有一把光秃秃的椅子。那种光秃秃的感觉，鲜明而有些怪异，不知为什么，令我很不舒服。后来长大了，我才琢磨出，那是一种完全没有了人烟味的感觉。那种不舒服的感觉，使我从没有对云孃孃和小雨哥哥说起我进过那个房间的事。好多年过去之后，我极力想回忆起那个人曾经在那房间里留过什么痕迹，但仍然一无所获。能想起来的，还是那种光秃秃的怪异感觉。

当然，好多年过去之后，我才知道懊悔当年的忽略，使我不能及早走近事情的真相。可是，谁叫我那个时候还太小呢？

童年时候的我，是那样热爱云孃孃的家。

那是一个属于我和小雨哥哥的充满乐趣的世界。这种乐趣，使我到了今天，对那个年代的回忆，仅仅拘囿于我和小雨哥哥的世界，而对那些充满变幻动荡的历史事件都淡忘了。

那所乡下小学虽然小，但周边很宽敞。每当我们在宽宽长长的走廊上玩腻了，就迫不及待地往外跑。小时候的小雨哥哥，其实并不像我那样贪玩。但他很迁就我，常常是我一拧脖子不高兴，他也一声不响地跟着我往外跑了。到出了房子外面，他还不忘追上来，紧紧牵住我的手。小雨哥哥的手比我大不了多少，软软的没有多少力气，要是我不高兴，轻轻一甩就能挣脱了。但我不轻易这样，我喜欢我的手被小雨哥哥牵着的感觉，甜蜜而快乐。那种感觉，随着我年龄的增长而日益丰富细腻。到了我苦苦思念远在京城的小雨哥哥的时候，我常常在梦中回到那个仅仅属于我和小雨哥哥的世界。也是这样，我的手握在了小雨哥哥的手里。我们笑着嚷着，奔跑在阳光下，奔跑在雨中，觉得天底下所有的快乐都被我们握住了。

我们跑出来，往往先窜进房子后面的树林。那是一片杂树林，里面的树，我大多叫不上名字。后来回想起来，仍然觉得那片树林很大，占了整整的一面坡。这是有点奇怪的。因为那一带乡下的田地很珍贵，别说平整的地方都是田，就是一路看到的小山丘也没有闲着，全是种熟了的坡地，几乎没见到什么树林。这样就使那一带人家的柴草变得很珍贵，除了能分到部分牛吃剩的稻草，别的非要到老远的山里面去打了。因此，那片杂树林无论远看还是近看，都显得特别的稀罕。其实走进去，树林里的树也不密，稀稀落落的留着好些空地，把雨和阳光轻易地装在了里面。我们在树林里疯跑的时候，不是被阳光晒得小脸红通通，就是被雨淋得湿淋淋。小雨哥哥告诉我，这些树是在我们出生前种下的，算是学校的财产。所以，周围村子的人，从不会到这里来砍树枝或扫落叶。树林里的落叶，就都归了云孃孃扫来当柴火了。到了小雨哥哥替代云孃孃扫落叶时，我也自然成了帮手。

小雨哥哥扫落叶，是用当地人的一种用竹子编的工具，叫竹耙，模样有些怪，像人张开的大手掌，手指弯曲着，就轻易地将叶子拢在一起了。我跟在小雨哥哥的后面，将扫拢了的落叶装进竹筐里，开始还干得很起劲，但一会下来，我心花花的就有别的心思了。我会仰起头，笑眯眯地对小雨哥哥说，小雨哥哥，我们到河滩上吧？那些花一定开了……还有，说不定今天可以看到上游水库跑出来的大鱼哪——

小雨哥哥埋着头继续挥动着竹耙，假装着没听到我的话。但在我说着说着拔腿跑开了，他也急急放下手中的活，跟着跑来了。我在前面快乐地笑着，嚷着，我知道小雨哥哥一定会跟着来的。在那个世界里，我和小雨哥哥永远在一起。长大以后，大人们喜欢说小时候的我，是小雨哥哥的尾巴。但我认为，小雨哥哥更像我的尾巴。所以，我从来没有想过，小雨哥哥会有永远离开我的时候。当我从树林钻出来，往坡下飞奔而去的时候，我是那样喜悦地大叫着，小雨哥哥，快点呀——

风带着我的声音快速掠过我的脸颊、我的耳垂、我的脖颈，温柔清凉，宛如坡下的河水。

河的水面不宽，很平缓，任何时候看上去，都是静静的，从不喧哗，让人觉得它在沉睡。我每次靠近它时，不由自主地放慢了奔跑的速度，生怕一不小心会惊醒了它。沿着山坡下来，是一片非常平坦的河滩。河滩上生长着茂密的青草，不同的季节里，草丛里还会零零星星地开着一些不知名的小花。清晨和黄昏的时候，沾满了露水的青草丛里，散发出一种鲜甜芳香而又微微带点腥气的味道，引人迷恋不已。我们走进去，到了水边，有些长高起来的草，杂乱地掉落在水面，静静的水从它们之间流过，变得活泼起来，绕出了一些好看的波纹。我们蹲下来细看，有些小鱼在水中，身体修长而透明，悠悠游动，很恬静的样子。小雨哥哥告诉我，河对面有房子的地方是个刘姓的大村子，村里的小孩每天卷起裤脚蹚着水过河来上学，放学了又蹚着水过河回家去，就是冬天也是这样的。所以太冷的时候，家里的灶得留着火，让大家烤暖了脚才上课。我听着，有些兴奋，对小雨哥哥说，那我们也蹚着水过河去玩！小雨哥哥说，这不行。我大声说，为什么不行？我就要过！小雨哥哥急了，赶紧说，妈妈叮嘱的，我们不能单独过河……

我顿时蔫了。虽然云嬢嬢从不责骂我，但我总是很小心地讨云嬢嬢的欢心。

当然，偶尔的时候，云嬢嬢会答应我们过河去玩。那往往是村里有人过来了。过来的也通常是想来约我们玩的小孩。他们都是云嬢嬢的学生，小雨哥哥的同学，远远看见我们了，就拼命地朝小雨哥哥挤着眼睛扬着手，然后一路跑来，时不时用亢奋而又羞涩的眼神瞟我一眼。要是看见云嬢嬢了，他们会停下来，急急收敛起张扬的神情，恭恭敬敬叫一声老师好。云嬢嬢看见他们，也会笑眯眯地说几句话，多是作业懂不懂做呀，做完了没有呀。说话间，小雨哥哥就带着我站在他们身边了。然后小雨哥哥会对云嬢嬢说，妈妈，我带方方跟他们过去玩一会吧——

说完话，小雨哥哥看着我，云嬢嬢也看着我。我赶紧双脚并拢，两手静静地摆在前面，一副乖巧样。云嬢嬢总是莞尔一笑。有时，是轻轻地摇摇头。有时，是轻轻地点点头。当然，在我们急匆匆脱下鞋子走下水时，云嬢嬢还得叮嘱着过了河赶紧穿上鞋这样的话。只是到了水里，波光人影一晃动，云嬢嬢的声音就变得断断续续的听不清了。

过了河，顿时感觉天地大起来了。眼前尽是种上庄稼的地，不同的季节变换着不同的色彩，满目斑斓的令人兴奋。平整的地方，大多是种着稻谷的水田，其间掺和着一些种着瓜菜的地。最好看的，是那些一排排整齐竖立的竹篱笆，上面爬满了肥肥瘦瘦的枝蔓叶子和五颜六色的花朵。小雨哥哥告诉我，开紫花的是豆角，开黄色的是丝瓜，开白花的就是冬瓜了。这些瓜菜收下来，是运到县城去卖的。我听着很兴奋，原来我在家里常常吃到的瓜菜，还是在这里运去的。我们笑着，嚷着，沿着弯弯长长的田埂跌跌撞撞地跑，跑到尽头，路高了，顺势就上了一个山坡。山坡都不大，也被开垦成一块一块很规整的地，通常种着花生和黄豆，有时还有罕见的小麦。冬天的日子里，坡地上的东西收完了，光秃秃的，风就窜得快了欢了。村里的孩子带我们在上面放风筝。收获后的地里有一些遗留的花生，他们教我们挖出来，吃在嘴里才发现发了芽，有了一点点的苦涩。我使劲嚼着带着苦涩味道的花生，一只手拎着鞋子，一只手拉着小雨哥哥，追随着上下飞翔的风筝在地里来回跑，觉得眼前的日子无比甜蜜。

有的时候，我们不能过河，村里的小孩就跟我们到学校来玩。学校的场地不大，我们玩不了什么，就玩捉迷藏和娶新娘子的游戏。娶新娘子是我最喜欢的游戏。每逢玩这个游戏，我都要做主指定小雨哥哥当新郎，而我当新娘子。那几年，放过一部名叫《南海潮》的电影，里面的男女主人公在幼年的时候，喜欢玩这样的游戏。后来他们长大了，成了相爱的恋人。我非常喜欢这部电影，缠着父亲带我去看了三回。我在内心里，懵懵懂懂地渴望着我和小雨哥哥的将来，也像电影里的男女主人公一样。我对这个游戏入了迷，乐此不疲。到了我们都长大了一点儿，一起玩的小孩开始取笑的时候，小雨哥哥受不了了，千方百计劝阻我放弃这个游戏。我虽然答应了，但为此生了小雨哥哥很久的气。不知是不是从那个时候开始，我心里对小雨哥哥就有了那种奇异的感觉。

白天玩疯玩累了，晚上早早被云嬢嬢催着上床睡觉。

乡村的夜晚，很静，偶尔传来几声狗叫的声音，也是低沉的，温柔的，没有了白天的慌张躁乱。夏天的时候，常常能在窗口看到满天的星星，在遥远的地方一闪一闪，像跟我打着永远猜不出的哑谜。冬天有风了，即便早早把窗门关紧，仍然能听到风在外面啪啪地敲打着窗门，还有树林里忽高忽低的沙沙声。我躺在大床上，常常兴奋得无法入睡。于是，我翻过身，伸出手去用力推身边的小雨哥哥。这个时候，小雨哥哥通常已经睡着了，任我如何折腾，他也醒不过来。我生气了，就凑到小雨哥哥的耳边嚷一声，小雨哥哥你再不醒我就走了——

这一声总是很灵，小雨哥哥的眼睛一下子就睁开了。小雨哥哥的眼睛很像云嬢嬢，有着长长黑黑的睫毛。他睁开眼睛的时候，那长长黑黑的睫毛总是那样轻轻地往上一挑，非常好看。我禁不住伸出手去拨弄，手指即刻痒痒起来。我咯咯地笑着，看着小雨哥哥使劲眨巴着眼睛，然后终于睁开，看着我说，方方你不要走，我带你去玩——

说完，小雨哥哥眼一闭，又睡着了。但他把手伸过来，紧紧抓住我的手，就像白天里那样。我没有挣脱，我不再生气了，甚至很高兴。我知道小雨哥哥喜欢我在这里，我要是走了，他又变成孤单单的一人了。

于是，当我一个人继续无法入睡的时候，就只有睁着眼睛往上张望，张望我们睡的大床。经历那些夜晚，那张大床给我留下了非常深刻的印象。

到了我长大成人后，我常常怀着甜蜜而又有点羞涩的心情对小雨哥哥说，还记得吗？记得我们一起睡在那张大床上吗？我睡在中间，你睡在我的左边，云嬢嬢睡在我的右边——

小雨哥哥听着我的话，总是露出一脸的困惑和纯洁。然后说，方方你记错了吧？是你和我妈妈睡大床，我睡厨房里的小床呀——

小雨哥哥的反应令我又生气又伤心。我不明白，小雨哥哥怎么会轻易忘掉了我们两小无猜的童年呢？

那是一张很奇异的床，很大，四四方方，在睡房里占据了一半的面积。不仅三面有非常结实漂亮的半围护板，当面也有着左右两块屏风，顶上也是一整块的实板。所有的板，都有着精致的雕花，还是彩绘的。这种特异的结构，使床看上去完全像一间精致可爱的小房子。我每回躺上去，都觉得自己进入了一个奇妙的童话世界。后来我才知道，这张奇异的大床，是河对面刘姓村子一个大地主的财产，土改时没收的，到了学校建起来就搬过来了。当然，大床这种说来不太光彩的身世，并没有妨碍我在上面做着我美妙的梦。当我清晨从梦中醒来时，看到躺在我身边的云嬢嬢和小雨哥哥，心里就充满了奇异的感觉。也许就是这种感觉，使我在梦中得到了种种奇妙的思想和念头。

躺在大床上的那些夜晚，是没有电灯的。长大以后，我始终怀疑自己的记忆，在一个离县城没有太远的乡村里，怎么会没有电灯呢？但在我的记忆中，只有那盏煤油灯。在我和小雨哥哥被云孃孃催着上床睡觉时，云孃孃还不会睡的。有时她会在外面忙些什么，有时是在房间里批改学生作业，床前的书桌上，永远堆满了高高的作业本。云孃孃埋着头改作业的时候，很安静，只听到翻页的沙沙声。躺在床上的我，不敢吭声，静静地张望着。那盏煤油灯不是很亮，灯光有些昏黄，从蚊帐外面照射过来，将各种物件的影子打在了雪白的帐子上，变得庞大怪异起来。

于是，我就注意到那个悬挂在床头的青色布套了。

五

大学四年级的寒假里，我不得不去了京城。因为小雨哥哥在电话里反复地对我说，他要结婚了，他想我在他结婚前先去见见未来的嫂子。

我站在女生宿舍的过道口听电话，一阵紧一阵的北风吹得我快冻僵了，声音也是硬邦邦的毫无热气，我大声地说，我为什么非要去见什么未来的嫂子？她与我有什么关系？我一边说一边拼命用手去擦稀里哗啦流出来的泪水。干冷的北风里，泪水仍然是湿的，是热的，还是柔软的，一点也不硬，也不冷。

小雨哥哥没有生气，仍然反复地说，方方，你要来呀，一定要来呀……

小雨哥哥的声音，软绵绵的。我还能看到他的眼神，在长长黑黑的睫毛遮掩下也是软绵绵的。我最终还是去了。去见了那位我未来的嫂子。京城的女孩子，通常有着白皙的肤色和精致的五官，再加上一种说不出的大家气度。第一眼看到她，我就难过得哭了，在机场的大厅里。小雨哥哥微笑着，用手拍着我的背，他从小习惯了我的哭。那女孩镇静自若地微笑着，也伸出手在我背上拍拍。她以为我是因为见到了小雨哥哥太高兴了。她的举止并不能讨好我，在接下来的日子里，我基本上是躲着她，而尽量地单独和小雨哥哥在一起。

第三天，我要小雨哥哥陪我逛街。小雨哥哥奇怪地说，白薇陪你不是更合适吗？白薇是我未来嫂子的名字。我嚷着，你不想陪我就算了，我自己去——

我扭过脸不看小雨哥哥。我知道我的脸色很难看。尽管我任性难缠，但我希望自己在小雨哥哥面前，永远保持当年那副可爱的女孩模样，脸颊红扑扑，眼睛水汪汪。

小雨哥哥不再说什么了。一路上，他还像以前那样，千方百计想哄我高兴起来。在一条并不热闹的大街上，我们看到了一间名叫“旧日时光”的时装屋。“旧日时光”的名号让我很中意。我不假思索地蹦跳着往里冲，在台阶前猛地打了个趔趄，后面跟上来的小雨哥哥赶紧扶住了我。他笑了，又叹了口气，然后小心翼翼地牵住了我。我的手握到了小雨哥哥的手中，几天来躁动的心即刻安静了。我微笑着，模样乖巧牵着小雨哥哥的手，移动着脚步。心中那奇异的感觉又出现了，好像我们穿越了时间的隧道，重新回到了我们共同拥有的那个世界。

在店里，我一眼看中了穿在模特身上的那件外套。那是一件净色的外套。我目不转睛地盯着那外套，大声地说，我要这件青色外套！

老板马上走过来了。一个长相俊秀的年轻男人，笑容可掬。小姐真有眼光，今年就时兴这种怀旧格调的蓝色——

这应该叫青色！我语气坚定地纠正，回过头来固执地看着小雨哥哥。

小雨哥哥的脸上仍然是微笑的，并没有什么奇异的神态。

我的心失落极了。但我还是坚持买了那件青色外套，而且即刻穿在了身上。走回大街上，小雨哥哥侧着头看我，不断说，嗯，是好看，好看……

京城的阳光在寒冷中特别的亮，在小雨哥哥的脸上一团一团地跳跃着，明朗单纯。我知道他说的是老实话。

但是，他仍然没有问我，方方，你长大以后，为什么总是喜欢穿青色的衣服呀？

我第一眼看到那个高高悬挂在床头的青色布套，就喜欢上它的颜色了。我对小雨哥哥说，这叫青色。

不是蓝色吗？

那个时候的小雨哥哥，对色彩和现在的这个时装屋老板一样无知。

我说，最纯净的蓝才能叫青色。

我小心翼翼地说。因为这是父亲的原话。我认定这话道出的理由有一定的神圣性，所以，我一边说，一边转过身来看看床前，我希望云嬢嬢走进来，能听到我的话。那个时候，云嬢嬢常常夸我的画，喜欢说，方方将来一定要成为艺术家。

我喜欢云嬢嬢夸奖我。我还希望云嬢嬢能告诉我，青色布套里装着的是什么。

后来，我知道了青色布套里是一支笛子。但不是云嬢嬢告诉我的，而是小雨哥哥告诉我的。那是我在梦中第一次听到笛声的那个清晨，小雨哥哥被我吵醒了之后说出来的。他说这话的时候，正好云孃孃走进来，听到我在清晨的空气中大声叫嚷。

笛声藏起来了！

我完全是在无意识中嚷出那句话的。梦中美妙无比的笛声把我魇住了，我不相信它会在一瞬间消失。很多年之后，我才明白云孃孃在听到我的话时，为什么眼睛里也会闪烁出星星一般神秘的光彩。我的话肯定也让小雨哥哥困惑了，他的眼光在摇曳中停留在了床头上。于是，他看到那个青色布套了。于是，他随口说出来了。

笛子在布套里哪——

那真是个奇妙的清晨。我刚刚在梦中听到了笛声。然后，就知道了那个神秘的青色布套的秘密。

我从一开始就相信青色布套里藏着的是秘密。这是一种很奇妙的预感。

因此，只有我和小雨哥哥两人在房间里的时候，我对小雨哥哥说，我想看那支笛子——

不行！小雨哥哥少有的干脆。

我要嘛！

我的任性来了。我甚至在床上站起来，踮起脚尖，伸手去取那个青色布套。它高高悬挂在床头的最上方，长长地垂落下来，我以为我能抓住它的。但床太高了，我的手碰到了它的尾部，仅仅甩动了一下，而后仍然岿然不动。然而那一瞬间，我已经清晰地感觉到那个布套的质感了，有点硬，也有点软，还有点冰凉。那一瞬间的感觉即刻令我激动，我猜想着，那硬的是笛子，软的是布套，但冰凉的是什么呢？

我心中惴惴。我想再尝试一次。

方方——

小雨哥哥的声音急了。他也站了起来，用力去拉我。我身子一歪，倒在了床上。我又痛又气，大叫起来，小雨哥哥你欺负我！我要告诉云孃孃——

小雨哥哥慌了，连声说，方方，你听我说，妈妈从来不让我动那笛子……而且，而且那笛子是取不出来的……妈妈说，已经锁住了——

锁住了?!

我下意识地复述着这句话的时候，即刻从中感悟到一种奇妙的意象。具体是什么呢？那时的我并不清楚。但我不假思索地接着说下去。

我知道了……笛声原来被锁住了！锁在布套里了……

小雨哥哥在一瞬间急速地将脸转过来，用万分惊诧的眼光直直瞪着我。

我听清自己的话了，也惊诧地瞪着小雨哥哥。

好多年过去之后，我才真正将那个青色布套拿到手中。我即刻想起的就是我当初说的这句话：笛声被锁住了！锁在布套里了——

笛子为什么要锁在布套里？

在后来的日子里，我开始满怀兴趣地追问小雨哥哥。

小雨哥哥摇摇头。不知他是表示不知道，还是表示不能告诉我。

你会吹笛子吗？我不厌其烦。

小雨哥哥仍然摇摇头。

那云孃孃一定会吹笛子了，对吗？我凑近了小雨哥哥的脸，眼睛睁大起来了。

小雨哥哥下意识地往后退，迟疑了好一会，终于还是不敢摇头，开了口。

不知道——

我彻底失望了，而且生气了。于是，我不再理睬小雨哥哥，一个人跑了出去。我跑到了教室里。在我决定不理睬小雨哥哥的时候，就一个人躲在空荡荡的教室里画画。我在云孃孃家的时间，只能是在周末和假期，这样的日子里，云孃孃的学校自然也是空的。空荡荡的教室，是我们玩耍的场所，也是我画画的地方。后来想起来，几乎认定我的画都是在那些空荡荡的教室里完成的。

长大以后，父亲常常在外人面前说我自小有画画的天才，可惜我却放弃了一个很美好的前程。我听了总是不以为然，心想那只不过是父亲自己的美好愿望而已。但到了今天，我仍然惊异自己在被父母忽略的童年里，却继承了父亲的爱好，无师自通地学出了一手很不错的水彩画。

我在云孃孃家里有单独的一套画具。那是云孃孃专门叫四叔在省城给我买的，精美极了。这让我在画画的时候，有一种得心应手的迷醉。尤其当我在纸上画下我熟悉的山坡树林河滩流水还有阳光和雨，更是享受着一种说不出的满足。因此，每次在云孃孃家，我都能画出一两幅挺不错的画，赢得了云孃孃的夸奖。云孃孃夸完了，都要细心地给我装好，然后交代我一定要带回去给父亲看。虽然我表面装着并不在乎的样子，但我仍然愿意父亲在看到我的画的时候，脸上露出那种惊诧而高兴的神情。父亲是在看多了我的这些作品后，才生出了要培养我成为画家的念头。但这时“文革”开始了，没有了机会，等有了机会，我又下乡当知青去了。这由此成了父亲最大的遗憾。而对我来说，却没有什么遗憾的。因为到了后来，是我自己放弃画画的。

当然，在我与小雨哥哥怄气的时候，我对画画还有着很大的兴趣。我一遍遍地画着那些熟悉的图景，心里仍然飘荡着那个青色布套的影子，昏黄的灯光下，一个长长的影子清晰地投射在雪白的蚊帐上。我常常忍不住用手去扯帐子，长长的影子便摇曳起来，扁了，方了，圆了，浓了，也淡了，奇妙地变化着各式形状。终于，我的画面上，也出现了奇妙的意象。

方方，你画的这是什么呀？

小雨哥哥像以往一样，不知什么时候跟着来，站在了我的身后。他诧异的声音，惊醒了我一直迷糊着的状态。我停下笔来，定神端详画面，顿时也惊诧了。

画面上，虽然还是熟悉的山坡树林河滩流水，但在所有的景物上面，都被我涂抹上了一层烟一般的青色。那是什么？是云还是雾？是风还是雨？是霞光还是阳光？我呆呆看着，一阵惊异，一阵困惑。

突然，我的脑海里清晰地闪现出那个青色布套的影子，犹如闪电一般，即刻照亮了我混乱的思维。

是——笛声！

我完全醒悟过来了，并为这个奇异的意象惊喜着。对，是笛声，是锁在了青色布套里的笛声。因为我在梦中听到它了，仍然清越明亮，缭绕在我的四周，在天地之间——

笛声?!

小雨哥哥的脸靠得很近，那上面是惊惑万分的神情。

从此，我笔下的每一幅画面上，都有了那些奇异神秘的青色。

在画树林时，我将青色涂抹上去，像是晨曦，也像是雨雾。在画河滩时，我将青色涂抹上去，像是水汽，也像是落霞。那些青色自由自在地从我的心底涌出，落在笔下便是形态万千变幻无常，连我自己都无法控制。奇怪的是，当我将青色涂抹上去之后，原先的画面顿时变了感觉，或冷峻幽深，或空灵飘逸，一种超凡脱俗的气息扑面而来。这种气息，迷住了我自己，也迷住了旁人。有时村子的孩子过来了，他们偷偷溜到我的身后，看着，看着，眼睛直了，浑身躁动起来，他们从教室跑出去，兴奋地高声嚷着，韩老师！韩老师！方方画的是仙境呐——

小雨哥哥是不会嚷的。他仍然静静地站在后面看着我画，有时我回过头，看到他眼中还是那一种惊惑万分的神情。

我开始对青色的使用非常入迷，并日益娴熟和老到。当父亲在我的画上看到那些青色的时候，他惊讶得半天说不出话来。后来我不再画画了，父亲还保留着我的那些画，有一次，他有点羞涩地将它们给了一个很懂画的朋友看，那个朋友也像父亲一样，被上面的青色惊住了。半晌，他转过脸来，用不容置疑的口气对我说，方方，去考美院！我要向我的朋友推荐你——

我那时正捧着一本高中的数学书在艰难地啃，离高考的日子已经没有多久了。但我没有要考美院的意愿，我已经放弃了画画。小雨哥哥早我半年考上了京城的一所名牌大学，我从知青点回城后，也很久没去云孃孃的家里了。随着那个熟悉的世界远去，我画画的灵感奇异般地消失。

当然，父亲并不知道，在很长的日子里，那青色，已经像一片神秘的云彩，紧紧萦绕在我的每一个梦里。我在从梦中醒过来时，更频繁地听到那美妙的笛声，缭绕在我的耳边，在天地之间。那一刻，我抬头看到那个青色布套，马上有了一种奇异的感觉。那支装在青色布套子里的笛子，就像一个活的物件，有呼吸，有质感，生动而具体。有时候，我甚至清晰地感觉到它就像一个人，一个真实的人，存在我和小雨哥哥共同拥有的那个世界里。这个时候，我仍然情不自禁地转身推醒小雨哥哥，叫嚷着，有笛声了，有笛声了——

当我突然转过脸来，便能看到站在床前的云孃孃，眼睛熠熠发亮，是星星一般神秘的光彩。

六

我和云孃孃的眼睛，在那些笛声缭绕的清晨一次又一次地相遇，我就朦朦胧胧地感悟到，笛声已经将我们紧密联系起来了。

这是我和云孃孃之间一种神奇的联系。

这种联系，使我在后来一点一点长大的日子里，对笔下那些青色的想象日益丰富和生动起来。终于有一天，我将它与亚彩姑对云孃孃的称呼联系起来了。

到了云孃孃和小雨哥哥来家里住的日子。

那是过年。云孃孃和小雨哥哥到城里来，他们会比往常多住上几天。在那些日子里，云孃孃和亚彩姑一样，成了家里最忙碌的人。当我拉着小雨哥哥的手在天井房间里到处乱跑的时候，总能听到亚彩姑高一声低一声的叫唤，从容而又略带着兴奋。

云表妹——云表妹——

亚彩姑的叫唤紧紧追随在我的耳边，令在快乐中跑来跑去的我激动着，并有了莫名的警觉。

过年的家里，总有一些不同的装饰和不同的气氛。后厅堂里空荡荡的案台上悄然出现了祖先牌位，并摆放上各式吃食，还点上了日夜不灭的香火。我记得，在后厅堂里，我一边用力地吸着那种怪怪的香气，一边发现缭绕上升的香烟，竟也是一种淡淡的青色。这发现令我在听到亚彩姑的叫唤时，眼前神奇般地飘过了我笔下那些神秘的青色。这种联想，使我顿时有了些恍惚。

这时，我听到背后有了动静，下意识地转过身来了。那一刻，我分明看到前面天井里，匆匆飘过了一个年轻女子的身影，一袭青色衣裙，飘逸动人。走过之处，留下一抹若有若无的青烟。

云表妹——云表妹——

亚彩姑的叫唤突如而至，与眼前的情景纠缠一起，神秘而怪异。我即刻惊呆了。那一刻，我听到笛声了。

我在梦中熟悉的笛声，正从眼前那一抹若有若无的青烟中缠绕而来，清越明亮……

云孃孃——

我情不自禁地叫唤出来了。

好多年过去之后，我仍然清晰地记得当初那个神秘的情景。到了今天我已经确信，那绝不是我无稽的臆想，而是我一种天生的悟性，使我能在祖先的启示下，第一次窥视到我们那个大家族里的秘密。

有了那一天以后，我心中那些丰富的想象，开始变得具体而生动了。

那个时候，我长大一点了，爱从父母的书架上找小说来看了。越来越丰富的阅读经验，使我已经熟悉了这种青色在我们这个国度里，曾经有着很鲜明的时代象征。在小说，在画报，在电影里，我都注意到，在那些重要的革命年代里，向往和迷醉于革命的青年女子，就爱穿这种青色的衣裙。

这种日益丰富的经验和想象，让我开始相信，那个装着笛子的青色布套，一定是从一袭旗袍上裁下来的布做成的。那个青色，有一种沉淀了年月的质感，显得古朴而典雅。所以，它只能属于一个已经逝去了的年代。

在我长到十六岁要到乡下当知青的时候，我从旧衣服里翻出了几件我小时候穿的裙子。都是云孃孃用她的旧旗袍给我改来的，那些花色很好看，在当时是少见的，古古旧旧中透着一种说不出的韵味，就如同那个布套的青色。我喜欢极了。那是我高傲的姐姐唯一妒忌我的地方。我还记得，我和小雨哥哥从树林里淋得湿透了，跑回来，云孃孃会赶紧拿出一件改好的裙子让我换上。云孃孃总能将裙子改得很合我的身，穿上去就觉得漂亮多了，连小雨哥哥也不得不多看了我几眼。到了我发现了那个青色布套后，我就等着有一天，云孃孃会给我改出一件青色的裙子来。那个时候，我就毫无来由地认为，那个布套的青色布料，一定也像云孃孃给我改的裙子一样，是从一袭带着古旧韵味的旗袍上裁下来的。而我相信，那袭青色布旗袍，曾经穿在了云孃孃的身上。穿着青色布旗袍的云孃孃，一定还非常年轻。就像我在电影里在小说中熟悉的那些女学生，在面对反动派高压水龙头的游行行列里，在扭着秧歌迎接解放军进城的队伍中。

年轻的云孃孃，革命的云孃孃，穿着那一袭青色旗袍，是多么好看迷人呀！

因此我相信，当年的云孃孃，就是穿着那一袭青色旗袍走进了我们那个大家庭的。那个时候，长辈们将她叫作云表妹，而小辈，则叫的是云孃孃。

我还相信，云孃孃走进我们家的时候，就带着那支锁在青色布套里的笛子。

在后来好长的日子里，我一直顽固地坚信着这个念头。

在我的想象中，会吹笛子的云孃孃走进我们的家门，很自然地加入了我们那个大家庭的民乐合奏。

在那些过去的岁月，一个个风清月白的夜晚，我们那个大家庭的民乐合奏，是小城里很多旧人都非常熟悉也非常喜爱的场景。

当然，到了我开始对我们那个大家庭的历史进行认真审视时，已经是很晚的时候了。而到了那个时候，我也能清晰地意识到，完全是因为云孃孃和小雨哥哥的缘故，我才对我们那个大家庭的历史有了兴趣。

尽管到了那个时候，大家庭的架子已经散了。祖母在多年前去世，父亲母亲在我们陆续上了大学后，也调离了那个小城。后来，二叔三叔两家也各自有了自己的房子，相继搬了出来。我是在回去参加云孃孃的葬礼时，专门去看了那座老房子。房子已经拆了，废墟上杂草乱长，正午的太阳下，一个拾破烂的老头在拼命拨拉着什么。身边的人告诉我，这里要建一幢全城最高的商业大厦。我盯着太阳底下的那个老头，无端慌乱起来。我下意识想走下车子，把他赶走，我很担心，他会从废墟里拨拉出我们大家庭的什么秘密。当时，我已经知道云孃孃逝世时给小雨哥哥留下了一封信，还有那个青色布套。所以我确信，我们的大家庭里，一定隐藏了好些我们并不知晓的秘密。

因此，当我认真地追溯往事时，就清晰地感受到，我们那个大家庭在小城里那种独一无二的气质了。

我把我们家称为大家庭，那是因为我们家是一个大家族住在一起的。和我们一起住的，不仅有祖母和亚彩姑，还有二叔一家和三叔一家。几家的小辈凑在一起，吵闹声能掀开屋顶。小时候，常常听到祖母一声紧一声的埋怨。埋怨归埋怨，我们仍然住在一起，热热闹闹吵吵嚷嚷地住在一起。

我们能这样一个大家庭住在一起，那是因为我们家有一座少见的大房子。这座大房子远远看去，矮矮的围墙拢着，门面并不张扬，但走进去，三进门三重天井，宽敞大气而又精致玲珑。里面的厅堂房间回廊过道，左右连接，四通八达，如同迷宫。小时候我们在家中玩捉迷藏，个个都怕充当那个找人的角色。因为要想把藏起来的人都找出来，几乎是不可能的事情。小时候，总想不明白我们家怎么会有这样一座大房子，比任何的人家都要气派得多，热闹得多。后来才知道，那完全是由于我祖父的庇荫。

我和小雨哥哥从没有见过我祖父，他在我们出生之前已经去世了。但他是小城里的名人。哪怕到了今天，小城里仍然还可以看到他的影响。以他的名字来命名的县中学里，新立了他的一尊塑像。那个身材瘦小面容威严的老头，在我的眼中，并没有任何的亲切感。但我心中仍然尊重他，心甘情愿给他鞠了三个躬。我知道在我和小雨哥哥还没有出生的年月里，我祖父一直是县中学的校长，1949 年前，还一直连任着县参议会会长和省参议员的职位。都说当年城里城外国共两党的大小官员，很多要尊称我祖父为恩师。或许就是我祖父的这种身份，使我们家族在 1949 年后，仍然能得到尊贵的待遇。20 世纪 50 年代，我祖父在县中学校长、县政协主席和省政协委员的地位上去世。他去世后，给我们完整留下了这座大房子。这是很幸运的。即使在后来的岁月里，我们家族的人也免不了要受到各种政治运动的冲击。但这大房子奇迹般地没有被丢弃。我想要不是祖母去世了，我们下辈也不会那么快云流星散，大房子也不至于到了被拆毁的境地。

这座大房子的存在，应该是凝聚我们这个大家庭的重要因素。何况在那个年代里，所有的单位都是没什么正规的住房分配的。所以，在县中学当老师的我父母和二叔三叔，还有二婶婶三婶婶，都理直气壮地和我祖母一起住在了大房子里。自然，我们一大群的小辈，也是在这里吵吵闹闹地出生和长大的。

在我们这个大家庭里，唯独少了四叔的一家。云孃孃和小雨哥哥住在乡下，而四叔一个人住在省城。因此，后院有两个房间总是紧闭着门，上面挂着锁。那两个房间只在很少的时间里才会打开。每次亚彩姑打开来打扫时，就得不断地埋怨屋里的蜘蛛结网太快了。

但是，假如仅仅是因为有了这大房子，还不足以说明我们的大家庭那独一无二的气息。到我长大之后，我才逐渐了解，在小城人的眼中，我们的大家庭有两点是很引人注目的。首先是我们家的主要成员都是教师，加上我祖父的历史，完全是一个教育世家。这无疑是一个很重要的身份。在小城里，教师和医生最为人尊重。这是遗风。小城是个文风甚重的古城，县中学的前身，早在明代已经是一间很有规模的书院了。

还有另一点，就是父亲兄弟几个，在小城人的眼中，不仅是受尊重的老师，还是很风雅的文人。都说这是家风绵延。追溯到我祖父的上两辈，出过几个饱读经书的秀才举人，读私塾出来的祖父已经赶不上科举，却也随着时代潮流到法国留了几年学，回来继承家业办教育，比前辈有了更加显赫的地位，也成了一方土地上的名流。到了父亲兄弟几个，虽然在时代变幻中将日子过平淡了，但书还是读了，琴棋书画也样样精通，在小城里仍然享受着人人敬重的身份。到了过年，来讨春联的人挤满了门厅天井，平日里，也常有人慕名上门来要字要画，甚至是对弈。但说起来，最能让小城的人津津乐道的，却是我们家的几个男人，个个能操琴抚弦，而且喜欢在清闲的夜晚，摆开阵势开家庭演奏会。这个时候，大门是敞开的，亲朋好友左右街坊是他们忠实的听众。在我的印象中，父亲与他的兄弟几个，样样民乐精通，只是到合奏时，才见出严格的分工，父亲拉二胡，二叔敲扬琴，三叔拨月琴，四叔弹琵琶。他们演奏的时候，就像他们给学生上课一样专心严谨一丝不苟。尽管我在后来的日子里，听过许多出色的演奏会，但还是觉得父亲他们的演奏，一点也不亚于专业的水平。那些年月里，小城里的生活感觉缓慢单调，一个个风清月白的夜晚，静谧清冷，那几个风雅男人的手指下流泻出来的优美旋律，犹如从天上而来，安抚着亲朋好友和左右街坊们一颗颗寂寞的心。有时，家中的天井坐满了，街上乘凉的人还不甘心，把凳子躺椅移到我们家的院墙下面。于是，隔墙听琴成了我们家门外的一道风景，为小城的人津津乐道。一些老人甚至说，我的二婶婶和三婶婶就是隔墙听琴听多了，最终嫁进了我们家。

说来也奇，我们小辈在这样的家庭氛围里，却没有继承什么遗风，竟出不来一个擅长操琴抚弦的人才。其实在长大离家后，回忆起四叔那一手精湛美妙的琵琶，心里就有了深深的失落。为什么没有近水楼台学到一点呢？但我终于想通了，正是因为我们长辈的琴艺太好了，我们小辈只能望而却步。因为我们清楚，我们永远无法超越他们。

自从知道了青色布套里藏着的是一支笛子后，我就注意到，父亲他们的民乐演奏中，少了一支笛子。

他们的演奏，时而会有三两个他们的朋友加入。这些朋友中，甚至有县剧团里的专业乐手。但是，从来没有笛子。这是很奇怪的。因为在我们那个小城里，笛子是很通俗的乐器。县剧团里那个吹笛子的陈叔叔，还是三叔的朋友，有时也来听他们的演奏，但从来没有见他加入过合奏。

那一支笛子的缺场，使我记住了两次的偶然。

有一年的春节，四叔带着一个面容白皙俊秀的男人回来，说是他在大学里的同事，让我们叫他上海叔叔。那个被我们叫为上海叔叔的男人会吹笛子，是西洋的横笛。笛子是用金属做成的，笛身修长，闪烁着耀眼的银色，华丽而精致。第一眼看到那支横笛，我即刻想起了青色布套里的笛子。不知为什么，这样想的时候，我觉得有点伤心，为那支被锁在青色布套里的笛子伤心。我不由自主地在心里做着比较，那锁在青色布套里的笛子，一定不是这个模样的。它应该很普通，用短短的笛身竹子做成，中国的竹子，朴素，又有点粗糙。

那一天，家里的演奏会因为四叔的回来又开始了。而且开始得有些兴奋，因为那支横笛加入了。但我即刻感觉，它在其中是不协调的。虽然，大家都在说，横笛吹得真好哪！

后来，那个叫上海叔叔的男人，继续在假期的时候跟随四叔到家里来，有时也带着横笛，但只听到他在四叔的房间里独个儿吹奏，没有再加入父亲他们的演奏了。

还有一次，是在我下乡当知青期间。那个时候，中学复课了，父亲和二叔三叔他们，也能陆续重登讲台了。有时我从乡下回来，也能赶上他们的演奏会。虽然这个时候不再张扬，演奏的曲目也有了变化，但还是在暗地里风靡了小城。一些自诩为音乐爱好者的年轻人，都慕名而来。其中就有我的一个朋友。这个朋友是和我同在一个公社的知青，吹得一手非常漂亮的笛子。我当时不知出于什么心理，怂恿着他加入我们家庭的演奏。他显然被父亲和叔叔们精湛的演奏迷住了，很爽快地答应，还特意赶回家去取笛子。当我的朋友拿出笛子，羞涩着站在那里的时候，父亲和叔叔们明显有些措手不及。但他们仍然礼貌地微笑着，默许了我朋友的加入。虽然在我朋友离开的时候，父亲仍然微笑着赞许他的笛子吹得好。但我的朋友却是沮丧的，他对我说，我的笛子加进去，一点也跟不上他们的感觉。我点头承认，但心中一样疑惑，朋友的笛子分明吹得很好，怎么就合不上呢？

父亲和叔叔们的演奏继续进行着，来听演奏的人们也陆续进来。但从没有人问，为什么总是少了一支笛子呀？

但慢慢长大并有了更多的想象的我，却开始模模糊糊地产生了一个念头，那少了的笛子，是不是就锁在青色布套里了？

这个念头一出现，我都会无端地联想起那个新年里在后厅堂见到的神秘情景。于是，我想向亚彩姑打听点什么了。

亚彩姑是我们家一个很特殊的人物。

她在很年轻的时候，以一个贴身使女的身份，跟随祖母从海外回来。当祖母嫁给祖父时，她也理直气壮地进了我们的家，从此就没有离开了。所以，她是对我们家庭最熟悉也是说话最有权威的人。祖母对我们的管教，往往通过她来实施。我们在听到她的呼唤时，眼前即刻出现的会是祖母的面孔，并意识到自己必须做什么而不能做什么。老实说，很长时间里，我将亚彩姑视为敌人，自然从不指望能从她的口中得到自己想知道的东西。但在云孃孃的这件事情上，我却直觉能从她那里得到真实的信息。后来果然是这样的。但那已是很多年过去了。她老了，变得唠叨和不再时刻处在警觉的状态。她对我说，你错了，那吹笛子的不是云表妹，是她的表哥。也是到了那个时候，我才恍然大悟，为什么亚彩姑会将云孃孃叫成云表妹。

当然，在当年，她还不会这样对我说。

那也是一次家庭演奏会的日子。已是深秋，我坐着坐着感觉到冷，身子蜷缩着，不知不觉地就靠到了亚彩姑的膝盖。这时我仰起头，一轮圆月正破云而出，光华耀目，夜空一时显得湛蓝无比，接近我熟悉的青色。我蓦然想起了神秘的笛声，想起了那支锁在青色布套里的笛子。于是，我靠得很近地看着亚彩姑的脸，想问她话了。

但是，我问的形式不是直接的。年纪还小的我，在表述上却往往很有计谋。我认为这是我的智慧的表现，但在亚彩姑看来却不是。她常常会皱着眉头说，方方老往乡下跑，变野了——

每当亚彩姑这样说的时候，警觉的就变成是我了。即便在疯跑中，我也会竖起耳朵来。我担心亚彩姑会在大人们面前，说出不让我再到乡下去的话。但是我慢慢地发现，亚彩姑不会这样说的，她不会说出不让我去云孃孃家的话。因为她喜欢云孃孃。我甚至感觉到，亚彩姑最喜欢云孃孃和小雨哥哥到家来住的日子。在那些日子里，云孃孃变成了亚彩姑的影子，跟随在她的身后，首先，她们会一起将家中的被子和床单洗出来，将它们晒满了三个天井。然后，她们还会在厨房里作出各种各样香味四溢的菜，馋得我们这些小辈老找着借口往厨房里钻。最后，她们还会陪在祖母的跟前，说着许多听不懂的碎话，说着说着，就抹开了眼泪。我奇怪地问，说什么要哭了呀？亚彩姑会不耐烦地说，我们女人的事，小孩子家不懂，快走开！我不服气跑开的时候，会狠狠地想，女人有什么了不起！我才不当女人哪！

不管怎样，我知道亚彩姑喜欢云孃孃。所以，在云孃孃和小雨哥哥到家中来住的日子里，家里到处缭绕着亚彩姑高一声低一声的叫唤，云表妹——云表妹——

自然，我就想着要从亚彩姑口中知道点什么了。因此，我就有了询问亚彩姑的心思了。

我是这样开口的。我说，我知道，知道云孃孃会吹笛子！

我说得斩钉截铁，说得得意显摆。而且，声音很大。

你知道什么？吹笛子的不是云表妹！打着瞌睡的亚彩姑显然被我的声音吓了一跳，她猛然抬起头，眼皮吃惊地眨着，然后不假思索地反驳我。

亚彩姑的声音也很大。我明显感觉到轻蔑的意味。

你怎么知道不是？我的声音愈发大了。

小鬼头你说什么？亚彩姑的眼皮不眨了，脸上恢复了她惯有的警觉。每当亚彩姑对我警觉起来的时候，她就喜欢叫我小鬼头。

我闭起嘴不说话了。这是我抵挡亚彩姑的惯用伎俩。

小小人的，别乱说话！亚彩姑的声音突然变小了，像脸上的神情一样变化迅速。

亚彩姑突兀变化的声音，明显带着一种威慑。我一怔，不知所措地左右顾盼，人人沉醉在音乐中，没有人听到我们的对话。

音乐正好到了一个急剧变奏的时候。四叔的琵琶如暴风骤雨般从空中洒落，空气骤然变得清冷肃穆。即刻之间，我感到了一种说不出的惊惑和慌乱。

那种惊惑和慌乱肯定困扰了我很久。后来我想过，那个时候，我差一点就走近了事实的真相。但是我并没有继续要追究的心思，我太小了，还有着其他自己更感兴趣的事情。于是，我慢慢淡忘了那种惊惑和慌乱带来的困扰。一直要到了很久以后，因为压抑着内心太沉重的东西，终于使身体内部隐生暗患的时候，才知道了那个藏在我们大家庭里的秘密。

七

云嬢嬢去世的时候，给小雨哥哥留下了一封糊了口的信。和信在一起的，还有那个一直悬挂在床头的青色布套。那青色布套里，装着的是一支笛子。

小雨哥哥从四叔手中拿过信和青色布套，两手微微颤抖。他的眼睛尽量不去看那封信，只是盯着青色布套。他说，方方，笛子应该是留给你的——

那一刻，我第一次惊异于小雨哥哥的敏感。因为，我和他都知道，只有我，能在那些梦中醒来的清晨听到美妙的笛声。

但在小雨哥哥对我这样说的时候，我没有搭腔。所以，小雨哥哥不得不再将眼睛转向了四叔。但是四叔在将东西给了小雨哥哥之后，转过了身子，双手紧紧插在裤兜里，眼睛落在远远的什么地方。这是他一种风度翩翩的习惯姿势，在貌似清高洒脱之下，毫无痕迹地将现实中面临的问题推给了别人。

最后，也就剩下了我和小雨哥哥。小雨哥哥的脸上有些惨白，他不作声，那封信在他的手中紧紧捏着，仍然没有打开。

我的眼睛，一直落在小雨哥哥另一只手里的青色布套上。这个时候，我终于看清楚，这个神秘的青色布套，并没有我想象中的锁。只是在布套的口子上穿着一根绳子，绳子打着死结，是一种很结实的死结，只有不愿意将它打开了，才会打这样的死结。我突然异常清晰地听到自己多年前说的话，我知道了，笛声被锁住了，锁在布套里了——

我内心升腾起一种难以言说的激动，我终于能够回想起童年时代埋在心底的许多疑问了。我想伸手接过布套，把那个死结打开。我想在真实中，而不是在梦中，再一次听到那美妙无比的笛声。我要在小雨哥哥面前证实，是有笛声的，那清越明亮的笛声，就响彻在我们的周围，在天地之间——

但我终于什么也没有做，只是静静地在小雨哥哥跟前站了良久，然后说，小雨哥哥你看信吧！

说完，我转身走了。小雨哥哥在后面叫着，方方——

我走远了。小雨哥哥的声音在后面变得很软弱。

我最终没有拿走那个青色布套，我相信云孃孃将它留给小雨哥哥，一定有重要的意义。同时，我也没有看到那封信，即使我知道小雨哥哥希望我和他一起看。在他的意识中，我是云孃孃的另一个孩子。

是的，在我的意识中，我也一直将自己当作云孃孃的另一个孩子。在那些笛声缭绕的清晨，我和云孃孃的眼光一次又一次地相遇的时候，我在潜意识里就知道，我和云孃孃之间，有一种比血缘更亲近的联系。

我背朝着小雨哥哥走了。一边走，一边流泪。一边流泪，一边想着最后和云孃孃在一起的日子。一切历历在目，虽然已经过去好多年了。

大学四年级的那个寒假，我从京城回来后，病了一大场。京城的寒气好像侵入了我的骨髓，令我陷入一场又一场的高烧中。但我没有告诉小雨哥哥。我在心里恨恨地想着，小雨哥哥你结婚去吧！我就是死了，也不用你管！这样想着的时候，我的病益发重了。我咳出来的痰里有了血丝。医生说，你需要静养一些日子了。于是，我决定离开学校回家去。

那已经是毕业前的最后一个学期了，也有了实习的借口，这使我能在父母所在的城市里待长长的一段时间。那些日子里，我躲在屋里不出门。那是个爱下雨的城市。我整天在窗子后面看着外面湿淋淋的天和湿漉漉的地，刻骨铭心地回想着多年前那个属于我和小雨哥哥的世界。在那个世界里，也是常常下雨。

我自己也弄不清楚，记忆中的那些日子，为什么雨水那么多?

南方的雨，说来就来了。一朵云过来，浑身沾着太阳的光辉，就把雨带来了。挂满了太阳光芒的雨点，闪耀着金碧辉煌的光亮，大大小小，圆圆扁扁，慌乱而急促，一瞬间，把已经降落在草尖树叶河面的阳光打湿了，搅动起一股混合着潮湿和灼热的气味。那是一股很奇妙的气味，清凉柔媚，又躁动撩人。我们张大鼻孔拼命吸着，往家中奔跑，但衣服还是湿了。云孃孃给我们换下湿衣服，洗了，晾在了走廊的绳子上。换了干净衣服的我们，仍然在走廊上跑来跑去，大声地笑着嚷着，从湿衣服底下跑过的时候，水珠滴在了我们的脸上，湿淋淋的，凉飕飕的，不由打了个冷噤，停住了叫嚷。这时，听到云孃孃在走廊那头叫唤了。

方方，吃饭了——

小雨，吃饭了——

我在那个城市里湿漉漉的窗子后面沉溺在无边的回忆之中，仍然在内心一遍又一遍地确认着一种不可饶恕的情感。我在湿漉漉的窗子后面不断抚摩着自己的脸，也是湿漉漉的，那是交织着羞耻和罪恶感也交织着爱与恨的泪水。我终于明白，我永远都不会成为小雨哥哥的新娘子。同时，我开始隐隐地预感到，一种深深的伤痛将伴随我的终生，并将最终要摧毁我的身体，还有我的生命。

那是我对自己命运一种异常清醒的预测。在拥有太多雨水的日子里长大，启发了我心智的敏感和身体的敏感。

转眼快到五月，是暮春的时候了。越来越潮湿的气候，让我变得更加心灰意冷。父母为我的身体状态和精神状态非常担忧。这个时候，云孃孃托来口信，叫我回去养些日子。说是乡下的空气好，对我身体的恢复有益。父母极力怂恿我回去，表现出过分的热情。母亲末了还说了一句，你小时候说起去云孃孃家，是谁也拦不住的哪！我听出母亲的语气有点酸溜溜，不知怎的就下了决心回去。在我上了大学以后，因为父母又调到省城来，我就再也没有回去过了。我知道我心里很想念云孃孃，但每逢想起小雨哥哥，内心深处那种奇异的感觉使我伤心落泪，就觉得连见云孃孃的勇气都没有了。云孃孃没说过我什么，每个学期如常给我写来两三封信，询问着一些平常事情。

那是我最后和云孃孃在一起的日子了。

那些日子里，正好遇上了我的生日。云孃孃对我说，方方我今年就好好给你一人过生日了，你小雨哥哥我是管不着了。小雨哥哥结婚的时候，和白薇回了一趟家，只住了几天。云孃孃说，京城的女孩不习惯乡下的简陋呀……

我听着云孃孃的话，内心仍然细腻而深刻地体会着那挥之不去的伤痛。我忍住泪水，想对云孃孃说，小雨哥哥不在了，我也不想过什么生日了。我和小雨哥哥的生日只差了十三天。所以，云孃孃总在小雨哥哥生日的那天说，等等方方，两个人的生日就一起过了。

生日的时候，云孃孃会第一个问我，方方，生日喜欢吃什么呀？我兴奋地闻着暮春里那还带着鲜甜和腥气的气味，毫不迟疑地回答，香椿蛋！春天里，云孃孃喜欢用一种叫香椿的嫩树叶来炒蛋。那是一种非常特别的清香，在我少时的味觉中，留下了深刻的印象。

长大后，我始终迷惑不解，在我们那个地方，怎么会有香椿树呢？我曾经不断地问小雨哥哥，京城里有香椿树吗？小雨哥哥困惑地看着我，说，你怎么知道香椿树的？我失望极了。小雨哥哥的记忆永远跟不上我。因此我常常怀疑，是不是我才是云嬢嬢真正的孩子呢？

后来我有机会去了云嬢嬢的家乡。那真是一个山清水秀的地方。有大江，有峡谷，有古栈道，有美人。果然，还有香椿树。我是在一座老宅子的庭院里看到的，一棵很高大的树。那天下着淅淅沥沥的小雨，我站在树下，仰起脸久久端详着头顶非常陌生的树，任凭雨丝肆意抚弄我的脸颊，心中充满了惊异和悲凉。我的脸颊湿润了，心也湿润了。我回想着我熟悉的那片杂树林。但在那里，从来没有这样一棵高大的香椿树。

但我仍然坚信，香椿蛋是存在的，那清香美味的香椿蛋……

当我揣着失落的心穿过长长的屋檐从老宅子走出来时，身后传来一个小女孩的歌声，非常清亮纯净，像我少时在梦中无数次听过的笛声一样。我惊怔着，但不敢回头。我怕我一回头，会看到一个穿着青色衣裙的少女，也沿着长长的屋檐向我走来。在我的世界里，有关云嬢嬢和小雨哥哥的一切记忆，充满了真实，也充满了想象，深刻细腻而神秘悠长，令我无限缅怀，而又无限悲哀。

因此，无论什么时候，当我回到那个熟悉的世界里，我的心仍然充满了矛盾，安宁而又躁动，快乐而又痛苦。

白天，我一个人到树林里，到河滩上，那里的一切没有多大的改变，改变的是我。我变得沉默，不爱笑。我孤单地在阳光下在雨中走着，思想着，努力不去想远在京城的小雨哥哥，努力想把自己整理得脱胎换骨。

到了晚上，我仍然和云嬢嬢睡在一起。还是那张奇异的大床，充满了童话的想象。夜色晴朗的时候，我仍然能在窗口看到满天的星星，在遥远的地方一闪一闪，像跟我打着永远猜不出的哑谜。起风了，我仍然能听到风在外面啪啪地敲打着窗门，还有树林里忽高忽低的沙沙声。我躺在大床上，仍然兴奋得无法入睡。于是，我左右翻着身，右边，仍然是云嬢嬢，左边，看不到小雨哥哥了。我怅然万分地仰起头往上看，青色布套还在，仍然高高地悬挂在床头。这时，自然是用电灯了，光线足了，但光影还是一样的。我照样忍不住用手去扯帐子，那个长长的影子便摇曳起来，扁了，方了，圆了，浓了，也淡了，奇妙地变化着各式形状。我的心，又重新充满了疑问，充满了如我那些画上缥缈虚无的青色一样的疑问。但奇怪的是，即便我已经长大成人，已经认定自己有了成人的理性和冷静，我仍然无法开口向云嬢嬢征询心中的任何疑问。每当我和云嬢嬢的眼神相遇，我都能感受到我们心灵的那种神奇的联系。这种联系似乎在潜意识中提醒着我，我和云嬢嬢之间的任何疑问，都只能在一种默契中领悟。

于是，我渴望在梦中重新听到小时候一直熟悉的笛声。

但是，很奇怪，当我长大了，不再是那个和小雨哥哥躺在同一张大床的小女孩了，我就再也听不到笛声了。

十六岁那年，我以知青的身份，到离城里很远的山区务农。

在很少能回城的日子里，我仍然想着法子到云嬢嬢的家去，即使就是一两天的时间。那个时候，小雨哥哥在城里的农机厂当工人。等到他的休息日，我就急匆匆地拉上他一起赶回去。白天，云嬢嬢照样忙碌着给我做好吃的，小雨哥哥仍然听从我带着我四周转悠。山坡下的河面，已经修起了一座石砌小桥。我们不用再蹚着水过河。但有的时候，我仍然自作主张脱下鞋袜跳下河水。小雨哥哥笑了笑，也跟着下来，很快赶上，牵住了我的手。他说河底的淤泥厚了，会滑脚。我听着，顺从着，让自己的手乖乖握在了小雨哥哥的手中。小雨哥哥的手仍然比我大不了多少，还是软软的没有多少力气，要是我不高兴，轻轻一甩就能挣脱了。但我更不会这样做了，我仍然喜欢我的手被小雨哥哥牵着的感觉。那种甜蜜而快乐的感觉，随着我年龄的增长，愈发丰富细腻而悠长。

我们手牵着手，上了河滩，上了山坡，进了树林。下雨了，还是那种急促而慌乱的雨，很快打湿了树叶，也打湿了我们的头发和衣服。我们跑了起来，笑着嚷着，我有意甩动着留长了的头发，细腻地感受着心中涌动的那种奇异的感觉。我意识到，我愿意一辈子这样，牵着小雨哥哥的手，奔跑在雨中，奔跑在阳光下，奔跑在那个属于我们的世界。然后，我们就听到云嬢嬢的叫唤声了。

方方，吃饭了——

小雨，吃饭了——

白天玩疯玩累了，夜里云嬢嬢仍然早早催我们上床睡觉。

我还睡在那张带着神秘古老色彩的大床上。但是，当我在床上翻来覆去睡不着时，转过脸来，却看不到小雨哥哥了。小雨哥哥睡在了外间厨房的小床上。于是，我若有所失地睡着了。当我在清晨突然从梦中醒来时，听不到笛声，这令我惊慌而伤感。我转过身来，看到身边躺着的云嬢嬢，眼睛亮晶晶的，闪烁着星星一般神秘的光芒。我情不自禁地开口问道，云嬢嬢，你还能听到笛声吗?

云嬢嬢微笑了，说，方方长大了——

说完，轻轻地叹出一口气。

我听着，很困惑，不明白云嬢嬢说这话的意思是什么，也不明白云嬢嬢为什么叹气。

听不到笛声，让我长时间陷入无边的困惑和苦恼。也是从那个时候开始，我笔下的青色也渐渐失去了灵气。我最终放弃了绘画，肯定与这种失望有关。

笛声，和小雨哥哥一起，成了我童年无比美妙而不能重现的梦。

当我最后一次和云孃孃在一起的时候，我仍然会为消逝了的笛声痛苦着。那个时候，我甚至认为，这是对我的警告，是对我内心那种不能抑制的奇异情感的一种警告。但我仍然无法摆脱这种带着羞耻和罪恶感的感情。最后，我还是带着深深的痛苦离开了那个地方，离开了云孃孃。回到学校后，我给云孃孃写信，说自己的病全好了，希望云孃孃保重身体。我这样说，只是因为觉得这是亲人分别后必须说的话。所以我并不能意识到，那个时候云孃孃的身体已经出现了病灶，当然，我更不能意识到，到了好多年后，云孃孃不在了，我也得了和云孃孃一样的病。

等我再一次回小城去，就再也见不到云孃孃了。

站在灵堂外面，我的心如掏空了一般无着无落，我的眼神如风般摇曳飘忽。于是，我看到四叔走过来了。看到四叔递给小雨哥哥那封糊了口的信，还有那个装了笛子的青色布套。我知道了，那是云孃孃留给小雨哥哥的遗物。

信的内容是小雨哥哥在电话里告诉我的。

那已经是好几个月过去了。我不知道小雨哥哥为什么能让自己忍受这样长时间的等待。是不是他预感到那封信里，藏着一个与他身世相关的重大秘密，使他始终没有勇气去打开它呢？但我马上又怀疑自己的这个判断。因为我从来就不认为小雨哥哥是一个在直觉上敏感的人。即便那个青色布套一直伴随他长大，但是他始终没有我的悟性，能在那些静寂无声的清晨，一次又一次地听到锁在了青色布套里的笛声。也许是因为这样，他也始终不能感受到我内心那种奇异的感觉。记得那一年，我们一起去参加一个朋友的婚礼。新郎正是那个会吹一手漂亮笛子的知青，他在婚礼上也吹了笛子。欢乐的气氛深深感染了我，我情不自禁地问小雨哥哥，假如我不是你的妹妹，你会爱上我，和我结婚吗？小雨哥哥听着，笑了，纯洁无瑕波澜不惊地笑了。他笑着说，方方你真会说傻话，你怎么可能不是我的妹妹呢？我当即在内心深深地叹了一口长气。

是的，我的小雨哥哥，永远都不可能设想过我们之间还会有什么样的关系。他当然也不可能预感到，他的身世有另外一种说法。

因此，我想象不出，小雨哥哥在告诉我真相的时候，脸上是什么样的表情。

那是一个春天的晚上。我从电视新闻里听到，京城正在刮沙尘暴。从小住在南方的我，想象不出北方的沙尘暴厉害到什么样子。我一直不明白，小雨哥哥怎么可能在那个不下雨却刮沙尘暴的地方待到如今。我从电话里听出，小雨哥哥的嗓子变得沙哑了。这使我下意识地问了一句，是沙尘暴吗？

方方你说什么哪？小雨哥哥的声音益发沙哑。

我不再问了。我想听小雨哥哥要对我说什么。我们一起从四叔那里拿过了那封信之后，我一直等着小雨哥哥对我说这件事。

那是一段长长等待的日子。我常常在不由自主地拨通小雨哥哥的电话时，什么也不说，就等待着他开口。但是，小雨哥哥在知道是我的电话后，也久久地沉默。

沉默中，我的眼前，时时飘动着那个悬挂在床头的青色布套。其实，我一直并不关心那封信，而是关心那个青色布套。那些等待的日子里，我常常从梦中惊醒，醒来的时候，我感觉到了笛声，是的，是感觉到的。那曾经伴随在我童年梦中的笛声，就在那个青色布套里躁动着，涌动着。这感觉令我激动而充满期待。我知道，真相就在眼前了。

就这样等了长长的十几个月，小雨哥哥终于开口说，我将信打开了——

那个电话，小雨哥哥说得很短，就几句话，而我也只听清了最后的那句。

方方，我不是你四叔的儿子……我的亲生父亲，名叫——柳、雨、卿!

这是小雨哥哥在说起柳雨卿的名字时，唯一的一次与父亲两字联系在一起。在后来他重新说起这个名字的时候，我听得出来，他总是小心翼翼地回避着，不与父亲两个字连在一起。所以，后来他在我的病床前对我说，我要去找——柳雨卿！也没有说出父亲两个字。

他的这种小心，使他在说起柳雨卿的名字时，并没有什么情感色彩，只像在说一个公文上的名字，与自己毫不相关。

但我不同，我在一听到柳雨卿的名字时，即刻长长吁出了一口气，好像自己终于等到了一个早就预料到的结局。我想起了梦中的笛声，想起了那个悬挂在床头的青色布套，还想起了那些漂浮在一幅幅画面上的青色。我为自己从小就有的悟性感到了无比的诧异和惊喜，甚至是敬畏。那一刻，我泪流满面。

八

然而，当小雨哥哥在电话里说出柳雨卿的名字之后，我们在电话的两头，一样地沉默了。

后来我猜想，在那个沉默的时刻，小雨哥哥和我一样，即刻想到的是他名字中的那个“雨”字。原来，它来源于另一个男人的名字。

柳—雨—卿。

一个陌生的名字。一个陌生的男人。我完全可以断定，在那一刻，我和小雨哥哥，都在积极调动着我们的思维，竭力要在我们共同的记忆中，去努力寻找出一个名叫柳雨卿的男人。

遥远了的日子又重新展现在眼前。但原有的真理已经颠覆了，就在这一瞬间。

我和小雨哥哥的世界，竟然一直隐藏着另一个真相。

这个真相，原来早在冥冥之中启发和诱惑着我的心灵和我的智慧。我对小雨哥哥的感情，自然生成如天地之性，纯净美好如星月之辉，无可指摘。可是，为什么不让我们早一点知道这个真相呢？在那一瞬间，我清晰地回想起那一个个不能成眠的夜晚，我在充满羞耻和罪恶感的思念中，痛苦而恐惧地看着自己的心一点一点地破碎。

是小雨哥哥先把电话挂断了。

我透过迷蒙的泪光，能看到小雨哥哥的脸，在遥远的京城那漫卷着沙尘暴的天空下，苍白干涩。在过了一些日子之后，小雨哥哥的电话又来了，他在没有任何征兆之下，突然说，方方，这不可能，不可能，我们的生活中，从来没有这样一个男人——

小雨哥哥说这些话的时候，带着深深的苦恼，甚至是一种哀求。

小雨哥哥异常的语气重重打击着我的心弦。在那一瞬间，我陷入了同样的困惑和伤感。我不由自主地低声附和，不可能……不可能……

后来回想起来，我们说这些话时的立场，有着不可思议的愚蠢和荒谬。我想这是因为我和小雨哥哥一样，不敢相信，也不肯相信，这样的事情会发生在我们无比钟爱的云孃孃身上。从小以来，云孃孃的形象如天使般美好纯净。她纯粹无瑕的生活空间里，怎么可能还有另一个男人的存在呢？

毫无疑问，在最初的时间里，我和小雨哥哥都被真相深深地伤害了。

在困惑无助甚至是紧张的心态中，我竟然以一种非常世俗的眼光，回顾我们和云孃孃的世界，寻找一个叫柳雨卿的男人。

我努力回忆起那些日子里，是有几个常见的男人的。但绝对没有一个柳雨卿。

有的时候，天还没亮，有一个男人的声音在门外响起。我很少见到那个男人的面孔，但我知道他的名字叫刘春牛。嗓门也确实有点像牛，粗粗闷闷的。他在八里铺卖肉。他的儿子也是云孃孃的学生。每天他赶早从村里带肉出铺的时候，都有意拐过来，问云孃孃要不要肉。他在门外嚷，云孃孃在屋里答着，要了，就留半斤吧。那男人快乐地回答，好了，半斤了！最好的嘞——青灰灰的天色里，我带着还是浓浓的睡意，听着这样的对话，觉得内心的欲望即刻飞翔起来了，我甚至闻到了肉的香味。我嘟囔着问云孃孃，吃什么呀？然后又沉沉睡去了。有时我早点起了床，就能看见那半斤肉，切得很漂亮的样子，用一根水草牢牢地扎着，挂在门框一颗生了锈的钉子上。

还有一个常见的男人，是卖豆腐和豆花的。他会在迟一点的时辰出现，从河对面的村子溜达了一大圈才过来。这是一个小个子的男人，细皮嫩肉，看上去干干净净清清爽爽的像他卖的豆腐和豆花。他的名字叫田小亮，也是清清爽爽地好听。他爱说话，所以每次他来了，云嬢嬢得放下手里的活，和他说说话，说着话就买下他的豆腐和豆花了。有时云嬢嬢恰巧不在，他就让我和小雨哥哥听他说话，说的都是他走村串乡听来的趣闻。我们总是听得很开心，也从饭桌上的零钱罐里拿出两个硬币，买下他的豆腐和豆花。云嬢嬢不在，他会格外给多一点，说是还得指望着云嬢嬢给他未来的儿子当老师哪。我和小雨哥哥都很爱吃豆腐和豆花，云嬢嬢也爱吃。后来我到了云嬢嬢的家乡，看到那里的女子都爱吃豆腐和豆花。她们结着伴在大街小巷的小摊档前，浇着红通通的辣汁，吃得哇哇叫着，又活泼又泼辣的模样，让我想象着还是年轻的云嬢嬢，也曾经是这个模样的。

常常是在隔了一段日子后，云嬢嬢会开心地对我们说，好了，我们该吃鱼了——

我和小雨哥哥听着就高兴地叫起来了。这个地方的塘鱼很驰名。在城里的菜场，是挂着牌子卖的。听亚彩姑说过，那是水土特别好的缘故。云嬢嬢会做很好吃的红烧鱼。不仅我和小雨哥哥爱吃，家里头人人都爱吃。所以，到我来了，云嬢嬢都会让我带鱼回去。

云嬢嬢是领着我们到村子里去买鱼的。这里买的鱼，比在城里菜场买的便宜多了。

于是，我们就得过河到对面那个刘姓的大村子里去了。云嬢嬢带着我们过河，从来不像我们跟随村里的小孩那样蹚着水过河，而是往上游拐一段路，那里有一座小木板桥。后来我猜想，云嬢嬢坚持从桥上过河，应该是因为她喜欢像城里人那样，总是穿着整洁的鞋子和袜子。

穿着鞋子和袜子的云嬢嬢，带着我们走在河边的田埂上，洋气好看，非常引人注目。在田里干活的男女，会抬起头来看着笑着，然后大声地叫起来，韩老师——韩老师——

云嬢嬢听着，通常很少用声音来回应，可能是觉得自己的嗓门不够大。她微笑着，向那些男人女人扬着手。那些男人女人看着扬手的云嬢嬢，就更兴奋了，扬高嗓门，说一些到家里坐坐或是什么话，甚至走上田埂截住我们了。我们只好停下来。我和小雨哥哥是有些不耐烦的，脚一踢一踢的老想着往前走。云嬢嬢却是很有耐心的，站在湿淋淋的田埂边，细声细气地说上好一会话。说的，自然尽是小孩在学校或在家中的事。

往往这般在路上一耽搁，我们到了村口，就已经有人早早在等候我们了。

除了一大帮小孩，还有那几个常常来接我的大男人。他们站在村头的鱼塘边，也是那样有些拘谨地笑着迎接我们。在那里，我才知道，他们常常要用单车将鱼运到城里去卖。周末的时候，云嬢嬢让村里的学生带来话，托他们到家中接我。因此，在城里他们将鱼卖完后，就到家里等着我了。难怪我坐在他们的车后座上的时候，常常能闻到一股鱼腥的味道。

从村里回来，云嬢嬢忙着做鱼了。

云嬢嬢做的鱼和亚彩姑做的不同。她用一种很特别的豆瓣酱来做，吃到嘴里，有些辣，还有些麻。刚开始吃受不了，但多吃几次就迷上了。我知道，那豆瓣酱是云嬢嬢从城里买回来的，装在一个漂亮的玻璃瓶子里。小雨哥哥读了那上面的商标，告诉我说那是一个外省的名称。长大后我才知道，那正是云嬢嬢的家乡。在那里，人人爱吃这种又辣又麻的豆瓣酱。

当然，做好的鱼我们只吃其中的一小部分，剩下的大部分是要让我带回家里去的。要带回家的鱼，云嬢嬢会用新鲜的芭蕉叶子包扎起来。这是村里的女人教的，说是可以保存鱼的香味和鲜味。每到我带鱼回去的日子，亚彩姑就特别高兴，因为到了晚上的饭桌上，人人都会吃得兴高采烈。包括我那个傲气的姐姐。她特别爱吃鱼，可以连鱼的骨头都吃到白生生的一点肉的痕迹也不留。看到她吃鱼的样子，我就原谅了她平日里的傲气跋扈了。晚上睡觉的时候，我还会将带回来的羽毛，悄悄地分了几根放在她的枕头边。羽毛是我临走的时候，小雨哥哥塞进我的书包的。我知道，我收拾书包时他匆匆跑出去，就是为了从那些雄鸡身上拔下它们最漂亮的羽毛。家中的女孩子都爱踢毽子，所以每次小雨哥哥都忘不了给我弄一把漂亮的雄鸡羽毛带回来。

我背着藏有漂亮羽毛的书包走出来，又坐上了那些大男人的车子后座。我抑制不住满心的不舍和失落，频频地回头，云嬢嬢和小雨哥哥站在孤零零的长房子前面，向我招着手，身影越来越远，越来越小，最终看不见了。那个时候，我在深深的失落中，就隐隐有了一种感觉，云嬢嬢和小雨哥哥的世界孤独而凄凉。

在那个孤独而凄凉的世界里，有过另一个男人吗？

我不相信，一个那么重要的男人，怎么可能在云嬢嬢的世界中没有留下他的一点痕迹呢？我不止一次地，以一种交织着焦虑和回避的复杂心情，回想起走廊东头的那个房间，那个只留下光秃秃感觉的房间。

我意识到我急欲寻找这个柳雨卿的心情，甚至比小雨哥哥更为强烈。

于是，我将眼光转向了我们的大家庭。我记得四叔在将遗物交给小雨哥哥的时候，那镇静的神情分明告诉我，他是知情的。那封信虽然密封着，但他一定知道里面的秘密。

不过，我没有去问四叔，我打算直接找父亲。我从小就感觉到，四叔对他的大哥我的父亲最为信赖。这样大的事情，他一定不会瞒住父亲。

我同时想起了我们大家庭的那些演奏会，永远少了一支笛子的演奏会。到了这个时候，我已经确信，锁在青色布套里的笛子，是属于柳雨卿的。

在我趁着暑假回到父母家时，首先从亚彩姑那里得到了意外的收获。

这个时候，祖母早已经去世，亚彩姑也老了，变得更加唠叨。她喜欢我陪她到太阳底下散步。在慢慢地走走停停的时候，她常常唠叨起许多我小时候的事情。我的聪明姐姐和可爱弟弟，由于都有自己太重要的生活，很少回家，只有我会在每个假期里回来，陪家里人住一段时间。这个时候，我才成为家里最被关注的孩子，与我小时候完全不同。

亚彩姑说，母亲生我的时候，是难产，痛了三天三夜才生下来。我相信这个说法，我从小就感觉母亲对我有一种戒心。她好像在下意识地回避我，对我采取了无为而治的态度。不像对聪明的姐姐，有太多明显的压力和鼓励，对可爱的弟弟，有太多的宠爱和呵护。我一直在告诉自己，我从来都无所谓。但在心底，我知道，我仍然有着说不出的遗憾。到了后来，母亲对我开始关注和眷顾的时候，我一方面觉得不习惯，另一方面又觉得很高兴。

亚彩姑感叹着，你母亲伤了身子……就像你云孃孃那样，生你小雨哥哥的时候，大流血，也一样在县医院里待了长长的日子呀……

她们住在同一个病房吗？我的问话开始充满了警觉。

那年真怪呀！一入夏就热得逼人哪！亚彩姑自顾自地继续述说，果然呀，又是来运动了……

我屏住气息，惊异着亚彩姑的政治警惕仍然清醒。我和小雨哥哥出生的那一年，正是有名的反“右”运动。

果然不久，柳先生就不能到医院来探望云表妹了……

柳先生？柳先生是谁呀？我毫不迟疑地紧紧追问。我听到了心扑通扑通跳动的声音。

柳先生是谁？柳先生是云表妹的表哥呀！亚彩姑看着我，满脸诧异。亚彩姑真的老了，失去了对我一贯以来的警觉。

云表妹。我豁然开朗，亚彩姑对云孃孃的称呼原来由此而来。

云表妹难过呀……还不能说出来，就整日整夜地捧着那书在看呀看呀……放不下呀！我知道，那是柳先生给她送来的书。但你说了，刚生了小孩的人哪能这样看书呀！可不是嘛，我看那个时候，把病就落下了，唉……

亚彩姑的声音在耀眼的太阳光底下晃动，渐渐地淡远着。我的头脑只留下一个清晰深刻的意念。柳雨卿是云孃孃的表哥。我激动而惊恐，想起了那一个个笛声缭绕的清晨，我和云孃孃的眼睛一次又一次地相遇。

有血亲关系的人就是不能结婚。

这是我那个傲气跋扈的姐姐说的话。当我坚持要在游戏中扮演小雨哥哥的新娘子时，姐姐采取了激烈反对的立场。她甚至到父亲跟前告状，把我偷偷对小雨哥哥说的话也揭露出来。我对小雨哥哥说，长大了，我一定要当你真正的新娘子！

你懂不懂呀？这叫乱伦！姐姐站在我的跟前，用完全超乎她年纪的严肃眼神盯着我。她不过比我大了两岁多一点，却常常要在我面前摆出博学深刻的样子。我承认，她读了很多的书，甚至可以和父母亲的学生成为朋友。可她的话和做派，让我非常反感和抵触。然而，“乱伦”这个对于我来说既陌生又深奥的词，却开始以一种令人敬畏的姿态，惊心动魄地震慑了我的心。在后来长长的日子里，我那种摆脱不了的羞耻和罪恶感，都与这个词过早的启蒙息息相关。我想是这一点，使我和姐姐的关系，在成人以后仍然无法融洽，即便我们两人都做了最大的努力。

后来回想起来，当时父亲听着姐姐的告状，并没有什么奇异的反应。他只是笑了笑，拍拍我的头顶，又拍拍姐姐的脸，然后转身忙他的事情去了。在他眼里，我们还是小孩。但是，到了我下乡当知青以后，父亲的态度突然变了。那个时候，小雨哥哥已经在县农机厂当了工人，吃住都在家里。所以，每逢我农闲时从老远的山区回城的日子里，就能常常见到小雨哥哥了。这成了我在那段生活中最为开心的事情。我会将在家的每一点时间，都尽量安排和小雨哥哥待在一起。我们一起去逛街，一起去看电影看演出，一起和朋友出去玩。到周末了，我们还一起骑自行车回去看云嬢嬢。这个时候，我是坐在小雨哥哥的车后座上了。在我又沿着那熟悉的风景一路而去时，快乐无比，内心那种奇异的情感，也许在这期间，一点一点地增加着分量。于是，有一天，父亲以一种非常突兀的口吻对我说，方方，你长大了……要记住，小雨是你的亲哥哥！

到了后来，我才感觉到父亲说这话的时候，神情是奇异的，有着一种难言的担忧和忌讳。

当我能这样想的时候，我知道我可以向父亲询问有关柳雨卿的事情了。于是，我和亚彩姑进行了那次谈话之后，就直接找了父亲。

我的父亲，已经在他中学老师的位置上安逸地退休了。他和他的兄弟们一样，饱识风雅，懂得享受闲情逸致。这一点，使他在平淡的一生中很满足。我想他唯一不满足的是我没有实现他对我的期望。退休之后，他更是沉迷于抚琴写字和画画。他的作品塞满了房里的每一个角落，但唯一挂在墙上的一幅画，却是我小时候的作品。在有人来的时候，他往往不厌其烦地对人说，看哪，这是方方八岁的时候画的！听的人总是惊诧地大呼小叫，天才！天才！遇到我在旁边，一脸的无动于衷，使父亲不得不一次又一次地表现出他对我的极端失望。有一次我对父亲说，你就别指望我再重拾画笔了。再说我现在不是很有出息了吗？我太聪明的姐姐在出国留学后，最终还是放弃了学业，做了商人妇。而可爱的弟弟在读完研究生出来，也下海当了正式的老板。这都使清高的父亲很不齿。只有我一直待在高校里当个不死不活的教师，却能让父亲深感荣耀。

父亲不再吭声了。也没有再提起小时候对我关心不够的话了。

我们的这种谈话关系，使我可以很直接地对父亲说，告诉我，柳雨卿是谁？

父亲好像早就预料到我会问他这样的话，显得很有准备地说，方方，上一辈人的事情你就不要管了！

父亲这句话一下子让我醒悟，在很长的时间里，我们家庭的长辈们，都知道这件事情的底细。但是他们谁也没说。那么多年以来，他们共同在我们小辈的面前，隐藏了一个巨大的秘密。

我在惊诧万分中，突然为小雨哥哥更为自己感到了极端的委屈。我想起了父亲当年一脸肃然地对我说，方方，要记住，小雨是你的亲哥哥！

我在父亲的沉默中甩手而去。

父亲最终还是说了，但不是对我，而是对小雨哥哥。小雨哥哥在我离开后，就到了。他说是出差，却住在了家里。天天看着父亲画画，什么话也没说。最终，还是父亲先开口了。

九

小雨哥哥返回到京城的当晚，即刻给我打了电话。他说，柳雨卿是个才子！难得的才子！

我听得出来，这句话是我的父亲的语气。父亲对任何人的第一个评价都是才气。

后来我就知道了，父亲接下来的话是，误了，就这样误了一生了——

小雨哥哥对我说，在听着我父亲痛心疾首地说这话的时候，他感到很羞耻。他以为，我父亲是在责怪柳雨卿不该将自己的才华和前程误在了男女情爱上。但小雨哥哥理解错了，我父亲的感叹，是因为政治的缘故。

听到这里，我突然兴趣索然了。我已经发现我小时候身边的人，太多是误在政治上了。我数得出在历次的政治运动中，遭到厄运的都有我们大家庭里的人，还有周围的朋友或熟人。

我吃惊的是，小雨哥哥的声音里，竟然有了一点振奋的意味。他说，柳雨卿是个很讲情义的男人。停顿了一会，又补充，对我父亲。

我听得出来，小雨哥哥口中的父亲，指的还是我四叔。已经留在省城当了大学教师的四叔，托付柳雨卿照顾云孃孃。因此，在我和小雨哥哥出生那个年头的反“右”运动中，为了保护大地主出身的云孃孃，柳雨卿自告奋勇地顶了分配到学校里的“右”派名额。同时，在省城的人来调查四叔日记本上的“右”派言论时，柳雨卿也毫不犹疑地将之揽到自己的身上，说这些言论都是他到省城探望四叔的时候，顺手写在四叔的日记本上的。他甚至在来人面前示范了完全相同的笔迹。这样做的后果，是四叔免去了戴上“右”派帽子的厄运，而柳雨卿自己，却遭受了当“右”派最严重的惩罚，还来不及与熟悉的人们告别，他就被押往外地一个不知名的劳改场去了。不想这一走，就再也没有回来。多年后，有人从那个地方回来，对家中的人说，他早死在山里头了。

我一点不惊异于在那个年代里，会出现这般匪夷所思耸人听闻的事情。但小雨哥哥略带振奋的口气，让我心中冒出一股莫名的愤怒。我对着电话筒大声说，你是混蛋！

小雨哥哥一定被我的话弄懵了。他在电话被我摔了后没多久，又耐心地拨来电话。他相信我一定想知道真相。

我抱起双膝坐在沙发上发呆，听任身边的电话铃声响个不停。我知道自己无法和小雨哥哥说清楚，为什么要这么生气。

在父亲的讲述中，真相很简单，并没有像我们想象的那么复杂。

柳雨卿原来一直是我四叔的同学，也是最亲密的朋友。说起来，我父亲兄弟四个中，要数四叔的性情最不安分守己。他并没有像他的几个哥哥那样，在读完书后就遵循祖父的意愿，回小城来当了教师，而是独身往省城去读师专，然后又接着读大学。柳雨卿就是他从师专到大学的同学。在学校里，两人一直以才子闻名，诗社乐坛，出双入对，风流倜傥，人人见羡。不料到了大学二年级的时候，柳雨卿远在外省的家在一夜之间突遭灭门之灾，一家老小横尸血泊，店铺财物被抢劫一空，在那个乱世年头，是兵是匪也没个交代。遭此变故后，柳雨卿不得不中断学业，出来一间小学当了教师。不久，省城也乱起来了。大批溃退下来的国民党军队集结在这里，准备负隅一战。祖父闻讯大急，托了省城里的关系连夜用车子将四叔送回小城。四叔自然要携带上好友柳雨卿。而与他们一起回来的，还有柳雨卿的表妹韩云。也就是后来成为我四婶的云孃孃。

那个时候的云孃孃，还是个刚满十七岁的女学生。家里人都随着柳雨卿将她叫作云表妹。她牵挂着刚遭受家庭巨大变故的表哥，就趁着暑假，从西南那个边远的省份赶过来了。家里人听了都觉得很难想象，在那个兵荒马乱的时候，她一个年轻女孩，是怎样经历一路的颠簸和危险的。自然，连她自己也没有料想到，她这一来，就与这个小城结下了终生的不解之缘。

四叔一行人回到小城的第二天，就听说省城陷入激战了。到了一个月后的解放庆典时，半个城市也已经变成了废墟。小城却是和平解放的，这里面自然有着我祖父的一份功劳。待在没有遭受战火浩劫的小城，柳雨卿和云孃孃感受到一种异常珍贵的安全和宁静。他们住在我们家里，得到了很好的款待和照顾。读书期间，柳雨卿就常在假期里跟着四叔到家中小住，早和家里人相处得十分熟络。尤其是他的才华，深得我祖父和父亲兄弟几个的欣赏。自然也可以想象到，我们大家庭的演奏会有了他的笛子，就更见精彩了。此外，性情温柔的云孃孃，也很快得到家中上上下下的喜爱。因此，他们在这里，竟住得如同在家中一般融洽自如。柳雨卿在我祖父的鼓动下，渐渐就生了要留在这里的念头。果然不久，他经我祖父的介绍，到了城郊的一间小学当了教师。

柳雨卿的举动，令我四叔大为吃惊。他历来以为好友与自己一样胸怀鸿鹄之志，怎么可能就甘心窝在这小城里了呢？他在柳雨卿面前吵了好几次，每次都因为柳雨卿的沉默而没有结果。四叔才突然觉察到，自从家中突遭变故后，柳雨卿的性情发生了很大变化。他变得沉静了，眼睛里那总像朝霞一般燃烧的光彩，不知什么时候已经消失。

没能说服柳雨卿的四叔决定自己返回省城。但到了他要动身的前一天，从城里另一个大学同学的口中那里得知，学校被炸得无法安身了。学校里只好一边赶着修建校舍，一边动员同学们利用无法上课的时间去参加土改工作团。四叔听了，即刻兴趣索然。他是个不爱过问政治的人，更有着喜爱城市精致的生活方式的习惯，所以他对去土改这样为当时的年轻人热衷参与的事情毫无热情。他只好继续留在了家中。这期间，他病了一大场，等他身体痊愈了，又准备重新动身回省城去继续他的学业时，已经是三年过去了。这个时候，他结婚了，云表妹正式成了我的四婶。

父亲说，四叔的婚事，是我祖父一手促成的。可以说，我祖父是个纯粹的教育家，一生热衷于振兴家乡的教育，所以他希望他的儿子们也能服务于他的意愿。四叔一直在外不肯回来，成了他的一块心病。他在儿子们面前虽然是个很严厉的父亲，但对小儿子还是多了几分宽待。到了现在，他觉得正是将四叔留在家乡的好时机。于是，他就张罗着要给四叔找个结婚的对象。在我们这样的大家庭里，用结婚来提醒儿辈对家庭的责任是很自然的行为，何况四叔也到该结婚的年纪了。四叔结婚的对象后来能确定为云孃孃，一是我祖父对云孃孃身世、人品和才学的满意，二是四叔本人的同意。其实，有关云孃孃身世的理由在当时说起来并不是那么充分。当时云孃孃之所以一直留下来不回家，是因为她的家庭在土改运动中成了重要的清算对象。她在大学读着书的哥哥一面表示与家庭划清界限，一面偷偷给妹妹来了信，嘱咐她不要再回去，也不要与家庭有任何联系，并强调这也是父母的意思。这对于还太年轻的云孃孃来说，无疑是一场人生的巨大惨变。而且她缺乏很多同龄人的那种革命热情和斗志。所以在很长一段时间里，她天天以泪洗面。这时的柳雨卿已经去了郊区的学校，而我的四叔又病在了床上。最后能让云孃孃从悲伤中解脱出来的是我祖父的一番劝说。我祖父具体说了什么，其他的人无从知道。只是记住了我祖父在家中宣布四叔的婚事时坚持说，无论是身世、人品还是才学，云表妹都非常合适做我们家的媳妇。

不管怎样，我祖父一锤定音决定了我四叔的终身大事。而在四叔方面，接受云孃孃作为他的妻子也是很自然的，一是云孃孃本来就是一个温柔可人的女孩，二是我四叔病在床上的那一年多，闲居家中的云孃孃少不了陪伴身边照顾解闷。所谓日久生情，当我祖父下令要他选择结婚对象时，他也只有这样选择了。

四叔结婚的时候，祖父力主办了一场很隆重的婚礼。小城里所有的头面人物都来了，学校里的人和左右街坊也邀请了，县里的剧团还专门来演了一台戏。这样的做派也很符合祖父历来的做派，只是表现了有些过分的兴奋，他在席上放下长辈的架子，不断给柳雨卿敬酒，说是感谢他给桀骜不驯的小儿子带来一个好媳妇。旁人看着这场面觉得有些惊异，但也悟不出什么道理，看着花朵一般鲜艳的新娘子，自然也是啧啧赞叹。

但是婚礼后不久，四叔还是按照自己的意愿回省城去了。他在继续完成他的学业后，留校当了教师。本来祖父在逝世时叮嘱，四叔毕业后必须回到小城里来，要和云孃孃生活在一起。可惜我祖父没有能等到四叔毕业，永远无法再干预四叔的生活了。我祖母虽然再三叮嘱四叔设法将云孃孃调去，但这种事情在当时要办起来，是非常艰难的。四叔没有坚持，交代柳雨卿帮自己照顾云孃孃。为此，柳雨卿设法调到了云孃孃的学校去。那是一个土改后新办起的小学，在离县城较远的一个区，当地管教育的官员是我祖父的学生。当他向我祖父要教师的时候，云孃孃毛遂自荐。当地那官员先后得到了两个优秀教师，自然欢喜不已。多年后，他在我父亲面前还因为柳雨卿当年的厄运再三地惋惜，并为自己在其间助虎为虐的行为深感悔恨。

柳雨卿确实是个难得的人才。这是我父亲在小雨哥哥面前不断强调的话。这在有意无意之中，成了我父亲在述说真相时的重点，而我最想了解的部分，却要简略多了。

小雨哥哥说，我父亲最后的陈述是这样的，在柳雨卿被押送劳改场的消息传来后，小雨哥哥出生的秘密也为家中的大人们知道了。这是云孃孃自己说出来的。她说，柳雨卿走前留下话，不要隐瞒罪过。那一天，下着雨，我祖母坚持要自己拎着用老母鸡熬的汤到医院去。祖母在云孃孃的床前抱上了初生婴儿，看着窗外满天的雨，她老人家长叹出一口气，然后说，这孩子起名小雨吧——

真相的单纯面目，令我感到措手不及的惊愕。一场为当时社会道德最难以容忍的男女私情，在一个特殊的政治背景下，结束得如此简单温和，波澜不起。

待我慢慢体味过来，就觉得父亲的简略陈述，如同他喜爱临摹的宋元文人画，留下了过多令人疑惑的空白。我们的长辈，将这样一个巨大的秘密坦然接受并埋在心里，只是感戴于一种深重的情义，而从来没有一点谴责吗？这以后的历史我已经熟悉，在我们小辈的心里和外人的眼中，云孃孃和小雨哥哥从来就是我们这个大家庭里亲密而不可分的成员。

小雨哥哥在转述父亲的这段陈述时，沉重的语气中明显带着一种难以言说的悲壮。我不知道这是父亲原有的语气，还是小雨哥哥由衷的喟叹。我完全理解这种悲壮的内涵。那是我们几代人容易感染的一种情感。但是，不得不承认，我仍然缺乏同时代人的某种秉性和情感特征。我在骨子里排斥这种空泛的悲壮情怀。我认定这是在一种崇高之下，忽略了其中那些平常细腻的情感，而这种忽略，说不定是对当事人最为重要的伤害。在那些悠长的日子里，云孃孃的心在深深的负疚中，是怎样承受这种宽待与厚爱的？

我这种有悖于常人的思维方式却往往是合理的。当小雨哥哥从激动中冷静下来后，他陷入了一种深深的苦恼。在一个雷雨交加的深夜，小雨哥哥突然给我打来电话，他沉默了好一阵，然后说，我的出生，是对友情和爱情的背叛！

小雨哥哥在说出背叛这个词的时候，一个响雷轰然从头顶滚过，我感觉到了一种天摇地动的震撼。

后来我可以确定自己决心要弄清事情的全部真相，就是被背叛一词的沉重和惶惑震慑了。在内心里，我愤怒而坚定地抗拒着这个词。我不想小雨哥哥的后半生，也如云孃孃一样，永远在一种负疚感中活着。我开始相信自己的预感，小雨哥哥的出生不是一种单纯意义上的背叛。柳雨卿对友情的背叛，云孃孃对婚姻的背叛，一定还有着更复杂的缘故。

这是一种奇怪的信念。也许这开始于那一个个笛声缭绕的清晨，当我和云孃孃的眼睛一次又一次地相遇时，心灵上的神秘联系，已经赋予了我这种信念。于是，我仍然为了寻找进一步的真相努力。

我将眼光放回到我四叔身上了。

这个时候，我才惊诧地发现，我的四叔，小雨哥哥的父亲，云孃孃的丈夫，在我少时的记忆中是淡漠的。我竟然说不上我对他是喜欢还是不喜欢。而在那个大家庭里，我从小就有一种是非分明的性格，对每一个亲人有着自己明朗的爱憎态度。比如对云孃孃，对小雨哥哥，我就表现出最鲜明和强烈的喜欢和爱。记得我离家下乡的时候，因为是家中第一个走的，大家都来送我，个个神情黯然，我却一脸淡淡，没心没肺的模样。弄得亚彩姑不断抹着眼泪说，方方你这孩子真硬心呀！到云孃孃和小雨哥哥赶来，我却放声哭起来了。

后来亚彩姑不止一次在我面前数落，都搞不清自己究竟是谁的骨肉了。

到了今天想起来，我已经能肯定，四叔是个天性浪漫不羁的男人。单从他敢于违背祖父的意愿，就足以说明他和他的几个哥哥不一样，从来不满足于小城里安逸平静的日子。而从中一细想，我突然发现，和云孃孃的爱情与婚姻，似乎并不符合四叔的浪漫性情。在我小时候的印象中，浪漫的爱情和婚姻，应该像当时父母学校里那几对从外地调来的年轻夫妇一样，他们会挽着手在学校的花径上散步，会在周末时到俱乐部里去跳舞，还会在暑假的时候，双双骑着自行车到山里或海边去游玩。可是，我从来没有看见过四叔和云孃孃之间有过这样的行为。我记得，偶尔从省城回来的四叔，总是神采飞扬，风度翩翩，带来热闹非凡。在家操琴抚弦迎宾宴客，出门呼朋唤友结群成对，也爱跳舞，也爱游山玩水。但是，亲密跟随在他身边的，不是云孃孃，而是他从省城带回来的朋友，一个个如他一般有着优雅风度和谈吐的朋友。到了他难得和云孃孃待在一块的时候，却多数静静地对坐着，话很少。说话多的，是在他们中间钻来钻去的小雨哥哥。

当然，我能感觉到，四叔仍然关心云孃孃和小雨哥哥。他每次回来，要是云孃孃和小雨哥哥无法出来，他都会抽时间到云孃孃的小学去，哪怕是很短的时间。他会给小雨哥哥和云孃孃带去很多礼物，都是些在小城里很难见到的好东西。比如小雨哥哥的皮革书包、圆珠笔和昂贵的航空模型，比如云孃孃的丝绸头巾、尼龙袜子和洋气的高跟鞋，甚至还有我的画笔、水彩和精美的速写本。到了今天我才能醒悟过来，四叔也和家中的其他长辈一样，对云孃孃和小雨哥哥有着一种刻意的关心和爱护。让我印象最深的，莫过于到了我和小雨哥哥都必须下乡当知青的时候了。在当时，要想留在城里是很难的。我和姐姐还有二叔、三叔的几个到年龄的孩子，无一幸免地都下乡了。但唯有小雨哥哥留在了城里。这是全家人的努力。当时我祖母一声令下，父亲几个兄弟四处奔走，动用了所有的关系。四叔还专门从省城赶回来。最后的结果是小雨哥哥留在了县农机厂，我却下了乡。后来我才意识到，这是我对下乡经历深恶痛绝的根源。

我终于明白，正是这种家庭氛围，使我们的下一辈从来都不可能去接近那个秘密。我们只能按常理去理解上一辈的做法，是出于对云嬢嬢和小雨哥哥生活环境的怜惜。

我承认，我们家庭的长辈，从我祖父、我祖母到父亲兄弟几人，甚至到母亲和几个婶婶，还有亚彩姑，都天生有着一种特别慈悲良善的情怀。有时候，我将之归结于一个古老家族比较容易保存下来的传统。但是，这还不能成为足够的理由。家中长辈对云嬢嬢和小雨哥哥的态度，不仅仅是爱护，是怜惜，或许还有什么不能说的负疚。

我在越来越清醒地感觉到自己的追索接近真相的实质时，也陷入了越来越深的困惑当中。这个时候，母亲打来电话，说父亲突发脑血栓，躺在医院里了。我大惊，抛开一切赶了回家。

十

到了因公差出国回来的小雨哥哥知道这个消息，已经是一个月后了。小雨哥哥给我打来电话，说马上赶回来。我用坚决的口气说，病情已经完全稳定了。我要到京城去，你等着我吧！

我没有想到京城正是刮沙尘暴的季节。因此，我顶着满头满脸的沙尘出现在小雨哥哥的面前时，狼狈透顶，把他吓坏了。

小雨哥哥耐心地问了我父亲的病情后，松了一口气。接下来，他没有继续问我为了什么到京城来，他习惯了我从小以来许多毫无理由的任性做派。我也没有作任何解释。在京城的头几天里，我们每天顶着沙尘暴，在大街上漫无目的地游荡。北方天空下陌生的沙尘，把我的脸刮伤了，我没有觉察，小雨哥哥也没有觉察。一直到了最后一天，我才突然醒悟过来，叫小雨哥哥开车，往郊外的西山而去。多年前到京城那回，小雨哥哥带我去过西山脚下的一间小寺。那里的幽静令我非常惊讶和心仪。在后院那几棵令人敬畏的参天古树下，小雨哥哥说他结婚的日子定下了，我在黑夜中听着，心底一片荒芜暗淡。所以我对小雨哥哥说，那是在京城里我最喜欢的地方，再带我去一回那里吧。我几天来的沉默，已经让小雨哥哥开始不安。听了我的要求，他竟有了些兴奋。那个傍晚，沙尘暴奇迹般地停止了。我的脸却开始疼起来，还起了红斑。于是，我不得不用一块长长的鲜艳无比的纱巾，将脸捂得严严实实。在路上，当我从车窗探出脑袋来张望的时候，引来了不少奇怪的目光。

快到西山脚下的时候，暮色重了。望出窗外，远山如黛，冷月如钩，心底蓦然涌上一种很深很深的悲凉。自从知道真相后，我就有了一种越来越强烈的意识，从那些缭绕着笛声的清晨开始，我的命运，注定纠缠在一个与云嬢嬢和小雨哥哥息息相关的悲剧上。

我转过头来。小雨哥哥神情专注地开车，头发被风吹乱了，车内有点昏暗的灯光投过来，我看到，乱开了的头发中，赫然露出几缕白色。我一怔，心顿时像被什么撞击了一下，什么时候，小雨哥哥的白发就长出来了？是因为真相吗？那个雷雨交加的深夜，小雨哥哥在电话里说，我的出生，是对友情和爱情的背叛！

云嬢嬢不在了，没有谁比我更熟悉和理解小雨哥哥了。在他的内心，“背叛”这个词太沉重了。他从小就是感情非常细腻丰富的人，对爱和被爱总是那样敏感。小时候，在他和云嬢嬢回家中来住的日子，他都显得特别高兴。他喜欢靠在我祖母膝前，听她老人家唠唠叨叨地说话。他喜欢几个伯父和婶婶习惯性地用老师的口吻，逐一来询问他的功课。他喜欢家中的演奏会，一直崇拜家中几个擅长操琴抚弦的男人。他还喜欢跟我们小辈一起玩各种各样的游戏。在游戏中，那些大家不愿意充当的角色，如抓小鸡的老鹰呀，被追捕的特务呀，要和新娘子拜天地的新郎呀，都是他自告奋勇揽下来。当年的亚彩姑，常常在我们面前瞪起眼睛打抱不平，看你们一个个人小鬼大，就会欺负小雨！小雨哥哥听着，从不气恼，笑吟吟地站在一旁，眼睛里永远是那种温柔的光芒。也许正是这一点，使他的性情在很多时候更接近女性。他会在半夜里爬起床，将白天里我们从树林里抓来的小鸟或知了偷偷放飞，他会在养的小猫小狗病死后，流着泪将之埋在花丛下。因此，在他长大的日子里，他一定能深刻体悟到家里人对他的爱与呵护。他也一样爱这个家，爱所有的人，将之视为与自己生命密不可分的一体。他到了京城读书和工作后，虽然离家最远，回家的次数却比我们小辈中的任何一个都多。我祖母去世时，赶到跟前送葬的小辈，也只有他一人。所以，他不能容忍这样的背叛。即使他从我父亲的述说中，感受到那个名叫柳雨卿的男人也有着高尚的情操。即便他从小到大始终如一地爱着云嬢嬢，他的母亲。

小雨哥哥的困惑和痛苦，深刻感染了我。我对真相的追索更加迫切，充满了焦虑与不安。

于是，在父亲清醒过来慢慢好转以后，我仍然不知疲惫地守在床前，不分白天黑夜，一次又一次地找着机会和父亲交谈，一点又一点地努力走近真相的深处。一直到了那个清晨，我接了小雨哥哥的电话，然后我告诉父亲，我要到京城去见小雨哥哥。父亲说，去吧——

一缕绚丽明亮的霞光跃过窗台，落到了床边，父亲的脸上第一次露出了红润的光彩。我静静等候着父亲再说点什么。但父亲什么也不说了。因此，当我走出病房的时候，我仍然不能确定，我急匆匆要赶到京城，究竟是想告诉小雨哥哥什么。

小寺没有什么变化，还是老旧的山门，参天的古树，只是多了一间门面简朴且小的酒家，不露痕迹地藏在深深的后院里。酒家叫着一个古雅的名号，里面有酒，还有茴香豆，小盏小碟的摆上了桌面，更添了古雅的气氛。小雨哥哥喝了酒。我没有问他什么时候学会了喝酒，而是陪着他一起喝，嚼着茴香豆。

小雨哥哥喝酒是闷着头。我喝酒是仰着脸，喝几口进去，眼神散乱了。

店里的灯光是一种特别柔和的橙黄色，柔和得有些昏暗。进门靠着墙的地方，摆着一架水车，陈旧得逼真，与我们当年在乡下熟悉的没什么两样。顶上引来水流，带动着水车缓慢地转动。满屋昏黄的光影随着转动的水车摇曳散落，迷离而有些妩媚，飘逸而有些忧伤，使屋里所有的物件看上去，像从遥远的空间流动而来。

现在的人为什么喜欢怀旧呢？怀旧的感觉就像酒，更多的是苦涩和辛辣。蓦然间，我的思维激烈而混乱，既然什么都不能再改变，我们为什么还要知道真相呢？

小雨哥哥终于抬起头来了。他眼神专注，看着我说，方方，你一定是有重要的话要告诉我，对吗？

我没有回答，也抬起头注视着小雨哥哥。越过碗中的酒，我们的眼睛相互对望。摇曳闪烁的光影，也流动在我们的眼里，迷离而忧伤。我感觉到酒精在我的胸中烧灼着。我突然很想开口说，小雨哥哥你知道我从小就爱上你吗？知道我一心想做你真正的新娘子吗？

小雨哥哥的眼睫毛仍然黑而长，眼神仍然软绵绵。这一切，都像极了云孃孃，带着太多的柔情。我完全能想象到，当年的云孃孃，一定也常常用这样带着太多柔情的眼神，凝视她心爱的表哥柳雨卿。

其实，父亲的讲述与我推测的完全一致。柳雨卿是云孃孃从小爱上的人。但是，云孃孃在嫁给四叔前，为什么不嫁给柳雨卿呢？我已经能够设想到当年的情景。只有爱情，才能使云孃孃在那兵荒马乱的年月中，追随到柳雨卿的身边来。

是柳雨卿不同意呀……

父亲深深叹了口气。当年的父亲，知道我祖父在柳雨卿面前为四叔提亲的事情后，也问过柳雨卿这样的话。家中的人都看得出来，云表妹对柳雨卿是一往情深。柳雨卿没有正面回答他是否爱他的云表妹。而是说，我们是表兄妹，不应该结婚。

是的，我也是这样想的。云嬢嬢的爱情没有结果，一定是碍于血亲的缘故。那一代的年轻人，已经懂得了更多新的科学知识，传统的表亲结亲慢慢在被否认。柳雨卿作为男人，也许能够更理性地拒绝爱情的诱惑。或许，这正是悲剧产生的最大原因。但是，我想，他的内心深处，也一定还隐藏着对他的云表妹的歉意。甚至，还有爱。青梅竹马的日子里，嬉闹无忌，相伴读书，月下吟诗，风中弄箫，一定留下了许多难以磨灭的美好记忆。因此，当他们又被命运注定要相守在一个孤寂的乡村小学的时候，当他们共同承担着生活中许多不幸和痛苦的时候，不该发生的事情终于还是发生了。我想起了小山坡上那座孤零零的长房子，想起了走廊东头那个空房间里光秃秃的感觉，心头像有一把锋利的刀赫然划过。

小雨哥哥仍然看着我，等待着我的回答，我没有说话，掏出了一沓照片递给他。那是四叔的近照，父亲交给我的。照片上的四叔仍然风度翩翩，在澳洲天空金黄饱满的阳光下，他和他的朋友并肩站着，笑容无比灿烂，也无比亲昵。我非常熟悉他的朋友，正是从小我们就叫作上海叔叔的那个男人。他常常跟随着四叔一同回家来，他的身上永远带着上海那个大城市一些固有的气息，精心保养的白皙肤色，梳得一丝不乱的时髦发型，淡淡散发的香水味道，还包括那个有着横条纹的棕色手提皮箱和那支闪烁着华丽光泽的横笛。我记得他跟随四叔一块回家来的日子里，他们总是出入成双形影不离。即便四叔回乡下看云嬢嬢和小雨哥哥，他们也是一起上路的。所以，他们往往住不上几天，又会匆匆离开到山里或者更远的海边去旅行游玩了。在他们走的时候，云嬢嬢会给他们准备好多路上的吃食。而小雨哥哥，总是站在孤零零的长房子前，久久地眺望着他们越来越远的背影，直到什么也看不见。

父亲病倒的消息没有及时通知到四叔。开始是因为找不到他们旅游的踪迹，后来联系上了，父亲已经完全清醒了。父亲阻止了他赶回来，说是来往费用太昂贵。四叔在两年前退了休，很快移民到了澳洲，和他朋友住在了一起。我天性浪漫不羁的四叔，始终还是远远地离开了小城。当然，这个时候，云嬢嬢也已经不在人世。我终于也能在记忆中具体而清晰地看到四叔的形象。四叔的一生，似乎有更多的时间是和朋友在一起的。小时候我就看过不少四叔和他朋友的合照，总是这般笑容灿烂，形情亲密。而仅有的几张和云嬢嬢的合影上，四叔的形象却显得呆板拘谨，失去了他惯有的风度翩翩。

我突然忍不住开口了，胸中的酒精鼓动了我。我说，小雨哥哥，你想过吗？我四叔身边的朋友为什么总是男子？

即刻间，我还是为自己的话说了出来而感到震动和羞愧。这是我从父亲手中接过照片的时候，突然从心头跳跃出来的一个模模糊糊的念头。这念头在当时犹如闪电击中了我，我被一种莫名的惊骇震慑了，浑身颤抖。然而，在病床上已经很清醒的父亲，并没有注意到我的反应。他递给我照片的同时，长长地叹了一口气，然后说了一句话。中风后的父亲没留下太大的后遗症，性情却变了很多。他变得爱说话了。他好像是因为经历了这场生死之劫后，突然感悟到不能将闷在心里的秘密带走。所以，他在递给我照片的时候，很自然地说出了那句话。

父亲的话使我心中的念头在一刹那清晰起来，顿时照亮了我内心一直以来梳理不清的头绪。

父亲的话是这样说的，你祖父始终是阻止不了呀——

我想，父亲这句话的深意，我是即刻就领悟到了。

我终于知道，我确实能比任何人更敏感地接触到真相的实质。这因此使我对往事的回忆，变得警觉细腻而深刻了。我细细回忆四叔和云孃孃在一起的情景，两人静静无言的相对中，四叔的眼神是飘忽不定的。那飘忽不定的眼神里，原来隐藏着一种无奈和无助。这可能是一种他自己都无法驾驭的无奈和无助。四叔的天性是浪漫的，也是软弱的。他应该是在婚礼后，马上就觉察到自己的无奈和无助。但他不知如何处理这样的局面。于是，他只能采取回避，就像他一种风度翩翩的习惯姿势，在貌似清高洒脱之下，毫无痕迹地将现实中面临的问题推给了别人。也许正是因为这样，他不顾祖父的极力反对而断然回了省城，并一直留在了省城，而将云孃孃一人留在了家中。这种回避，使他只能将照顾云孃孃的责任托付给了好友柳雨卿。这种回避，也终归使家中的人感觉到了一种危险。当然，应该是我祖父，最早觉察到这种危险的潜在，所以他要在他有生之年给四叔娶上媳妇。他老人家以为，这样可以及时地纠正四叔还是潜意识的行为。但他忽略了四叔浪漫不羁的本性会助长这种趋向的发展，也忽略了四叔软弱的天性会使他无法去承担自己的责任。我想，我祖父在逝世前一定向我祖母交代了他的担忧。只有这样，才能理解我祖母坚持要给初生婴儿取名小雨的行为。到了今天想起来，四叔的这种回避，从一开始就伤害了云孃孃。而作为四叔好友的柳雨卿，也一定能及早地意识到云孃孃所受到的伤害。但一切都只能在无奈中承受。在那个年代，在我们这样名望显赫的大家庭里，是不会为了一个难以启齿的理由解除婚姻的。

这就是悲剧的真正根源了吗？

然而，一切都只是我的推测。我无法从父亲的口中得到印证。父亲在递给我照片的时候，仅仅说了那一句深意莫测的话。我期待着父亲继续说下去，但父亲不说了，到了这个关键的时候，父亲终归还是没有将更多的话说出来。

父亲的意识越来越清醒了。我明白，这就是大家族的人永远需要的矜持和谨慎。

于是，我仍然不知道我急匆匆赶到京城来，究竟是想告诉小雨哥哥什么。但是，我还是说出来了。胸中的酒精鼓动了我。

我说，小雨哥哥，你想过吗？我四叔身边的朋友为什么总是男子？

小雨哥哥听到我的话了，很清楚地听到了。

他抬起头看着我，久久地，沉默着，持续了好长的时间，像在一点一点地吃透我的话。摇曳的灯影闪烁在他温柔的眼神里，愈发迷离忧伤。然后，他的脸白了，在一刹那，白得像纸一般。几乎同一时刻，他的眼睛急速地移开了我的脸。黑黑长长的眼睫毛在急速转动中，柔软而无力地低垂下来。

我的心顿时充满了酸涩。

窗外的院子仍然耸立着那几棵参天古树，在黑夜中静谧如画，透发着一种冷清空旷的感觉。我想起了记忆中那条宽宽长长的走廊，走廊的两头，连接着东头与西头的房间。乡村里一个个有月的无月的夜晚，也是冷清空旷的。住在西头房间里的云嬢嬢，会害怕吗？当她害怕了，住在东头房间的男子，那个名叫柳雨卿的男子，一定会闻声过来的。他拎着一盏小油灯，穿过宽宽长长的走廊，走到了西头房间的门前站住了，然后说，云表妹，别怕，我在哪……

听到这样的叫声，房间里面的云嬢嬢安心了。这是她熟悉喜欢的称呼。从小听多了，听久了，她就知道自己爱上了表哥，就像林妹妹一定会爱上她的宝哥哥。她是为了心中的这份情愫，才在那个兵荒马乱的年头里，孤身来到一个陌生的地方，而且永远留在了这里。在后来的日子里，她经历了一次又一次的失望，经历了一次又一次的伤痛，她后悔过吗？悠长的岁月里，留下那个青色布套静静悬挂床头，陪伴着她度过那一个个仍然冷清空旷的夜晚。有幸的是，当她清晨从梦中醒来时，依然能听到美妙的笛声，清越明亮，缭绕在四周，在天地之间……多么奇妙！这笛声，也同时在另一个女孩的梦里出现。而那个女孩，正巧就是我。

也许，这就是我和云嬢嬢之间永远无法解释的神秘联系。

一直到我们走出酒家，小雨哥哥也没有再开口说一句话了。

我们沿着回廊往外走，没有灯光，小雨哥哥伸过手来握住了我。他没有忘记我从小就怕走黑路。我的手握在小雨哥哥的手中，内心仍然体味到那种熟悉而奇异的感觉。这感觉，令我安宁而躁动，快乐而痛苦，伴随我的一生。

前面的窗子有灯光。适才酒家里的人说，夜里有人在这里借宿。想来借宿的人也是为了安静，灯光处，听不到什么声响。

走到前殿的院子时，突然听到笛声了。

前殿的院子也一样挤着几棵参天古树，在黑暗中像几个身披长袍的巨人，将地面遮得一片幽暗。要不是门廊有些许的灯光投射过来，根本就看不清任何物件。笛声在万籁无声中突然出现，充满了令人措手不及的神秘和诡异。我在那一瞬间，清晰地感觉到四周的冰凉直沁入心底，然后又蔓延到四肢。这时，身旁的小雨哥哥，突然长长地叹出了一口气，像有什么憋得太久的东西，不可抑制地从心底深处汹涌而出。

小雨哥哥的叹息中，笛声更加清晰，调子是陌生的，缠绕着四周深沉的夜色，透出一种很难言说的委婉低回。

我石雕般地伫立原地，惊恐无助地感受着心的狂跳，还有四肢的冰冷。

不知过了多少时间，笛声没有了，就像它突然出现而又突然消失。

小雨哥哥，你听到了吗？听到笛声了吗？

我感觉我的声音颤抖着，有点急促了，甚至还带着乞求的意味。我期望小雨哥哥答什么呢？是说听到了？还是说没有听到？就像他以前一样的回答？

小雨哥哥说话了，在黑暗中他的声音异常清晰，方方，妈妈说，笛子留给你——

那一刻，我泪流满面。想起了遥远的南方天空下，那属于我的，遍地的美妙笛声……

十一

小雨哥哥对我说，我想去找柳雨卿——

他停顿下来，仍然没有说出父亲两个字。

这个时候的我，已经病了，生了和云孃孃一样的病。医生及时给我动了手术。小雨哥哥闻讯从京城赶来。我坐在病床上，笑眯眯地看着小雨哥哥走进病房，当他将我拥在怀里的时候，我禁不住大哭起来了。

我想起我在梦中对云孃孃说，知道我们为什么会生同一样的病吗？因为我们的一生中，始终不能和自己心爱的男人在一起。所以，我们都得早早离开人世间。

我自然没有将这些话告诉小雨哥哥。我知道他听不懂。他在我面前，从来没有怀疑过自己的身份。即使在他知道了自己的真实身世后，我在他的眼中，仍然还是那个需要照顾需要宠爱的亲妹妹。

听到小雨哥哥说出要去寻找柳雨卿的话时，我却是沉默的。在小雨哥哥从京城赶来的日子里，他天天陪伴在我的病床前。我们谈着各种话题，却唯一没有提起柳雨卿这个名字。自从在京城西山脚下那间小寺里醉酒后，我们之间像有了默契，不再提那件事情。

那个晚上，小雨哥哥在病房坐到很晚，因为他第二天要回京城去了。他的假期满了。我们照样谈着各种话题。然而，在一个什么话题谈得正浓的时候，小雨哥哥非常突兀地说出了这句话，我想去找柳雨卿——

这话说出后的好长一段时间里，我们谁也没有说话。病房里只有我们俩，电视机也没有打开，异常的静寂中，能清晰听到窗外来往汽车碾过马路的声音，沉重而尖锐，从心底突然划过，留下看不见的痕迹。

小雨哥哥终于又说话了。他慢慢地开了口，眼睛仍然望向窗外遥远的地方。他那专注的眼神，令我很想开口问道，小雨哥哥，你也跟我一样，在等待那笛声缭绕的清晨吗?

然而，小雨哥哥是在讲述一个故事。一个在我们的生活中已经很落俗套的老故事。

他说，前些日子他读到一本书，是一个老“右”派写的。那个老“右”派回忆他在劳改场的时候，认识了一个姓柳的“右”派。他并不知道那个姓柳的“右”派来自哪里，全名是什么。只是听别人说起他是一个乡村小学的教师。他能那么深刻地记住这个姓柳的“右”派，是因为他能吹很好听的笛子。一次进山伐木的时候，这个姓柳的“右”派摔断了一条腿，自此就换了放牛的活。他在放牛的时候，用山上一种特别青翠的竹子做成了一管笛子，很简陋，但吹出来的声音纯净清亮，犹如天籁，人人喜爱。后来不久，在一个雷电交加的黄昏，姓柳的“右”派为了追赶一头老牛摔下了山崖，从此失了踪影，都说是摔死了。奇怪的是，从那以后，有人在雷电交加的时候经过那座山崖，就能听到同样的笛声，仍然纯净清亮，犹如天籁，令人惊讶不已。当地的人说，那是闹鬼了。劳改场的人却有另外的想法。写出这段回忆的作者就说，他相信姓柳的“右”派没有死。因为在山崖下，人们只找到了牛的尸首，却没有人的尸首。

小雨哥哥说完了。我仍然沉默，没有惊讶的反应。因为我知道小雨哥哥说的这本书。这是今年春天非常畅销的一本书。一个老“右”派写的回忆录，竟然能成为畅销书，是令人吃惊的。我在病床上读的时候，确实像读一个老故事，一个俗套到已经令人不愿意相信的老故事。为此我久久惊异，窗外那个热闹时尚的世界里，是不是有太多的人，突然惊恐地发现内心失去了什么重要的东西，由此需要从这样老旧的故事中去寻找了?

这时，小雨哥哥转过脸来看着我，又很认真地重述了那句话，我想去找柳雨卿!

语气变得坚定决然。

我突然有了些冲动，我想开口说，小雨哥哥，你没有注意到那个故事的背景是在离我们家乡很遥远的北方吗？在那个年代里，像柳雨卿这样的人，或许会很多。但我始终没有把话说出口。靠着很近的距离，我终于看到小雨哥哥的眼睛里，闪烁出星星一般神秘的光芒。那一个个笛声缭绕的清晨，我在云孃孃的眼中，一次又一次地，看到这样星星一般神秘的光芒。

于是，我重新听到了笛声。

应该是锁在布套里太久了，笛声带着一股低哑沉闷的气息，变得遥远而不真实。

我从医院偷跑出来的时候，发现春天的阳光也变得刺眼灼人了。我感觉到自己仍然在流泪。泪水刺痛了我的眼睛，刺痛了我的心。我戴着绒线帽子，穿着厚厚的毛衣外套，还蹬着一双大头靴子。街上的人都看着我。一个穿着短袖衣裙的漂亮女孩，对我粲然一笑。我怪怪地回笑一下，跳上了出租车。司机耐心地等待了一会，然后说，请问到哪里？

到哪里?!

端坐在后座上的我一时愣住，答不上话。这时，头顶传来一阵熟悉的轰鸣声，那是飞机飞过城市上空的声音。我心一紧，低头看手腕上的表，正在十点三十五分。小雨哥哥返回京城的飞机起飞了。

2004 年 8 月 29 日完稿

原刊《钟山》2005 年第 3 期

蛇魇

青儿

青儿又做梦了。因为春天来了。

天地变得湿淋淋的。山上，也是湿淋淋的。太阳虽然白花花地照着，但走进去，那草，那树，那地上，都是湿的，湿得很透很透。让青儿纳闷着，春天里，为什么总有那么多的水分。

走着走着，裤脚被打湿了，双腿越来越沉。青儿有些累，也有些烦，但他没有停下来，很执着，要走到一个已经很熟悉了的地方。

草越来越密，越来越高了。还有竹子，很多的竹子，细细高高的，青翠欲滴，修长柔软，很好看的样子。有的竹枝弯垂下来，矮矮的，轻轻扫抚着青儿的脸和身子，让他无端想起母亲。青儿有些懊丧，惶惶往回看，脚下的步子却是更急了。

终于，湿气越来越重，变得阴凉阴凉。青儿闻到熟悉的味道了，不由振奋起来。他停下了脚步。一丛茂盛的青竹，粗大的竹根拱出地面，盘旋着像一条大蛇。他蹲下等候着，四周很静，还有点冷。当他觉得自己终于等到了猎物的时候，激动地拔出插在后腰上的柴刀，狠狠地向眼前砍去。刀锋很利，一片草悄无声息地俯伏下来，连带着砍中了一根竹子，一会，竹子往一旁倒下了，终于带起了一阵嘈杂的声响。头顶即刻拉开了一道亮口，一大堆白花花的蛇蜕，赫然堆在那丛老竹根上，在阳光下如针一般刺眼，令青儿的眼睛一下子痛得紧闭起来。

青儿总在这个时候醒来。但醒得不彻底，朦朦胧胧中，懊丧使他痛苦地叫嚷起来。这个时候，一个轻轻柔柔的声音会在耳边叫唤着：青儿——青儿——

青儿听到叫唤，慢慢安静下来，也彻底醒来了。但他仍然紧闭着眼，脸上清晰地留着竹叶轻轻扫抚的感觉。

这是母亲的感觉。青儿知道。

青儿是个十五岁的少年。学名就叫陈青儿。

但青儿从小学开始就最恨外人叫他青儿。村里的大人叫他，他生气，但不吭声，同学叫了，却是不行的。

“陈青儿——”叫得最响的，是村里学堂里一直同班的陈绍翔，他还有意将儿字的音尾拖得长长的。

“我叫陈绍青!”

“陈青儿——”

“陈绍青!”

“陈青儿——”

“……”

青儿已经用拳头代替说话，狠狠地落在对方的脸上了。

到了母亲在收工的途中听到消息，赶到村里学堂来的时候，青儿还拧着脖子站在教室门口，一副不肯认错的样子。

“青儿——”

“我说过我不叫青儿!”青儿愤怒地打断母亲的话。一扭头跑了。

“先生……”母亲的声音是轻轻柔柔的。

“我会处理的了。你回去吧——”

被叫作先生的男人站在教室门口，声音也柔和。

母亲轻轻叹了口气，低头走了。

叫先生的男人在后面看着，也觉得母亲的背影像风中摇曳的青竹。不知为什么，他也轻轻叹了一口气。

青儿跑远了，他没有听到母亲和先生的叹气。他一边奔跑一边心中狠狠地嚷着，我不叫青儿，我叫陈绍青。我是父亲陈继宗的儿子——

青儿一溜烟地跑到了村前的小河边。

在那里，青儿总能见到哑叔公。

从青儿懂事以来，哑叔公就在给队里放牛。每天青儿放学的这个时候，他已经将牛从山上或从田里赶下来，泡在水中了。

哑叔公其实不哑，他能说话。但说的话一咕噜一咕噜的，像是含在口里吐不出来，谁也听不懂。所以，他只对牛说话。青儿和哑叔公待久了，觉得自己有时听懂了哑叔公的话。像现在，哑叔公对泡在水中的牛说，泡吧，泡吧，泡干净了，夜里睡着就安乐了……

牛也像是听懂了哑叔公的话，一动也不动地俯伏在浅浅的河水里，很舒服的样子，时不时用温柔的大眼睛，看一眼坐在水边修刮着篾青条的哑叔公。河水里常年泡着一扎一扎竹子新破开的篾青条，还很粗粝，得泡上一阵，然后像哑叔公这般细细修刮过，变得又薄又软又滑，就能交给女人们编织衣笼了。这是竹笼村的男人们下工后捎带着要干的事情，是为了不误田里的活。哑叔公每天放牛回来，也干这个。

青儿天天都看到哑叔公和牛，习惯了。他呆呆站了一会，然后坐到了哑叔公的身边。

哑叔公专注着修刮篾青条，没有抬头，照样一咕噜一咕噜地说着话。青儿听着听着，听懂了其中一句话是对他说的。

哑叔公对青儿说的是，你当然是父亲陈继宗的儿子……

青儿得到了鼓励，大声地嚷出来了，我是陈绍青——我是父亲陈继宗的儿子！

这个时候的小河，开始飘荡起暮色，湿湿沉沉的，将青儿的声音一点一点缠裹着去。不远处，有洗着泥脚的男人和洗着衣服的女人，笑着闹着，没有谁注意青儿的叫嚷。小河对面的竹笼山，在暮色中灰沉沉得像一个威严的巨人，对青儿的叫嚷也毫不理睬。

到了青儿在村里的学堂读完了小学，和陈绍翔一块出了山，进了镇上中学，他将这句话，在依然还是同班同学的陈绍翔面前又说了一遍，而且说得更是斩钉截铁。矮着青儿半个头的陈绍翔，看到青儿眼中的怒火比以往任何时候都厉害，心里有些发怵，忙不迭地点着头。

果然，在镇上中学读书的两年里，学校里的同学和老师都没有叫他青儿，但也没有叫陈绍青。因为在学校的花名册上，青儿的名字还是陈青儿。只是老师在念名字的时候，觉得这“儿”字的音不好念，就将之念成了陈青。久而久之，人人都以为青儿的名字是陈青了。只有陈绍翔在叫陈青的时候，下意识地将“青”字的音拖着很久不停，好像提醒着青儿什么。这个时候，青儿记忆中的耻辱，又如饥饿时肚子里泛上来的酸气一样，压都压不住了。

这个时候的青儿，十五岁了。十五岁的青儿，觉得自己长大了。他不再像以前那样在小河边大声叫嚷了。每逢周末他从镇上中学回来，也还径直跑到河边。在那里，他依然见到哑叔公和牛。牛泡在水里，哑叔公坐在水边，依然低着头专注修刮着篾青条，依然一咕噜一咕噜地说话。

青儿坐到哑叔公的身边，听着哑叔公一咕噜一咕噜的话。他仍然听到哑叔公有一句话是对他说的。那话说的是，你当然是父亲陈继宗的儿子……

青儿听着，没有吭声，但他知道，这句话，已经在自己心里扎下了根，而且越来越深，越来越长，也越来越乱，就像在竹笼山上盘缠多年的老竹根了。

青儿的父亲是叫陈继宗。这在入学填表的时候，青儿肯定要在父亲一栏写上的。

青儿是在七岁那年进村里学堂的时候，突然发现自己与村里的小孩不一样。

村里的小孩，虽然有不同的姓，但名字上都有着严格的辈分标志。如姓陈的，在青儿父亲的那一辈，都依着祖上定下的，以“继”字为辈分来命名。所以青儿的父亲就叫了陈继宗。而到了青儿的这一辈，则是以“绍”字为辈分来命名了。所以，陈姓中同辈的小孩，都像陈绍翔一样，很自然保留了这个“绍”字。唯独青儿没有。

七岁的青儿从学堂回来，质问母亲，为什么我不叫陈绍青？要叫陈青儿？

那是青儿第一次用怀疑的眼光看着母亲。在青儿怀疑的眼光中，母亲的形象开始变得模糊。

也是从那以后开始，一直到他长成了少年，青儿对死去的父亲充满了固执而痛苦的兴趣。对还活着的母亲，也充满了固执而痛苦的怀疑。

在很长一段时间里，青儿对父亲的印象是模糊的、割裂的。到了能将父亲的形象清晰地拼凑起来的时候，青儿已经长成少年了。长成了少年的青儿，一心要证明自己是父亲的儿子。

青儿对自己说，父亲陈继宗是个了不起的男人。解放初期，父亲帮助解放军捕杀了大土匪李金龙。接而就当上了竹笼村的第一任农会主席和第一任村长。1958 年“大跃进”，率领青年突击队上了水库工地，在排除哑炮时被炸成重伤，救下了上百人，其中就有着正在工地视察的县长一行人。由此当了英雄，在县医院治疗了半年多，奖状奖章都送了好几次到病床上。虽然父亲后来是被抬着回村子来的，而且在床上一瘫就是好几年，但每逢过年，还总有人提着礼物来探望他。父亲一直到青儿出生的那一年去世，坟还是公社出钱修的。青儿自然记得，那一年，是 1962 年。村里的人也记得，都说那年还在闹粮荒，可是刚出生的青儿白白胖胖，让人对照着虚弱如纸般单薄的青儿母亲惊讶不已。一直病恹恹瘫在床上的青儿父亲，刚入秋时去世了，没有看到青儿的出生。

所以，青儿没有见过父亲。

青儿常常问哑叔公，我父亲长什么样子？

哑叔公当年与父亲一起上了水库工地。父亲排哑炮的时候，哑叔公也在场，父亲当场断了一条腿。哑叔公看着血人一样的父亲，一下子什么话都不会说了。过了很长一段时间，他重新开口说话，却变得一咕噜一咕噜的，让人无法听懂。当时在场的还有陈绍翔的父亲，他被陈继宗推了一把，躲到了一块大石头后面。他好好地回到村里没有多久，就到了镇上的供销社工作。凭着识了几个字，还年轻活络，没几年就当上了领导。村里人说，要是哑叔公不变成这个样子，应该也有这份福气的。

每当青儿这样问的时候，哑叔公即刻一脸肃然，用力地说出一咕噜一咕噜的话。

这个时候，青儿又听不懂哑叔公的话了。

所以，青儿无法想象出父亲的模样。

父亲没有留下照片，成了让青儿最懊悔的事情。村里的人，除了十六婆和她的儿子陈绍翔，没有人照过相。青儿也没有。到镇上读书后，有一次母亲来探望他，在小饭馆吃完东西出来，看到那间新开的照相馆，母亲说，青儿照张相吧。青儿一扭头，不肯进去。母亲叹了一口气，没有说话了。自然，这个时候的母亲，不会想到多年后，她也有了如青儿当年一样深深的懊悔。

青儿很难过，觉得自己连父亲的模样都不知道，又怎样来证实自己是父亲的儿子呢？他夜里想着的时候，就希望自己能在梦中见到父亲。

但在梦中，青儿见到的总是那条蛇。

南蛇

青儿梦中的那条蛇叫南蛇。

青儿觉得自己在懂事以来，就认识了那条南蛇。

那条南蛇，住在村子前面的竹笼山上。

竹笼山是一座很大的山。大得站在村子的前面，只能看到它的一小部分。上过山顶的人说，竹笼山的形状真的像一个大竹笼，也是猪腰形的。

竹笼是用竹子编织成的衣笼。竹笼山的山阴处，长着大片大片的青竹，村里人用来编织成一种猪腰形的衣笼，卖到山里山外。凭着竹子质地的坚韧和色泽的润亮，再加上手工的精巧，就有了名声。方圆百里的四乡十八村，女儿家出嫁用的衣笼，都必是竹笼村人手中编织出来的衣笼。每年冬闲一到，村里便摆开阵势干这个活。平时只是抽着空在夜间干。走进每户人家，可以看到屋角墙边，堆着一扎一扎泡过水的篾青条，夜里点灯长了，也是为了让女人干这活。这门手艺，是早年间沿袭下来的。已经没有人能说清楚，是先有了竹笼山和竹笼村的名称，才有了衣笼，还是先有了衣笼，才有了竹笼山和竹笼村的名称。

在青儿的心目中，这些都不重要。重要的是竹笼山上住着那条南蛇。

竹笼山上树多，草多，蛇也多，有毒的，无毒的。上山打柴的人，一不小心，脚下就踩着了蛇。到将柴草挑回家中，还常常能从中抖出一两条那种细细软软的草花蛇，这种蛇无毒，不可怕。但有的时候，抖出来的是一条极毒的银包铁或竹叶青，山外进来的人猛一看到，脸都白了。村里的人会说，不用怕，这样被柴草裹着带回来的蛇，多数是刚从冬眠醒来的蛇，有些迷糊，不踩痛它，还不会咬人。村里的人见惯了蛇，也有了一套对付蛇的方法。像哑叔公，他教青儿，在碰到蛇的时候，要用臭烘烘的汗巾缠住手，猛地去抓蛇的下颚，拎高起来用力一抖，蛇就全身瘫软无力了。

青儿问，为什么不直接用刀去斩死蛇?

哑叔公拼命地摇着头。青儿知道他想说的是，斩死就不值钱了。村里的人都懂得将活蛇拿到镇上的药店去换钱。

我要它死！青儿咬牙切齿地说。

哑叔公看着青儿，平日里总有些呆滞的眼神，出现了少有的惊骇。

青儿不吭声了。

青儿与蛇不共戴天。

青儿长得像母亲，脸蛋白净光滑，但四肢皮肤异常粗糙干硬，什么时候都长着鳞一般的皮屑，厚厚的，看上去，跟蛇的皮一样。到了冬天干冷的时候，还会一片片地掉下来，白花花的吓人。所以，青儿从来不像村里的孩子那样打赤膊，一年到头，无论寒暑，都穿着长衣长裤。

穿着长衣长裤的青儿，从小在村里的孩子群中相当扎眼。尤其在暑天里，村里的孩子都是一丝不挂地在泥中水中跑来跑去。稍大一点了，也只穿一条小裤衩。一个夏天过后，个个晒成火炭头一样黑黢黢的。青儿不同，任何时候，一张小脸都是白白净净，上衣裤子整整齐齐，就是脚下，也踏着一双山里人罕见的胶鞋。村里的女人看着，总喜欢啧啧叹道，整一个学生哥的模样哟！还是人家青儿母亲会装扮——

青儿听着，却是不高兴的。他试过脱掉衣裤和鞋子，发现了自己四肢的异常。他惊骇了。夜里躲着人，在小河里用水一遍又一遍地搓洗皮肤，直到搓红了，搓紫了，脱下了皮，痛极了。但是，仍然没有用。这样搓洗后，反而令皮肤更粗糙干硬，掉下更多白花花的皮屑。有几次，哑叔公看到了，拼命将青儿从水里拉上来，不断地摇头，眼神是惊骇的。

青儿抬起头来看着哑叔公，眼神也是惊骇的。

当青儿看到村里女人注视他的眼神里，偶尔也有这样的惊骇时，他开始模模糊糊地感觉到，自己的身上，隐藏着一个可怕的秘密。

到了有一天，青儿终于知道了自己身上的秘密。这个秘密，与竹笼山的那条南蛇有关。这个时候，青儿还在村里学堂里读小学，常常为了自己是叫陈青儿还是陈绍青和陈绍翔争吵不休。

那条南蛇的出现，使这种争吵停息下来了。

青儿没有见过那条南蛇，但他熟悉那条南蛇。

竹笼山的蛇虽然很多，名称也能叫出一连串。男人们口中常常提起的，是像饭铲头、金包铁、银包铁、竹叶青这些毒蛇。上山打柴的都是男人，即便遇多了，对这些剧毒的蛇还是十分提防。不过，男人们也希望遇到这些毒蛇，捕捉到是能卖到好价钱的。村里的女人也说蛇，在她们的口中，常常提到的是那条南蛇。竹笼山上当然不止一条南蛇，这是先生对青儿反复说的。但村里的女人却坚信只有那一条南蛇。到了后来，青儿也相信只有那一条南蛇了。

那条南蛇，是一条与竹笼山所有的蛇不一样的蛇，不仅特别大，还有特别的神情和姿态。

在所有女人的口中，都用同样的语言来形容那条蛇的大。当那条南蛇在游走的时候，是见不到头尾的。而盘在一起的时候，那么一大堆，可以塞满一个衣笼。在所有女人的口中，也用同样的语言来形容那条蛇特别的神情和姿态。当它从草丛里窜出来的时候，一阵风似的，又粗又秃的尾巴，甩得有力而响亮，但那看着你的眼睛，却如村前小河水一般柔和温存，使你在它的注视下抬不起脚。

青儿起初听女人们说南蛇，非常向往，觉得那南蛇神秘极了，像母亲给他讲的神话里可化为人形的神。他不理解女人们在说起南蛇的时候，为什么有一种异常惊骇的眼神。她们总在提醒着初嫁到竹笼村的女人，到山上撒尿的时候，万万不要钻进草太密的地方。

竹笼村人耕的田地，沿着竹笼山下一带散落着，高高低低的，低的有水，种水稻和喜潮湿的芋头，高的没水，种番薯、花生和黄豆，有时也种冬小麦或木薯。男人女人在田里地里干活，总有要撒尿的时候，就往山上跑。男人大摇大摆地在草丛边上就解决了。女人就不同了，还要悄悄地往草丛里钻，想的是不要声张。但总有些时候，先是听到惊叫，然后慌慌张张地从草丛中跑出来了，手还紧紧地揪住裤腰处。众人见了，哄笑了，都问，见到南蛇了？被问的女人要是脸嫩一点的，一张脸大红布似的，什么也不敢说。过后，还是细声辩解，是草动了，看花了眼。

那南蛇挑女人哪！脸老了的女人会说这样的话。

脸还嫩的女人听着，脸又露惧色了。

跟在母亲身边的青儿还小，他要撒尿，不用跑，田里地里都行，所以听不懂女人们的话。到了他大了一点，撒尿也下意识躲着众人的眼。这个时候，他听女人们的谈话，就觉得像是懂了，也像是还不懂。

青儿去问哑叔公，为什么只是女人害怕南蛇？哑叔公没有回答。他又问了母亲，母亲的脸上也如村里的女人一样，马上呈现一种异常惊骇的神态。她紧紧抱住青儿，说没有什么南蛇，那是大人说来吓唬小孩的话。青儿伏在母亲的肩上，感觉到母亲柔软的腰身在簌簌发抖。他好奇而疑惑地望出窗外，夜里的竹笼山黑黝黝的看不清面目。青儿心中突然有了一种强烈的渴望，想亲眼见一见那条南蛇。这个时候的青儿，还不知道他的一生将要与那条南蛇纠缠一起。

后来，他终于从陈绍翔和其他孩子的那些神神秘秘的议论中，知道了其中的缘故。

青儿不相信陈绍翔他们的话。他跑去对哑叔公说，这是真的吗？南蛇喜欢女人？

哑叔公照样专注地修刮篾青条，没有抬头。

女人撒尿的时候遇上南蛇，就会生下小孩吗？青儿很不情愿地说出来，好像已经有了一种下意识的反感。

哑叔公的脸转过来了，眼神里又露出了那种惊骇。

青儿闭上了嘴，隐隐感到了莫名的恐惧。这回他不再问母亲了，他感觉到，母亲对南蛇的害怕，甚至比村里的女人都厉害。他去问了先生，先生的回答让他满意了。青儿爱读书，读得也好，对先生很信任。

所以，当他再听到陈绍翔和其他孩子又在说南蛇的事情时，就有些激动地反驳，这是不可能的事，先生说了，完全没有科学根据。陈绍翔和其他孩子转过脸来，盯着青儿的眼光怪怪的。先生走进教室了，双方都不再吭声。青儿盯住陈绍翔转过去的背影，感到那种莫名的恐惧突然清晰地袭来。

但是，青儿还不知道，他在慢慢靠近自己身上可怕的秘密。

终于到了一天，陈绍翔将他憋了很久的话说出来了。又是在为青儿的名字两人争吵起来的时候，陈绍翔突然嚷起来：

你没有父亲！你是南蛇的儿——

话音戛然而断。两人的面孔，因为惊骇而变了形。

青儿听到这句话以后，开始做梦了。

在青儿的梦里，反复出现了那条南蛇。

梦中，青儿总是上了竹笼山。竹笼山又高又大，到处湿淋淋的，青儿觉得自己浑身都湿透了，走每一步都很沉重，很累，但他不敢停下来，只是不断地走。他钻进了树林，钻进了竹林，钻进了草丛，拼命地找呀找呀，心里惊骇着，也困惑着，我是在找父亲？还是在找南蛇？

这个时候，总有很多声音响起来，男人的，女人的，大人的，小孩的，细细碎碎，绵绵长长，都说着同一个声音：南蛇的儿子！南蛇的儿子！

那些声音从草丛里钻出来，从竹林里钻出来，从树林里钻出来，湿湿的，黏黏的，像无数的蛇，一霎时，化成一条蛇，一条很粗很大的蛇。它就是那条南蛇。它的尾巴啪啪地响着甩过来，环绕几圈，就把青儿的身体紧紧地裹缠住了，湿湿黏黏，强劲有力。青儿又惊又怕，拼命挣扎着，却越来越紧……最后，他发现自己全身的皮肤都变得粗厚干硬，像真的蛇皮一样，布满着花花绿绿的斑纹……

青儿惊骇万分，大叫起来：我不是南蛇的儿子——

好长的一段日子里，青儿总是这样在梦中惊叫起来，流下一身黏糊糊的汗水，把床和薄薄的铺盖都濡湿了，然后又沉沉地睡去。

母亲终于在一个深夜里，听清了儿子的梦话。

母亲的脸唰地白了。

莺姑

母亲坐在床边，惊恐地看着又沉沉睡去的青儿。

没有点灯，窗台洒落着一点蒙蒙的月光，照不进来，屋里的东西看不清，青儿的脸也看不清。母亲想，竹笼山上的云太多太厚，把月亮都挡住了。那么多年过去了，月亮的光为什么还不能亮堂堂地照进屋里来呢？

临床的窗口，可以看到小河对面的竹笼山。母亲不喜欢看到夜里的竹笼山，巨大而黑沉沉，永远像不可战胜的魔王。她的手，刚刚抹下青儿额头上的一大把汗水，湿湿黏黏的，似乎在将一种似是陌生又似是熟悉的感觉，带回到她的身上。

母亲睡不着了。她弯腰拿起地面的活计，在黑暗中摸索着动起手。软软长长的篾青条，一上一下地甩动着，映着窗口蒙蒙的月光，闪着有点蓝的光亮，像蛇的精灵，跳跃在母亲的手上。母亲看着，是有点害怕的，然后觉得心里痛了，像被蛇咬着了一样。母亲的心痛是痛，但她没有停下手中的活计。

母亲的手中，也如村里女人一样干着编衣笼的活计。竹笼村人多，田地贫瘠，要不是靠着编织衣笼为副业，便无法维持生计。母亲是编织衣笼的好手，也靠着这手艺，这么多年来一个人支撑了整个家，包括青儿父亲瘫倒在床上的日子里。

母亲编织的衣笼比别人好，是在花样上。虽然也是一样的编法，可母亲编织出来的纹路更精致细密，齐整好看，在光亮处一看，能分出篾青的阴阳不同，细看，还有了别人织不出的花纹。所以，来订货的人都盯着说，要莺姑的货，要莺姑的货——

母亲被村里人叫作莺姑。

这样的称呼，与村里人的习惯不同。村里的女人，都依着夫家的辈分排列，叫成了什么嫂、什么婶或什么婆。像陈绍翔的母亲，占着辈分高，就叫成十六婆了。但是，在村里人的口中，从来都是将母亲叫作莺姑。

莺姑是母亲的名字。母亲姓筱，全名筱莺姑。

母亲的姓太奇特，与众不同。村里的媳妇都来自方圆几十里内的村子，有着大致相同的姓，谁都没有听说过母亲这个姓。青儿自从认得这个字后，就觉得它很生疏，不像一个人的姓。他问母亲，这姓从哪里来？母亲说，很远很远的地方。远到什么地方呢？母亲不说了。

自从那个深夜里听清了青儿的梦话，母亲睡不着觉了。她整夜整夜地坐在青儿的床前，手中编织着衣笼。黑暗中，篾青条闪着微微的蓝光，像蛇一样跳跃，令母亲害怕。但是，母亲不敢睡觉。她怕自己睡着了，也会做梦。

母亲也做过梦，那梦里，也有南蛇。在青儿慢慢长大的日子里，母亲以为那个可怕的梦已经远离了自己。

没有想到，到青儿做同样的梦了。

篾青条在母亲的手中一上一下地跳跃。黑暗中，看不清母亲的手指上有被割开的口子，新的口子覆盖着旧的。母亲的手感觉不到痛。她感到被割开的是心，心被割开了，血一滴一滴地往外淌着。

母亲捧着一颗滴血的心，一夜一夜地守着青儿的梦。

所以，青儿总能在梦中听到母亲的叫唤。醒来的青儿，脸上清晰地留着竹叶轻轻抚扫的感觉，那是母亲的感觉。母亲给青儿的感觉，像竹笼山上的青竹。每次青儿上山，一碰到竹子，就下意识地想到了母亲。

进山来的人都说，竹笼山的竹子和别的地方就是不一样。是一种竹身和叶子都非常青翠的青竹，很高，又很细，显得特别修长柔软。风一过，哗啦啦地一大片往地面弯垂，然后又悠悠地抬起来，卷起了看不够的风情。青儿看多了，觉得像极了母亲走路的身影，也像极了母亲依在床边看书的姿态。

母亲会看书，爱看书。这又是母亲与村里女人不同的地方。

但母亲从不在人前看书。在一些夜里，青儿睡了一觉又醒过来了，会看到母亲坐在床沿看书。

年幼的青儿，喜欢看到母亲在灯下静静看书的样子。那时候，他还以为，村里的女人也会像母亲一样会读书的。只是到了大了一点了，他一次在陈绍翔面前说起母亲看的书，也跟先生一样深奥，厚厚的，字行还是竖的。陈绍翔即刻笑他是吹牛，说女人怎么会读书呢？就算他的母亲，当过村干部，还在镇上住过，也只识几个字罢了。青儿最讨厌别人说自己吹牛，他面红耳赤地要争辩。走过来的十六婆拉开陈绍翔，对青儿说，你母亲当然会读书，她跟我们是不一样的人嘛……

十六婆是陈绍翔的母亲。她对青儿说话的时候，是不笑的。在青儿的印象中，也没有见她对自己笑过。所以，青儿在十六婆的面前，总有着浑身不舒服的感觉。夜里，他对母亲说，你为什么懂得看书？话说出来，硬邦邦的，像河滩上的石头。

母亲有些惊愕地看看青儿，没有作声。她习惯了青儿对她有了越来越多的质问。

来家访的先生在一旁笑了，对青儿说，我也看书嘛……

你不同，你是先生。

我的两个妹妹也看书。

那不一样。你们是城里人——

青儿，不要这样和先生说话。母亲开口了，很严厉。

青儿不作声了。他听到母亲送先生出门的时候，说着道歉的话，声音很温柔。他想起，只有在先生的面前，母亲才会将她常常看的书摆在明处，让先生随意地翻。而平日里，母亲的书，是密密实实地藏枕头底的。青儿不明白母亲为什么这样做。他不再问，他已经发现，他问母亲的问题通常是得不到答案的。在慢慢长大的日子里，青儿觉到自己对母亲的了解，始终是零碎的，不完整的，模糊而神秘。有的时候，母亲的形象甚至变得陌生，像是从另一个世界来的人。

当青儿看着母亲走出门，和村里人说话的时候，这种感觉就更强烈了。

母亲说话的声音，与村里的女人不一样。声呀调呀都不同，感觉也不同，甜甜糯糯，绵绵长长，让人想起惊蛰时候的雨，带着烟，带着雾。

村里人和母亲说话呢，也有了不同，声呀调呀，也随着轻了软了，好像客气了好多。比如看到母亲拿着柴刀和扁担出门，迎面遇见的人都打着招呼，打柴了，莺姑？听上去是很关切的口气。

莺姑也赶紧含笑着回答，是的，打柴了。

青儿大了，就听出村里人的话里有着怜悯的味道。别的人家，打柴的是男人，不像青儿的家，从来都是母亲。父亲从水库回来，瘫在了床上，家中一切活计也就是母亲一人承担了。

当然，那时青儿还没有出生，母亲也还年轻。年轻的母亲拿着柴刀和扁担走出村子，迎面遇见的人也都这样打着招呼，打柴了，莺姑？

莺姑也是赶紧含笑着回答，是的，打柴了。

莺姑上山打柴，怕蛇，甚至平日里说到蛇也是面容失色。村里人都知道，也常常见到莺姑在山上惊叫的情景。见到了，有时就有人出手帮忙了。后来的人想起来，说看到过先生帮莺姑把柴草挑下山。先生在不上课的时间里，喜欢上山走走，村里人见惯了，还笑先生始终是改不了城里人的做派，会没来由地喜欢山呀水呀花呀草呀。那个时候，先生的饭还是由村里各户人家包着，就算在学堂里烧开水或烧洗澡水要用的柴火，也常常会有人送上门。但先生有时候，也自己在山上弄一些柴草下来。这样，遇到莺姑帮上忙的机会也就有了。

那一年春天，莺姑又上山打柴了。春天的蛇特别多。

这回莺姑是惊叫后不久，跌跌撞撞地从山上跑下来了，连柴草都没有要。过了好一会，才看到先生挑着柴草下山来，径直往莺姑的家送去。先生平时也常到莺姑的家，他和青儿的父亲陈继宗的关系很好。陈继宗瘫在床上的日子里，常常叫莺姑约先生来与他说话，这是村里人都知道的。夜里有时走进莺姑家，总能看到灯火下，先生与原先的老村长陈继宗谈得很开怀，在一旁编织衣笼的莺姑虽不开口，但听得很专注。所以见到先生帮着莺姑干些活，也觉得很自然。只是到了后来想起来，才意识到是会促成什么事情发生的。

村里的女人在小河边拦住莺姑了，照样问，又见到蛇了？

莺姑的脸，红通通的像烧着火一样。半天才喃喃说着，南蛇……南蛇……眼神一片惊骇，却又闪烁着水汪汪的光亮，叫人迷惑。

女人们高一声低一声地惊叫起来了。待人人盯着莺姑离去的时候，女人们都不约而同地感觉到，莺姑摇摆着的腰身还是那样轻盈好看。

进山来的人都说，竹笼山的竹子和别的地方就是不一样。是一种竹身和叶子都非常青翠的青竹，很高，又很细，显得特别修长柔软。风一过，哗啦啦地一大片往地面弯垂，然后又悠悠地抬起来，卷起了看不够的风情。青儿看多了，觉得像极了母亲走路的身影，也像极了母亲依在床边看书的姿态。

——《蛇魇》

脸老了的女人叹了口气，南蛇是挑女人哪!

脸嫩的女人听着不吭声，眼里却有了妒意。

从那以后没有多久，女人们看出莺姑怀上了。

男人躺在床上四五年了，痛呀病呀不间歇，喝的拉的都得人伺候着。女人们一直可怜着莺姑，冷不丁的突然有了身孕，叫人惊奇之后就有了疑惑。

惊奇是惊奇，疑惑是疑惑，还没有人说什么。转眼秋天到了，莺姑的肚子越来越大，床上躺着的男人突然在一个早晨死去。村里人听到莺姑的哭声赶来，看到死去的人，神色很安详，但是露出来的腿肚子已经肿得发亮了。不用说，大家的心里也明白了，这是饿的。敢情是男人将吃的都留给怀着孩子的女人了。村里人都知道，莺姑从一开始就被她男人宠着疼着，遭受瘫痪的横祸以后，要强的男人心里还不知道怎样愧疚于莺姑哪。

女人们啧啧叹着气，也抹着泪，对莺姑说着在这个时候该说的话。走出来的时候，心里又为男人惋惜不已，原先的疑惑无形中加深了。渐渐地，有些话就在莺姑的身后悄悄地说开了。那些日子里，莺姑是悲哀和孤独的，没有注意身边任何事情。到了冬上，青儿出生了，那些话也水落石出了。

孩子来历不明……怎能进陈家族谱呢?

这是莺姑在给青儿取名的时候，断断续续听到的话。她没有坚持，青儿的名字就定下来了。

从那以后，女人们对莺姑的态度变了。见了面，虽然还打招呼，还笑，但口气不轻不软了，明显有了距离。尤其看到自家男人与莺姑说话，那眼神就急了乱了，盯着走。不过，她们不敢在自家男人面前嚼舌。在山里头，男人的地位是尊贵的。女人只得暗底下说，男人爱打点野食是应该的，也不该在自家门前。说到底还是女人把持不住，害了人了。说是说，没有什么证据，还是不敢张扬。所以，村里男人竟也一直不知其中的变故，见了莺姑，一样笑着，一样打招呼。倒是莺姑心中明白，走在路上，低着头，尽量避着人。夜里，早早关上门，灯也不点。久了，莺姑摸着黑也能编出一手好衣笼。白天，莺姑照样上山打柴。遇见了蛇还会惊叫起来，总让人听到。但莺姑拒绝了别人帮忙。后来的人也想起来，有时是看见先生上山了，但空着手下来，莺姑没有再让先生帮自己挑柴草。

青儿觉得自己长大了。有一天他对母亲说，我来打柴。母亲说你好好读书。青儿说，你怕蛇，我不怕。母亲连声说我不怕蛇。青儿听母亲的声音，就觉察到母亲是很怕的，但不明白这是为什么。那时，青儿还没有开始做梦。后来青儿想，母亲是不想让青儿见到那条南蛇。

到了将青儿与那条南蛇联系起来，还在晚一点的时候。

青儿能下地跑了，莺姑干什么都将他带在身边。一次在小河边洗衣服，一边玩着的青儿不小心掉到了水中。一个女人顺手拉上来，见青儿一身湿淋淋的。就说，脱了，脱了，让你母亲一块洗了……

莺姑闻声赶过来，已经来不及制止，青儿的衣服被全部解开了。

女人失声惊叫，这孩子的皮肤像蛇哩？

河里的一群女人都停下了手。刚才吵吵嚷嚷的河面，一下子静寂下来。当大家看着莺姑抱着青儿急急走远，感觉到一种越来越清晰的东西，在静寂中蔓延开了。大家都想起了那个春天，莺姑遇到南蛇的事情。

奇怪的是，当女人们将青儿与南蛇联系一起以后，对莺姑的态度却变了，又变得友善起来，甚至带了点怜悯。

莺姑对村里女人的态度变化没有在意，在众人面前，她总是低眉垂眼、温顺平和。村里的女人看着，心里也坦然，想着，莺姑能在这竹笼村安安稳稳地生活，是应该感谢大家的。

莺姑明白女人们心里没有说出来的话。事情过了那么多年，虽然没有人再提起，但那个时候在的人都不会忘记的。

果然，当莺姑在河边遇到十六婆的时候，十六婆看着她，也说起了南蛇。但她的话与别人不一样。

那条南蛇怎么就老跟着你哩？是在山阴那地方出现的吧……那年李金龙不是在那里被打死的吗？解放军把几十发的子弹都打到他的身上，才躺倒的哩……村上的老人都说了，这人的命硬着哪……

莺姑听着，什么话也没有说，脸白得像纸一样。

那个晚上，莺姑开始做梦了。

莺姑的梦做得很长。

她先是梦见了在床上的李金龙，很淫荡地在她的耳边说，你知道竹笼山有一种蛇，叫南蛇吗？听说可以和女人交尾哩……不知有没有我强？那是莺姑第一次听到南蛇的事，把她吓坏了。后来，她一上竹笼山，就不由自主想起李金龙的话和笑声，无论她如何努力，都无法克服那种强大的恐惧心理。

接着，莺姑又看见那条南蛇了。它又粗又长，从草丛深处，带着一阵风，一下子窜出来的。她听得到它的尾巴甩打着地面，强劲有力，响声很大。它在莺姑的跟前停住了，头抬着，一双又细又长的眼睛，果然如小河水一般柔和温存。在它的注视下，莺姑全身瘫软地跌坐在地上了……在迷迷糊糊的意识中，莺姑感觉到身体被紧紧地缠绕住了，湿湿黏黏的，强劲有力，温柔如水的眼神如丝如缕逼近着，莺姑觉得自己像被什么魇住了一般，丝毫动弹不得。而眼前的面孔越来越模糊了，一会像是南蛇，一会又像是李金龙……莺姑惊骇地拼命挣扎，却越来越紧，最后，莺姑不再动了，她绝望地闭上了眼睛……

莺姑慢慢醒过来后，觉得自己好像已经睡了整整的一辈子，她摸到自己流下一身黏糊糊的汗水，把床和薄薄的铺盖都濡湿了。黑暗中，窗外的竹笼山，像一个永远不能战胜的魔王，将它巨大的黑影投进了屋里。莺姑转过身子，将青儿紧紧抱在怀里，心里默默地说，有什么灾难就降临到我一人身上好了，不要伤害青儿——

到了一天，莺姑发现青儿在梦中惊醒，也淌下一样黏糊糊的汗水，把床和薄薄的铺盖也濡湿了。她的脸唰地白了。

莺姑知道，有些事瞒不了青儿了。

所以，当她在陈家祠堂的门口遇到先生的时候，站住了。陈家祠堂，已经成了村里的学堂。

莺姑说，青儿长大了。说话的时候，莺姑的眼睛看着地面。

先生也说，青儿长大了。他的眼睛，看着莺姑，有些忧郁。

莺姑抬起了头，眼神也是忧郁的。她张了张嘴，还想说，青儿也做梦了。这时，有人从莺姑背后走过来了。

早呀！十六婆！先生笑着打招呼。

莺姑的话没有说出来。莺姑没有机会向先生说出青儿的梦了。

走过来的十六婆也站住了，眼睛看着先生，也看着莺姑。

三个人站着，一时没有作声。

惊蛰快到，寒气还重，早晨的风有点让人受不住。莺姑不由自主地双手抱住瘦削的双肩。十六婆看着，嘴角微微漾起了笑意。她想起那个特别冷的春天了。

十六婆

那个春天，也是一个特别冷的早晨。三个人也在这陈家祠堂的门口站住了。

不过，那个时候，十六婆还是个被人叫作秀巧的姑娘家。她最喜欢听到土改工作队队长叫她秀巧同志。

当年的土改工作队队长，就是后来的先生。那个时候，村里的人还习惯叫他队长。队长住在秀巧的家，秀巧家很贫穷，一家老小都是拥护土改的积极分子。这天早晨，秀巧跟着队长出来，准备召集村里人开会。在陈家祠堂门口，遇到了莺姑。

莺姑正是这样双手抱住瘦削的双肩，一个人在风中站着。看上去，好像已经站了好久。还很年轻的脸冷得愈发白皙了，长长的眼睫毛上，似乎还带着一点亮晶晶的霜花。看见有人来了，她突然跪了下来。

队长惊怔了一会，然后说话了，声音很柔和，你也是受害人，跟李金龙不一样。我们已经决定让你回家……

莺姑即刻泣不成声。

秀巧站在一旁，满脸不快。头天晚上农会在她家讨论莺姑的去向时，她持激烈的反对意见。虽然人人都知道，还是个女学生的莺姑，是李金龙强抢来做小妾的。但她一直看不惯莺姑，尤其是莺姑倚着门框读书，还捏着一方雪白手帕抹眼泪，怎么看都像个剥削阶级的做派。

她不知道，当时还是土改工作队队长的先生，正是在清查李金龙财产的时候，看到了莺姑的那箱书，才坚定了要将她与土匪首脑李金龙区别来看的决心。他在心里对自己说，一个读了那么多“五四”新小说的女人，不可能心甘情愿跟随土匪。也是他让清查财产的农会给莺姑留下了那箱书。

后来，莺姑终于也没有离开竹笼山，而是成了农会主席陈继宗的妻子。这事情发生得很迅速，没有人了解其中的细节。喜事还赶得上土改工作队没有离开竹笼山。所以，大家一起喝了喜酒。喝得高兴的时候，陈继宗对众人说，以后谁也不准再提莺姑与李金龙的关系。队长听着频频点头。众人也随着点头。只有坐在远远的秀巧没有点头。

没有多久，秀巧也嫁了。从村东的李家嫁进了村西的陈家。夫家与陈继宗是同宗兄弟，也是村干部。从那以后，就不再有人叫她秀巧了，而叫作十六嫂。到连着生了三个儿子，又叫作十六婶了。到后来，由于在族里的辈分高，小辈的上来了，就叫作十六婆了。

可是莺姑，却一直是被人叫作莺姑的。

十六婆听着别人叫自己，心里怀念着被人叫作秀巧的时候。遇见先生，就想起先生当年叫她秀巧同志，声音柔和，很受听。而先生到了现在，叫起莺姑，也是声音柔和，很好听。

所以，这个时候的十六婆，仍然看不惯莺姑。

莺姑知道十六婆看不惯自己。自从那年，十七岁的莺姑跟随李金龙回到竹笼村，莺姑就觉得自己一直生活在十六婆鄙夷的眼光下。

那时，十六婆还叫作秀巧，是竹笼村有名的大美人。山外进来的男人，无论是采购衣笼的打柴的还是挖药材什么的，都爱冲着秀巧笑，说什么深山出俊鸟哩。听多了，秀巧心就高了，走出走进一副眉眼上挑的模样，对那些站在村头河边对她调笑的男人不屑一顾。村里人看着，啧啧叹道，可惜了这女子生在大山里。

这个时候，李金龙回来了，带回了牡丹一般鲜艳动人的莺姑。

李金龙是竹笼村人。他的出现，使竹笼村的名气更大了。后来山里山外的人都说，竹笼村的名气，一是竹衣笼，二是大土匪李金龙。

在山里山外的人眼中，竹笼村出了个大土匪也是不奇怪的。

竹笼村是个大村子。大山深处有这样一个大村子，着实叫人吃惊。进到山里，一路看到的村子都不大，少则七八户，多则也不过十几户，村子与村子，还相隔着老远的路。想着是山里地少田薄，多大的地盘能养活多少人是心中有数的，也就不可能如山外的地方那般，聚拥着太多的人在一起了。竹笼山却不同，拥拥挤挤的有四十来户人家，除了陈、李两个大姓，还有十几家独门独姓的户头，完全不像山里其他的村子，通常是清一色的姓氏，进进出出同一个祠堂。久而久之，山里山外的人也慢慢琢磨出一个道理。或许正是因为竹笼山地处荒凉偏僻的大山深处，与外界远远隔绝，虽然有着许多的不方便，但也成了躲避灾祸隐身的好去处。说不定就是那样一些想远远躲着外界的人家，有意地往这大山深处来，久而久之就聚了越来越多的人，且有了不同来历的人家。

有这样来历的村子，民风也强悍了一些。山里头总是穷，人一多了，就逼着要有多种求生的手段。用山上的青竹编织成衣笼，大概也是这样逼出来了。早些年，还有些男人干起贩卖私盐的事情。贩卖私盐在这一带山区也不是什么稀罕的事，老一辈人说哪个朝代都一样。只不过干这事情极危险，撞到官家手里随时会丢命。所以，有人干了，赚了点钱就收手。李金龙不同，他十几岁跟着一个叔公干上了之后，就收不住手了。最后是自己组成一支队伍，不仅垄断了这一带山区到海边的贩卖私盐，而且干起了打家劫舍的勾当。土匪的名气，因此就叫了起来。日本人在海边登陆的时候，他带着队伍抵抗了几回。等到抗战胜利后，被政府收编，摇身变成了什么军的什么团。李金龙就是在当这个团长的日子里，跟随着当了十几个月代总统的上司，到北方驻扎了大半年，然后带回了莺姑。

秀巧看见莺姑的第一眼，就无端生了厌恶。虽然莺姑看见秀巧的时候，很有好感地微笑了。因为莺姑着实惊喜，这大山里还有这般好看的姑娘。

秀巧不一样。村里人人都说莺姑好看，那脸蛋白是白，红是红，不说不笑的也像一朵花。秀巧听着眉眼一拧，像是全村人都欠了她什么。莺姑低眉微蹙的样子，她看不惯。莺姑回眸含春的样子，她也看不惯。莺姑依偎着门框读书的样子，她更看不惯。莺姑给秀巧非常陌生的感觉。这种感觉，令秀巧下意识地反感起来。

李金龙看见长成大姑娘的秀巧，眼睛亮了。他对这个同宗的妹妹说，跟我进城，给你找个好夫家。秀巧不吭声，一扭头走了。李金龙哈哈大笑，回头对莺姑说，看，我们李家人的脾气都硬着哩。莺姑也不吭声，她看得出，秀巧不喜欢李金龙，更不喜欢莺姑她。

李金龙在村里没待多久，就接到急令，匆匆回城里去了。但他走之前，将莺姑留在了村里。后来村里人都说，李金龙精明着哩，知道世道要变了，给自己留了后路。所以，当他的队伍在城里折腾了大半年，先是跟着上司起义，然后又发动叛乱，到顶不住了，连家眷也不要，只带着十几个贴身的人隐退回了竹笼山。后来，解放军围剿竹笼山，才发现山腰的深洞里，藏着够一支几十人的队伍享用一年以上的粮食。要不是李金龙耐不住对莺姑的思念下山来，也不会撞到了解放军的枪口。

用村里老人的话说，那是个改朝换代的年月。先是村里来了秘密活动的共产党政工队，动员如秀巧家这样穷苦的人家起来革命。像后来的农会主席陈继宗、秀巧的夫家这些人，都开始接受了革命道理，成了村里最活跃的人物。李金龙最后被剿灭，也是全靠了这些人给解放军通风报信。接下来，是土改了。到了土改工作队撤走以后，秀巧已经是村里的第一任妇女主任，而莺姑也嫁给了由农会主席转为第一任村长的陈继宗。

自此，慢慢被人叫作十六嫂十六婶十六婆的秀巧，就得常常在村里田里河里与莺姑并肩出入了。在外人看来，都是陈姓家族的媳妇了，表面处得也是和和平平。但两人心里都明白，十六婆始终还是看不惯莺姑。

这些陈年的事，青儿自然不知道。青儿只知道自己名字的错误，与十六婆有关。这是陈绍翔对他说的，口气显耀，我母亲不同意，你就不能叫陈绍青了。

青儿出生的时候，十六婆并不在村里，她住在山下的小镇上。因为丈夫在镇上供销社工作，十六婆就有了一些日子住到镇上去。青儿出生那年，她也生下第三个儿子陈绍翔，村里的粮荒闹得正厉害，她带着新生儿到镇上住了好一段日子。等她养息好回到村里的时候，正好撞上了青儿刚过满月。

莺姑抱着满月的青儿来见十六婆。这个时候的十六婆，虽然不再担任村里什么职务，但有着过去的身份和现在丈夫的影响，在村里就成了女人们的主心骨。逢有什么事情，都爱找她出个主意。就是男人们，也很看她的面子。

莺姑抱着青儿来找十六婆，是有事了。十六婆在看到莺姑进门的时候，就知道了是什么事。但她不作声。她想让莺姑自己说出来。

莺姑低垂着眉眼站在门楣下，声音很轻，很柔，她在说，满月了，我们家青儿该起正名了，请您做个主。依照竹笼村人的习惯，小孩满月的时候，要请族上的老人赐给辈分的字，正式起名，然后在祖先的牌位前上了香，才算是本宗族接纳了这个新生的孩子。

十六婆知道莺姑找过陈家的老人了。老人说，听十六婆的意思吧。

这怎么轮到我说话呢？十六婆的口气明显是推诿的。她知道莺姑已经听到村里女人的闲话了。

请您做主吧。莺姑又说。声音明显虚弱无力，她的身子软软地靠上了门框。

十六婆心中有些恻隐，她知道村里粮荒，身子单薄的莺姑凑上生孩子，日子不会好过。但她抬起头来，看到莺姑倚着门框低眉微蹙的样子，顿时生起莫名的反感。她硬邦邦地把头扭开了，说，十三哥不在了，有谁能做主？

十三哥是陈姓人对陈继宗的称呼。

莺姑不说话了。她站了一会，抱着青儿离开了十六婆的家。她走了之后，十六婆才想起，莺姑刚才倚着她家门框的模样，还是与多年前倚着门框读书的情景一样。看着是低眉垂眼温柔顺和，但给人距离远远的感觉。这种记忆，令十六婆的心里更不舒服了。

后来，莺姑不再提起名的事，青儿的正名也就叫了陈青儿。

每当看着莺姑在人前坦然叫唤着青儿的时候，十六婆比谁都不高兴。但是，她不像村里的女人喜欢说那些没有根据的猜测。只是到了南蛇的说法传开之后，她想起了当年李金龙的死。所以，她在小河边遇到莺姑的时候，就说了那些话。看到莺姑的脸变得纸一样白，她心里有些痛快，转身走开了。在拐上河岸小路的时候，一个小孩突然从路边蹦到了她的跟前。十六婆大吃一惊，定睛一看，是青儿。

十六婆不喜欢青儿盯着她的眼神，像是要从对方的心底拼命看出什么东西来。十六婆心想，还是个孩子，怎么看起人来就有那股邪气了？明摆着是来路不明哩！当然，她没有将这些话说出来，只是在嘴里说着你这孩子怎么这样没有礼数呀，就绕着走了。她没有想到，她对莺姑说的话，被青儿听到了。这个时候的青儿，还在村里学堂里读书，常常为了自己是叫陈青儿还是陈绍青和陈绍翔争吵不休。在他的生活中，南蛇还没有出现，那个梦也还没有出现。因此他听不懂十六婆对母亲说的话。但这是他第一次听到有人在母亲面前提起了李金龙，使他很惊讶。所以，他记住了十六婆说话时的那种神态，也记住了母亲听到那话时的神态。在后来的日子里，这个场面重复地在他的脑海里出现，好像在随时提醒他去注意什么。终于到了有一天，其中的谜底就揭开了。

这个时候的青儿，已经长成少年了。

是一年春天快过去的时候了。那年的春天有些不寻常，京城里接二连三地发生了几件大事。虽然远在大山里，听着也终有些不安。这个时候，从镇上来了一个干部，而且住下来了，就住在十六婆的家里。多少年来，时不时是会来干部的。来了干部，就总会有一些新鲜的事儿发生。这次来的也一样，说是要搞什么新的路线斗争教育。竹笼村也算是有革命传统的地方了，村里人也都习惯了高高兴兴地迎接从上面来的人，又高高兴兴地送人走。只不过是反复弄多了，也觉得没什么意思。有时就疏忽了，比如在听干部开会的时候，也带着手上的活去，心思也散着。所以一开始，谁也没有想到这回会有什么大不了的事发生，虽然死人的事情刚刚发生。

后来村里人说起来，也怪来的人太轻狂了点，那是一个刚被调进公社的年轻干部，得了这个锻炼的好机会，就想干出一番名堂来。恰好他原来是十六婆夫家的部下，还叮嘱了村里人要好好协助。十六婆就上心了，觉得这也是令自家人显耀的事情。因此，在这位年轻干部反反复复强调要注意阶级斗争新动向的时候，十六婆就开口了，说是我们村可是大土匪的老巢，这算不算阶级斗争呀……年轻干部得到了鼓励，很有默契地说了，是呀，听说李金龙的小老婆还在哪……

这话说出来，倒将所有人的注意力都吸引住了，口里抽着水烟筒的，手里干着活的，都停下来了，眼光齐刷刷地往回看。那天莺姑也如往常一样坐在人群后面，也像其他的女人手中编织着衣笼。她坐的地方灯火照不到，但所有的人都知道她坐的位置，这么一回头，就让开了一道缝，灯火忽地打到莺姑的脸上了。

莺姑的脸是扬起来的，灯火的照耀下，很动人地闪烁着一种坦然单纯的光彩，好像根本不理解眼前发生了什么事情。

村里人看着莺姑的眼神其实是同情的，但在那一霎时也没有谁开口。人人心里突然想起年初以来两个伟人的先后逝世，就有了些疑惑，甚至是惊恐，会不会天下又要发生什么更大的事情呢？这时，那年轻干部的声音更振奋了，慷慨激昂地从大形势讲到小形势，末了还强调在这严峻的考验下，更要注意阶级斗争的新动向。他说这话的时候，眼睛始终紧紧盯住莺姑，心是激动的，甚至是狂喜的，他觉得自己终于找到斗争的目标了。

当整个会场的空气明显紧张起来的时候，莺姑出乎意料地站了起来，但什么话也没有说，转过身走了。

人群哗然。先是听到那年轻干部更为激动而愤慨的声音，说的是这李金龙的小老婆太嚣张了，应该马上采取行动。然后又有一些杂七杂八的声音，说什么的都有，有说莺姑做人也不该太嚣张，惹事上身了，也有说都是老皇历的事了，不该再将莺姑看成斗争对象。人人的脸上都有些迷惑，也有些不安。唯有十六婆的神态安泰若素，像在看一场由她来导演的戏。

那个晚上的会场变得乱糟糟的。所以谁都没有注意到，青儿从镇上中学赶回来后，一直站在后面听着。

青儿听着，一边清晰地回忆起那一年，他在河边听到十六婆对母亲的那番讲话。黑暗中，青儿觉得自己全身在剧烈地发抖。

当母亲推开门，踉踉跄跄地进了屋里，在黑暗中坐了好久的时候，青儿突然说话了，是真的吗？

母亲惊骇得抬起头。她循声往屋角看去，但她看不清青儿的脸。

你说呀——你为什么是李金龙的小老婆？

青儿的声音嘶哑着，像是声带被撕裂了。母亲听着，觉得自己的心也撕裂了。

后来事情的进展却出乎村里人的意外。

因为先生出面了。这位当年的土改工作队队长，仍然坚持当年土改工作队和农会的原则，说是不能让莺姑来承担李金龙的罪孽。村里的干部也多方周旋，说是莺姑最终已经嫁给了陈继宗，成了革命家属。这么多话一出来后，十六婆不吭声了。后来，也不知她与那干部说了什么，也就让他回镇上去了。走的时候，村里干部请先生给他写了很好的一纸鉴定，使他走得也很开心。后来听说，果然是提了职务了。

这事情过后，十六婆脸上有点灰灰的。她没有想到那么多年过去了，还有这么多人帮着莺姑，尤其是先生。她在村里走着，尽量躲着人，但最终还是遇到了青儿。

这个时候，已经到了第二年的春天了。刚刚过去的冬天不怎么冷，到一开春，反而冷起来了。青儿的脸在冷风中显得很白，白得有点叫人发怵。十六婆看着，很不舒服。她不知道，在春天又来了的时候，青儿又做梦了，而且他的梦变得复杂了。当那条南蛇在梦中出现的时候，青儿又感觉到它是一个人。是什么人呢？青儿不想知道，也害怕知道。

十六婆不知道青儿的梦，她正在想着这孩子怎么越来越让人害怕的时候，青儿很大声地对她说话了。

青儿说的是，你等着，我一定能证明我是我父亲的儿子！

这个时候，暮色下来了。从山上漫下来的湿气搅和着田垌的水光，使暮色显得异常浓重。青儿的心却是清澈的，他的话也说得很清澈，穿透了浓重的暮色，传得很远，似乎还为了让河对岸的竹笼山听到。

十六婆听着青儿的话，有些发怔。她看到青儿的眼睛里，像燃烧着一团火，火光是蓝的，刺眼而怪异，心中不禁有些惊骇，这孩子中了邪啦?

这个时候，吆喝声一阵一阵地穿透暮色而来，凌厉而悠长。青儿知道，那是哑叔公从竹笼山上面赶着牛下来了。

青儿闻声往河边跑去。跑着的时候，他突然下意识地回过头来，他没有再看到十六婆，却看见了村里学堂门前的晒坪上，站着一个人，一个男人，也朝这边望过来，还把手扬起来了。

青儿赶紧转过身子。青儿知道，那是先生在向他招手。

先生

青儿已经感觉到，如果说十六婆是在将自己更深地拖进那个梦里，那么，先生是在努力地要将自己从那个梦里拉出来。

所以，青儿躲着先生了。他算着，惊蛰一过，天气暖了，那蛇也该醒过来了。

先生是村里学堂里的老师。村里人习惯将村里的小学叫学堂，学堂里的老师就叫先生。先生说这样的叫法好听，他喜欢听到大家叫他先生。不过，在叫他先生之前，村里人都叫他队长。因为先生不仅仅曾经以土改工作队队长的身份进驻竹笼村，而且在这之前，他还是到竹笼村进行地下宣传活动的第一个共产党政工队的队长。只是在他当了学堂里的先生之后，村里人就习惯将他叫作先生了。

竹笼村的人对读书人特别尊敬，这是传统。竹笼村虽然地处深山，也穷，四十来户人家也只有那么两三户富一点，土改的时候费了很大劲才将之划成富农。出了个大土匪李金龙，外面的人也说是竹笼村太穷逼出来的。穷是穷，竹笼村的人也知道读书的好处。从老人的口中知道，村里早年间一直就办着社学。村里各族凑钱，请来先生教村里的男孩子们识字算数。学堂就办在陈姓祠堂里，那是村子最高处的房子，也齐整宽敞，两边厢房一边做了教室，一边做了先生歇息的地方。可惜村子穷，请来的人总干不长。后来先生来了，倒是一直干下来了。村里人感激先生，对他自然是非常敬仰的。

先生是青儿的启蒙老师，也是青儿的崇拜对象。他从村里人的谈话中，知道先生不是个寻常的人。

村里上年纪了的人都会说，第一次来到竹笼村的先生，还是多么年轻呀！头发乌黑，腰杆挺拔，剑眉下的眼睛在黑夜里看人也是亮晶晶的，谁看着都觉得不是个普通商人。果然，没有几天，村里人知道了这个扮成收购衣笼的城里商人，是个共产党。那个时候的竹笼村人，早从山外来的人口中，知道了共产党的不少事情。共产党说要让穷人当家做主过好日子，这道理着实吸引人。所以，先生和他的两个同伴，在竹笼村受到了很热情的招待。村里人都说，从不爱低眼待人的秀巧姑娘，对先生等人都是笑脸相迎，伙同着村上几个血性后生，人前人后地跟随着。当时的先生，是叫队长，他的职务是政工队队长，他和两个同伴的任务是宣传革命道理，准备迎接解放战争的最后胜利。那时候，他们还不知道，他们在这里的工作，具有很大的意义。及时觉醒的竹笼村人，帮助解放军将大土匪李金龙捕杀，取得了全县剿匪工作的最后胜利，先生等人也受到了很高的嘉奖。继而不久，他又作为土改工作队队长第二次到竹笼村来，一切工作就进行得更顺利了。

这个时候，村里人还知道，先生原来是省城的大学生。

村里人常常感叹，先生是个多有学问的人呀！难怪他懂那么多的道理，还写出一手比碑文还漂亮的字。当先生作为教书先生再一次来到竹笼村时，村里人更觉得是他们最大的福气了。

青儿问过先生，你为什么要从城里到山里来当先生呀？

那时青儿还小，读着小学二年级。先生笑着回答说，先生喜欢青儿，还喜欢村里其他的小孩呀！

青儿听着，是高兴的。他相信先生的话。而先生，也是相信自己的话的。他真的喜欢这里，这里让他得到了最安全的庇护，而且得到了他最渴望的自由。

先生不上课的时候，喜欢站在学堂门前的晒坪上，眺望着对面的竹笼山，有时望着望着就往山上溜达去了。这里是村子的最高处，在村子的任何地方，都很容易看到这个地方。所以，青儿小小年纪在村里到处乱跑的时候，一抬起头来就能看见站在晒坪上的先生。先生有时还朝他招招手。后来青儿进学堂读小学了，成了先生的学生，还是常常看到先生站在这里。到青儿进了镇上中学以后，也发现先生依然没有改变这个习惯。

青儿见惯了先生的这个样子。他觉得，站在晒坪上的先生，是竹笼村的一个固定场景。

那么多年过去了。站在晒坪上的先生已经不再年轻。没有人知道，先生站在那里眺望着竹笼山的时候，总会问自己同一个问题：我怎么会没有入党呢？

这是先生被打成“右”派的原因。但他从来没有对村里人说过。当他站在晒坪上思考着这个问题的时候，喜欢把双手深深地插进裤兜里。这是一个他从年轻起就有的习惯，到了竹笼村那么多年，还是改不了。这个姿势，使他永远看上去都与村里人不同。青儿从小就喜欢看到先生这个姿势，这使他不知不觉中也学到了这个姿势。当他大了一点，特别是到了镇上中学读书以后，他常常与先生一起站在晒坪上说话，也一样喜欢把双手深深地插进裤兜里。村里人看着就笑，说是青儿连先生的做派都学到了。村里人都知道青儿爱读书，读得也好。所以，见到青儿，也夸青儿聪明，还对他说，好好跟先生学，长大也当一个像先生那样的大读书人哩！

竹笼村人对自己的厚爱，常常让先生诚惶诚恐。竹笼村人喜欢对山外进来的人说，先生是第一个到竹笼村的共产党哩！山外的人听着，也投去敬仰的目光。先生不知道怎样告诉村里人，他还不是一个共产党员。村里人怎么会相信第一个将革命火种播到竹笼村的人，还不是共产党员呢？

先生知道自己会说不清楚。他虽然从中学时候开始，对共产党宣传的革命道理就非常推崇和信仰，并热心传播，他甚至以自己在同学中的威信，影响了不少同学走上了革命道路和加入了共产党。但他自己始终没有入党。他没什么复杂的想法，只是认为自己并不适合要受一个组织的严谨约束。他从小性情不羁，从背叛家庭到参加革命，从大学跑到农村，都完全依照自己的意愿来行事。他对革命的热情和才干，使他一直得到党组织的赏识。他从农村土改回城后，党组织一面动员他入党，一面准备委以他重任。他没有答应，而是要求回到大学。后来回想起来，都觉得无法解释。

当然，这最终是导致自己在1957年的时候，有了说不清的种种问题。结果是当了“右”派。

竹笼村人是在先生当了“右”派之后，设法将他弄到竹笼村来的。

这还是青儿父亲陈继宗出的主意。这位当年由先生带领着走上革命道路的第一任农会主席和村长，对先生一直心怀感激。在他受伤住在县医院的时候，听人说先生成了“右”派贬回了原籍改造，心就老大不安。回村后，正巧村里学堂的老师又跑了。陈继宗这个时候虽然瘫在床上，但村里很多事情还听他的主意。所以他与村里几个能做主的人商议了一番，派人到了先生的原籍。也不知用了什么方法，就将先生弄回村里来了。

先生到了竹笼村，村里学堂果然就一直办下来了，还办得很好，每年都有人考进了镇上的中学。村里人由此更是非常感激和信赖先生，对先生的“右”派身份，也有着自己的看法，说是哪个朝代没有忠臣蒙冤的事情呀，最终会有个水落石出的时候的。后来村里人的说法应验了，也觉得是很自然的事情。

青儿对先生一直有着一种很难说清的好感。这种好感好像与生俱来。

先生叫青儿的名字，青儿很自然地回答，一点也没有反感。这种感觉是只有母亲叫青儿的时候才有的。青儿自己也不知道这是什么缘故。记得青儿上学堂的第一天，所有的新生看着先生都有点怕，站在教室门口迟迟不肯进去。只有青儿不同。他看着这个常常路过家门口的先生，头一歪，笑了，说，我认识你。

先生也笑了，笑得让青儿觉得很舒服。他让先生牵着自己的手，第一个坐到了座位上去。

青儿在村里学堂读书的时候，先生的饭还是由村里人轮流管着。到了先生到家里吃饭的时候，青儿就感觉到母亲格外高兴。母亲高兴的时候不多。母亲高兴的样子，让青儿有一种奇异的感觉。好像母亲重新回到一个她很熟悉的世界，在那个世界里，她年轻了，更好看了，还有一点很难形容的娇媚。这个时候的母亲，更容易令青儿想起那些好看的青竹在风中摇曳的姿态。

先生吃饭的样子很斯文，母亲吃饭的样子也很斯文，都是那种慢嚼细吞的动作。青儿在一旁看着，又强烈地感觉到在这竹笼村里，母亲是另一个世界里的人，先生也一样。青儿并不知道，当他也慢慢长大之后，在村里人的眼里，也是有着不同众人的地方的。

有的时候，青儿也与先生一起站在学堂前的晒坪上，说些学习上的问题。青儿读书有个爱追根刨底的习惯，偏偏先生喜欢教这样的学生。所以，就有了两人常在一起说话的情景。到了镇上中学读书的青儿，仍然习惯回来向先生求解疑难。村里人看多了两人在一起，也有了一种感觉，私下里说了，看青儿那孩子的气度，是个读书人的胚子哩，越来越像先生了！当然，说这话的时候，大家还没有料想到后来的事情。

青儿崇拜先生，也喜欢先生。他觉得先生是他生活中另一面的向往。他愿意和先生在一起，听他说话，讲各种各样的道理和有趣的事情。他感觉到，先生的内心深处，有另一个丰富的世界。那个世界是自由和快乐的。他已经隐隐地知道，自己也渴望成为像先生那样的人，拥有那样一个世界。先生似乎看出青儿的心事，他对青儿说，你天资极好，好好读书，要到山外去认识更大的世界。青儿听着，心是激动的，就有了一些新鲜的想法和憧憬。这样想着的时候，青儿就怕自己再做那个梦了。

但是，每当青儿又一次从梦中惊醒过来后，他仍然觉得，在他心里的另一面，先生是进不去的，那是他心里的一个黑洞，没有人能够帮助自己，他只能靠自己去解决。

所以，青儿没有将自己的梦告诉先生。虽然先生知道南蛇的事情。先生提醒青儿，生物学上不可能存在青儿出生的那种荒谬说法，四肢皮肤的粗硬只是一种病象，以后到城里的医院是可以治好的。他说，青儿，你要相信科学。青儿忧郁地想，可我不是以科学的方式出生的。先生看着青儿的眼光，也有些忧郁，好像完全了解了青儿的心里话，也好像还要对青儿说什么，但最终又没有开口。

青儿在知道母亲曾经是李金龙的小老婆的事以后，变得沉默起来了。他更常常沉浸在自己的思想中，对身边很多的事情都不再关心。这让他忽略了那一年中接踵发生的很多大事。那一年是1976年了，人人都说那是个多事之秋。在两个伟人接连着逝世不久，另一个最大的伟人也在秋天里逝世，人们在惶惶等待中，终于听到一个叫什么“四人帮”的垮台，然后就是那场折腾了十年的“文革”结束。村里人听着都觉得脑子转不过来，想不透个中奥妙。只是先生非常激动，站在晒坪上的时候，会不断地说着解放了解放了的话，满脸神采飞扬。村里人看着，也高兴起来，相信是要有好事了。先生见到青儿，也郑重其事地说，要用功读书了，准备考大学。青儿这年读到初二了，村里还没有人能读上高中，山下的小镇，连高中都不办。

但是先生对莺姑说，天下要变了，学校很快会正常，还会恢复高考，青儿一定要读大学！

先生异常果断地说出这些话后不久，就到了1977年的春天了。

大学这个词，在青儿的思想中是陌生的，在竹笼村人的思想中也是陌生的。因为竹笼村读书最多的人也只是初中毕业。但在先生和母亲的口中，大学这个词是熟悉的。青儿听他们讲起来，就像讲起自己非常喜欢的东西。青儿知道先生曾经是大学生。青儿不明白的是，母亲为什么对大学也那么熟悉，说起来很激动的样子。

先生告诉青儿，母亲本来要读大学，因为碰上了李金龙，被硬抢了当小老婆。他对青儿说，青儿你长大了，读了那么多书，那个时代的很多事情你应该可以理解了。先生对青儿说这番话的时候，态度很认真，像对大人说话一样。他很清晰地提醒青儿，大土匪李金龙与母亲早就没有任何的关系，和青儿更没有关系。

但先生没有想到，这最后一个疑问的水落石出，反而使青儿决心要更快了断与那条南蛇的冤仇。

先生的谈话中没有说到南蛇，在先生的思维中，他认为这种不科学的说法，已经没有必要再三向读中学的青儿解释了。他忽略了青儿是在竹笼山长大的，也忽略了青儿很长时间里的那个梦。

其实，青儿是喜欢先生这样与他谈话的。他觉得先生是将他当成大人了。他对先生有了更深的信任，他想将那个梦告诉先生，但是，到了嘴边，他又不说了。

青儿还是这样想，这是我自己的事情，我一定要自己来解决。

所以，青儿在那个春天到来的日子里，对十六婆说出那句清澈的话，你等着，我一定要证明我是我父亲的儿子！

这话说过之后，春天的气息更浓了，太阳越来越暖，在将竹笼山上的寒气慢慢驱散。为了让学生回乡参加春耕，学校放了农忙假。青儿有了更多的日子上山了。这个时候，青儿的梦也越来越频繁。

在梦中，青儿一次又一次地寻找到南蛇藏身的地方，也一次又一次地展示斩杀南蛇的情景，一切都越来越清晰了。而当母亲轻轻把青儿从梦中唤醒的时候，她没有想到，这样做却能将梦中的意象和情景，逼真完整地留在了青儿的记忆中，使青儿在最后的日子里，能够很顺利地达到他的目的了。

到那个春天的早晨了。天只是微微发白，什么东西都还看不清楚。赶早下山到镇里办事的先生，在村口看见青儿，惊异地拦下他说话。但青儿心里有事，匆匆出了村口，径直往竹笼山走去。

先生站在那里，看了一会青儿的背影，然后也匆匆走了。他心里也有事，没有看出青儿的神态与往日已经不同了。

青儿没有回头。他害怕，要是再和先生说话，会动摇自己的信心。他在凌晨从梦中惊醒过来的时候，预感到他要接近他的目标了。他非常振奋，他知道自己为这一刻，已经等了很久。他一边急促地往村外走，一边在心里对先生说。我只要解决了这个事情，就好好读书，考大学去，也做一个像你一样的大读书人。

先生听不到青儿对他说这些话了。因为，南蛇就要醒来了。

南蛇醒了

是那个春天的早晨了，青儿十五岁的那个春天。也就是 1977 年的春天。

那条南蛇出现了。它赶在青儿上山的时候出现了。可能它已经从冬眠中醒来好久了，但它还懒懒的，在草丛深处的洞里久久地不想动。草丛里是湿的，还有着冬天留下来的寒气。要等到太阳白花花地照上那么一些日子，暖气慢慢地渗下来了，草丛里才会恢复生气。那南蛇就是这样懒懒地等着，终于等到这一天了。它不知道，有个叫青儿的少年，也为了等这一天，苦熬了长长的日子。它虽然没有见过这个叫青儿的少年，但少年已经在梦中无数次地见过它了。所以，当它懒洋洋地从洞里出来，将一大堆白花花的蜕皮，留在了那丛老竹根上面，它觉得浑身轻松了，更舒坦地往前游走。它是没有视力的，也就不会看到眼前将会很快出现一张少年的面孔。虽然它的听力很敏锐，但在那个早晨，它听不到一点声响，它不知道少年青儿为了守候它，已经学会了将动作训练得悄无声息。

青儿遇上那条南蛇了。

上山的路上，青儿的衣裤被露水打湿了，这让他觉得有点冷。他想着太阳该出来的时候，他看见那条南蛇了。

在那个早晨，青儿匆匆地躲开先生的问话，赶上竹笼山，好像就是为了准时遇上那条南蛇。青儿循着梦里的情景，来到了那个他已经非常熟悉的地方。那里有一丛很茂盛的青竹，粗大的竹根拱出地面，盘旋着也像一条大蛇。青儿好几次在那里看见过白花花的蛇蜕。青儿蹲下来守候，他觉得有点冷了，正想着太阳该出来的时候，那条南蛇出现了。

那南蛇游走着过来。它游走的时候，还有些懒懒的，走走停停，好像也如青儿一样在思想着什么。当然，它思想的东西肯定与青儿不同。它在洞里憋了那么长时间了，现在到了地面，觉得身子和心情都舒畅多了，或许就想起了一些难忘的往事了。对于这条已经年纪够大的南蛇来说，它最难忘的事大概就是十五年前，在那山阴处遇见的女人。那叫莺姑的女人身上有一种很好闻的气味，叫它忍不住冲动起来，一下子窜到了那女人跟前，眼睛温柔如水地看着她，强劲有力的尾巴在后面甩得直响。但没有想到把她吓着了，她惊叫之后，就晕过去了。那时，它有点不知所措了。它并不想伤害这个女人，只是想对她表示亲热而已。

青儿当然不知道南蛇在思想着什么。他蹲在那里守候南蛇的时候，四周很静，还有点冷，这使他有点走神，想起了刚才在村口先生对他说的话。先生在近来的日子里，每次对青儿说的话都是一样的：要考大学去。先生说，高考肯定会恢复，青儿的基础好，要是不限制，完全可以跳级去考。青儿不知道先生为什么那么肯定，虽然这么多年来，青儿从先生那里学到了比学校要多得多的知识。青儿想，他是喜欢读书的，而且希望到外面去读书，远远地离开这个地方，离开那个梦。先生脸上越来越开朗的神色，使青儿也感觉到天下真的要变了。想到这里，他突然有了点困惑，为什么非要三番五次地来这里，等候那条自己从来没有见过的南蛇呢？难道它真的跟自己有什么关系吗？想着想着，青儿有些焦虑起来。这个时候，南蛇出现了。

当青儿终于看到了南蛇，心一下子安宁了。

他恍然醒悟，这个春天的梦为什么特别频繁，他甚至在学校里的宿舍也做起了梦。没有母亲一声声的叫唤，他在梦中湿淋淋地翻来覆去，总醒不过来。所以，他见到南蛇的那一刻，突然想起了母亲。身边弯垂下来的竹叶，轻轻扫抚着青儿的脸，是母亲的感觉。青儿想着，心底有点酸酸软软的。但只是那么一小会，青儿的注意力就集中到了南蛇的身上，适才的困惑和焦虑也不见了，他又清醒地知道自己要做什么了。

那条南蛇真的很大，快比得上青儿的大腿一样粗了，但显得有些迟钝，大概是刚刚从冬眠中醒来不久的缘故。青儿看着，兴奋起来了，心犹如要跳出来一般。他想着，柴刀够不够锋利呢？想着，就动手了。下手的过程是从容不迫的，猛地一下就斩中了蛇的脖颈，很深。片刻之后，有一些液体的东西流出来了。那应该是血，但不是红的，而是一种蓝，蓝得不深，浅浅的，便显得透亮，给人奇异的感觉。然而青儿看着，并不惊讶，他脑子里积极思想着的，是要把刀拔出来。但拔不动，刀被卡住了。青儿一下子没有意料到，进行中的思想停住了，他有些不知所措地站在那里看着南蛇，没有动弹。

南蛇是在想着那个叫莺姑的女人时，猛地感觉到剧疼了。它惊了一下，马上下意识地摆动起有些笨重的身体，将身边的草和地上的落叶都甩得簌簌响起来。与此同时，它想起了那个叫莺姑的女人晕过去之后，它也被砍疼了。那是一个男人从后面赶来，用柴刀将它砍疼了。它带着伤恋恋不舍地游走时，回头看见了那个男人正嘴对嘴地对着女人吹气。它心里还妒忌着，那男人是谁？怎么可以和这女人亲近呢？想到这里，身上的疼处更厉害了，它突然愤怒起来，起劲地甩起了尾巴，几下子，将站得很近的青儿甩打在地上，然后兜着几圈，把青儿的身体裹缠住了。接而，它的头那么恨恨地一扬过来，便很近地与青儿脸对着脸了。

当然，南蛇没有视力，即便这么近，它也无法看到这个时候青儿的脸是苍白的。但青儿看到了，他清清楚楚地看到南蛇的眼睛了。

那南蛇的眼睛，细细长长，线条优美，里面流漾的眼波，果然如村前的小河水一样，柔和温存。

那一霎时，青儿惊呆了，这多像人的眼神！虽然他从女人们的口中，听说过南蛇这种特别的眼神。可是在无数次的梦境中，青儿没有见过南蛇的眼神。也许是青儿对南蛇的仇恨太大了，南蛇给他的形象就总是凶狠邪恶。他没有想到，南蛇真的会有这样的眼神，柔和温存，像极了村前的小河水。青儿觉得自己差点就要对它开口，你是谁？

青儿不知道，其实南蛇的眼神不是时刻都温柔的。它在被斩伤后，是愤怒的。但在它与青儿很近地面对面的一瞬间，它感觉到这少年身体的气味非常熟悉。是的，太像那个叫莺姑的女人的气味了，也是很好闻的。于是，南蛇的眼神温柔起来了，它又感觉到那种冲动在腹内翻滚涌动，身体随之更剧烈地扭动起来了。

青儿的身体开始感觉到痛了，他发现自己已经完全被南蛇裹缠得严严密密的了。湿湿黏黏，强劲有力，这是熟悉的感觉，使青儿又清晰地想起了自己的梦，还想起母亲，想起了母亲在梦中轻轻叫唤他的声音，轻轻柔柔，而又饱含无限辛酸。青儿突然意识到，自己的内心深处非常爱母亲。为什么在长长的时间里，他会和母亲产生很深的隔阂呢？其实，母亲和他一样，饱受耻辱。而这耻辱，不就是眼前这条南蛇造成的吗？青儿感觉到胸口憋得越来越难受了，他猛然醒悟到自己的任务，也想起了他在十六婆面前说的那句话。是的，他要将南蛇斩死，这样才能证明自己是父亲陈继宗的儿子，也才能还母亲一个清白，想到这里，青儿的意识又清醒过来，他用手摸索着去抓住那把柴刀。那把柴刀还紧紧卡在南蛇的脖颈上，青儿的手一用力，南蛇的身体甩动得更剧烈，也将青儿的身体缠得越来越紧了。

青儿感到越来越疼了，他下意识地挣扎着。但他越挣扎，身体就被勒得越紧。恍惚中，青儿觉得那温柔如水的眼神仍然如丝如缕逼近着，慢慢地，自己像被什么魇住了一般，再也无法动弹，也不想动了，手已经离开了柴刀。渐渐地，青儿感觉到黏糊糊的液汁越来越多地流淌在自己身上，冷冰冰的，没有一丝热气。当青儿感觉到越来越冷的时候，脑子里下意识冒出一个疑问，南蛇的血怎么是冷的呢？因为血色是蓝的吗？但他已经来不及细想了，眼前迅速腾起一片蓝色的雾光，眼前的面孔模糊了，一会像是南蛇，一会又像是一个人……那是谁呢？青儿脑子里空荡荡的。这个时候，青儿努力地睁开眼睛，终于看到头顶青竹的叶子了。竹叶上好像跳动着白花花的光亮。青儿用最后的一点力气在想，那是太阳吗？好暖和哟，像母亲的手——他张了张嘴，似乎在吃力地喊出一句什么话。

这个时候，哑叔公赶着牛上山来了。他听到那句话了，那是青儿对他说过无数次的话：我不是南蛇的儿子！我是父亲陈继宗的儿子！

哑叔公吃惊地抬头往山阴处看去，有风在青竹林里搅动，风声怪异。哑叔公待了一会，突然惊骇地吐出一咕噜一咕噜的话，旁边没有人，不知道他说的是什么。等村里纷纷有人走出来，听到哑叔公在山上发出凌厉而悠长的叫声，知道出大事了。

村里人赶上山来，被眼前的情景惊住了：一条大南蛇和青儿紧紧缠在了一起。待男人们费尽力气将青儿和南蛇分开之后，发现青儿和南蛇都死了。南蛇是死在青儿的刀下，而青儿是死在南蛇紧紧的缠绕之中。南蛇的身上和青儿的身上，染满了血迹。血不是红的，是一种蓝，有些透亮，在竹叶婆娑的阴影下，荡漾起一片冷冰冰的雾光。男人女人一脸骇然，呆立着，无法理解眼前的事情怎么会发生。

这时，风大了，竹林里卷起一片哗然声响，从山阴处直往山顶上窜。人们不禁抬起头来，山顶上那总散不去的云层中，赫然间翻滚下一连串闷闷的雷声。人们倒吸了一口气，心中暗叹，惊蛰一过，春雷就响个不停，看来今年会风调雨顺，该有好日子过了，怎么还出这样的事情呀？

当母亲莺姑将青儿的尸体紧紧抱在怀里，轻轻地叫唤青儿青儿的时候，她看到儿子的脸上，是非常安宁和满足的笑容。母亲伤心欲绝，青儿终于从那个梦里解脱出来了。

先生是黄昏时分回到村头的时候听到消息的。他手一抖，提着的一大摞书本哗然摔到了地面。先生觉得自己的心也被人揪出来，摔到了地面，碎成几瓣了。散落一地的书本，是他托还在大学的朋友给青儿找来的资料。

这个时候，十六婆在自家的灶前烧着火，盯着灶里的火光，她反复想起了那天青儿眼中闪烁的火光，那也是一种骇人的蓝。

青儿死了的第二年春天，村上出了两件大事。一件是先生接到了城里寄来的平反书，要他马上回原来的大学报到。另一件是先生走的时候，是带着莺姑一起走的。他们走之后，村里人在青儿的坟前，发现一块用石头做成的墓碑，上面刻着几个漂亮的魏碑字体——“吾儿青儿墓”。这是先生的字。村里人呆呆地看着，像是看懂了，又像是看不懂，谁也没有说话。最终，是十六婆先离开了。她走过小河的时候，看见哑叔公和泡在水里的牛。哑叔公照样坐在水边修刮着篾青条，口里一咕噜一咕噜地说着话。没有停下脚步的十六婆突然听懂了一句，她的脸唰地白了。

那句话是这样说的，我当然知道你是谁的儿子。

2003 年 3 月 29 日完稿

原刊《钟山》2004 年第 5 期

乱红

楔子

到过小城燕州的人都知道，城北的路口竖着一座牌坊，叫烈女坊。据县志记载，康熙十九年，闹三藩之乱，吴三桂的叛军占据了小城，烧杀掳掠，无恶不作。城中一姓陈名守道的商人，召集了街坊邻居反抗，败后被捕，枭首示众。三天后一个风雨夜，陈守道的首级不翼而飞，众人心中称奇。后来，听说是陈守道的妻子偷偷抱下来，埋到了城北的小山岭。女人做完这事回到家中，变卖所有财产，然后带上沉甸甸的银两，孤身寻到百里外的深山，找到那些被称为山贼的人。也不知女人如何说动了那些粗野蛮横的男人，一起出了山，也在一个风雨交加的夜晚潜入小城，抓了叛军将领一等人，径直带到小山岭上，手扬刀落，一一杀死在其丈夫的坟茔前。过后的日子里，小城人聚在一起议论，都说那天夜里小山岭上刀锋呼啸哀号悠长，掺和着满天风雨满山林涛，通宵不息。清晨赶起一看，都惊住了。那么多的血呀，从山上流淌下来，把山脚下大片的地面和树木都染红了。数年后，叛乱平定，朝廷下诏令嘉奖女人，赏赐一笔钱助其恢复家业，并立了烈女坊。烈女坊立在小山岭下城北路口，从北边到小城来的人，一打眼看到烈女坊，无不生出惊异敬畏之意。岭南一地，古有蛮荒边鄙教化不开之说，所立牌坊已少，也都是表彰那些循规蹈矩为名节殉命的节妇贞女，符合着仁义道德的古训，而为这般惨烈复仇的女人立牌坊，出人意表，实难一见。

烈女坊，成了小城燕州独特的荣誉标志。后来的岁月里，仍有兵祸政乱不断，上扰中原，下及边陲，小城的房子是毁了又建，建了又毁，而烈女坊，却一直完整地保留下来。于是，也就有了一个故事。

这也是一个和复仇有关的故事。一个人在一生中背负着复仇的目的但始终没有实现的故事。

这个人，也是个女人。

一个从我出生那一刻开始就认识了的女人。

因此，女人临终的时候，用尽最后一口气对我说，几十年了……你们——是我的仇人……也是——我的亲人……

女人的声音，微弱，却清晰，像刀子一般清凉锋利地从我的耳边飞快掠过。一片赫然而至的万分惊恐中，我感觉到我和女人之间那根紧绷了几十年的神秘而奇特的弦，砰然断裂。

弦断铿锵有声。如风嘶雨注，天怒地吼。

于是，我看到了城北路口那座经年不倒的烈女坊。烈女坊四周，连绵一片高大茂盛的凤凰树。

起秋风了。红到极致的凤凰花，大簇大簇地从枝头上骤然粉碎，往地面坠落。

乱红如雨。美丽而凄然。

一

1949 年的秋天，小城解放了。女人十八岁。

十八岁的女人从山里来到了小城。

女人第一次到城里。她是在夜里到的，迷迷糊糊睡了一觉。天亮了，带她来的人对她说，出去走走吧，解放了，城里边热闹……

女人揣着兴奋劲答应着，一抬腿自个儿出去了。她虽然自小长在山中，但样样能干，还跟随男人们出山往海边一带挑过私盐，贩过药材，胆子大，不惧生。女人从城西走到城东，从城东转到城南，又由城南直奔到了城北。于是，她见到烈女坊了。

烈女坊上上下下，挂满了写着“迎接解放军进城”“庆祝解放”“庆祝人民政府成立”的大红布标语，喜气洋洋。女人识的字不多，读不全，看的是热闹，是新鲜。令她特别好奇和吃惊的，是烈女坊四周连绵一片的凤凰树。

女人从来没有见过这样高大伟岸的花树。遮天掩地的一大片，从前面小山岭的山脚蔓延过来，满满登登，挺拔茂盛，好像一个个威严肃穆的老人，已经在这里站立了久远的年月，将小城的历史长长短短的全看透了。到了这个季节，树上的花竟然还开得很茂盛。红殷殷的花朵，大簇大簇地缀满枝头，像在天空烧起一片大火，把人的心都烧着了。女人在山里，也爱看花。只是那山里的花，低低矮矮的，藏在草丛里，隐在灌木中，像夜里的星星不小心掉落到了地面，开得羞怯，败得也温柔，让人看着亲近。女人不知道，花还会这样美丽张扬地开在高高的树冠上，傲然霸道，拒人千里。风来了，落英碎红，漫天纷扬，燃烧的大火霎时又像了飞溅落地的鲜血，令人看着惊心动魄，惨烈至极。

女人被深深地震慑住了。她呆呆地站着，走不动了。

女人站在高大的凤凰树下，一动也不动，像一棵小树。

不远处，一个男人看见了，也觉得女人像一棵小树。

这个男人在画画。

男人通常在下午的时候到这里来画画。有时，带着一群学生。有时，就一个人。这天，正好是一个人。他看到了站在凤凰树下的女人，多看了几眼，就觉得她像一棵小树，一棵长在深山里的小杉树。男人闻到了杉树的清香，感受到了山风的粗犷，熟悉而亲切，心中不禁有了感动。于是，他将女人画到了画面上。

男人与女人站着的地方之间，相隔着一大块空地。准确地说，是一个足球场。中间的草坪长得均匀而厚实，踩上去柔软而有弹性。周边的跑道，铺着薄薄的沙子，看得出是从城边的江滩上挑来的，细碎而白，在阳光下闪着柔和的光亮。西南角，一片疏疏落落的竹子后，隐约露出一堵矮矮的土垒围墙。仔细看，有个小门，走进去，是燕州中学。这是一处古老的书香之地。明朝时是一间书院，到了清朝转成官学，很是兴盛。民国后，又办成了新学堂。到如今，已经是一大片高低错落中西合璧的建筑，很有规模了。足球场，自然是学校的地盘。但小城人从不叫足球场，而叫北校场。顾名思义，原是个操练兵甲和杀人的场所，只是不知是什么年间叫起来的。更不明白，为何还会与书香之地相邻而处。小城里上年纪了的人说，应该是立烈女坊的那个年代吧。都说，那是个嗜好杀人的年代。总之，到了这个时候，小城的人还是这样叫。不同的是，多了一种官面上的叫法：人民会场。因为从解放那天开始，这里已经召开了好几次全县的人民大会了。一次是欢迎解放军进城和新政府成立，一次是颁布新法令，还有一次最轰动，那是公审大会。昔日里杀人不眨眼的县民团团长郑金彪，终于也横尸会场西北角上的大沙坑里。那是个挖出来的大坑，常年铺满从江滩上挑来的沙子，死囚行刑的时候，血流下来，很快浸进了沙子，一点不张扬，到了又将新的沙子铺上去，更是什么痕迹也没有了。所以，平日里，踢球的跑步的和路过的人，从不觉得这大沙坑的异常。刚进校园的新生，甚至将此看成跳远的沙坑，靠近了，就有了欲试身手的冲动。等到杀人的时候，所有人才突然意识到它的重大意义。杀县民团团长郑金彪的时候，人们汹汹涌涌地围观，惊讶地发现，枪洞里流出来的血没有刀刃的多。原先的沙子太脏了，血染上去，不见红，只见黑，也只是一小滩，不仔细看，还看不出。自此，小城的人说起这个地方，总有些兴奋，一面议论着解放了爱开会的新风气，一面还是习惯叫北校场。

站在这足球场，往烈女坊那个方向看去，那连绵一片的凤凰树，就显得更壮观了。男人到这里画画，自然要画凤凰树。画花开的时候，也画花落的时候。同时，也教学生画。然而，男人画足了凤凰树的千姿百态，却从来没有画烈女坊，那威严耸立在凤凰树丛中的烈女坊。

学生终于禁不住好奇问道，为何不画烈女坊？学生留在嘴边还有一句话没问出来，烈女坊不是小城里最有意义的建筑吗？

男人听着，起初不言。问多了，停下笔，沉吟般答道，万物须以美好良善之形式方能入眼入画。一字一字的，似在心里掂量着什么。

学生听了，点点头，又摇摇头。似是懂了，又似是不懂。但不好再问了。学生知道，先生不爱说话，他不爱说的是问不出的。学生这样想，也不会生先生的气，依然高高兴兴地跟着来学画画。燕州中学渊源深长，旧学新学熔于一炉，该开的课程都有，除了国文、数学、物理、化学、生物、历史、地理，就是外语、音乐、美术也很规范地开设。即便逢上兵荒马乱，燕州中学仍然努力支撑着一种肃正严谨的面目。担任全校美术课的男人，也始终认认真真地将自己的事情做好。

不过这些日子里，学生来得不多了。解放前后，他们变得特别忙，有着许多课堂以外的事情要去做。有个别做先生的，也跟着一起去了。但男人没有。他对画画以外的事情不懂。有时稍稍琢磨，好像是不愿意懂。他还是喜欢画画。学生不来，他也就一个人来了。

一个人画画，心更静。画的时候就多想了一些东西。他一边画一边在想，这个看上去还非常年轻的女人，应该是刚从乡下进城来的。男人从小跟着父亲在乡下转悠，能比较出城里女人和乡下女人的差别。男人又是画画的，看人就有了细致之处，还多了些艺术的意念和想象。于是，他很自然地将女人想象成一棵小杉树。男人不仅会画风景，还会画人物，尤其会画女人。他用葱绿和嫩黄的颜色将女人画在了红殷殷的背景中，透着一种清新和宁静。男人端详着画面，心中有些自得，不禁又抬头多看了女人几眼。

女人没有看到这个已经将自己画进画中的男人。毕竟刚进城，心中多少有些紧张和羞怯，不习惯自如地抬眼四周顾盼。她在那里站了好一会，然后恋恋不舍地抬脚走了。很快地，女人离开了男人的视线。

男人重新埋下头来，继续画画了。他不知道自己还要和这个被自己看成是一棵小杉树的女人相遇相识，并生出一段长长的故事来。同时，他也没有想到，过了一些日子，在他又是一个人到这里来画画的时候，他还见到了另一个女人。

也是一个第一次到这里来的年轻女人。女人站在高大的凤凰树下，一动也不动，也像一棵小树。

在不远处画画的男人看到了，也觉得这另一个女人像一棵小树。不过，不是像山上的杉树了，而是像水边的柳树。男人感觉到了水波的涟漪和柳枝的柔软，细致温婉，心中不禁也有了感动。于是，他也将这另一个女人画到了画面上。

男人这次用的，是淡淡的紫和柔柔的白。红殷殷的背景中，优雅中还透出一点伤感。男人端详着画面，心中有些自得，不禁又抬头多看了几眼。于是，心里就有了点猜测：这个女人应该是从省城那样的大城市来的。只有那里的女人，会在天气刚凉的秋日里，早早在脖子绕上围巾。白色的丝绸围巾在女人胸前腰后轻轻抖动，就多了一点什么东西，使她们和小城的女人即刻有了很大的不同。男人在省城读了三年美专，画过省城的女人，他甚至感觉到，这女人在秋风中默然垂首的姿势充满了忧伤，应该是心里萦绕起“乱红如雨”这般婉约凄清的词句了。男人学了画，也读了书，自然懂欧阳修，懂秦少游。

男人就喜欢这样静静地画画，不说话，却在心里细细地品尝入了他眼中的人与物。

有人走过来了。是校园里熟悉的人。看看他的画，然后说，这是老校长新请来的国文老师，名叫宋新民。听说是省城的大学生。还有，她是戴玉清的新婚夫人哪！

男人听着，不禁微微笑了。他埋着头，来人没有看到他的微笑。他听清了来人的话，觉得戴玉清这个名字更像女人的名字。所以，他微笑了。他想问，戴玉清是谁呀？嘴动了动，还是没有问出来。男人从小到大，没有主动开口问话的习惯。

来人说完了，就转身走开了。校园里的人，都习惯了男人的不善言辞，只是他没有想到，男人会连戴玉清是谁都不知道。新政权建立后，小城里到处张贴的许多重要布告上，都落着戴玉清这个名字。他是小城的公安局长。

男人继续安静地画他的画。他自然没有想到这个名叫戴玉清的人，也将要和自己的命运发生重大的关系。到了那个特殊的日子来临时，男人突然想起了是在这里第一次听到戴玉清这个名字。往深里想，还想起了那天的落霞尤其绚丽壮观。黄昏时分的风紧了，吹动着片片火红的云霞，飘落在高高的树顶上，与怒放的凤凰花交融在一起，天空像烧起了熊熊大火。男人如常地收拾画具准备回去，一不小心，把剩余的红色颜料泼洒出来，一滴不剩地落在了刚完成的画面上。男人是动作细致的人，很少这样失误。他盯着画面上那一大摊突兀醒目的红色，不知怎的，手中动作停了下来，心里头涌上了一点异常的感觉。与此同时，男人并不知道，在城西一个老院子里，那个他见过的乡下女人，怀抱着一个小孩，也正在满脸惊异地看着满天燃烧的落霞发愣。这个被男人想象成一棵小杉树的女人，看着落霞，也一下子想起了烈女坊四周那一大片满树怒放的凤凰花。女人在想，这城里的花多奇异呀，像火，也像血。这样想的时候，女人的心里头，竟也涌上了一点和男人一样异常的感觉。于是，当那个特殊的日子来临时，相隔着不远处站着的男人和女人，他们的眼睛深处，同时飘荡起大片大片的红色，就像这个黄昏里满天燃烧的落霞和满树怒放的凤凰花。

二

带女人进城来的，是一对在燕州县境内很有名气的夫妻。

小城往西南去百里远的山区里，多年来活跃着一支游击队。游击队里，有一对大名鼎鼎的夫妻。男的是队长，人长得在南方人中少见的高大，且骁勇善战，人称罗四哥。女的人称梁三姐，长得漂亮，又识字，还有一手好枪法。都说两人当年同是燕州中学的学生，在城里闹学运闹暴动出了名，等不及官府抓住，就双双到了山里打游击。从山区到海边一带，大小官员和有钱人家，听到罗四哥梁三姐的名字无不面容失色。城里官府张贴的布告上，悬赏金逐年增加，令这夫妻俩的名声愈发张扬和神秘。

女人和村里的人，是在听了好几年的传闻后，才真正见到这对大名鼎鼎的夫妻。

那些日子里，风传着共产党马上要打下天下的消息了。一个深夜，游击队好像从天而降，来到了女人的村子。女人的村子靠近前往小镇的公路。游击队到这里，是要配合城里的解放，以最快的速度消灭敌人的区公所。为了截住那些正从北边汹汹涌涌溃退下来的军队，小城的解放变得格外迫切。大名鼎鼎的罗四哥梁三姐夫妻，在那个夜晚住进了女人家里。女人从梦中被姑姑叫醒，在忽明忽暗的松明火光下看到大腹便便的梁三姐，惊呆得说不出话来。她想象不到，游击队的女英雄，原来也要怀孕生孩子。

游击队攻下区公所的那天，传来了县城解放的消息。同时，梁三姐在女人的家中生下了一个儿子。罗四哥从镇上兴冲冲地赶回来，大声嚷的第一句话是，解放了！解放了！儿子在他手中哇哇大哭，很自然就叫了解放这个名字。

紧接着，游击队要开拔进城了。女人对梁三姐和罗四哥说，让我跟你们进城吧。我能带好解放。女人顺手从梁三姐手中抱过一直在牙牙乱哭的小解放，身子轻轻晃动着，娴熟好看。很奇怪，小解放到了女人的怀中，哭声马上停止了。女人抬起头，目光坚定地看着眼前这对大名鼎鼎的夫妻。

姑姑后面的几个子女都是女人带大的，没有什么事不会干了。这些日子小解放出生，母子俩也靠着女人来照料。几天来，梁三姐困在屋里又是欢喜又是抱怨。抱怨的是儿子出生得不是时候。女人忙出忙进的，把话听清了也想透了。

女人的话令梁三姐眼睛一亮。

梁三姐是个性格刚强意志坚定的女人，有着职业革命家的气质。她明白全国的解放意味着有更艰巨的工作等待着自己，她不愿意为了儿女琐事分散精力。在这里住的日子里，她知道女人是个孤儿，跟随姑姑长大。所以她觉得自己能了解女人想离开的心情，也特别喜欢女人独立坚忍的性情。她高兴着，率直地对家中主人说，我们带她进城，等解放大一点，她可以参加革命工作——

姑父姑姑见过点世面，思想不闭塞，也正被解放的喜悦激动着，对日后的幸福生活有了实在的向往，就爽快地答应了。姑姑私下一直觉得欠着女人什么，现在有机会让她到外面去，说不定是条出路。女人能过好了，也算自己对得起死得早的大哥大嫂。

不愿意女人走的是姑姑的几个子女。姑姑前前后后共生了七个孩子。大儿子和女人同岁。第二个是女儿，得热病死了。女人三岁投靠到姑姑家，从五岁开始，接二连三地迎接了姑姑下面的几个子女。女人没有一点在父母跟前撒娇的童年记忆，早早进入了成人的角色，照顾自己也照顾姑姑几个孩子长大。这几个男孩女孩扯着女人的衣角说，姐姐不要走嘛！我们一起到水潭摸鱼，到地里煨番薯——最小的男孩两岁多，脑袋扎到女人怀中，含混着叫：妈——不走……妈——不走……他和他的哥哥姐姐一样，最早叫妈是冲着女人叫的。哥哥姐姐大了，改了口。他还小，改不了口。

女人双手紧紧揽住男孩的小小脑袋，感觉到眼窝湿了，心里面也软了。女人自己意识不到，在这几个孩子面前，她常常更像一个母亲的角色。但是，女人最终还是决定要走。女人知道，一起到水潭摸鱼到地里煨番薯的快乐时光不是长久的。她还知道，她不是他们的母亲，他们也不会是自己的孩子。

她内心里，朦朦胧胧渴望着有自己的家和自己的孩子。她不知道自己能不能抗拒命运的安排。但她不甘心。这些日子里，突然来临的客人，给她展现了一个陌生但新鲜诱人的天地。她还不懂他们的革命，但感觉到他们活得非常勇敢也非常开心。她想跟随他们走出去，离开这个地方，这个让自己时刻感受着命运威胁的地方。虽然她并不知道等待在自己前面的命运又是什么。

山坳里高高低低的稻田和坡上坡下的草，正在秋风中一点一点地黄着转着模样，成熟多情起来。林子里，霍然传出一声鸟啼，悠悠长长地落到山道上，也变得安详温和。这一切，都是女人从小熟悉和热爱的。不过女人没有回头，她默默无言地往前走了。走完了弯弯曲曲的山道，走出了公路，一路上，远远近近，是零零星星的枪声。踏进小城的那一刻，身后的枪声终于停了下来。一直在女人的怀中酣睡着的小解放，睁开眼的时候，头顶突然亮起了一团刺眼的光。小解放被吓着了，哇哇大哭起来。女人轻轻拍打着小解放，也是满脸惊诧。这是她第一次见到电灯。女人后来才知道，那个晚上，新解放的小城刚刚恢复了供电。

进到城里，罗四哥梁三姐在新政权里立即有了重要的职务，没日没夜地忙。家中的小解放，完全托付给女人来照顾。很快地，罗四哥又被调到了专署担任更重要的职务。独自留下来的梁三姐好像更忙了，连饭也不回来吃。小解放不得不早早地断了奶，靠着女人自己熬米汤、磨米浆、做米糊，喂养得一点也不含糊。小解放一天一个样，长得竟也是壮壮实实的招人爱。深夜归来的梁三姐欢喜地搂住已经睡沉了的小解放，满怀感激地对女人说，石娘呀，你才像是解放真正的母亲呀——

石娘是女人的名字。女人姓李。

女人不喜欢石娘这个名字。但在梁三姐面前，她不好意思说为什么不喜欢。可是后来认识了男人，男人问她，她就说了。说完了，女人的心沉甸甸的，脸上还有了羞惭之色。男人抬起头来，却是笑了。他静静地看着女人，说，是很好的名字哪。男人的声音总是低低的，很温和，听上去是自自然然从心坎里冒出来的，不作假。女人怔怔看着男人，眼泪差点就落下来了。男人又说，很多时候，自己心里想要的，希望得到的，去做了，就是命运。女人听着，好像就全听懂了。过后女人细想，觉得男人说的话和梁三姐与她说的话有相同的地方，也有不一样的地方。至于怎么不一样，她也说不清。只觉得男人的话听着叫人更明白，也舒坦。男人的话让女人突然想明白了一点，自己执意要从山里出来，就是在内心有着那一点不愿意被命运所摆布的意愿。这样想，女人觉得自己和男人之间，有了一种贴心亲近的感觉。

女人和男人是在东墟的集市上相识的。

来了一段日子后，女人开始熟悉了小城，知道了这城里的东南西北，各有各的不同叫法。城东是零落的小店小铺和一个农贸集市，叫东墟。城南是集中的商店、饭店、旅馆，还有教堂，叫南街。城西是一片大大小小的政府衙门，叫了西衙。城北是中学、小学、保育院，叫北院。女人住的地方在西衙，靠近新政府大门不远的一个老院子。梁三姐告诉女人，以前这是一个做官人家的房子。现在住在里边的，都是和梁三姐一样在新政府里担任着重要职务的男人女人。但其中带家眷的极少。女人带着小解放在那里出出进进，就显眼了。大院门口持枪的卫兵，每次看到女人背着小解放走出来，脸上总忍不住露出微笑。这位年轻的卫兵微笑着，心里在想，女人更像是小解放的母亲，一个年轻尽职的母亲。

女人常要去的地方是东墟的集市。女人觉得城里最不方便的，就是要吃一根葱，也得到集市上花钱去买。不过，女人喜欢去集市，那里有女人熟悉的乡村感觉。

那个时候虽然解放了，但城里的治安还很乱，常常有些地痞流氓在滋事。那天，女人背着解放刚到了集市，就被几个小流氓缠上了。开始说着一些什么山里的野花好香的话，接着几只热烘烘湿淋淋的手就摸到脸颊和胸前了。女人拼命躲闪，又羞又恼又急，还得哄着在背上吓得哇哇大哭的解放。女人没遇过这样的事情。以前在山里时，每逢出外，身前身后是村上的男人，就是迎面来了几句调笑，也是有人挡着的。这个时候，男人不知从什么地方走了出来，救下了女人。他的方法很老式，一句话没说，径直掏出钱递给那些小流氓。小流氓们有些惊异，随即笑了，接过钱来点点头，就放开了女人。走的时候，又转过身来拍拍男人的肩膀说老兄够朋友。集市上很热闹，看到的人也多。到了后来，有人就说，他通匪的经过，大致也与此相同。

那天，女人来不及对男人说什么。她还不习惯像城里人那样说着习惯的礼貌语。她惊魂未定地看着男人，想说什么又说不出。男人也没说话，对她笑了笑，很轻的笑。然后，转身走了。女人呆呆望着男人的背影，突然觉得有些熟悉。

到了女人再到烈女坊这个地方来，一眼认出了在不远处画画的男人正是救下自己的那个人。

女人和男人就这样相识了。

后来长长的日子里，女人常常在夜深人静的时候，悲凉清晰地回想着男人一个人站在那里画画的情景。慢慢西斜的阳光，细腻温暖地裹绕着那个凝静不动的身影。远远看去，像山上的一棵树，是那种挺拔好看的松树。女人不知道，自己看男人的这种感觉，竟与男人看她的感觉惊人地相似。自然女人不懂画，不懂什么是艺术的意念和想象，她只是觉得这个男人给她安定踏实的感觉，就像山崖上的松树，风里雨里不弯不折。于是，女人在男人面前很坦然地说了，我的名字叫石娘。

女人十六岁那年，知道了自己的名字里，蕴藏了命运中不可避免的劫数。

十六岁的女人，出落得有模有样。村里的媳妇们见了她，开始用不同的眼光看她了。看了，笑了，就说，长好了！长好了呀！女人奇怪，长好了又怎么了？邻家的竹英姐说，长好了就要找婆家了！那个时候的竹英姐正在忙着出嫁的事情，脸蛋红扑扑的，满是掩藏不住的喜色。女人听着，脸上不由也热了，红红的看上去更是好看。媳妇们看着，却叹了气，欲说又止，最后还是什么也不说了。女人脸热热的觉得有了心思，竟也没将媳妇们的神情看到眼里。后来，竹英姐出嫁了。女人突然感到了寂寞，心空落落的。终于盼到竹英姐回娘家来了，女人高兴着，天天见空过去找她。出嫁了的竹英姐脸蛋更见红润，见到女人，竹英姐也是高兴的，琐琐碎碎、嘻嘻哈哈地说完了新鲜的高兴的事，最后，也望着女人叹气了。叹了气，就忍不住说了。

竹英姐说，不该叫石娘这个名字！

女人一惊，为什么？

叫了石女石娘的女人，嫁不了人——

竹英姐有些含混地将话说完。然后，满脸愧疚地拉住女人的手。

竹英姐热乎乎的掌心中，女人感觉到自己的手一点一点地凉下来。她听明白了。村里同年龄的女孩到了这个时候，就开始有媒人上门来了。但她家没有。姑姑在她面前，也从来不提这样的事情。女人还以为，姑姑是舍不得她离开家。

女人告辞了竹英姐回家来了，她想，她该向姑姑问这事了。

姑姑没有瞒她。姑姑知道，到了这个年纪的女孩，想瞒也瞒不住了。

这是你的命呀！姑姑叹着气说。

姑姑对女人说，她出生的那天，正好村里来了一个给人跳神的巫婆。巫婆对母亲说，这个时辰出生的女孩命中有犯，要想平安长大，得找一块大石头认契，也就是认干妈。而且，名字还得叫石女或者石娘。母亲听了，自然焦急，抱上女儿到了河边常洗衣服的地方，找了那块最大的石头当即认了契，起名石娘。

我命中犯什么了？女人感觉到自己的手又在发凉了。

那巫婆没说，只说天意哪！

是不是像竹英姐说的，叫了石娘这个名字就不能嫁人了？过后，女人很奇怪自己当时是怎么想的，就那么坦坦然然地在姑姑面前说出嫁人的话。

姑姑的脸色是有些惊诧的。她定定地看着女人，深深叹了口气，又说，我找人问过啦，说是到了二八成年，可以到认契的石头前还愿，改了名……

女人听到这里，不仅是手凉，心也凉了。她出生的那个村子已经没有了。那年山洪暴发，冲塌了半边山岭，将整个村子和那条小河都埋成了平地。自然，河边那块认契的大石头也无法寻觅了。要不是当时祖母带着她来看望生孩子的姑姑，女人也已经和父母一样死在了那个地方。

女人什么也不问了。她坐在灶前，静静地看着灶膛里的火一点一点地暗淡下来，最后剩下一堆白色的灰烬。

河边那块大石头不是找不着了，而是压到了女人的心头。从此，女人再听到别人叫自己石娘，心头就是沉甸甸的。

竹英姐时不时还回娘家来，但女人不再去找她说话了。有时在门口碰到了，看到竹英姐看着自己那总有些愧疚的眼光，女人心里也难过。她对自己说，我是有太多事情要忙呀！但盯着竹英姐的背影，女人还是明白的，她害怕在竹英姐面前再听到那些话。那个时候，竹英姐满脸红晕羞涩着对她说，嫁了一个能说贴心话的男人，就像山歌里唱的那样，喝着凉水心也甜——

到了在梁三姐面前，执意说出要跟着进城的话时，女人突然意识到，自己对命运的劫数充满了恐惧又充满了抗拒。梁三姐对她说，革命，就是女人也可以做主决定自己的命运！

女人对革命这个词是陌生的，但她仍然觉得自己听懂了。所以，她决定离开这个地方，这个让自己时刻感受着命运威胁的地方。虽然她并不知道等待在自己前面的命运又是什么。

那个时候，女人不会想到，她会很快在城里遇上男人，心里对他有了一种亲近的感觉，情不自禁地告诉他，我的名字叫石娘。

男人听了，却是微笑的，然后说，很好的名字哪。

女人心里沉甸甸的石头，慢慢地卸下了。再后来，又慢慢地，换上了水一样柔软的东西。

见过了男人之后，女人更喜欢带上小解放到这里来了。看到男人埋首专注画画的样子，女人总是心怀敬畏，不会随便走近。很多时候，女人就在那片凤凰树下转悠着，觉得自己越来越喜欢这些高大伟岸的花树了。她无比惊奇地看着那花在长长的日子里，一簇一簇一片一片地凋落，最后，掉光了，剩下了光秃秃的枝干，在空中划开一道道交错复杂的线条。女人背着小解放，兴致勃勃地在一棵棵树下转来转去，转多了，发现了那架秋千。

那架秋千，悬挂在靠近足球场边上一棵最粗壮高大的凤凰树下。长长的铁链子从头顶很高处垂落下来，吊住了一块窄窄的铁板。女人第一次看到，非常惊奇，禁不住伸出手轻轻摸了一下，那铁链子和铁板光滑清凉，很陌生的感觉。女人仰起头，看见两根铁链子的尽头，深深扣入那根横伸出来特别粗的树干里。后来，男人告诉女人，这叫秋千。坐在上面，能将自己高高地晃到树顶上去。女人听了，更是惊讶。

好长的时间里，因为学校里的学生忙着别的大事，很少到这里来。树下的秋千孤零零地在那里。后来，日子慢慢静下来，有学生出来了。那些年轻的男人女人很熟练地坐上去，轻轻地，就将自己高高地晃上了树顶。然后就尖声叫起来，笑起来了。年轻的欢笑声从高高的树顶上飘落下来，像把天上的阳光和云霞摘下来，快乐地洒向地面。女人仰头看着，惊奇而又有了点激动。男人停下笔，转过脸来对女人微笑，好像鼓励她去试试。女人心里头想，自己是不敢的，但又似乎有了些心动。有的时候，她抱着小解放到跟前，将小解放放了上去，也学着轻轻地摇起来。那一晃悠起来，女人就感觉到心里要掉出来了，有了些害怕。小解放却是不怕的，踢打着，嗷嗷地叫着笑着。女人的心也一点一点被鼓动起来，活泼泼的，兴奋起来了。女人想，城里总是有很多新鲜的东西，凤凰树，秋千，还有，男人的画。

有时，男人停下笔了，收回了心思，便抬起头来，看到在树下或秋千旁转来转去的女人，不由自主地微笑起来。那树下的女人，也好像有了感应，总能及时地抬头往这边看，看到了男人的微笑，也笑了。是轻轻的有些羞涩的笑。然后，抬脚往这边走来。女人一边走，一边轻轻拍打着背上的小解放，她感觉到自己的心底涌动着一股暖暖的东西。她还知道，自己喜欢站到男人的身边，看男人怎样一笔一抹地描绘出那些好看的画来。

女人第一次看到男人的画，是非常吃惊的。她觉得那画上的跟真实的很不一样，但又比真实的好看。她呆呆地想，年纪轻轻的男人，怎么就能画出这么好看的东西来呀？竹英姐出嫁前，请来了小镇上的画师给画陪嫁的衣箱。在山里头，即使是穷人家嫁女儿，也要想办法给女儿准备这个。衣箱可以是很简单的，重要的是箱子上面得请人画上表示吉祥祝福的花鸟鱼虫。女孩们在出嫁的时候，往往最讲究的也是自己陪嫁衣箱上的画是否漂亮。口中不说，心里就想比个高低。竹英姐自然也很紧张，常常过来拉女人一起去看画衣箱的过程。那个画师也是个男人，但老了，头发胡子都白了，他喜欢笑眯眯地和两个女孩子一边说话一边画画。女人和竹英姐看着老画师用笔一描一描的，把那天上飞的地上走的山上跑的水中游的都画到了箱面上，真是又惊奇又敬佩。到看了男人的画，女人却觉得那老画师笔下的东西变得难看了。女人不明白，男人的画看着跟真实不一样，就怎么能比真实的还好看呢？

女人心里突然冒出一个念头，要是自己出嫁，也能有男人画的衣箱，那就心满意足了。这个念头使女人的心头一下子慌乱起来，她赶紧低下头来。男人在一旁，却是看清女人脸上舞动的红晕的。男人自然不会想到女人心里的念头，只是觉得女人这个模样好看而可爱。这令他想起第一次见到女人站在树下的情景，自己将她看成了一棵山上的小杉树。男人微微笑了，仍然觉得杉树的意象是很准确的。他甚至还回忆起女人站在树下，树梢上落下的风，拂扫过女人裸露光滑的小腿和脚髁，留下温柔的感觉。他发现，自己是喜欢再见到这个女人的。

日子一点一点地过去。男人习惯了在这里见到这个名叫石娘的女人和她怀中抱着的小解放。见不到的时候，男人就觉得心里有了空落落的感觉。画着画着，他会不由自主地抬起头来张望，往女人常出现的方向。有的时候，男人看到的是另一个名叫宋新民的女人。男人在校园里已经见过她了，知道她果然是新来的国文老师，年轻新派，很得学生喜爱。这个名叫宋新民的女人，好像也很喜欢到烈女坊这个有凤凰树的地方来。一次，看到她身边还走着一个男人。两人是并排走的，走着走着，肩膀轻轻靠着了肩膀，就露出那么点温情和细致来了。男人看着，心想，这应该是她那个名叫戴玉清的丈夫了。远远看去，那名叫戴玉清的男人，身形有些单薄。走近了，那眼神却是异常的亮，看深了，觉得那里面透着一股冷峻沉静。男人无端心一凛，有了点肃然起敬的感觉。而后注意到，他们俩的身后，不近不远地还跟着另一个男人，很年轻的男人。男人心中，又有了诧异。

这个时候，男人仍然不知道，这个名叫戴玉清的男人，就是小城里掌握生死大权的公安局长。他身后跟的，是通信员。

三

新的一年来了。是 1950 年。小城的人知道不能再称民国了，也都改了口。

女人觉得城里的日子过得比乡下快。秋天的时候到城里来的，看着凤凰树落完了花又结完了果，最后，叶子黄了败了，春天也就到了。女人发现，凤凰树重新吐芽抽枝的时间要比别的树慢。暖了好长日子了，细细碎碎的叶子还是遮不住粗壮的枝枝杈杈。男人告诉女人，凤凰树的花开得也迟，要到了五六月，慢慢才开，而开了，就得开长长的日子，开到了秋天，才恋恋不舍地凋落。岭南的酷热，不在初夏，而在夏末和初秋。那长长而酷热的日子，凤凰花最茂盛，那花的大红色由浅入深，从淡至浓，像将那炽热的太阳光一点一点都融进去了。女人怔怔听了，然后说，凤凰花是火，不怕热。女人的话叫男人吃了一惊。过后，他有些迷惘地想，最质朴的直觉，也许就是艺术的想象。

女人说着，并不知道，这新的一年的到来，对于她和男人都是非常重要的。当然，对小城的人来说，也是重要的。因为他们也和女人与男人一起，将要经历一连串无法预料的重大事情。

春天里发生的第一件大事，是烈女坊一带建成了人民公园。这在小城的历史上，算得上一件非常新鲜的大事。在这以前，小城里只有西衙的官宦人家有私家花园，属于百姓人家的花园是听也没听说过。所以，人民公园的建立，在小城人的记忆中，自然是进入新社会一个很重要的标志。

小城解放的时候，攻城战役打得很激烈，牺牲了不少解放军，都埋在了城北路口的小山岭上。不久，建起了一座烈士纪念碑。纪念碑建得很高，很漂亮，听说设计的人是省城有名的建筑师。因为这位建筑师曾是燕州中学老校长的学生，这事做起来就一点也不难了。纪念碑立在小山岭的最高处，高耸显赫，很有气派，让人看着肃然起敬。这座小山岭，原也是无名，有了烈女坊后，习惯叫烈女岭。到了现在，就改口叫烈士岭了。年轻人顺口，也叫纪念碑。约会的时候，喜欢说，到纪念碑下吧。这种习惯，竟一直延续到后来长长的日子里。

有了纪念碑，就修起了长长的台阶，从山脚一直通向山顶的纪念碑。台阶也修得很气派，用的是结实规整的青石条，中间还留下地方种上常青柏树。山脚下大片的地面，也种上了各式花卉。岭南温热潮湿，一年四季都有花开。这花栽下了，长好了，合着那大片壮观的凤凰树，更是一处美妙风景。于是，来走动的人就多了起来。说是瞻仰纪念碑，也可以说是赏花。不久，沿着原先山脚的一条引水渠又修起了拱桥、游廊和亭子，水中养上了金鱼。这一来，就像一个很有规模的花园了。新政府里有人提议说，就叫人民公园吧。说了，一个标志性的大门也就建了起来，紧挨着原先的烈女坊。再到了后来的日子，往里走的山阴处还盖上了一排大小铁笼房子，圈养起鸟雀猴子山羊野猪，甚至还有了一只从山里送出来的小老虎，更是热闹了。小城的公园大致都这样，往往将动物园的功能也一并融合在内。自然，这已是后话。

有了春天里这件大事，小城的气氛就难以平静了。

接下来的日子里，继续发生着一些激动人心的事情，土地改革，抗美援朝，城内城外，轰轰烈烈，群情振奋。女人天天背着小解放走到街上，看着好多如自己一样年纪的男人女人，包括学校里的学生，争着下乡争着参军走了。梁三姐抱歉地对女人说，石娘呀，解放还太小，耽误你参加革命工作了——

梁三姐自然牢记着当初许下的承诺。但女人不遗憾。她觉得自己喜欢带孩子，也能将带小孩的事情做得好。而革命对女人来说，还是陌生的。梁三姐说的道理，女人敬畏着，但始终不太懂。一次女人问男人，革命是什么？男人很惊讶地抬起头看着女人，没有说话，只是摇摇头，好像表示自己也说不明白。然后，他的眼睛又回到画面上去了。女人发现，男人画画的时候，眼睛特别的亮，好像在把心窝里好多没有说出来的东西都倾注在画面上。女人特别喜欢看到男人这个时候的样子。所以，男人画画的时候，女人在一旁，也是静静地不说话。等着男人画好了，转过脸来，微微笑了，然后对女人说，说话吧。女人搂住朝着画面笑着嚷着手舞足蹈的小解放，欢喜而又有些羞涩地笑了。

男人自己不爱说话，但他喜欢听女人说话，琐琐碎碎地说那些乡村里的事情。有时，男人也说了，虽然说得不多。男人发现，在女人面前，他有了想说话的欲望。男人和女人说的，也是乡村里的事情。男人住到城里来了，但他觉得自己的根还在乡村。他对女人说，每个假期，他都要回乡下和太祖母一起过。男人自小丧母，父亲在他从省城美专毕业回来的那一年，也病逝了。太祖母是他唯一的亲人。太祖母常常对男人说，你赶紧给我娶个重孙媳妇回来，让我也好闭眼呀！我已经活得够老了——

话说着说着，夏天就到了。

凤凰树的叶子终于长好了，茸茸密密的满枝满树，太阳出来一地浓荫。果然，迟迟不开花。夏日融融下，人民公园里很多的花在开，一片姹紫嫣红中，凤凰树始终保持着沉默，繁茂的叶子在灼热阳光的照射下，颜色越来越深，越来越浓。浓浓的绿荫，跟着偶尔吹来的微风从高处流泻到地面，仿佛有了重量。从树下走过的人，感受到了重量，抬起头，欢喜着说，要开花了吧？等着等着，日子又过去了一截，凤凰树的花还是没有开。走过树下的人，又抬起头，有些忧虑着说，今年的花怎么还不开呀？忧虑是忧虑，没有妨碍人们仍然满怀喜悦和激情憧憬着美好太平的生活。到人民公园来赏玩的人仍然熙熙攘攘，喜气洋洋。谁也没有想到，流血的时候很快就逼到眼前来了。

对新政权的反扑疯狂而锐利。

多少年过后，小城有点年纪的人说起烈士岭血案，仍然面容失色。

岭南是丘陵地带，到处见山，高高低低，大大小小。燕州城算是难得的平川，周边也有着小山小岭。而越往西南走，山就越多越大。到了百里出外，便是连绵不断的大山群了。那山群有多大有多深，没人说得清。只知道外人进去了，没有人带路，是无法再走出来的。所以，那里是古据盗贼今藏土匪，从不间断。到了大小军阀争夺地盘的年间，陆续有出山受了招安的，摇身一变什么军什么团，兵匪一家，横行山里山外，百姓深受其害。到过燕州县境内的人都知道，城内城外，大村小村，都可以看到高耸结实岁月长久的碉堡围墙。罗四哥梁三姐的游击队在山里，常常要周旋的对手也是这些神出鬼没狡猾凶狠的土匪。郑金彪就是这样一个从山里打出来的惯匪，心狠手辣，还玩得来权术，混上个县民团团长后，更是肆无忌惮地杀人越货，百姓恨之入骨。解放的时候，郑金彪被镇压了，打散了的土匪纠集着北边败下来的游兵散勇，躲进了深山，一时间没了踪影。接下来的日子里，新政权建立，人们被太多太大的事情忙碌着激动着，忽略了那些土匪仍然能仗着土生土长的优势恢复强悍的势力和胆量，也忽略了他们在那个败走海岛的旧政权支持下困兽欲斗。于是，一个夜晚，一个无风无雨月光清朗的夜晚，紧靠着城边的城厢区政府，在毫无防备中被袭击了。区长吕善南等一并十七人不幸被俘。到人们发现时，他们的尸体已经躺在了烈士岭上。一排十七人，头并头，脚并脚，横列在纪念碑前。没有用枪，全是刀刃。所以，血都流尽了。那些日子没有雨，地面干裂，血一点也不剩地被吸了进去，泥土变得滋润饱满，黑油油地发亮。最早赶到的人愣眼看着，竟不敢踏前一步，远远的，唰地全跪下了。

烈士岗血案发生的同一天夜里，城外远远近近几个区政府和十来个村子的土改队和农会相继被袭，被俘的干部和农民无一幸免，都遭受血腥杀戮。沉浸在解放喜悦中的人们，措手不及地震惊了。

三天后，大晴天里突然乌云翻卷，一瞬间如锅盖一般漆黑下来。接着，狂风大作，电闪雷鸣，暴雨如注。那雨大呀，捶打着干旱的地面，咚咚作响，将人的心都捶碎了。长长的出殡队伍从城西走到城东，又走到了城北的烈士岭。一路的泪水，和着滂沱大雨飞扬。接下来的日子里，人们感觉到小城的上空，弥漫着散不去的水汽和血腥气。烈士岭下沉默了整整一个夏天的凤凰树，呼啦啦地，都开花了。远看近看，红殷殷的一大片，像火，又像血。

人们看着公安局长戴玉清铁青着脸，把着枪，带着全副武装的县大队出了城，顺着往山区一路奔驰而去。不久，又看着大批的解放军开过来，城门没进，也直奔那山里去了。有眼尖的，认出走在队伍前面的还有当年的游击队队长罗四哥，已经是罗副专员了。接下来的日子里，所有的人都关注着山里传来的消息。都说那仗打得多么激烈多么残酷，大大小小的洞都掘开了，树和草也烧去了，尸体摆满了山上山下。终于等到说仗打完了。一长行大大小小的土匪从山里被押进城来的那天，多少人挤上街去看呀，那些胡子拉杂的土匪，一个个不像是人而更像是鬼。人们想起烈士岭上被鲜血浸透了的泥土，心中有了怒气，口中也就喊着：报仇！报仇！杀！杀！杀！布告很快贴出来了，一长串的名字打上了红叉叉。同样，公安局长戴玉清的名字非常醒目地写在下面。北校场的公审大会是开了又开，枪声是响了又响。一次又一次去围观的人都说，大沙坑里的沙子红了又黑了，黑了又红了。红的时候是湿的，黑的时候是干的。说的人口气兴奋，听的人也心情兴奋，然后都松了一口气，仇报了！仇报了！但接下来并没有结束，城内城外的还在抓人。这回抓的，是通匪者。知情的人说，审讯土匪时，烈士岭血案弄清了，说是城里有人通了风，带了路。

很快地，人民会场的公审大会又开了，通匪者遭到了和土匪一样的下场。连带着，那些往日的地痞、流氓、恶霸或什么道会长老、反动党团骨干等人，也无一遗漏地清查出来，或判了刑，或挨了枪子。那个时候的小城人自然还不知道，由岭南的匪患剿匪而始，引致了一场席卷全国的名为“清匪反霸”的运动。在后来的历史教科书上，这场运动是称为“镇压反革命运动”。

这后一次的公审大会开得更轰动。因为那长长一串被押上台的人，其中好些是小城的人熟悉的。是街坊，是同事，甚至是朋友，是亲人。围观的人仍然汹汹涌涌，但明显少了激奋尖锐的叫声，而多了惊恐不安的神色。于是，会场的气氛就有了些压抑。只是到了枪声响了的时候，人们心中的什么东西好像又被激发出来，带着抑制不住的兴奋，挤涌着乱哄哄地靠拢到那个杀人的大沙坑周围。那天，刮起了第一场北风，还下了雨，很小的雨，轻薄如雾，在风中不安地游走漂浮。后来，沙坑里的血腥味可能积聚得太多了，突然如潮水一般汹汹翻涌上来，夹裹着北风和雨雾，久久弥散在会场的上空，顿时一片肃杀之气。人们在激动和惊恐中使劲闻着那带着浓浓寒意的血腥味，蓦然感觉到一种莫名的快感，更兴奋地相互挤涌中又相互对看。于是，每个人的脸上，都奇异般地浮现着一层鲜艳好看的潮红。

到了好多年过去了，那些围观的人在向好奇的人转述当初的情景时，仍然感觉到这种莫名的快感环绕四周，脸上也还奇异般地浮现了那种鲜艳好看的潮红，令一旁听的人看着，既惊骇非常，又困惑不已。

通匪者的行列里，有男人。

布告上白字黑字写着，男人的罪名是资助土匪。那股土匪正好是袭击城厢区政府的凶手。听说，公安局长戴玉清在审讯庭里嘶哑着嗓子下令，与烈士岗血案有关的通匪者一个也不放过。还有知情的人说，公安局长戴玉清和区长吕善南是同学也是至交。出殡那天，戴玉清头缠孝巾手执挽幛走在最前头。紧随身后的，是吕善南的遗孀，她的怀中，未满三个月的女儿在滂沱大雨中啼哭不已。人们一路听着交织着雨声雷声的啼哭，心里充满了悲伤和愤懑。悲伤和愤懑在雨水中饱满地积聚着，重重地压抑和伤害着人们的心，使人们不得不在那一场场公审大会上响亮尖锐的枪声中，用呐喊用欢呼将心中的沉重和伤痛一点一点地宣泄出来。

于是，那些日子里，人们对公审大会持续着一种难以抑制的兴奋和迷狂，一直到那一年的最后一场公审大会。

最后一场的公审大会上，男人死了。

那场公审大会开过，冬至就到了，1950 年就要过去了。

后来的人回忆起来，都说，那一年呀，发生了那么多的大事！死了那么多的人！从夏天开始，到秋天，再到冬天。城北的凤凰花开了又败了，延续着长长的日子。长长的日子里，人们看着满天乱红，满天血光，看着手不离枪的公安局长戴玉清，进进出出中，眼睛都是红的。

当然，那一年里，除了轰轰烈烈的大事在发生，也有琐碎平常的小事在发生。

女人们，一样在怀孕。

怀孕的女人走在小城的街道上，和小城的人一起，一样为所发生的大事而激动、震惊和恐惧，一样大口大口呼吸着小城上空弥漫着浓浓血腥味的空气。

怀孕的女人当中，人们看到了燕州中学那个新来的国文老师宋新民。人们开始注意她，熟悉她，是因为她是公安局长戴玉清的妻子。小城街面上到处张贴的布告上，留着戴玉清漂亮醒目的签名。被称为铁腕人物的公安局长，他的妻子竟然是这样一个年轻美丽而又显得温柔娇弱的女人，叫小城的人既惊诧又好奇。

这个名叫宋新民的女人，并不在意人们惊诧好奇的眼光。她仍然年轻美丽温柔娇弱地走在小城的大街上，走在校园里，走在烈女坊那片壮观的凤凰树下，目睹着满树的凤凰花开了败了又落了。她身体里孕育着的小生命，也和她一样，悄悄地呼吸着那弥漫着浓浓血腥味的空气，纯洁无知而又无所畏惧地生长着。

到了第二年的夏天，宋新民的孩子出生了。是个女孩。

那个女孩，就是我。

四

在母亲身体里经历了长长的一个秋天、一个冬天和一个春天，我终于来到了这个世界。

我甚至觉得自己已经来得太迟了。因为在这个故事里，我的出现和存在是如此的重要。到了今天我才知道，我在那个适当的时候诞生在母亲的身体里，便喻示了与女人之间开始了那贯穿一生的神秘的联系。我在适当的时候来到这个世界，也注定是女人复仇命运中永远绕不过去的一道深水。

当我赤裸着身子在护士的手里久久哭不出来的时候，女人将我抱过来了。

凌晨的时候，母亲的肚子开始作疼。父亲仍然不在，院子里其他的人家还静悄悄地在睡眠中。女人摸着黑跑到门外，不知从哪里拉来一辆三轮板车，把已经疼得快失去知觉的母亲抱上去，一个人推来了医院。母亲一直紧紧拉着女人的手不放，女人跟进了产房，在母亲撕心裂肺的喊叫中等到了我的出生。

女人从护士的手中抱过我，那一瞬间的神情和动作紧迫而自然。她想起了姑姑最小的男孩出生时也是这样，浑身青紫，没有声音。接生婆一把将婴儿倒拎起来，扬手朝屁股上猛拍一掌，就哭过来了。但女人抱过我，还来不及做这一切，我哇的一声就哭出来了。

到了今天，我仍然断定自己对外部世界的第一个感觉，就是女人的身体。那带着特有的气味和触觉的身体。在那一瞬间，我对自己的感觉，体悟得无比鲜明深刻而留下悠久的记忆。那种感觉，既温暖又冰冷，既细腻又粗粝，既光明又黑暗，既热爱又憎恨，如此对立矛盾而奇特地交融在一起。我相信，外部世界的全部含义在那一瞬间，沉重、复杂而尖锐，终于令我幼小的生命难以承受。于是，我哇地哭出来了，哭声响亮，带着无比的惊恐和愤怒。

我的哭声却令房子里的人兴奋起来了。躺在床上的母亲尽力转过惨白的脸，看着哇哇大哭的我，笑了，带着无比的满足和欣慰。然后说，我女儿的名字要叫和平——

母亲声音软软地说出和平这个名字，满怀喜爱，深思熟虑。

女人看着母亲，一脸困惑。女人一下子听不懂这个名词。她甚至觉得这不像是一个人名，尤其是要给一个女孩取的名字。

母亲微笑着，好像解释也好像自语，外公说了，是天下安宁，不流血——

说完话，母亲合上眼睛，疲倦地睡过去了。母亲太累了，她看不到女人在一刹那变得苍白异常的脸色。

母亲后面这句话的语气，显然有点黯然，与眼前的喜悦格格不入，也明显不合乎母亲在这个阶段的性情，她是一个对新社会充满信心和憧憬的年轻人，总是表现得那么单纯、热情而快乐。但是，母亲还是在眼前无比的满足和幸福中，说了这句话，带出了那一点藏不住的忧虑和感伤。这是有点奇怪的。这个时候的母亲，连自己都意识不到，从去年以来，她也像小城里其他怀孕的女人一样，更敏感躁动地感受着小城空气中太重的血腥气，并在内心萌发了某种说不清是激动还是恐惧的东西。更想不到，自己将心爱的女儿放心地留在她怀里的这个女人，内心已经种植着一颗复仇的种子。

于是，我的母亲在还没有看清女人异常苍白的脸色之前，安心地睡着了。

女人抱着我站在床边，苍白着脸，凝视着怀中也已经沉沉睡去的我。

刚来到人世间的我，满脸皱纹，和所有的初生婴儿一样难看，也和所有的初生婴儿一样，眼睛紧闭，好像还不愿意睁开眼来看这个陌生的世界。但这个时候的我，却有一个重要的动作：我的右手，紧紧捏住了女人左手上的大拇指。这是在无意中完成的动作。女人的手在拨弄我身体的时候，我的手很自然地就捏住了。

我的手还是那样的小，女人的大拇指捏在我的手掌里显得过于饱满。但我的劲很大，像钳子一般箍住了女人的拇指，让人奇怪一个刚出生的婴儿怎么可能有这样的力气。于是，女人在一瞬间非常清晰而强烈地捕捉到了那种感觉。那是她和这个婴儿之间一种非常复杂而奇异的感觉。这感觉，顿时令女人莫名地惊慌起来。

这一刻，女人还不会意识到，这种复杂奇异的感觉，是在向她预示着她一生的命运，都将要与这个名叫和平的女孩和这个女孩的家庭紧密地联系在一起。

春天的时候，梁三姐接到调令，要到专署任职了。说是工作的需要，也是照顾罗副专员。在进山剿匪的战斗中，罗副专员的一条腿受了伤，落下了残疾。

梁三姐对女人说，我们一起走吧。到了那里就给你介绍工作。这个时候，梁三姐的奶妈从乡下找来了。梁三姐说，解放可以给奶妈带，石娘你应该参加工作了。

但是女人说，我不离开这里。女人还想说的是，我的男人在这里呀！

女人在心里这样对自己说：我——的——男——人！一个字一个字说出来，带着心头上滴下来的泪和血。

男人已经死了。带着通匪的罪名。

最后一次和男人在一起，是快入冬的一个午后了。男人说，过年了，带你回去见太祖母。说完了，男人继续低下头画画，没有再说别的什么了。女人听着，心里是明白的。明白了，也就欢喜，欢喜着，心里还有了些朦朦胧胧的想象和向往，甚至回忆起竹英姐准备出嫁的那个模样，想起了老画师画的那对描满花鸟鱼虫的陪嫁衣箱。想深了，脸就热了。那天太阳好，有非常绚丽的晚霞，妩媚地飘动在高高的树梢，起风了，一片一片落下来，落在了女人的脸颊，也落在了画面上。男人终于停下了笔，抬起头来，看着女人，然后笑了。还是那样轻轻的笑，没有声音。男人笑着，心里在想，女人脸上的红晕，比晚霞还好看。

女人低下红晕舞动的脸，也在心里笑了。男人心里没说出的话，她一样读懂了。女人隐隐地感觉到，男人眼神里那些丝丝缕缕的东西，已经一点一点沁入自己的心底，注定要追随自己一生一世。

女人的回答让梁三姐很意外。她觉得自己将女人带出来，得对她负责。但女人的态度很坚定，就像她当初决意要跟着到小城来一样。梁三姐有些惊疑也有些遗憾地说，那好，我在这里给你介绍工作。女人说，我还是帮人带小孩吧。女人想了想，又补充说，我喜欢带小孩。梁三姐不再坚持，事情就这样定了。一些日子后，女人就到了公安局长戴玉清的家里当保姆。戴玉清的妻子宋新民快生孩子了，一直急着想找一个能帮带孩子的人。梁三姐夫妻和戴玉清在当年同是燕州中学的同学，自然，也是地下党组织里的同志。梁三姐觉得是将女人托付给信得过的人了。她很高兴，没有注意到女人在听到戴玉清的名字时，一霎时变得异常惨白的脸色。

女人也像小城里很多人那样，是在布告上认识戴玉清的。

那张布告，女人是在烈女坊的地方看到的。女人认得一些字，在村里的时候，女人喜欢带着姑姑的小孩去社学里转悠，听着听着就学到了。认识男人后，更用了心将男人的名字记熟。所以，女人很容易地从布告上找到了她用心记熟了的名字。这个时候的女人，已经懂得了这种布告的意义，懂得名字上面鲜红的叉是判处死刑的符号。在这个叫北校场的地方，女人已经好些日子见不到男人了。一次又一次的公审大会，女人也来看，她抱着解放站得远远地看，远远地听着枪声连续着响，心里有些害怕，但也高兴。在山里的日子，她也和村里的人一样痛恨土匪。只是她没有想到，男人也因为通匪的罪名而要断送性命。

女人从布告上看到男人名字的那一天，也同时认识了公安局长戴玉清的名字。那是布告下面很醒目很漂亮的签名。旁边很多人也在看布告，还在议论，议论着这个名叫戴玉清的公安局长是如何如何的厉害，脸一冷，大名一签，便决定了一个人的生死命运。

女人听着，浑身发冷，刻骨铭心地记住了戴玉清这个名字。

梁三姐对女人说，你要去的是公安局长戴玉清的家。女人惊呆了，她想摇头，却点了头。

过后很长时间，女人仍然想不透自己一口应承之下，心里究竟有没有明白要干什么。但有一点是清楚的，她想见见这个判决了男人命运的人究竟是什么样子。那些日子里，女人常常到公安局的门口远远站着。那个旧衙门的房子前出出进进的人，都一样年轻，一脸肃然，一样挎着枪，看不出谁是公安局长。女人呆呆看着，心底一片凄惶，又想不明白自己为什么非要见到这个名叫戴玉清的人了。难道见到他，要当面质问，为什么冤枉男人吗？

女人从一开始就相信，男人是冤枉的。

女人从众人的议论中得知了男人通匪的经过。那些日子里，小城的人表现出了一种异常的躁动和莫名的激奋。他们在潮气荡漾的骑楼里，在人潮汹涌的集市上，也在烈女坊的凤凰树下，反复地传播着他们亲历的或听来的各种各样的消息，说着那些他们熟悉的或不熟悉的人究竟发生了什么，又落了什么样的下场。男人通匪的事情就是这样说出来的。

事情的经过很简单。

男人是在回乡的路上遇到了土匪抢劫路人。本来，男人已经趁着天色昏暗躲进了路边的草丛里。但他看到那个衣着光鲜背着孩子的女人，在左右纠缠下脸无人色，就自动走出来，将身上背的一袋米给了那些土匪。那米是在城里的集市上买来，准备送回去给乡下的太祖母的。父亲死后，男人承担了太祖母的赡养。遇上乡下收成不好，男人就得从城里带米粮回去，当教师的薪金不薄，男人也想尽办法让太祖母过得好一点。那个时候，刚刚解放，被打得七零八落的土匪散着躲着，日子很不好过，常常趁着黑夜出来打劫路人。这般爽快就能从男人手里得到米，土匪是高兴的。走的时候，习惯地拍拍他的肩膀说老兄够朋友。合着那天有认识的人在场，将这事情说开了。说的人本来是赞他侠义心肠，有胆识。但后来烈士岗血案一清查，土匪说出了当初在路上得了一袋米，得以恢复精力逃回山里。再加上其他目击者的证词，男人就有了通匪的嫌疑。

审问男人的时候一点也不困难，他直率地回答说是给了，是主动走出来给的。而到了问为什么要给，男人却又不说了。男人就这样，觉得没有必要回答的时候，是一个字也不愿多说的。审问的人都处在非常的激愤和疲惫中，特别反感男人这般镇静自若的神态，很自然就将他列入了顽固抵抗的首恶分子行列中。等到案宗连夜送到公安局长戴玉清的桌面，签上了名，男人的命运也就这样判决了。

女人在听到男人通匪的经过后，心里就认定了男人是冤枉的。她想起男人在东墟集市上救下自己的举止。女人知道，男人会这样做，会为了救下那个带孩子的女人这样做的。男人从小跟着父亲在乡村转悠，常有遇上土匪的时候。父亲就这样，直接掏出钱给对方。父亲对男人说，任何时候，人的性命都比钱重要。男人听多了，见多了，自然学到了这样的做派。

女人的心颤抖着，滴着泪，滴着血，冤呀——冤呀——

在山里，女人喜欢听老人讲那些悲欢离合报恩申冤的老戏文老故事，常常听得泪水涟涟。到了现在，女人才知道，真正的冤是什么——苦入了心，痛入了骨。像古戏文里说的，覆盆之冤，暗无天日。

女人开始在夜里反复做同一个梦。

在梦中，女人见到了男人，仍然是那个站在树下画画的背影，凝静不动的，像一棵树，一棵挺拔好看的松树。女人走近了，问他，你是冤枉的，对吗？女人的声音轻轻的，就像往日那样，生怕惊着了专心画画的男人。男人停下笔了。他抬起头，没有回答，静静地看着女人。女人觉得那眼神里，有很多东西。女人悲切着说，你是想告诉我什么吗？男人笑了，还是那样轻轻的笑，没有声音，也没有话，然后搁下画笔，转过身走了。他一直往前走，前面是一大片的红色。女人想，那红色是什么呀？晚霞？凤凰花？还是火？是血？正疑惑间，男人的背影突然消失了，消失在那片越来越浓重的红色中了。女人大惊，伸手一抓，什么也没有，眼前却陡然耸立起一座高高的牌坊，挡住了前路。女人吃力地仰起头，只见牌坊上下，全是红色，浓浓重重的红，像血，也像火，把眼睛都灼疼了。女人捂着眼睛从梦中惊醒过来，猛然想起，那是烈女坊。

公审大会那天，女人抱着小解放站在烈女坊下。站在那里，台上的情景是模糊不清的。只是，女人的心底，却能清清楚楚地看到男人，甚至能看到那深深勒进男人手臂的绳索，是那种粗硬毛糙的麻绳。那粗硬毛糙的麻绳，一样勒住了女人的心，令她的心一阵阵地抽搐而硬生生地痛，躲也躲不去的痛。枪声响的时候，女人感觉到，被击中的，不是男人的身体，而是自己的心。击中了的心，在一瞬间，碎了。心碎了的感觉，原来不再是疼，而是空。空到所有的东西都看不见，抓不住了。女人在那一瞬间过后，失去了对四周一切的感觉，甚至听不到小解放在她怀中惊恐地哇哇大哭。小解放响亮的哭声，和着枪声，终于打破了那场公审大会上持续了太久的沉寂。到人们醒悟过来，往烈女坊方向看去的时候，小解放已经不哭了，但人们仍然听到有哭声，凄厉尖锐的哭声，在高高的烈女坊上和凤凰树的树梢上缠绕不去。人们敛声肃立，神情大变。过了好多年以后，有人回忆起来，终于能发出一声长叹说，那是有冤屈呀——

女人终于也听到哭声了，听到了烈女坊上缠绕不去的哭声。她想对眼前那些神情惊恐的人们说，你们不要害怕，那是我的心在哭呀——

后来很长的日子里，女人没有再到这个地方来。到了女人重新再来的时候，冬天已经过去了，接着而来的春天仍然很冷。小城的人习惯了岭南的春天是冷的，但还是觉察到那个春天比往常显得更冷，一阵一阵的西北风裹着淅沥不停的雨，将天空搅和得混沌昏暗，常常分不清白天与黑夜。女人是自己来的，没有带小解放。她记着那天是男人的百日忌日，从集市上买了东西直接就过来了。这样风雨交加的冷日子，烈女坊前前后后都没什么人，人民公园里也是空荡荡的。女人不知自己能做些什么，她在集市上买不到要烧的香和冥纸。她呆呆站在烈女坊下，还是那天站的地方。这样站着，那天的情景，细细碎碎，真真切切，又都一一呈现在眼前了。于是，女人又听到哭声了。凄厉尖锐的哭声，和着北风回旋在高高的树梢，缠绕上空中飘洒的雨，断断续续，黏黏糊糊，再落回到了女人的心底。轻薄如雾的雨，落到了心底，却有了重量，那藏得深深的东西又丝丝缕缕地散发出来了，还是那样的苦，那样的痛。

不知过了多长的时间，雨终于也下大了，看得到一丝丝的白条在空中飞舞，然而，落到了树丛里，被树枝阻隔，仍然变得时断时续，有些怪异。就在这个时候，女人听到那个声音了。那是一个女人的声音，低沉柔和，在风中在雨中丝丝缕缕地带出来，有了风的感觉水的感觉，也就有了速度有了重量，越来越响，越来越清晰。女人终于听清楚了，那是一个词，一个反复说出来的词。

复仇了——复仇了——

复仇！

女人大骇，抬起了头。于是，她见到那个疯女人了。一个看上去还不老也不难看的疯女人。这是她们俩第一次见面。而从这以后，女人就常常在这个地方见到这个疯女人了。每回都一样，疯女人面带微笑，反反复复，高高低低，说着那同一个词。

复仇了——复仇了——

女人惊惑着，疯女人哪儿来的？

后来有人告诉她，那个疯女人一直就在烈女坊那个地方。小城的人都知道。说的人又补充着，自从有了这烈女坊，就断不了有这样一个疯女人，一个老了死了，又有了一个年轻的，常常在下雨的时候，和着雨声叫着，复仇了——复仇了——

一个又一个的疯女人，似乎在坚忍不拔连续循环地延续着一种不可改变的长长的历史。

女人听着听着，就觉得有什么东西植入了内心深处。终于有一天，她在心底对自己说，我要认识我的仇人。这个时候，梁三姐对女人说，你要去的是公安局长戴玉清的家。女人惊呆了，她想摇头，却不由自主地点了头。

五

女人一直等到了我出生以后，才见到了我的父亲。

父亲是在我出生后的第三天来到医院的。

那一天，护士将我从婴儿室送出来喂奶。母亲开始有点发烧的迹象了，精神恹恹的。我没有吃饱，被女人抱过怀里的时候，我哇哇大哭。这时，父亲走进来了。我响亮的哭声，吸引着他径直走向我。

这一来，父亲就很近地站在女人身边了。

女人措手不及，被一种突然而至的说不清是激动还是恐惧击中了。她感觉到自己全身僵硬，动弹不得。

眼前就是仇人。

在这之前，近一个月了，父亲仅仅回过一次家。母亲告诉女人，父亲夜里都睡在办公室里。父亲回家的那次，也是深夜了。女人闻声从床上起来，听到母亲的房间里有悄悄说话的声音。女人怔怔站了一会，转身进了厨房。到她将一壶泡上的茶端上来时，父亲已经出了门。女人望出门外，有点蒙蒙月光的天井里，父亲的背影模糊了。跟在后面的通信员，手里有一闪一闪的光亮在跳跃，那是枪管。女人困惑着想，怎么像月光呢？这时，云层忽然散去，清朗明亮起来的月光溢满天井，流入了屋里。女人顿时感到一阵冷风飕飕。

当父亲兴冲冲地走近跟前时，女人又清晰地感觉到了那股飕飕逼人的冷风。

这就是自己的仇人了。女人想起了这段痛彻骨髓的日子。突然间，她僵硬的身体活泛起来，不断地颤抖。

我感觉到了。

我相信，我是那样敏感地感觉到了女人身体的剧烈变化。我神奇般地停止了激烈的哭声，并睁开了眼睛。

于是，我看到的这个世界的第一眼，就是父亲和女人的面孔。这一定是冥冥中注定的。我的出生，将要永远站在他们之间，阻隔着某些事情的发生。在我的眼中，这张男人的脸和女人的脸都呈现同样惊诧的神情。出生第三天，我第一次睁开了眼睛。

我毫无顾忌地提前睁开我的眼睛了。我非常高兴地看到因为我的睁眼，女人身上的颤抖停止了。女人并不知道，她怀中的女孩，注定要时时制止着她心中某些意念的萌动和活跃。

我的父亲却叫起来了，她、她看我了！看我了……

父亲的声音带着手足无措的激动和惊喜，显得非常的年轻，甚至有点稚气。这一定与往日的他很不同。所以，躺在床上的母亲和站在床边的护士都看着父亲好奇地笑了。门边一直肃立的通信员转过脸来，很吃惊但也很开心的样子。我那被人称为铁腕人物的父亲，终于在我面前表现了他非常温情的一面。

到了今天，我已经能确定，在当年，我二十四岁的父亲不仅很年轻，而且是个性格文雅温和的男人。外貌上也是文质彬彬，甚至略显瘦弱。父亲在燕州中学毕业后，考上了省城的大学，他的组织关系也一并转了过去。革命，始终是他读书生涯中重要的一部分。解放的前一年，他悄悄离开大学，奉命回小城来做地下工作。这个时候，北边的政局已经大致明朗，小城开进了很多军队，都操着北边的口音。父亲的任务是要在军队内部开展策反工作，力求以和平方式取得小城的解放，来成功阻止敌人大规模向南边海面的溃逃。父亲不仅是个革命家，也是一个很地道的书生，尤其是他还能讲非常流利的国语。所以，他很顺利在军队中笼络到一批同样是书生出身的军官，并制订了挟持军队最高长官的起义计划。但是，计划最终失败了。土匪出身的县民团团长郑金彪，用金钱和女人收买了一个军官的贴身随从。事情败露后，所有的军官和有关人员都被枪毙了。这里面，包括几个长期在军队和城里从事地下党工作的同志。

一直在学校里从事革命的父亲，第一次领略了革命斗争更为艰难残酷的一面。这次策反的失败，使小城的解放变得非常困难，攻城战役打了三天三夜，死伤了很多解放军战士。烈士纪念碑建起的时候，父亲脸色肃然地在那里站立了整整一天。他想起那些年轻的战士，从北边跋山涉水一路奋战而来，终是马革裹尸留在了这远离家乡的岭南边陲。他还想着那些在多年来出生入死从事地下工作的同志好友，在胜利来临的前夕献出了生命。父亲这般想着，心里是万分的内疚、悲痛和愤慨。就是从那个时候开始，父亲温和文雅的性情被强制性地掩饰起来了。他变得严肃冷峻，寡言沉静。刚上任公安局长的第一件事，就是极力坚持不将县民团团长郑金彪作为俘虏上送处理，而就地公审执行死刑。他的老同学罗四哥从游击区回来，用力拍着父亲的肩膀叫起来，好哇！书生终于变成战士了！当年在学校，罗四哥是师兄，也是入党介绍人，自然了解父亲的秉性。

父亲浅浅一笑，神情仍然冷静肃然。毫无疑问，父亲对自己的转变绝不怀疑，他坚信自己在残酷血腥的斗争中学会了对敌人的冷酷无情。

但是，父亲温情的另一面仍然深藏内心。所以，当他第一眼见到自己的亲生骨肉的时候，依然情不自禁地叫起来，欢喜而柔情，让所有的人都吃惊了。

父亲并没有觉察，他抬起头来，眼睛正好与女人的眼睛遇上了。父亲宛然一笑，说，石娘同志，谢谢你呀！

父亲这个时候的语气，变得非常温和了，令女人即刻想起了男人的声音，也是这样的温和安静。

女人惊慌而困惑。

这一点也不奇怪。父亲是喊女人同志了。所以他一定是非常温和的，就像他对待他所有的同志一样。对待同志永远像春天一般温暖，对待敌人永远像寒冬一般冷酷。到了我上学读书，需要反复背诵这段非常著名的话时，觉得这完全是父亲他们这代人的最高生活准则。

父亲又走了。通信员紧跟在身后，那是白天，通信员手中的枪看得很清晰。擦得很干净的枪管，在阳光下仍然闪烁着耀眼的光亮。女人远远望出门外，困惑中，又感觉到一阵阵飕飕冷气缠绕身上不去。

女人第一次见到父亲的印象，应该是非常重要的。

它一方面使女人心中的复仇对象，终于清晰明朗起来。而另一方面，却又给女人带来某种说不清的困惑。女人万万没有想到，自己心目中的仇人，并没有想象中的凶狠可恶。他的文弱温雅，还有他的沉静寡言，都令她想起男人，那是男人身上也一样存在的气质。这种感觉鲜明生动，突兀而至，令女人在那一瞬间惊慌失措起来。她无法想象，这两个身份完全不同的男人，怎么会有如此相像的地方？女人自然不能理解，那些读了书的年轻人，在那个堪称乱世的年代里一样成长过来，文化背景既复杂而又单纯，都多少有了一些相似的气质。除了书卷气之外，也许还有那个乱世给他们身上注入的沉重和忧郁。而父亲和男人，可能还有着性情上的某种相似，他们沉静的外表下，一样有着非常温情的内心。因此，当女人看着父亲远去的背影时，心中充满了痛苦和困惑。这种痛苦和困惑，令女人心中复仇的念头仍然虚幻缥缈。烈女坊下那个疯女人在雨中呼喊出来的词，诱惑着女人，同时又使女人觉得可怕而抗拒。

另一个更重要的原因，是因为我。

我的出生，注定要将女人的注意力完全吸引过来。女人并不知道，自己天生具有强烈的母性，一旦她将孩子抱到了怀里，就承担了推卸不去的责任了。这在后来长长的日子里，更是证明了这一点。

也就在父亲来看我的那一天以后，母亲没有奶了。

那天晚上，母亲发起了高烧，接而连日不退。医生护士说，这叫产褥热，是产妇最怕出现的问题。女人也知道，山里人叫产后风，挺不过去人就没了。后来知情的人说，母亲本来就是个太娇弱的女人，生小孩肯定会伤了身体。母亲的解释是自己初来乍到还不适应小城的气候，这里靠着山又靠着海，春天太潮湿，夏天太炎热，还常常来台风，酷热一阵，又清凉一阵，反复无常，身体就扛不住了。到了今天我却认为，这只能是头一年的缘故。由于我也和母亲一起呼吸了长长日子的带着血腥味的空气，在半岁多以后，也要开始陷入一种无法控制的高烧之中了。

母亲的高烧给我带来的直接后果，就是没有了奶。

我开始不停地哭，饥饿使我绝望恐惧。那个时候的小城，连牛奶都弄不到。母亲一次一次地从高烧的昏迷中醒来，虚弱地躺在床上，连照顾我的力气也没有，只有看着我焦急地流泪。

一开始，女人很镇静地面对我饥饿的哭声。她有她的办法，一样带大了姑姑的小孩，还有解放。她到集市上买来新上场的米，在灶上用长长的时间，熬出非常细致润滑的米汤。她还磨了米浆做了米糊，一勺一勺、一点一点地喂我。女人在孩子的事情上，具有非常惊人的耐性。我吐了，她擦干净了，又喂。淡的不吃，又试甜的，甜的不吃，又试咸的。但女人所有的努力，在我这里都失败了。我拒绝吃那些和母亲的奶完全不同的东西。即使我仅仅只吃了母亲三天的奶，但已经熟悉和热爱上那种味道了。结果，我处在了基本绝食的状态。奄奄一息的我躺在女人的怀中，再也哭不出一声，四肢发软，双眼紧闭，像只可怜的小猫。

女人手足无措了。她轻轻摇晃着我，眼泪不由自主地掉了下来。我一出生就面临的生存困境，不由自主地将女人拉进了她和母亲之间的共同利益之中，使女人无法顾及心中尖锐涌动着的复仇念头。

母亲看到了女人的泪水，顿时心头一热。应该是从那一刻起，母亲对女人就开始产生那种油然而生的信任和依赖了。

女人对母亲说，找个奶妈吧？

女人说着脸上有了愧色。女人第一次发现自己带不好孩子。她不知道，这个名叫和平的女孩，从一开始就注定要给她带来纠缠不清的麻烦。

还在梁三姐家带小解放的时候，那从乡下来的奶妈对女人说，梁三姐出生后也是没吃上母亲的一口奶，靠的全是奶妈。因此，梁三姐自小在家中，对奶妈的感情最深。女人从奶妈的口中，才知道了梁三姐是有钱人家的女儿，读书时加入了共产党，与家庭脱离关系，再也没有回去过了。奶妈常常叹着气说，要是土改的时候小姐能回去一趟，也不至于弄到家破人亡了。奶妈困惑着问女人，这革命为我们穷人好是好，但也不能不要人伦亲情吧？

女人听着也是困惑的。山里带来话，女人知道姑姑家在土改中已经分到了田地，也是高兴的。但是，革命就一定非得有的人高兴，有的人痛苦吗？想起了男人的死，女人又感觉到心尖上在尖锐地痛。

女人的建议提醒了母亲。但她不敢自己做主，晚上等到父亲回来就问了。父亲马上反对说，这不行！

这回是母亲掉泪了。她知道父亲反对的理由。从她开始懂得革命道理时，她就懂得了革命最不能容忍剥削。到了我长大后，我却觉得，保姆和奶妈的性质其实是相等的。但我也知道，从解放的那一天开始，在我们那个小城，就渐渐没有了奶妈这个称呼了。

在女人的建议下，我本来很可能得到一个奶妈，但是革命的新道理使我失去了这个机会。

我终于还是得到了拯救。远在省城的外公外婆闻讯后，即刻托人给我带来了奶粉。那是两大罐美国奶粉。

这简直是从天外来的珍宝。

那个时候，物质供应是非常困难的，更不用说在小城里，连见过奶粉的人都很少。因为那个时候的小城人，还没有喝牛奶的喜好，人们更习惯将米汤米糊作为喂养孩子的辅助食物。很多的孩子，喝着米汤米糊也能健康地长大。但是我不行。我只热爱和习惯奶的味道。当女人小心翼翼地打开那个精致的罐头盖子，用水调开了香甜的奶粉，我的鼻子就禁不住用力吸起来了，小而薄的鼻翼轻轻扇动着，快乐而好看。

到了今天，我仍然相信那两罐奶粉对我生命的重大意义。而对于女人来说，那也是重要的。自我懂事后，女人一直喜欢对我提起那两罐奶粉的重大意义。她总是不厌其烦地重述，要不是外公，和平你的小命就难保了——

女人说起外公的时候语气惆怅，神情是虔诚的，甚至有一点抑制不住的激动。

到了后来，我才醒悟，外公对女人的重大影响，不是奶粉，而是那场谈话，那场在外公和父亲之间进行的重要谈话。

外公和外婆是在暑假从省城赶来的。他们不放心病恹恹的女儿，还有我这个刚出生就没有奶吃的小东西。

这个时候，小城正在慢慢地平静下来。强有力的铁腕方式，终于带来了肃正清平的治安面貌。公审大会不开了，人民会场那个地方渐渐冷清下来。小城的人一时间竟有了些失落。走在人民公园的花树下遇着了，不免有点遗憾地相互打听，没听说北校场什么时候还有热闹看吗？

凤凰树的花又开了。红殷殷的，在平静中有了些喜气。

外公端详着躺在外婆怀中安静酣睡的我，意味深长地说，但愿你这个小东西带来真正的和平吧——

这些日子以来，我喝上了外公外婆带来的奶粉，终于停止了愤怒的哭声，满足幸福地睡着了。

我的外公个子不高，却是个很有威仪的男人。他说起话来，总显得严肃沉着语重深长。因此，每当外公一开口说话，我都无法抑制地要沉沉地睡过去。他的话深奥难懂而又神秘飘忽，常常叫人想上好久也无法弄通。对于还太幼小的我，更是如此。

因而，当外公和父亲进行那场重要的谈话时，我依然是在床上酣睡着，四仰八叉，幸福满足，嘴角还挂着刚刚喝进去的一点奶糊。幼小而混沌的我，就这样永远失去了与我尊敬的外公面对面进行心灵交流的机会。

于是，那场谈话的忠实听众就只有女人了。那天母亲难得地精神好，带着外婆到江边看风景去了。女人留在家中，照顾我吃好了，睡下了，就忙着收拾房间准备饭菜。她还将小厅堂里的饭桌收拾干净，为了父亲能将棋盘摆上去。当然，还泡上了一壶热茶。母亲对女人说过，常处在紧张工作状态的父亲，最需要的是热茶。女人不知道，她来来回回匆忙着用心着做着这一切，已经变得自如习惯而细致，就像她在姑姑家和在梁三姐家里一样。这个时候，内心深藏的东西变得虚幻而遥远。只在偶然抬起头，窗外树影摇晃，婆娑声碎，女人不由自主愣住那么一会。往那窗外的路口走出去，穿过校园，出了北校场，就到了烈女坊的凤凰树下。

那天父亲难得地留在家里，是为了陪外公。外公不仅仅是父亲的岳父，还是恩师。虽然父亲最终没有完成学业就走了，但没有妨碍外公将父亲当作最心爱的弟子。要不，他也不会将心爱的独生女儿，嫁给这个在当时拎着脑袋闹革命的年轻人。

父亲和外公谈话的地方是在小厅堂里。那个小厅堂不过是两个房间之间的一小块地方，仅仅放得下一张饭桌。所以，当他们进行谈话的时候，女人在悄悄地进进出出来回穿插其间，无意中就将那场重要的谈话听进去了。

刚开始是安静的，只听到棋子落在棋盘上清脆的声音。后来，第一句话说出来了。第一句话说出来后，就停不下来了。

杀戮太重了！

这是外公说的第一句话。外公说这话的时候显得有些迫不及待。他好像已经等了好长的时间，为了等到可以倾诉的对象。这句话使谈话从一开始就难免沉重起来，并充满了质疑和争辩。

先生——您这话，重了！

父亲仍然习惯称外公为先生，语气恭敬，但脸色顷刻间凝重起来。

知道吗？教秦汉史的白老先生以通匪罪被枪毙了……你能相信那个老先生通匪吗？记得他当年冒死救过你们几个地下党的学生呀……

外公的话一说开，便是滔滔不绝，他无法顾及细看父亲的脸色了。

总有证据吧？父亲定了定神，口气变得冷静坚定。

什么证据？仅仅是因为土匪到了他们家的农庄抬走了粮食……好吧，就算是他们自愿给了土匪。那是一家老少妇孺，面对土匪，你能不给吗？唉——在下面抓到是就地正法了。连审都不审……明代起，太平时期也严明死刑要报中央朝廷才能执行，重案还得三堂会审哪……这是连老百姓看戏文都能看懂的。可现在是上上下下大大小小的官员，都能杀人……这已经不是战争时期，是解放了，和平了……恶人自然也要抓，但得有严明的法令，哪怕先关押着……

非常时期……为了大原则，小失误也是难免的……

小失误后，却是无辜人的性命——这能成为理由吗?

外公的声音突然大起来。女人正好走过他老人家的身后。这句话女人明显听不懂。但外公身上的一种东西，突然令女人感觉到非常的温暖。

外公紧接着补充一句，弄不好，也是——草菅人命!

哗啦一声。是棋盘散落地面的声音。父亲两手一撑桌面站起来，力气太冲了，将棋盘掀掉了。

女人闻声冲过来。厅堂里面已经恢复平静。好一阵，里面什么声音也没有。静寂的空气里，升腾着一种令人悚然的冷峻。女人站住了，没有走进去。

沉默在延续着。突然，房间里的床上传来了一些声响，那是我在咂巴着嘴巴。女人匆忙跑进去，看到我仍然睡得非常沉。梦中的我，一定是还沉浸在奶粉的香甜味道中，小脸上充溢着幸福满足的笑容，对外面发生的事情浑然不知。女人轻轻地在床沿坐下，心中一片凌乱凄惶。

外面的沉默终于被打破了，仍然是外公的声音。

想想历史吧。一个国家的文明哪怕多么古老多么辉煌，也不能再以杀人来延续了……文人们为官前还懂得推崇仁义仁治仁政，入了其间却也爱上杀人，帮着杀人，助纣为虐。你和你的同志大多读了书，你们推崇的理想高尚远大……所以，你们更不能像军阀土匪一样任意杀戮呀……要不，我们就错信你们了——

外公的话戛然而止。

重新出现的静寂中，留下一种沉重尖锐而神秘的东西在涌动。我突然醒了。醒了的我，听不到外公的声音，放声大哭起来了。

女人慌乱着抱起了我。若我在这个时候能睁开眼睛，一定能看到女人毫无血色的脸。厅堂里的两个男人，不会想到，女人在这个时候，差点就要冲出去，跪倒在我外公的面前了。那么长的日子以来，心里头的难受和悲愤，就想在这个老人的面前说出来。

多年以后，我已经走进了不惑之年，才能略为理解了这些话的分量。而我仍然惊愕不已。我的外公，何以敢在一个正在掌握小城芸芸众生命运的公安局长面前说这样的话，即便那是自己心爱的弟子和女婿。我只能猜想，他们之间有着比师生比翁婿更深的信任。那是知己的情谊。

那场谈话，充满了历史神秘而沉重的气息，长久地弥漫在那间守护着我长大的房子里，在后来的日子里，一点一点耐心地启发着我混沌蒙昧的心智。

这使我长大了，经历了很多的事情终于变得成熟起来以后，不可避免地对神秘诡异而沉重的历史愈发敏感多情而充满痛苦执着的兴趣。

到了今天，我已经可以断定，我的外公是个悟性极高的智者。他虽然只是一介书生，却对诡异多变的政治洞察入微。也许，这正是他作为史学家的优势，使他能从那些看上去眼花缭乱的政治盛况中看到深藏背后的阴暗与危险。同时，他也能从历史表面上那些政治家们的威严辉煌背后，去寻找到最简单而淳朴的人性。他是对的。可惜，一直到今天，并没有太多的人能真正理解他的思想。但我想，父亲最终是懂了外公的。女人告诉我，父亲最后的那些日子里，常常独自摆开棋盘，静坐整日。我完全想象得到，父亲在和外公的对弈中，继续着他们之间那场重要的谈话和争论。父亲死的时候，脸上终于呈现了非常安静舒坦的神态，嘴角处甚至轻轻漾开着那么一丝不容易觉察的笑容。我想，他们之间应该是谈得很融洽了。

父亲最后的话是叫着和平。那是叫你呀！女人说。

不！我摇摇头。

和平。这是我的名字。但在外公和父亲的谈话中，它还是一个含义深刻至为重要的词。

我想，那正是父亲和外公在长长的岁月里，一直在艰难努力要去参透的一个词。我上大学的时候，在外婆那里得到外公留下的一些书。从中我找到了那本近代伟人梁启超所著的《新民说》。那是一本印刷粗陋的小册子。发黄的纸页上，写满了外公端正秀丽的小楷眉批。其中一句犹如警言："欲达此理想，近乎登天之难矣！"读到这句话的那一刻，我顿时领悟到外公给母亲取名新民的深刻含义。也即刻无比悲凉地意识到，母亲生命的短促，无形中应验了外公的这句警言。

暑假过去了，外公也要走了。

外公外婆走的那天，全家都到了烈女坊送别。包括我和女人，还有父亲的通信员小李叔叔。小李叔叔和女人差不多年纪，脸圆圆的还带着点孩子气。可能平日里需要绷着严肃的脸，到了跟我们在一起的时候，无意中就放松下来。每听到我哭一声，他都忍不住回过头来看看，嘴角悄悄漾起笑意，看我，也看女人。

小城解放的时候，车站被炸毁了，还没有来得及修建起来。城北路口的烈女坊，也就是人民公园的大门口，成了临时停车发车的地方。那个时候车很少，坐的人也少。我们站在烈女坊下面等待着车来，还太早，冷冷清清的，只有树上的蝉喝足了清晨的露水，叫得洪亮而快乐。

我第一次到这个地方来。一定是满树的蝉鸣惊动了我。我在女人怀里睁开了眼睛，第一次看到了满树盛开的凤凰花。大片大片的红色，在清晨的天空下鲜艳耀目肆意飘荡，突然惊吓了我。我下意识地感觉到危险，哇地哭起来了。我的哭声很大，饱含着莫名的尖锐和痛苦，使所有大人的眼光都不得不落到了我的脸上。

于是，外公和父亲之间那场谈话的尾声，是在我的哭声中结束的。

父亲说，我们死了那么多的人……血海深仇——不能不报！

父亲的声音有些激动，也饱含着痛苦和尖锐的东西。他的身后，高高耸立的纪念碑肃然庄严。父亲一定想起了那些年轻的解放军战士，想起了昔日的同窗好友吕善南，还有他未满三个月的女儿。

外公说，杀人复杀人，和平将永无宁日呀……

树下轻轻扬起一片婆娑，外公的声音异常低沉，同样饱含着痛苦和尖锐的东西。

沉默了一阵，父亲又说，不会的！我们已经强大了！

父亲的声音变得冷静下来，自信而坚定。

外公不说话了，只是深深地叹了一口长气。车来了，外公转身离开了，那声长长的叹气留在了我的脸上，也留在了烈女坊苍老斑驳的墙面上。我毫无知觉，依然在大哭。外公就这样永远地走了。我不知道，他老人家谶语般的话语，却开始伴随我的一生。

第二年，谋杀发生了。

六

我注定要和父亲一样，成为小城里最有名的人物之一。因为那场谋杀。一直到很多年过去了，我甚至从一本重要的历史文献书上看到，那场谋杀被列为新中国成立初年最恶性的重案，直接被呈送到国家最高领导人的案头。只是文献书上的字里行间，并没有出现父亲和我的名字，而是像在所有的传说版本中一样，用公安局长和公安局长的女儿称之。

谋杀公安局长女儿的案件，在小城人的口中，更是被津津乐道地传播了很长很长的时间。我长大成人后，我的许多同龄人，那些在小城里出生和长大的男孩女孩，都对我说，我是他们小时候一个无法摆脱的噩梦。交织着刀光剑影乱红如雨，交织着大人们惊恐激动的神情和动作以及喋喋不休的话语和警告。当这些男孩女孩对我这样说的时候，他们的脸上却没有了任何噩梦般的神情，而是洋溢着过分的热情和好奇。他们终于确认了眼前这个和他们没什么明显不同的女孩，就是那场谋杀案中的主角。

于是，我不得不从我那些同龄人的口中，反复地耐心地听着对那场谋杀的不同版本的描述。到了我终于能将这场谋杀的过程理清之后，我惊讶地发现，所有版本的描述与真实都有着太大的差异。

最大的差异是季节。

所有的版本里都说，那是凤凰花在秋风中纷纷凋落的时候了。手持菜刀的凶手，一个女人，从屋里跑出来，狂笑不已地嚷着，我复仇了！我复仇了！我杀了公安局长的女儿——杀了公安局长的女儿了！周围的人闻声跑出来，只见满天乱红，满天血光，搅动起天地间一片秋气肃杀。后来我推测，人们的记忆之所以出现这个误差，是因为到了凶手被押上刑场时，已经是春天过去，夏天也过去，而是秋天了。北校场烈女坊一带的凤凰花，正在辉煌壮观地纷纷凋落。风声惨烈乱红如雨中，枪声响了，那个坚持沉默着的女人突然厉声喊叫起来，这是复仇——天经地义！要在康熙年间，也会给我立烈女坊——

声音呼啸着冲出人群团团围困的大沙坑，翻卷着直向烈女坊那高耸的牌面撞去，蓦然有了长长的回声，凄厉尖锐而悠扬。在场的人皆惊悚动容，不由自主地转过脸往台上看去。公安局长戴玉清肃立上面，脸色煞白。

事实上，谋杀发生在春天。

那是春天的一个霉雨天。在岭南，每到春天，总有一段这样的霉雨天。绵绵长长的雨，浓浓淡淡的雾，搅动起地面慢慢升腾的暖气和树林里散不去的寒意，内蕴而灵动，滋润着万物孕育生长。人因此变得敏感多情，而又郁闷消沉。医生常常说，这个季节里人的神经系统易感多变，精神病最易发作。我愿意将此看成是杀人的一个难以避免的理由。因为我在讲述这个故事的时候，最不能从容接受的就是这场谋杀。不是说我还幼小的生命是多么的重要，而是要让人相信一个普通女人，一个能够成为妻子和母亲的女人，会将一个婴儿作为复仇的对象，这只能是对人性的彻底绝望。到了今天，我更愿意将那个成为凶手的女人在刑场上最后的声音，当成普通人在特定的自然环境、历史环境和文化环境下的精神崩溃。而事实上，凶手被抓住时，即刻昏厥过去，并在长长的日子里一直躺着神志不清。

于是，这期间发生的事情就令人不解了。

依当时的惯例，这样的恶性案件，凶手会很快就执行枪决的。但夏天来了又过去了，一直等到了秋风起凤凰花凋谢的时候，公审大会才召开。后来的人说起来，都满怀疑窦。听说，那长长的时间里，公安局长戴玉清坚持要等到凶手神志清醒后才进行审讯，甚至还请了省城的精神科医生来做鉴定。所有的人，包括父亲的同志战友和小城的百姓，都觉得这是不可思议的。听说罗副专员三番五次打电话来责问父亲。父亲听着电话，什么话也没说，脸色凝重。身边的人看细了，也觉察到在那段长长的日子里，父亲变得更加沉默，眼睛里常常飘荡着一种说不出是沉重还是困惑的东西。一直到了今天，我才觉得自己理解了父亲。我甚至认为女人也理解了父亲，因为女人听到了父亲与外公之间那场重要的谈话。我相信，是那场谋杀，使父亲不得不反复回想并思索外公说的每一句话。不能说父亲就接受了外公的想法，但父亲肯定受到了很大的触动。他希望自己和自己的同志能做得更好，能让那些相信他们和帮助过他们的人不再失望。父亲在关键的时候，终于显露出书生本色，无意中靠拢了外公的思想。但在他的同志的面前，这举动将很快被看成迂腐，甚至是不可饶恕的软弱和退却，甚至是背叛。

有关谋杀的另一个重大误传，是将凶手说成是我的保姆。

这一点令母亲最不能容忍。在后来很长的日子里，母亲总会固执地用她上课一样的耐心和细致，反反复复地给别人澄清事实的真相。末了，她一定回过头来，用郑重其事而又非常深情的语气对我说，和平，你要记住，石娘姑姑是你的救命恩人！自懂事以来，我就深深感受到母亲对女人这种深情的关注。别人家的小孩都管保姆叫阿姨，而我们却叫女人为姑姑。姑姑的称呼，在我们的语言习惯中，要比阿姨具有更亲近的色彩。

所以，我很早就知道在谋杀发生的时候，是女人及时冲进房间来救下了我。她在与凶手搏斗中甚至被菜刀砍伤了手腕，是左手腕。后来的日子里，每当伸出我右手腕的伤疤时，我执意也要女人将她的左手腕伸出来，我们两人的伤疤，神奇般地留在了同一个位置，都在距离手掌约两寸的地方，一左一右，就好像我们是无法分割的整体。

因此，所有的版本中，有一点完全一致。那就是血。

流血了……流了很多的血……

那是我的血和女人的血。那个日子里，我和女人的鲜血，注定流在了一起。

但是，除了母亲，当然，还有父亲，所有的人都只记得我的流血，都会用激动而近乎亢奋的口气回述，那么小的一个小孩，却流下了那么多的血。继而说，那么多的血，竟然没有一滴掉落地面，全洒落在衣服上了。血染红了我的衣服，一套非常漂亮的白色毛衣裤。在春天那个潮湿温润而又带着料峭寒意的霉雨天里，我穿着这样一套白色毛衣裤很暖和也很漂亮。我后来知道，那套白色毛衣裤，甚至还是外公外婆在省城用高价从黑市上买来的美国货。染了血的白色毛衣裤，被当作案件重要的证据收去，从此不再属于我了。这使慢慢长大中的我，只能怀着无限的惆怅去想象，鲜血染在了白色的毛衣裤上，一定鲜艳夺目，绚丽如花，就像在秋风中，凤凰花纷纷凋落撒满空中铺满地面。我相信，这种充满惆怅的想象，使我对那场谋杀的记忆，竟保留了那样的一点诗意和浪漫。这与所有的人在不厌其烦的传播中一样，渐渐使那场谋杀的面目，既充满了血腥和恐惧，也充满了激情和快感；既充满了诡异神秘的想象，也充满了温情细致的诗意。这是令人难以理解的。到了今天，我依然疑惑，在那个凤凰花年年盛开的烈女坊下，我和我身边的人们，对杀戮天生就有了一种无法抑制的熟悉和热情吗？

父亲几乎是最后一个得到我遭谋杀的消息。

他到山里检查工作去了。在当时通信还很困难的情况下，等他得到消息赶回来，我已经在医院里躺了三天。父亲没有第一时间赶到医院，而是先回了那个旧衙门的房子里。他的同志们正在焦急地等待着他的决定，被抓住的凶手仍然在牢房里昏迷不醒，任何的审讯都不能进行，任何的线索也没有头绪。一路双眉紧锁一言不发的父亲开口作的第一个决定，是下令传医生来给凶手诊断。父亲说话的声音，仍然肃然冷静，没有露出丝毫的不安和焦虑。只有到了深夜，他赶到医院，紧紧捏住了我冰冷的小手时，他的手微微颤抖了。

病床上的我紧闭双眼毫无知觉。由于流了太多的血，我三天来一直昏迷不醒。因此，我不能感觉到父亲的到来，没有看到他凝视我的眼睛里，浮上了一层闪光的东西。

只有女人看到了。女人独自留在病房里守望着我。身体虚弱的母亲，受不住突然而至的灾祸，也躺在了另一间病房里了。

女人在父亲走进来的时候，正趴在桌子上打盹。这几天她轮番照料着我和母亲，基本没有合眼。医生告诉她，我已经度过了危险期，明天应该就能醒过来了。女人听着，不由自主地长长吁出了一口气，感觉到一直悬着的心落了底。她刚刚伏在桌面上打了个盹，父亲的脚步声惊醒了她。那只是很轻很轻的声音，女人却听到了，并马上感觉到是父亲。她没有抬起头，眼睛却是睁开了。于是，她非常清楚地看到了父亲的眼睛里，那层闪光的东西。

三天过去了。谋杀的情景仍然在女人的脑海中反反复复地重现着。

女人没有想到，这场谋杀的发生，将自己心中复仇的意念，变成了一个真实发生的事实。在这之前，女人反复想象的复仇，只是虚幻的，还不是具体的。女人一定常常为了无法将复仇的意念变成行动而困惑而痛苦。但当谋杀真正在眼前发生时，女人却不由自主做出了与复仇意念完全对立的举动。

这个举动对于女人来说，太重要了，令女人一下子醒悟到复仇的意念，原来与自己的天性完全相悖。在后来的日子里，女人痛苦困惑而又恐惧着去强迫自己想这样一个问题：我为什么不可以这样去复仇呢？这个时候，开始传出了一种流言，说凶手的丈夫是公安局长戴玉清签了手令枪毙的，罪名是通匪。丈夫死的时候，妻子已经怀孕，她找山里的接生婆打了胎。都说，那胎儿打下来时已经成形了，是个女婴。

还得不到任何证实的流言，肯定传到了女人的耳中。女人听了，听得比任何人更细致，甚至那其中没人能说出来的根根底底，女人也感受到了，感受到了那是和自己一样的冤屈一样的痛苦。当女人看到父亲眼中痛苦的泪光时，曾有过一瞬间的快感，那是因为看到仇人，也因为心爱的女儿被伤害而感到痛苦了。

这一闪而过的快感，却令女人不寒而栗。她的眼睛急速躲开了父亲的脸，望向后面的窗外。农历的月初，夜空没有月亮也没有星光，黑得无边无际无着无落，像女人在梦中掉落进去的地方。刚才女人做梦了。在梦中，她见到了男人，还见到了烈女坊下那个疯女人，听到了那个在雾一般的雨中回响着的声音。女人在梦中惊醒过来看到父亲的时候，疯女人的声音还在她的耳边震荡：复仇了——复仇了——

女人如陷冰窟，大脑里只有一片冰冷的空白。

天快亮了，父亲离去了。女人来不及理清自己的感觉，我醒过来了。醒过来的我，第一眼看到的，是女人。

那个早晨，我果然如医生判断的那样醒过来了。醒过来的我，奇迹般地叫出了第一声，妈妈——与此同时，脸上露出了微笑。

那个早晨，下了多日的霉雨奇迹般地停了下来，太阳驱赶着满天阴霾慢慢出来了，带着饱满的水分，金黄色的光芒变得鲜丽柔和而深情。我的微笑，就像这个早晨里的阳光，照亮了阴郁多日的病房。刚刚走进病房的医生护士，都情不自禁地被这微笑感染着，露出了舒展的笑容。与此同时，人们马上被我的眼神惊住了，我的第一声妈妈，是冲着女人叫的。

未满九个月的我，在醒过来非常清晰地喊出了第一声妈妈的时候，眼神完全变了，竟有了一种成人般深邃的东西，说不清那是忧伤还是思虑。从死亡线上挣脱回来的我，像凤凰经历了烈火的洗浴，神奇般摆脱了混沌蒙昧而启开了心智。

我的眼神，使所有的人惊诧不已。

我没有理睬所有人的惊诧。我的眼神在环视了每个人之后，最后又停在了女人的脸上。我仍然微笑，再喊出了一声：妈妈——

我的眼神专注而幽深，紧紧笼罩着女人的全身。

女人措手不及，浑身僵住，像被什么魇住了。

母亲是这个时候走进来的。她听到女儿对着女人喊出了妈妈的声音，美妙动听。母亲毫无防备地怔忪了。但只是一刹那，母亲很快就微笑了，含着泪花。她走过来低下身子抱住我的时候，另一只手轻轻伸过去，紧紧握住了女人的手。那是女人的左手，手腕上的伤口还在包扎着，母亲光滑柔软的小手，却将石头一般沉重的感觉传递给了女人。女人立即感到伤口的剧痛，内心如翻江倒海。过后的一个夜晚，两人并膝坐在一起时，母亲对女人说，石娘，我真高兴……和平她一定会永远记住你对她的恩德……

那个时候，我虽然已经将女人叫作姑姑了，但所有的人都看得出来，我对女人比对母亲更依恋更亲密。母亲说这话的时候，仍然真诚。我相信，母亲永远是个单纯善感而真诚的女人，经历了那场谋杀，她已经完全将女人看成是自己和女儿最亲近与最能信赖的人了。

谋杀对母亲的刺激无疑是最大的。母亲有着那个年代的年轻人通常具有的热情和单纯，她对新时代充满了热爱和信赖，但她没有想到，她的女儿却要为这个新时代付出血的代价。这个残酷的事实，使母亲陷入了无法解脱的恐惧和迷惘。她还太年轻，对革命对新时代的认识也还太浅，她心中有了许多的疑问。但是，她没有人可以倾诉。从省城来到这个僻远陌生的小城，她没有朋友，唯一的亲人丈夫仍然整日整夜地不回家，远在省城的父母又是不能说的。前些日子外公心脏病犯，已经躺在了医院里。这个时候，母亲想起了外公离去的那个蝉鸣满天的早晨，在烈女坊前留下的那句话：杀人复杀人，和平将永无宁日……

这话像谶语，可怕而真实。

这样想的时候，母亲的心重了，病也加重了。

那应该是一段很重要的日子。本来母亲在坐月子得了病后一直没有恢复，甚至无法继续上班，谋杀发生后，母亲的身体更虚弱了。因此，就有了长长的一段日子，母亲不得不待在家中，与我和女人在一起的时间就很多了。两个女人和一个婴儿，在一起承受谋杀的阴影，日益亲密而相互依赖起来。

常常是在夜里，我睡下了，女人也忙完了，给母亲端上了一碗莲子羹。这是母亲喜欢的甜品。有时，女人还在里面加进了红枣、桂圆、百合，说是这样能补身子。母亲叹着气对女人说，石娘呀，我什么也干不了，有什么资格做和平的母亲呢？女人惶恐着抬起头。母亲摇摇手，示意女人什么也不要说。然后，母亲叫女人坐到她床边的椅子上，她甚至扯过床上的薄毛毯盖在女人的膝上。已经入冬了，岭南的夜有时也很冷，早晨起来可以看到树叶和草地上落满一层白霜。这些日子以来，母亲已经习惯和女人这样并膝坐着说话，也习惯了自己说，女人听。每逢这个时候，女人默默地听着，听着母亲细细碎碎地说出心中的恐惧和困惑。这过程中，女人的脸上，也一样露出恐惧和困惑的神情。母亲看到了，是感动的，觉得女人理解了自己说的话。母亲不会想到，女人心中的恐惧和困惑，还有着另外的内容。这样的日子长了，谈话慢慢变得更像女人间纯粹的谈话，孩子家务，集市物价，城里乡村，山里山外，琐琐碎碎，庸常简单。这个时候，多数还是母亲说，女人听，但有的时候，女人也会开口，尽管说得很少，但母亲还是听得津津有味。我常常想，是不是母亲对女人那种孩童般单纯的信任，使女人无法抗拒？母亲对女人在乡村的一切充满了好奇和惊喜，她想象不出年纪轻轻的女人，是怎样将姑姑的几个孩子一一带大的。母亲仔细地端详着女人，满怀喜欢地说，石娘，你知道吗？你真的很好看……还有，你心地那样的善良，对孩子那样的好……你和孩子在一起，浑然天成，流光溢彩，好看极了，就像一幅美妙的圣母图……

对，对了，石娘你是很像圣母哟……母亲欢呼般叫起来。

圣母。

女人的脸在一霎时变得惨白。

圣母？圣母是什么？女人第一次在男人口中听到这个名词，非常惊奇。

圣母，是天底下最好的母亲。男人回答了。

女人每次到这里来，都带着小解放。男人知道小解放不是女人的孩子，但他看着女人和小解放在一起的样子，也觉得女人就像一个真正的母亲。男人看着，会突然想，自己和母亲之间是不是也有过这样快乐甜蜜的时刻呢？这样想的时候，男人的心酸酸涩涩地难受。男人对母亲没有任何印象。小时候的印象，只留下了父亲那总是佝偻而沉默的背影。难过后，男人对女人有了一种既新鲜又亲近的感觉。他特别喜欢看到女人将小解放抱在胸前哄着入睡的样子，这让他想起在省城的天主教堂里临摹的圣母像。一天，男人就画下来了。画好了，还题上了两个字。女人在一旁呆呆看着，问，这是什么？男人答，圣母。女人更惊讶了，圣母是什么？男人认真想了想，然后说，是天底下最好的母亲。女人的脸腾地红了，心里头扑通扑通跳起来。女人不明白男人为什么这样说，但她觉得这是好话。后来，她羞涩着问过男人，我有画上那么好看吗？男人不答，只是微笑，其实他想说，你比画上还要好看。男人从女人的眼神里，看到了自己心中喜爱和亲切的东西。那是天上的白云山涧的流水，清澈明亮，温和羞涩。在女人面前，男人突然想明白了一点，对自己来说，城里女人的美丽是有距离的，只能远远地欣赏。在省城读美专的时候，一个城里的女孩子喜欢他，常常跟在他后面看他画画，他也喜欢将那女孩子画到画中去，因为她非常美。但是，男人在离开省城时，没有和那个女孩子打招呼，他觉得两人之间始终离得很远。

女人没想到，从母亲的口中，也听到同样的话。

母亲还在动情地说着，我身体好了，我们一起到省城探望外公外婆。我带你去那间天主大教堂看看，里面那尊圣母像真的美极了……像你，就像你这样善良、美丽……

母亲是对的。她以敏感的心去感受和信任女人的本性。

那些日子里，父亲更加忙碌，极少回家。家中的两个女人守护着一个婴儿，日循一日重复而简单的相处中，日子变得平常踏实而悠远，像长长不断的流水淌过石面，将一点一点的东西毫无痕迹而顽固地渗入深深的地方。母亲和女人之间，就是在这样的日子里，被那一点点看不到说不清的东西，紧紧系在一起了。尤其在这期间，我开始发烧了。

七

我的发烧总是突然而至。无论是阳光明媚的早晨，或暮色沉郁的黄昏，还是清凉如水的深夜，我都可能一下子毫无来由地高烧起来。奇怪的是，任何的针药对我都失效，水敷冰敷也没有用。我总是在体温计的急促上升中沉沉昏睡过去，就像我遭谋杀后最初的那几天一样。

我可怕的发烧一开始令母亲和女人非常惊慌。母亲充满内疚地说，是因为没有母乳的喂养，使我身体的抵抗力太差。女人坚持认为，是谋杀，惊吓了我，也令我失去了太多的血。而到了今天，我更相信那种伴随着我一生的高烧，缘由于我在母亲身体内长长的日子里，呼吸了太多充满血腥味的空气。这导致我必须在一次又一次的煎熬中，去重复一种无法避免的痛苦，并去提醒我身边所有的人，重新记忆起一段重要的历史。我认为只有这样，才能解释我那些毫无来由的高烧。

到了好多年过去，我和女人最后一次在一起的日子里，女人语气悲切地对我说，和平呀，你为什么总是多灾多难呀？我听着，即刻想起的，就是从小到大那些高烧不退的日子，我的身体时而如入火炉，时而如掉冰窟，水深火热的纠缠中，只有灵魂像小鸟一样挣脱出来，在黑暗中盘旋哀叫，等待着拯救我的人到来。

最终，是女人用刮痧的土法子让我退烧了。

我猜想，母亲对刮痧的方法最初无法接受。因为女人在提出要用刮痧给我退烧的时候，母亲没有像往常那样，对女人所作的决定总是及时地点头，这些日子以来，母亲已经习惯了事事听从女人的意愿。但母亲毕竟是个在省城出生长大的女人，还读了那么多的书，无法相信找不出任何科学根据的治疗方法。不过，女人在这件事情上，没有理睬母亲的犹疑态度，表现得固执独断。她擅自从母亲的书柜上取下那只淡青色的小瓷碗，当作给我刮痧的工具。那只淡青色的小瓷碗，一直摆在母亲书柜上最显眼的地方，显示着母亲对它的重视。母亲在看到女人用它沾着清油在我背上轻轻磨刮的时候，惊诧地说不出话来。

我退烧了。我从昏睡中苏醒过来，清晰地感觉到那只小瓷碗在我背上留下的痕迹，热辣辣地刺痛，搅和着弥漫我全身的清油香味，奇异般地变得温润舒坦，令我久久迷醉。在后来慢慢长大的日子里，我仍然会频繁出现这样的高烧，而每一次退烧从昏睡中醒过来，一样感受到这种奇异而令我迷醉的感觉。我一开始就习惯了这种感觉，并在越来越强烈的依赖中去体会莫名的兴奋和快感。到了好多年过去后，女人已经病得很重了，我发着烧从京城赶回来，女人坚持从柜底找出这只小瓷碗，给我刮了最后一次痧。是的，那是最后一次了。刮痧的时候，我们长时间地默默无言，静听着瓷碗在我背脊上反复磨刮过的沙沙声。最后，我忍不住告诉女人，这只淡青色的小瓷碗，是非常名贵的宋代青瓷。我猜想，它一定是母亲最珍爱的陪嫁。因此，当女人把它从高高的书柜上取下来当作给我刮痧的工具，母亲禁不住要惊诧万分。而女人看中了这只小瓷碗，也正是因为它是如此的光滑细腻，温润如玉，绝不会弄伤我那还十分娇嫩的皮肤。

我在反反复复发烧的日子里慢慢长大。那些可怕的高烧，并不能阻止我长成一个快乐可爱而漂亮的小女孩。我们住在校园里的家属大院，房子和房子挨得很近，家家有大人也有小孩，门外窗外有树有花还有芭蕉，非常热闹。我喜欢在芭蕉树下跑来跑去，快乐的笑声吸引着每一个大人和小孩惊异而欢喜的目光。女人过来了，我撒腿奔跑过去，两手紧紧扯住女人的裤脚，仰起头来大声叫姑姑。每当我这样注视女人的时候，眼睛里深邃的东西仍然强烈，令女人即刻想起那个阳光美妙的早晨，我喊出第一声妈妈的情景。女人在回忆中，仍然像当初一样，全身僵住，就像被什么魇住了。女人低下头看着我，迷茫而又清醒地感觉到，她将永远无法摆脱我眼睛里的东西。

长大后我意识到，我的眼神，承继了母亲。那是母亲骨子里的东西，一种深邃到极致而难以言说的忧伤。谋杀发生后，母亲的眼睛里就开始慢慢飘荡起那种淡淡的忧伤了，这令她的脸显得更白，神情恹恹。母亲仍然没有上班，外面的世界似乎离自己遥远了。母亲什么话也没有说，只是在越来越多的时候，长时间地坐在窗前，遥望着外面的路口。那个路口，在很偶然的时间里，会出现父亲和小李叔叔的身影。

女人看着。有一天，女人对母亲说，再要一个孩子吧。面对母亲惊讶疑惑的目光，女人坚持山里妇人说的话有道理，女人得生孩子，才能将身体调理过来。

使我特别惊讶的，是女人对父亲开了口。

我无法猜测，女人是如何鼓起勇气对父亲说出了那一句话的。那几乎是女人第一次对父亲主动说出一句自己要说的话。

女人说，和平的妈妈又吃不下饭了——

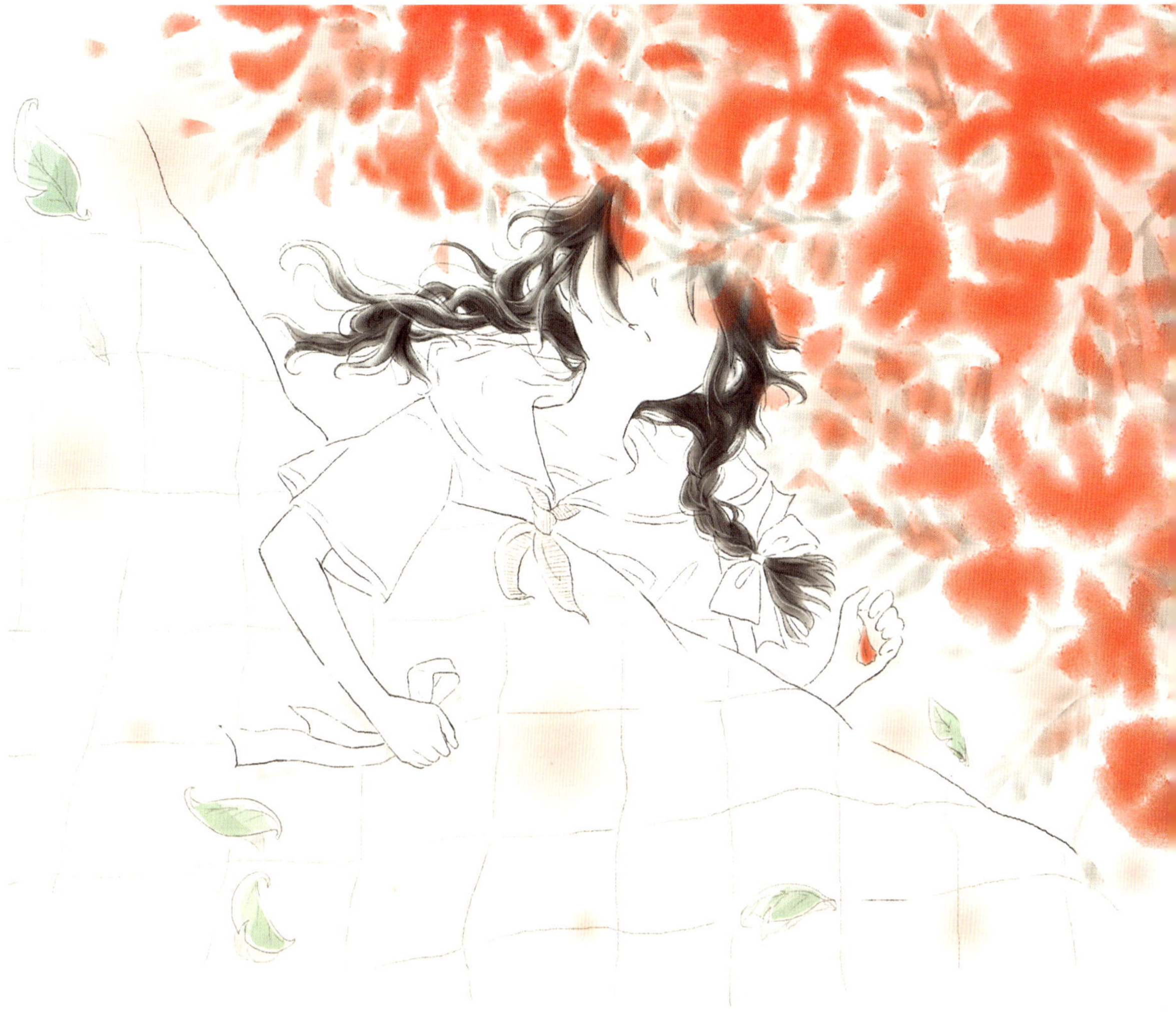

从小到大那些高烧不退的日子，我的身体时而如入火炉，时而如掉冰窖，水深火热的纠缠中，只有灵魂像小鸟一样挣脱出来，在黑暗中盘旋哀叫，等待着拯救我的人到来。

——《乱红》

那是一个刚入夏的夜晚。夜已经深了，父亲在我的床边站起来，对母亲说，找两件换洗衣服吧。母亲在那一瞬间，脸上的笑容急速退去，露出了眼中那淡淡的忧伤。父亲没注意，他看着母亲转身离去的身影静静站着，微微锁起的眉头，看得出他又在思考他的事情了。女人看到母亲纤弱摇曳的身影，心一动，就开口了。

女人的声音很低，几乎听不到。

父亲却听到了。父亲很及时地回过头来，惊诧着盯着女人。父亲如此敏感，他一定觉察到这是女人第一次说出一句带着某种要求的话。他一时愣了。两人静静对站着的时候，母亲进来了。父亲转过脸来，看着母亲手中的衣服，迟疑了好一会，然后说，我今天晚上不走了——

说完了，父亲不由自主地向女人的方向看去。女人的脸已经躲开了。她在听到父亲说话时，就转身离开了。但女人在转身的时候，已经看清了母亲的脸上，无法抑止地漾起了一层美丽的红晕。那层美丽的红晕，终于盖住了在母亲脸上伫立太长时间的苍白，也盖住了母亲眼睛里的忧伤。

母亲和女人并不知道，父亲在那一刻决定留下来，还有着他自己的原因。

谋杀发生后，我的外公和外婆终于还是得到了消息。但他们无法赶过来。不过，外公仍然在医院里给父亲写来一封长长的信。那封信里，除了着急和担忧，一定还延续着他们在夏天里的那场谈话。父亲终于坚持了自己的意见，使对凶手的公审大会拖延到秋天才开，应该与外公的那封信有很大的关系。那封信，我后来还在父亲的手中看见过。但到了1966年后再也没有见过，它应该是与其他的信和文字一起，被母亲放进火盆里烧毁了。

无论如何，那些日子里，父亲开始面临一些从未有过的压力。这些压力，使父亲困惑和痛苦，他在用更忘我的工作来表现自己的忠诚。而这一刻，在这个夜色清凉的夜晚里，他在家人之中，突然感到了一丝疲倦，还有久藏于内心的温情。于是，他留下来了。他走到门口对等待在外面的小李叔叔说，你回去吧，有事情即刻来通知我。小李叔叔非常开心地答应着，他终于看到父亲愿意留下来了。女人的背影在厨房里晃动着，小李叔叔感激地望着那个地方笑了。小李叔叔想，那真是好女人。

那个初夏的夜晚静谧美丽，月色清白，星光闪烁，如水的清凉中，蕴动着悄悄来临的燥热。我完全有理由相信，我的大弟弟长安，就是那个美丽夏夜里孕育出来的生命。

弟弟长安的降临，果然给母亲带来了福音。首先是母亲的身体奇迹般地好起来了。弟弟还在母亲体内时，随着身子的日渐丰腴，母亲的脸色也日渐红润起来，慢慢遮掩住了她眼睛里那淡淡的忧伤。接而到了弟弟出生，母亲不仅有了奶水，而且非常充沛。母亲在亲自抚育弟弟的日子里，找到了真正做母亲的感觉。她常常抬起充满幸福和感激的目光，追随女人忙碌的身影。母亲终于摆脱了城里人的拘囿，承认了乡间的智慧往往胜于科学的解释。

那段时间里，恢复了体力和精神的母亲，喜欢和女人带着我和弟弟到烈女坊的凤凰树下散步。那是母亲刚来这个小城就喜欢上的地方。凤凰树花开花落的辉煌壮观，一样令母亲深深着迷。刚解放时，父亲忙得根本顾及不上她，母亲便是常常一个人到这里来散步。落花纷乱间的母亲久久伫立树下，心中萦绕着古人缠绵凄美的词句，没有注意到，远处一个画画的男人将她画进了画中。而与这个男人有联系的女人，却成了自己在这个小城里最亲近最信赖的人。

又站在了熟悉的凤凰树下，女人心如刀割。离男人死去的年头，已是三年。在山里，坟茔上的草，也该是枯荣几番长深长老了。当初，听说男人的尸体埋到了郊外的乱坟山上，女人悄悄去找过，终究没有找到。想到男人冤屈而死，连个安然栖身的地方也没有，女人心中有万般说不出的苦楚和凄凉。女人这般想着，站在高大郁密的凤凰树下，像一棵哀伤的小树，一动不动，仍然像当年男人眼中的一幅画。在树下欢快地来回奔跑的我，就在仰起头的那一刻，第一次看到了女人的眼睛里，飘荡起那种神秘奇特而令我非常陌生的东西。那东西，像早晨这片树林里飘荡不去的雾气，白蒙蒙的，总遮住了什么，令人看不清，也摸不着。到了今天，我仍然相信，年纪如此幼小的我，就已经能敏感到女人眼中那雾气一般的东西了。而且，我还知道，女人永远不会告诉我，那雾气一样的东西中藏着什么。在后来长长的日子里，一旦女人的眼中飘荡上这种雾气，我就如此清晰地感觉到我和女人之间的距离，即刻变得遥远而虚幻。我们像站在了一条河的两岸，相互守望，而又保持隔阂。我们的身后，大片高大浓郁的凤凰树，永远雾气缭绕。

女人眼中神秘而陌生的东西，令幼小的我，感觉到了莫名的威胁。

这个时候，母亲开始恢复上班，变得忙起来了。在我的印象中，母亲对讲台永远有一种忘我的钟爱和热情。照料弟弟的事情，终于越来越多地落到了女人的身上。为了方便，女人将弟弟从母亲房间里的床上，移到了女人和我一起睡的床上来了。开始是在白天，后来到了一些母亲太忙碌的夜晚，弟弟仍然留在了我们的床上不走。终于有一天，女人就在房里的另一头，搭起了一张新的小床。那小床是用两块木板拼起来的，搁在了两张长条凳子上。在我的眼里，简单而丑陋，还有一种很不安全的感觉。到了我不愿意继续躺在上面以后，它就空搁着，到了妹妹出生，两岁多的弟弟就一直睡在上面长大了。

那张新搭起来的小床对我来说，是一件可怕的东西。我几乎是从出生的时候开始，就习惯了跟着女人在那张宽大的老式雕版床上睡觉。

这个时候，女人眼中神秘陌生的东西的出现，与眼前可怕的事实纠结在一起，令我感到了威胁在越来越逼近我。幼小而心智早启的我，开始寻找诉说心中恐惧的机会。

那是一个阳光温暖的午后，我从午睡的梦魇中惊醒过来，满脸泪水，发现自己孤独地躺在小床上。转过脸看到在女人的床上熟睡的弟弟，我猛然记起了刚才的梦。在梦中，我走进了一个深深的树林里迷了路，无边的黑夜和沉寂像魔鬼一样缠绕着我，我在恐惧中大声哭号。梦中的恐惧交织着现实的残酷，使我终于爆发了压抑多日的情绪。我坐起来，继续放声大哭起来。我使劲地哭，希望有人听到我的哭声赶来。奇怪的是，那天的女人不知为什么迟迟没有出现。我的哭声没有招来女人，也没有吵醒弟弟，我终于哭累了，这使我失去了坚持的耐心。我一声低一声地继续抽搭着，在床上站起来，眼睛开始四处寻找出路。这时，我看到旁边桌面上的水果刀了。那一定是女人忙碌中忘了收拾起来的。午后的阳光非常刺眼，从窗台漫进来，在刀面上留下一团一团跳跃闪烁的光斑，调皮可爱。我忍不住伸手过去，猛一抓，就把刀拿到手了。水果刀在我的手中显然有些重，我有些吃力地摆弄它。当刀锋无意中碰到了我的右手腕时，那道粉红色的伤疤蓦然有了生动活泼的感觉，痒痒痛痛间，一种奇特的记忆好像从遥远的地方走了回来。我终于回忆起一种刀锋在我手腕上留下剧痛的感觉，还有流下来的血，如水一般汩汩流动的血。那一刻，一种突如而至的兴奋攫住了我。幼小的我完全没有意识到，鲜血的诱惑对于我来说，永远美丽而诡异。我紧憋气息，将刀面更紧贴着伤疤。我惊讶地看着刀面在我皮肤上轻轻滑动，留下异常清凉的感觉。这个时候，女人进来了，她失声大叫，向我冲过来。女人还没有靠近我的身边，我已经吓得手一抖，刀掉落在地面上了。刀掉落的那一瞬间，锋利的刀刃迅速划破了我的皮肤，只是那么轻轻一拉，那道粉红色的伤疤上，已经留下了一道深红色的新痕迹，几粒豆大的血珠即刻冒出来，血珠鲜艳夺目地在白皙的皮肤上滚动，机灵可爱。我惊奇而专注地盯着，好一会，突然感到了真正的疼痛，慌乱中我仰头看到了女人，哇的一声大哭起来了。我一哭开，即刻又想起了哭的目的，愈发激烈地哭，哭声充满了恐惧、委屈和愤懑。这个时候，母亲冲进来了，我扬起血珠滚动的手腕指着女人，大声哭喊着说，我不要一个人睡觉，不要一个人睡觉，我要和姑姑一起睡……

这个时候，弟弟终于被吵醒了，加入了我的大哭。那个阳光温暖的午后，我的举动，令大人们惊骇万分。

后来我猜想过，母亲和父亲不会想到我的举动只是一个无意识的动作。因为那场谋杀的阴影太大了，他们认为，我的心理已经受到了严重摧残。到了夜里父亲闻讯赶回家，在床边紧紧握住我的手的时候，父亲反常地不断说话，和平你不要害怕，不要害怕！爸爸一定不会再让你受伤害了！一直保持着内心坚强如磐的父亲，想到女儿竟然会用自残的举动来表达心中的恐惧，心如刀割。我听不懂父亲的话，但父亲眼睛里的痛苦打动了我，我哭喊着从床上爬起来，拥抱了我的父亲。

我的目的，女人却一眼看穿了。当我扬着流血的手腕指着她哭喊出那句话时，我眼神里深邃的东西，如闪电一般击中女人，令女人在一刹那想起了那个阳光美妙的早晨。那一刻，女人觉得自己只想把这个名叫和平的小女孩抱到怀中，彻心彻肺地哭上一场。

当晚，我又回到了女人的床上，怀着满足的心情安稳入睡了。

我长大后回忆起来，那些我和女人睡在一张床上的夜里，女人通常是用一种奇怪的歌调给我当催眠曲。在我下乡当知青，听到山里人喜欢哼的山歌调，顿时感到很熟悉很亲切。我才想起，是女人从小给我哼的催眠曲。那是一种将音调拖得很长很柔百般委婉回转的唱法。好像一个人独自在沉沉的黑夜里，用歌声诉说着内心绵绵长长的情愫，有爱，也有恨，有喜悦，也有悲伤。

我在女人的歌声中安然满足地睡去，没有看到也不会想到，女人的歌唱着唱着，眼泪就流下来了。女人流着泪，心里想着男人，想着与男人在一起的那些短暂如夕阳下沉的时刻，想着两人之间那些琐琐碎碎的说话。

男人的话从来不多。喜欢说的，也是少时与父亲在乡村里的事情。他知道，他说的这些，女人听得懂。

男人的父亲是个乡村画匠。男人从小跟着父亲学画，走乡串村，日复一日，就学出来了。有时画的比父亲的还胜一筹。那些要做新娘子的女人，都喜欢点他来画陪嫁的衣箱。慢慢地，他的兴趣就不仅仅是画那些花鸟草虫，而是画人了，尤其是画女人，画那些美丽羞涩的新娘子。后来一年的冬天，他到一个大户人家画屋梁门楣壁照。那家的少爷在省城读书，正巧回家度假，闲着没事也有着兴致天天跟着这画匠父子看热闹，觉得做儿子的很有天分，极力鼓动他去省城考新成立的美专。说那是几个留学回来的人新办的，开设了西洋画课程，有人体写生。招生简章上还说了，考试优异者可以拿到奖学金。男人听着，存了心思。到了秋天，就悄悄去考了，果真考上了，还拿到了奖学金。男人将消息告诉了父亲，说由父亲来决定。父亲二话不说，依了他。美专三年，有了奖学金，父亲还给了一笔多年的积蓄，就顺利读下来了。毕业的时候，燕州中学的老校长到省城找教师，听说第一届美专毕业的学生中有从家乡来的，还是最优秀的，就赶到学校要下了男人。老校长读了私塾又留洋，很有新思想，一直想在中学里开设美术课，作为陶冶性情的重要课程。就这样，男人成了燕州中学第一个教美术的先生。那一年的冬天，男人的父亲病逝了。男人赶回家，在父亲灵前守了三天三夜，不吃不喝不说话，等待着灵魂飞扬出窍的时刻，再和父亲聚上最后一面。男人悲伤地对女人说，母亲早逝，父亲为了不委屈他，一直不续弦，和年迈的太祖母住在一起，家中洗洗刷刷缝缝补补全是父亲做下来。所以，父亲的手比女人还要灵巧，心比女人还细致。三年前他已经发现自己得病了，但他还是欣然同意儿子远离了自己到省城读书。父亲对太祖母说，孩子心气高，不要耽误了他。男人停住不说了，眼角上凝挂着闪亮的东西。女人听着看着，眼泪哗哗地就湿透了脸颊。夕阳沉尽了，最后一抹红霞，在暮霭拥抱中久久停留在高高的树梢上，变得惨淡凄凉。有风吹过，细细碎碎的声音洒落地面，深沉缠绵。那些声音，那些说话，使这样一些短暂如夕阳下沉的时刻凝结长存，如高山，如流水，如日月星辰。

夜色中偶然传来一声长长的啼鸣，那是屋后小树林里不眠的鸟在叫，孤独凄清。冬天的夜沉寂悠长，女人在黑暗中久久睁大着眼睛，期待着也有灵魂飞扬出窍的时刻，让自己能和心中的男人再聚上一次。身边的我在梦呓中翻身过来，一只手下意识地抓住了女人的手。女人低头看着怀中的我，百感交集，她万万不会想到，这个名叫和平的女孩会用血腥的方式来表达对她的依恋和爱。男人死后，女人感觉自己就像掉进了一个黑咕隆咚的山洞里，那山洞深而无尽头，彻心彻肺一路冷到底，任是多少的人间气也暖不回来了。但进了仇人这个家门，心却被一点一点说不清的东西，丝丝缕缕地缠绕上，渐渐地将自己拉回温暖的世界中来。与此同时，内心的复仇念头，就在这一点一点的变化中，逼到一个遥远虚幻的地方去了。女人紧紧抱住怀中的女孩，泪水一滴一滴淌到了嘴边，苦涩极了。女人想，也许，这就是自己的宿命了。

幼小的我很快忘掉所有的事，无忧无虑地继续长大着。

到了妹妹长宁出生，我上幼儿园大班了。心智早开的我，轻而易举地学会了识字、算数、唱歌、跳舞、画画，所有的老师阿姨都夸奖我喜欢我，但仍然阻止不了我将幼儿园视为监狱，天天盼望着周末的到来，盼望着周末那天是一个阳光明媚的日子。我迷上了烈女坊那个地方，迷上了那些高大美丽的凤凰树。最重要的是，我迷上了凤凰树下那架秋千。

第一次见到那架秋千，我即刻产生了极大的兴趣。那架秋千高大险恶，与校园里所有低低矮矮的秋千都不同。校园里那些比我大的男孩女孩，总用惧怕而又渴望的口气对我说，必须训练很久，才能将这架大秋千荡起来，而一旦荡起来，那是说不出的奇妙感觉，像飞上了天堂，也像掉进了地狱。我一直深受诱惑，如今一见到，迫不及待地甩开女人的手，抓住铁链就爬了上去。女人还来不及叫出声来，我已经脚一蹬，就将自己轻轻巧巧地荡上高处了。树梢的叶子带着风抚扫我的脸颊，毛茸茸的留下痒痒痛痛的感觉，我惊奇地叫着笑着，觉得自己就像快乐的小鸟飞在空中。地面的人仰头看着，呆如木鸡。后来回想起来，自己也无法知道，怎么就能轻易地驾驭这架高大险恶的秋千。在我慢慢长大的日子里，我仍然发现自己对一切危险的东西毫无惧意，就像我在母亲的身体内开始，从不畏惧那充满血腥味的空气。我在高高的秋千上叫够了，笑够了，还大声吟诵古人的诗词。这个时候，教语文的母亲教我吟诵诗词了。母亲在大学读书的时候，以唐宋诗词为主攻专业，从她口中吟诵出来的诗词，熟悉亲切得就像与生俱来。刚满五岁的我，只是被其中美妙的节奏和韵律深深迷住。秋风高扬凤凰花纷落的日子，我在高高的秋千上，觉得我口中那些美丽动听的诗句，快乐地追随着随风纷飞的凤凰花，像星星一般璀璨着从空中掉落。弟弟妹妹在地面踮起脚跟仰起头，追赶着我身影的目光充满了崇敬。母亲站在树下微笑着，仍然年轻，温存动人。

偶尔的一两次，父亲也来了。小李叔叔跟随在后。我在高高的秋千上，看到小李叔叔腰间的枪管，在当午的阳光下跳跃着一团一团的光斑，觉得非常好玩。我兴奋地大声叫父亲，也叫小李叔叔。父亲仰起头，有些担心地朝我招招手，示意我下来。小李叔叔笑容灿烂地向我使劲扬手，然后转过脸寻找什么。我知道，小李叔叔在找女人。母亲和父亲也知道，小李叔叔喜欢女人。但母亲在向女人提出来时，女人摇头。母亲轻声柔气地问，石娘，你是在家中有婚约了吗？女人再摇头，仍然没有话。母亲叹了口气，不再问了。

这个时候的女人，隐到了树的后面，身子一动不动，好像成了那树下的一棵小树了。每逢父亲在场时，女人都有意保持了这样的距离，好像突然之中，就意识到了一种不能逾越的距离。而我就在这距离之中，如此敏感地感受到女人身体的微妙反应，甚至闻到一种台风过后在空气中留下的湿润而沉重的味道。那味道，明显有血腥的气息。当我感觉到这点，便警觉起来，眼睛追随着女人的身影，紧紧不放。

父亲和小李叔叔要走了。我紧紧揪住父亲的衣角不放，我为父亲每一回匆匆到来又匆匆离去的场景感到愤怒。母亲轻轻扯下我的手，让父亲走了。父亲走出去一段路，回头来看看哭喊起来的我，脸上有了不忍，停顿了一下，还是走了。父亲匆忙而有些焦虑的身影，在我的哭喊中消失。我不知道，父亲听到我在秋千上大声吟诵"乱红飞过秋千去"时，心里却想起了欧阳修的另一首《玉楼春》。外公在给父亲的来信中，特意引了其中的"高歌且莫翻新阕，一曲能教肠寸结"。病情一直不稳定的外公，在无法来看我们的日子里，和父亲保持密切的通信。外公在信中提到在外省的两个朋友，由于牵连进春夏之交京城里那桩震惊全国的文字案，已经锒铛入狱。而说起由此接踵而来的越来越激烈的运动时，外公忧心忡忡，便引了欧阳修的这句词。然后外公说了一句意味深长的话，若是文人也难容，恐怕更难有太平日子了……外公的话令父亲非常惊愕。但这个时候，父亲却能安静地去思考外公的话了。也许，父亲已经隐隐感觉到了什么。每当这样想的时候，父亲的心里，感到了从未有过的焦虑和困惑。

外公的忧虑和父亲的困惑是对的。

八

1955年的冬天来了。

在我讲述的这个故事里，时间的含义显得鲜明而重要。我不知道，这是因为我的记忆特别细致以及对时间的特别关注，还是因为我们经历的历史，它的重要性和鲜明性都以时间的特别精确而呈现。

我相信，在母亲的记忆中，1955年也是一个重要而鲜明的时间。母亲一定记得，那一年冬天的第一次寒流来得特别早。当她住在专区一个陌生的校园里的时候，听说山区里下了厚厚的霜，所有的冬作物都冻死了。母亲赶在深夜里给家里写信，叮嘱女人将她的丝棉背心改成小棉袄给我。母亲担心我在幼儿园被冻着了。

母亲在第二天清晨，跑到了学校门口，将信丢进了一只很简陋的邮箱里。她在凛冽的寒风中站了那么一小会，眼睛里飘动着那点略带忧伤的东西。还不到放寒假的时间，却停下课赶到这样一个陌生的地方整日整夜地开会，令母亲的心日益忐忑而沉重。她想念丈夫，想念孩子们，也想念女人。

信是小李叔叔代替父亲带回家，念给女人听的。小李叔叔认的字也不全，磕磕绊绊念完了，大冷的天竟也急出了汗。女人静静听了然后点点头，表示明白了。她给小李叔叔递上了擦汗的毛巾，还倒了开水。父亲不回家，家里不轻易泡茶。小李叔叔感激地冲女人笑了。他对女人说，首长还是整日整夜地开会，太忙了，家里孩子的事情就拜托石娘同志了。女人照例安静地听着，点着头。在家中，女人的话很少，父亲和小李叔叔在的时候，更是几乎不开口。小李叔叔不奇怪。他自己也是从乡下来的，觉得乡下女人的羞涩很自然，也很可爱。

小李叔叔在家里和女人说着话。他并不知道，父亲这个时候已经得知了母亲马上要面临的厄运。

母亲回家来的那个晚上，父亲并不能如母亲所愿在家里等候。他刚从会议室里向众人传达了一个非常重要的报告，走回自己办公室时，小李叔叔看到，父亲肃然的脸色已经转为凝重如霜了。因此，第一个见到母亲的是女人。女人看到母亲的时候，大吃一惊，手中拿着的东西差点掉落在地面上。母亲满脸憔悴，形瘦神疲，就像刚生下我得了产后风时一样。女人急速伸出手扶住了摇摇欲倒的母亲，母亲哑哑地喊出一声，石娘——泪水随之汹汹涌涌地流了下来。那些泪水，好像是在外面的半个月里，在身体内一点一点储藏下来的。

到了深夜两点多，父亲回到了家，母亲低低的哭泣声，仍然从紧闭着的房门内断断续续传出来，持续到了天亮。那个晚上，伴随着父亲始终不变的沉默，母亲的哭声显得凄凉而无助。听着母亲的哭声，女人的心一阵紧一阵地揪着，她觉得这个时候的母亲，也像一个极其需要呵护的婴儿。那个夜晚非常冷，寒流仍然持续着，女人仿佛听到了烈女坊凤凰树上的风声呼啸着翻卷而来。风声在夜色中隐晦诡秘，令女人蓦然间感觉到了一种非常熟悉而可怕的东西。那是什么呢？女人心底不禁深深打了个冷战。

长大后我反复地思忖过，那场变故是母亲人生中非常重要的转折。自从那以后，母亲除了写教案之外，还有了一项更重要的任务，就是写交代材料。母亲在她并不长的一生中，写下了无数的交代材料，那些厚厚薄薄的纸张堆起来，足以将母亲掩埋起来。为了写那些交代材料，母亲身后无法留下一本著作。多年后，我在当知青的地方，遇见一位母亲的学生，在地方任教育官员。他对我说，他至今所拥有的语文积累，仍然是母亲教给他的。他反复地说，你的母亲是一个多么有才华而美丽的女人！

关于母亲在交代材料中所要说明的事情原委，是在好些年后，我从校园里铺天盖地的大字报中了解到的。其实那是很简单的一个过程。我至今没有想通母亲为什么需要用那么厚重的纸张，去反复诠释那件事情。

那件事情述说起来，竟还带着一点桃色的意味。但正是这点稀罕的桃色色彩，成为许多年后大字报上最极力渲染的部分，令刚满十五岁的我，在一种最屈辱最残酷的方式下，开始了青春意识的启蒙。那个时候，我鲜明地记忆起那两个漂亮的空奶粉罐子了。

我终于知道，当年外公外婆给我的那两罐救命的美国奶粉，是托了母亲的一个大学同学带过来的。那是一个年轻男人，大学的时候和母亲同一个班也同是学生会的干部，一直来往密切，并在校园里公开追求过母亲。那个年轻男人带着奶粉踏进我们家门的时候，我还是一个不满一个月的婴儿，固然对他毫无印象。在我后来不断想从女人那里得到母亲更多信息的时候，我从女人影影绰绰的述说中，勾勒出那个年轻男人的一点印象。用女人的话说，他像所有读书人一样，说起话来斯文有礼，面带微笑。离开的时候，还到床前看了我，夸我的眼睛漂亮。他这样说的时候，眼睛不由自主地看了母亲一眼。我曾经设想过，那最后的一眼，意味深长，终究可以说明那个年轻男人对母亲有过甚至还有着不寻常的感情。但这个时候的母亲，全部的心思只在她的女儿身上，根本没有注意到这一眼。更没有想到，那个年轻男人在离开后，并不是像他说的那样到海边去探亲，而是很快地到一个海岛上去了。他的地下身份，原来是军统特务。到了 20 世纪 80 年代我追寻这个案件的时候，曾设想过要寻找到这个人，当面向他印证当年的真相。但我很快打消了这个念头，母亲已经不在了，还有什么意义呢？同时，我也相信，那个年轻男人在离去的时候，也并没有想到，他的身份，会成为母亲终生的枷锁。

那两个漂亮的奶粉罐子，被当作重要证据没收走了。从我记事开始，那两个漂亮的奶粉罐子，一直是藏放糖果饼干的地方，是我最钟爱的东西。上面奇异古怪的外文字母和图案，在我眼中，美丽诱人，犹如天国的礼物。我为此悲伤而愤怒地大哭了整整一天。从那天开始，我对穿蓝色警服的人充满了仇恨，竟然忘了父亲和我非常喜欢的小李叔叔，也是穿蓝色警服的人。那一天，父亲没有出现。小李叔叔赶来的时候，脸色铁青得骇人，他蹲下来抱住大哭不止的我，什么话也不说。到了20世纪80年代末的时候，小李叔叔从省公安厅副厅长的位置上离休下来，对我说，那个时候，他差点扒下了身上的警服，他对父亲说，他做不到将枪口对准自己的亲人。父亲厉声禁止了小李叔叔的举动。父亲对小李叔叔说，任何时候，都不能作出背叛自己信仰的行为！

但那件事情对母亲和全家来说，却非常可怕，像黑暗，像魔鬼，像噩梦。稍大一点以后，我迷上了电影，从电影中，我懂得了母亲身上的罪名，是我们共和国最危险的敌人。即便在那场运动过后，在得不到确凿证据之后，母亲的罪名后加上了“嫌疑”二字，但仍然是一副沉重可怕的枷锁。而我的外公，就在这期间突然逝世了。他逝世的时候，已经因为朋友的事情受株连了。但所有的人都明白，是母亲的莫名厄运最终击溃了他老人家的生命之弦。母亲经受又一次更大的痛苦，感到有更多不能释怀的困惑。母亲想在父亲面前说出心中的困惑，父亲却用坚定的语气阻止了母亲。母亲心里说不出的话，只能变成了浓浓的忧伤，日夜飘荡在眼睛的深处。到了我不断思念母亲的日子里，常常想起的，是母亲独坐书桌前写交代材料的背影，那深邃到极致的忧伤，犹如灯光毫无遮拦地流淌下来，笼罩着母亲，永远像一幅令人心碎的画面。

那件事情发生的过程中，父亲除了要求母亲相信组织，自始至终没有说过一句多余的话。这应该是母亲受到巨大打击的其中一个原因。到了好多年之后，我才知道，当时的父亲在组织面前，却坚持了对母亲的信任。

父亲是个忠心耿耿的革命者，毫不怀疑每次斗争的正义与合理。但他万万没有想到，眼前这场新的斗争，会将心爱的妻子毫不留情地席卷进去。在母亲还没有回来的那些天，父亲反复思考，他熟悉母亲的一切，包括母亲在大学里的这些关系，枝枝蔓蔓，前因后果，他早听过母亲的解释。那个时候，母亲还仅仅是一个要求进步的学生而对组织做出坦诚的告白。父亲作为一直影响母亲进步的带路人，到和母亲成为生活中的亲密伴侣，他们之间已经积聚了坚实深入的认识和信赖。因此，父亲决定信任母亲。

我相信，父亲对母亲的信任，不是因为感情上的因素，而只能是父亲对母亲个人品格的信任。父亲从来没有离开他的信仰来考虑问题。但这一举动，却对父亲产生了巨大的影响。

春节的时候，罗四哥和梁三姐带着解放到家里来了。

我第一次见到这一家人。罗四哥的大嗓门令我非常吃惊。但我的注意力，很快转移到那个比我大两岁的解放身上了。未满六岁的我，还不可能意识到那天这夫妻俩的到来，对父亲是非常重要的。

父亲和罗四哥关着门在房间里谈了长长的话。罗四哥像枪炮声一般激烈高昂的说话声，震天动地地不断从门后传出来，坐在厅堂里的母亲和梁三姐，不得不停下说话，久久地沉默。母亲的脸色在久久的沉默中，变得越来越苍白，她时而抬头看看梁三姐，努力笑笑，笑容也是苍白的，没了气力。最后，听到一声特别响亮的震响，是拍桌子的声音，接着是罗四哥近乎吼叫的说话声，戴玉清，你胆敢说出这样的话？你的立场、你的铁腕呢？

一字一字的，屋外的人全听清了。女人正端着菜盘从厨房过来，手一震，差点落地。女人即刻想起了那年外公和父亲之间的谈话。

没有一点回声。屋里屋外都没有。静寂中，历史的风云呼啸而过。

当年刚解放的燕州城里，罗四哥和父亲鼎鼎有名，一个是县大队队长，一个是县公安局局长，除霸剿匪中，都是铁腕人物，有“黑白双煞”之称。后来罗四哥到了专署任副专员，仍然分管公安，与父亲成了上下级，两人的关系更是密切。毫无疑问，父亲仍然将他视为最可信任的战友和朋友。要不，父亲就不会将内心最隐秘的疑惑在他面前说了出来。这些话，父亲甚至不对母亲说，也没对外公说。这一点，使父亲在听到外公突然逝世的消息时，心里竟有了深深的遗恨。

一直到了多年后，我才从小李叔叔的口中知道一个可怕的真相，父亲说的那些话，导致了父亲一步步掉进厄运的深渊。而那个时候，我正和那个长大了的名叫解放的男孩在热恋中。

父亲和罗四哥之间进行那场可怕的谈话时，我却和那个名叫解放的男孩站在门外的空地上，暖洋洋的太阳底下，我们久久地相互打量。解放看我的神情很奇怪，好像我眼睛里有什么东西令他非常惊诧。

我看到解放的第一眼，就发现他和我是如此的不同。因为衣服。那是一套蓝色制服，挺括整洁，穿在身上就有了大人一样的肃然神气。我马上就知道，这是省城里小学生的制服。我知道自己到了九月份也能上小学了，但现在还不是，所以我不得不穿着花棉衣和红格子裤子站在这个名叫解放的男孩面前，心情沮丧到了极点。我努力皱着眉头，终于开了口，你们那里有秋千吗？

我的问话突兀生硬。解放愣了好一会，回答说，有的。

很高？很大？能打到天空上？

解放迟疑着，然后摇摇头。

我长舒出一口气。

但是那一天，我终究没能在解放面前表演我的荡秋千。他父亲和我父亲之间的谈话谈崩了。解放走出去的时候，突然甩开他母亲的手，转过身跑回我眼前，问了一句话，你的眼睛里藏着什么吗？

解放奇怪费解的问话，令我仍然觉得他在我面前像大人一样神气。于是，我急切地渴望着上小学的日子。

秋天开学的时间到了，我终于穿上了小学生的制服。而父亲，却从公安局长的位置上下来了，脱掉了穿了多年的制服。

这个巨大变故中所蕴含的险恶，我首先从我的班主任那里感受到。

我小学一年级的班主任，是新上任的公安局长的妻子。这是我大了一点之后才知道的。我在陪女人最后一次回小城的日子里，无意中遇到了她。这个时候，她半身瘫痪无法走路了。在花开灿烂的凤凰树下，她体态臃肿着躺在轮椅里，吃力地对我露出讨媚的笑容。我惊讶而有些悲哀地回忆起当年的她非常瘦小，一张干涩枯黄的脸常常板着，对我说，戴和平，你要和家庭划清界限！

这句话，对六岁的我来说，充满了成人世界里的隐秘暧昧和阴险丑恶。我后来才知道，这直接影响了我在慢慢长大的道路上，对身边的成人，永远怀着一种高度的警惕和戒备。在当时的班主任面前，我开始表现了性情中的骄狂。每逢她对我说那句话的时候，我仰着头看她，盯着看，不说话，嘴唇紧咬着。到我感觉到嘴唇变麻了还有了腥味，班主任的脸色也变得非常的难看了。不过，我的骄狂，并不影响我在学校里的名气。我常常代表学校参加各种各样的比赛而获奖，同学们仰慕我，校长视我如珍宝。

我开始正式学绘画了。这是母亲的主意。

那时，小城里有学绘画的风气。城里有一些能教绘画的人，有在学校当老师的，也有在机关里当干部的。很多年以后，我才知道，他们都是当年在燕州中学读书的学生，都跟随着那个被以通匪罪名枪毙了的男人学过画。教我绘画的，是我小学里的图画老师。图画老师在课堂上，教我们画简单的圆苹果方桌子。到了课堂外，单独教我的，却是复杂的素描、速写、水彩画了。年幼的我并不知道，我从我的图画老师这里，神奇般地一点一点承继了男人的艺术本领和他的某些艺术气质。我学画没有多久，图画老师就惊喜而坚定地对我说，戴和平你有画画的天赋，我只有从我老师那里，才能看到这样的笔触和灵气……

我听不懂图画老师的话，只是觉得喜欢用画笔随心所欲地涂抹下心里想表达的东西。

母亲却听懂了图画老师的话。她满心欢喜地笑了。于是，在不是教画的日子，母亲也叫女人陪我到烈女坊去画画。

我画累了，就抬起头来对女人说，我不画了，我要去荡秋千了。这个时候的女人，总是无话的。我甚至觉得她听不到我的话。但我知道她会在树下看着我的，也看着这些凤凰树。我感觉得到，她喜欢这些凤凰树，也喜欢我的画。我在高高的秋千上看下去，也觉得站在凤凰树下的女人，像一棵可爱的小树。我很得意地将这个念头告诉女人，女人惊诧地看着我，脸突然间白了，然后又红了。

我的画进步很快。到了三年级，校长将我的一幅画送上省城参赛，拿到了第一名。

父亲从林场回来，知道了这个消息，非常高兴。听了画的题名是“乱红”，一时有些发怔，然后对母亲说，调子灰了。母亲深深看了看父亲，什么话也没有说。父亲笑了笑，也不说什么了。他抱起我使劲地亲着，粗硬起来的胡子刺得我哇哇叫着笑着。弟弟妹妹也围在父亲跟前跳着嚷着笑着，家里顿时充满了很久没有的欢笑和热闹。父亲自从到了林业局任副局长，常年待在林场里，我已经很长时间没有见到父亲。父亲的回来，令我感到内心的自尊重新回来了，令我想起了小时候，父亲一身制服，威风凛凛，在小李叔叔的跟随下进进出出，引四周所有人的敬仰。

从林场回来的父亲，变得爱说话了。他对母亲说，山里的人仍然淳朴好客，他在那里交了好些朋友。还有，山里的风景如画如诗，人的心情也变得晴朗开阔。最有意思的，在那里发掘出了远古时代的铜鼓。考古队的人听说父亲学历史出身，惊讶极了，热情邀请他一起参与了整个发掘过程，勘探报告还是他起草的……说着说着，父亲的脸色就有了少许按捺不住的激动了。母亲静静地听着，没说话，悄悄回头时，轻轻叹出一口气。

女人端着茶进来。父亲转过脸来微笑了，说，石娘，我见到你的家人了……

女人微微吃惊，一时呆住。父亲又说，还在家里吃了饭，孩子们到山潭里摸来了鱼和螺，那山潭里养出来的鱼和螺呀，鲜美极了……还有那山地上种出来的红薯，煮熟了一扳开，直流糖浆，说不出有多么好吃……

父亲说着，爽朗地笑起来了。父亲很久没有这样的笑容了，母亲怔怔地看着父亲，眼眶里渐渐溢满了泪水。

女人眼一热，赶紧埋下头，内心纷纷乱乱。女人已经很久没有回过山里了。有时有人出来，女人托他们带些钱回去，也细细打听了姑姑一家的事情。知道了姑姑的前三个孩子成了家，有了小孩，都说特别思念女人，也说女人有福气，遇上了好人家，相待如家人，只是女人不知为何不愿成家，因为从别人那里得知，是有人要娶女人的。女人听着，是不作什么回答的。

后来我到山里当知青的时候才知道，当年父亲在山里，是很受欢迎的人。大家都知道他是燕州城第一任公安局长，在剿匪中曾是多么厉害的铁腕人物。

小李叔叔来了。每次父亲回家，小李叔叔总能及时赶来。这个时候，小李叔叔成家了。他在等了女人好多年之后，终于回乡下去娶了媳妇。他对母亲说，还是喜欢乡下的女人。小李叔叔转过身来对女人说，石娘妹妹，从今以后你就是我的亲妹妹。有什么事情需要我，我都在——

女人垂首默然。母亲看着，深深叹出一口气。

小李叔叔在公安局里已经升了职，成了很有经验的老公安了。他见了父亲，仍然恭敬地叫首长。

九

1960 年又是一个难忘的年头。那一年，山里头出大事了。

是秋天的事。

后来的山里人都说，那年一起秋，风就刮得有些邪气，好长的日子停不下来，见天晴空万里，风疾日烈，一片能养雨的云刚出来，转眼就没了踪影。在山里，遇上这个节气的风，叫“寒露风”，刮久了，山里人的脸就重了，沉了。都知道，田里的秋稻正在抽穗，遇上了这样的风，再少了水，抽成了的谷穗，也是干瘪无肉的。那些日子，勤快操劳的山里人总是惶惶早起，一面满山遍野地寻着引来那些细细小小的泉水，一面心里掂量着重重忧虑，合着这两年天灾连绵不断，恐怕要有什么事发生了——

果然，是有事发生了。

山里人天天望着天，风没停，雨没来，倒来了那些花花绿绿的传单。这些山里人从没见过的东西，如突然出现的幽灵，追随着疾风在空中翻卷纷扬，然后纷纷掉落，瞬间铺满了山上山下树林稻田。在那个阳光明媚的早晨，满目光耀闪闪，辉煌一片。山里人措手不及，眼睛如被火灼着了，火辣辣地痛。

那一年我九岁了，从班主任肃然可怕的脸色语气中，知道了这件事情的重大背景。远方那个海岛，发出了反攻大陆的信号。这个可怕的警告，令学校的每个人惊恐而又有些莫名的振奋。那些日子里，我们在上学放学的路上，都大睁着警惕的双眼，去注意每一小片飘在空中的纸片。

可以想象，曾任多年公安局长的父亲，对这事情的反应是如此的敏感而强烈。父亲即刻像回到了战场的战士，全身心地投入而忘掉了自己的身份。在及时将情况汇报到上面的同时，他已经指令封锁路口以确保一张传单不带出山外，并亲自指挥大量的人手到现场收集传单，劝导山里人交出收藏的传单。山里人能读懂传单的不多，是看中了那纸张的结实好看。女人们想留着做纳鞋底的样子，男人们想留着卷烟丝，孩子们想的是更多好玩的用途了。但是，父亲还来不及将这些想做的事情做完，上面的人来了。

那已是第二天的晚上，父亲正召集着林场与邻近几个公社的基干民兵在讲话。黄昏的时候，有人来报告深山里传来可疑的枪声，父亲马上意识到情况更加复杂险恶。多年来，山里就一直流传着还有残匪潜伏下来的说法。父亲神情凝重地说，我们要准备战斗了！父亲从身边的人手中拿过一支枪，咔嚓几声拉开枪栓检查了滑膛准星。全套动作眨眼间完成，熟练漂亮。众人肃然，看到了当年那个威风凛凛的公安局长。

这时，有人厉声喝道，戴玉清！把枪放下！

声音兀然尖锐。

众人惊愕万分地望向门口。那里，正进来一帮人。有人马上认出来，走在中间的，是罗专员罗四哥，也是当年剿匪中赫赫有名的英雄。

父亲的反应奇异般迟钝。他背朝着门口，在追寻着众人的眼光一起转过身的时候，他的动作非常迟缓，与刚才摆弄枪支的动作形成了鲜明对比。旁边的人好像听到了父亲在转身中，低语般说出一句话，你说什么？

放下枪！

屋里死寂一片。松针落地，也呼啸有声。

父亲的脸在那一刻失去了所有的血色。接而，他看到了，看到了进来的人中那张最熟悉最亲切的面孔。父亲浑身一晃，像被子弹从身后击中。众人看到，要不是父亲紧靠着桌子，身体一定会如沙袋一样沉沉坠落地面。

罗专员自始至终没有说话，很快就离去了，留下他的下属面对已经无话可说的父亲。

父亲在被监看着离开的时候，终于开了口，提了一个要求，希望对山里人的处理一定要谨慎，不要冤枉好人。来人反应非常激烈，口气愈发冷漠，你还是在怀疑我们会冤枉好人吗？在说"我们"这两个字的时候，语气特别的重，似乎在提醒父亲，你要质疑的，是一个强大如铜墙铁壁般不容抗拒的整体。

回到家的父亲，像变了另外一个人。

在这之前，父亲还在一个我们无法知道的地方待了长长的日子。等到父亲回到家，已经是冬天了。那是个深夜。我和弟弟妹妹都睡下了，等待着父亲回来的是母亲和女人。母亲静静地坐在房间里等候，女人在厨房，听从着母亲的反复交代，在灶上一次又一次地热着饭菜。父亲一个人走进来的时候，悄无声息，径直坐到了床上，颓然低着头，一句话也不说，好像根本没有注意到跟随在身边的母亲。母亲也不说话，静静地靠近父亲站着。房间里的沉默，在持续了不知多少时间之后，突然被哭声撕开了。那是一种号啕大哭。

夜的静寂中，一个成年男人的哭声异常的沉重苍凉。女人受惊一般从厨房跑出来，到了房门口，站住了。她看见母亲弯着腰，将号啕大哭的父亲轻轻搂在怀中，就像拥抱一个刚受了巨大委屈的孩子。

女人转过身子，久久不动。

之后长长的时间里，父亲一个人待在屋里，坚持着整日整夜的沉默。有时，小李叔叔来了，站在门口，父亲仍然没有开门。小李叔叔沉默着站了很久，又沉默着离去。后来才知道，小李叔叔在公安局里和别人拍起桌子大吵，要是不能信任戴玉清，就是否认了解放初期的革命成果！人们听着这话，一时沉默下来。燕州小城解放初期的肃正安定局面，谁也无法否认。

父亲被彻底击垮了。

山里头发生的事情，残酷地扯去了最后一层可怜的面纱，令父亲终于看清了自己被遗弃的地位。一直到 20 世纪 80 年代初，父亲接到平反通知书，看到了夹在档案里那一页发黄了的纸，是父亲从公安局长位置上下来的那年写下的，黑色墨水的字一点也没褪色：不可信任，内控使用。下面的签名，是刚升为专员的罗四哥。

霉雨天又到了，家里阴郁的日子在持续。

到了有一天，出去买菜的女人带回了老校长。说是在校园里遇到，听说父亲回了家，就要来看看了。那个时候的老校长还在位，到了他退休下来，所有的人都觉得，燕州中学的悠久名气也随之流失了。在我少时的记忆中，老校长的形象总有些遥远，像是放在了一幅与世人相隔太远的画中。他身材瘦削，腰杆板直，常年穿一种宽宽敞敞的对襟唐衫，走在路上，无风也有了风。到了我在学画中懂得了一点吴道子，觉得“吴带当风”的笔风正合着用在老校长身上。

老校长与父亲的家族有着渊源深远的关系。当年祖父从海外携全家妻小回来，是老校长帮助着在燕州城里安顿下来。祖父逝世后，老校长到处托关系，给大伯父和大姑母在另一个城市里找到了教书的活。祖母在随着大伯父离开燕州城后，父亲和小姑母还能一直在燕州中学顺利完成学业，也是全凭了老校长的资助。父亲在学校里才学超群，老校长将他视为亲生儿子一般珍爱，毕业时极力向大学里的朋友推荐。父亲肩负重任从省城回来做地下工作时，老校长处处掩护，还利用了自己的地位帮父亲打通上层的关系。新中国成立后，父亲成了权力中心的人物，老校长却有意疏远了。有时在校园里，看到父亲和小李叔叔走过来，老校长只是远远地站住点点头。父亲感觉到这种疏远，心中惶惶，想着要做什么，终是什么也来不及做。因此，当老校长进来时，父亲走出房间门口，脸上白了又红，红了又白。

那天也下雨，淅淅沥沥地下不停。老校长含笑着说，天留人了。果然，就留下吃了饭，喝了茶，还和父亲下了一盘棋。下棋的时候，两人也没话。

屋里很静，只听到窗外淅沥不断的雨声。夜深时分，老校长起身离开，在门口处站住，轻轻留下一句话，我需要人来整理藏书阁的图书，你来吧。父亲一时愣住，看着老校长走进雨中的背影，道别的话也忘了说。这时，雨声大了急了，杂陈着滴滴答答的敲打声，那是雨打在芭蕉叶上，在夜的静寂中听来，令人心紧。像当年祖父死的时候一样，洞察世事胆识过人的老校长，收留了被晾起来无处可去的父亲。等到我懂得要对这位可敬可爱的老人感恩的时候，他已经离开了人世间。

父亲不会想到，他又这样回到了学校，回到了他熟悉的藏书阁。也许，父亲本就该是个书生。

燕州中学的藏书阁很有名气，从明代还是书院时创办下来，一直有赖于地方士绅和海外华侨的热心资助，藏存了上万册的线装书。父亲当年在燕州中学读书时，受老校长的影响，喜欢到这里看书，后来上大学报了历史专业，也是在这里读书得来的启蒙。新中国成立后，藏书阁日渐被冷落了。岭南的气候潮湿炎热，搁久了没人翻的书，尘厚了重了更容易见霉虫蛀。老校长叹着气对父亲说，好好收拾整理，总有一天，用得着吧。老校长这样说的时候，又将父亲看成书生了。

接下来的日子里，我常常从父亲身上闻到了那种故纸堆发霉的气味。霉雨季节里持续潮湿的气候，令这种气味变得晦暗压抑而悠长。快满十岁的我变得敏感任性，在等不着父亲回来的饭桌上，我常常赌气嚷着，我不吃饭，我要等爸爸回来！

母亲惊愕地看看我，垂下头，什么也没说。阴郁的日子里，母亲的脸色越来越憔悴。

女人悄悄拉我到门外，对我说，和平，去叫你爸爸——

女人的声音带着不容违抗的东西。我乖乖地往藏书阁的方向走去，即使心中害怕着很不愿意。藏书阁在校园最僻静的东北角，隐在一面池塘的后面，常年没人走，那条用鹅卵石铺成的小径已被乱草遮住，每到黄昏，就觉得有一股阴冷的味道在空气中飘荡。母亲每天下课路经藏书阁外面的路，但她从来没有走进去。那个时候的我还不会明白，母亲也害怕，她是害怕在那个四面闭困孤寂如灰的屋子里，见到当年意气风发叱咤风云的丈夫。我每次推开那扇沉重的铁门沿着昏暗的楼梯走上去，看到父亲的背影深深埋在布满灰尘的书堆中，就感到父亲像在坚持独自一人走进一条黑洞洞的隧道，离我们越来越远，越来越陌生。这种感觉令我害怕而恐惧。一天走到楼下的时候，下雨了，我终于没有勇气爬上那座又陡又窄的楼梯，蹲在下面哭起来了。黄昏的暮色搅和着满天雨雾，格外暗淡凄凉。楼外空荡荡的地方都看不到一个人影，可怕的静寂像魔鬼一样逼近我面前，我越哭越害怕，越哭越大声，一直到父亲从楼梯走下来看到我时，吃惊地发现我已是满脸通红，浑身滚烫。

我发烧了。

父亲第一次目睹了我可怕的高烧。我在高烧的昏沉中不断说着呓语，爸爸不要走！爸爸不要走！突然醒过来的一刹那，看到眼前的父亲，我大哭着伸出双臂，紧紧搂住父亲的脖子不放。当我又昏沉着睡去以后，父亲仍然守在床前，一只手握住我，另一只手，握住了身边的母亲。

我相信，在我高烧的日子里，父亲突然醒悟到这些日子来自己的自私，醒悟到自己多年来对家人的亏欠。

父亲开始准时地回到饭桌上来了。阴郁的霉雨天在悄然中过去。

在后来的日子里回忆起来，我仍然觉得那是一段与父亲最亲近最快乐的日子。父亲似乎要将以前对我们的亏欠补偿回来。他和弟弟长安一起下棋，到幼儿园接妹妹长宁，周末的时候，陪我一起到凤凰树下画画，甚至在一些晚上，带着我们和母亲，一起去看新上映的电影和杂技团的演出。燕州城不大，只有那一所电影院和剧院，我们走出去，仍然像当年一样，吸引着众多熟悉的目光。人们惊异地发现，当年的公安局长，没有了原先的冷峻肃然，在他的妻子和儿女面前，恢复了极其文静温存的一面。

母亲如此欣喜地看着自己的丈夫，看到了当年那个与她热恋的青年。每到深夜，我们都睡下了，母亲仍然和父亲相偎着坐在窗前，悄声说着说不完的话。有时女人从厨房出来，房门还没关，便看到了这一幕。女人怔怔地看着，突然想起父亲回家来的那个晚上，心中一阵凄凉，苦命夫妻呀！这样想着，女人又怔怔地走开。回到房间，女人还在床上怔怔地坐着，也不知过了多久，伸手一摸，脸上都是湿的。望出窗外，月光漫流，白得叫人心头发凉。女人纷纷乱乱地想着，在山里的时候，看着月光总是亮堂堂的，怎么到了这城里，月光也变得凄凉了呢？

然而，那样一个个月光漫流的夜晚，在父亲和母亲的眼里，却是温馨如诗，缠绵如水，他们好像回到了他们的初恋时光。母亲在那一个个的夜晚里，显得愈发的美丽而沉静。她忘掉了自己的不幸，用所有的柔情，去安抚父亲痛苦的心灵。后来母亲不在了，我常常看到父亲的眼睛一旦落到了窗前那个地方，突然间便茫然失措，满脸悲哀，就像在人生匆匆的赶路中，不小心丢掉了最心爱最珍贵的东西。

那些痛苦与温情奇异般交融的日子里，孕育了天使一般的小弟。

至今我仍然愿意相信，我的小弟，不是如我一样的凡人，而是从天国来的天使，他只是匆匆到这个冰冷的世界来一趟，就回去了。只有这样想的时候，才能稍稍缓解我内心永远无处躲避的悔恨与痛苦。

小弟一出生就非常漂亮。医生将包裹好的小弟放到母亲怀里的时候，禁不住惊叹，真是一个小天使！然后又低声说，他会保佑你们的！医院的人和小城人一样，非常熟悉原来的公安局长一家。母亲紧紧地把小弟抱在胸前，泪涔涔而下。

一点一点长大的小弟，漂亮耀眼，让所有的人都惊异不已。

小弟的脸上，永远有一种圣洁安宁的神情。看久了，觉得那是融合了父亲的清朗和母亲的娴静。小弟的眼睛，清澈明亮，使每一个人感受到他的目光时，都会想起清晨的阳光，夏夜的月色，荷塘的清风，林中的轻雾。还记得那天我放学回到家，他抬起头来叫了我第一声姐姐，纯净柔美，犹如从天国来的声音。我久久感动，两眼含泪。

我的小弟。永远的小弟。

小弟的出生，给父亲带来了巨大的喜悦。那一年，父亲三十六岁，他没有想到在如此暗淡艰难的中年，还能得到一个儿子。而现在的他，才有了时间去真正履行做父亲的责任。小弟出生后，父亲除了到藏书阁的时间，都陪在了小弟的身边。他开始学着小心翼翼地给小弟换尿片，给小弟喂奶糊，在小弟发烧哭闹的夜里，甚至抢着从女人或母亲的怀里抱过小弟，轻轻摇着摇着走到了天亮。到了小弟学走路了，父亲牵着小弟的手在凤凰树下一步一步地，踩着阳光在地面洒落的光斑，踩碎了，留下一串快乐的笑声。那是小弟的笑声，也是父亲的笑声。有熟悉的人走过来，无不惊讶。禁不住回过头往北校场看去，想起了当年那些轰轰烈烈的公审大会，想起了站在台上那个威名四震的公安局长戴玉清。

女人默默地站在一旁。她能看懂人们眼中的惊讶，却觉得自己无法看懂眼前这个牵着孩子的男人，和当年站在台上的那个戴玉清有什么联系了。风吹过凤凰树梢，洒下细细碎碎的声音，仍然熟悉，仍然刻骨铭心。女人心中纷乱，眼里便是雾气漫流。这时，笑声停在了眼前，小弟摇摇晃晃地向女人伸出了手，女人赶紧伸手接住。小弟摔倒在女人的怀里，一面笑，一面趴在女人的耳边叫着，姑姑——姑姑——女人心头一热，抱紧了小弟，也笑了。女人没有意识到，在那一瞬间，小弟灿烂的笑容和甜美的声音，亮堂堂地暖回了她的心。父亲看着女人，感激地笑着。这个时候，父亲和母亲一样，对女人充满了亲人般的信赖。有时，父亲也在突然间敏锐地捕捉到女人眼中神秘的雾气，心中有了些惊疑。但父亲永远不会想到，女人藏在心中的东西，会与自己有着如此深刻的联系。

我们谁也不会料到，那段日子，竟成了我们最后的幸福。

十

在小弟一点一点长大的日子里，我读上了初三。母亲成了我的语文老师。

十五岁的我，并没有因为家中的巨大变故而收敛性情。我仍然骄狂。走在校园里，总有人在背后指点着说，看哪，那就是戴和平了——

这个时候，我仍然在画画。但老师不教我了。从小学一直教我学画的图画老师对我说，戴和平呀，我再也教不了你了。然后他又有些迷茫地说，你和我的老师也不一样了。他的话我仍然听不懂，也迷茫。但我仍然喜欢一个人到凤凰树下画画。那年的凤凰花开得早，我一遍一遍地画下了那花的千姿百态浓淡深浅，突然间，我发现自己一点一点改变了原来的画法。老师教我的时候说，阳光下的凤凰花，红得发亮，是明亮华丽的。而我在用红色的时候，不由自主地加进了别的色彩，画面随之一变，花和阳光都有了肃然之气。我自己看着，久久惊讶，也久久迷醉。我常常忘了回去吃饭的时间。女人带着小弟找我来了。小弟两岁多一点了，非常可爱，从树下跑着笑着过来，连声唤我姐姐，完全是我心目中的天使。我不愿罢笔，将小弟画进了画面。小弟天使般的面孔，被我画在了天空，画在了云中，画在了树上，画在了花丛里。小弟仰着头看我的画，好像看懂了那里面是自己，欢喜地叫着笑着，伸出小手要去抚摸。女人在我背后开了口，怎么不在地面呀？我说，小弟是天使，当然在天上哪……

不要！不要这样说！

女人的声音大变。

为什么？我疑惑着回过头。女人肃然伫立，神情奇异地注视我。我迎着女人的目光，无端一惊。相互对视中，我们似乎从对方的眼睛里看到了令我们担心和害怕的东西。那一刻，我们的眼里布满惊疑和恐惧。

母亲也看到了我的画，非常惊讶也非常高兴，她对父亲说，就让和平去省城考美院的附中吧。我从我的图画老师那里也知道，当年他老师就读过的美专，已经成了很有名气的美术学院了。母亲这个时候，好像特别希望我将来能成为纯粹的艺术家。

但母亲的愿望来不及实现了。

我和女人的预感是灵验的。我们眼睛里的东西，来自一个充满太多血腥味的年代，也就有了对血腥最细微的敏感和恐惧。只是我们不会想到，可怕的灾难首先降临在小弟身上。

盛夏的日子到了，炎炎的烈日下，凤凰花特别红，好像烧起了满天的大火。

那一年，是1966年了，一个非常酷热的夏天。

父亲是在藏书阁上被直接带走的。之后的一个深夜，小李叔叔来告诉女人，父亲被关进监狱里了。小李叔叔说这话时，充满了忧虑。那个时刻，母亲还在大操场的批斗会上回不来。小李叔叔等了一会，对女人说，首长一家的事情就拜托你了。然后匆匆走了。小李叔叔的话说得极其自然，就好像他一直和女人结成了一种同盟，来共同保护我们一家。女人听着，照样是默默地点头，没有话。这个夜晚，我久久没有回家，一个人在校园里惶惶游逛。大操场上批斗会的声音一阵高一阵，直窜夜空，如魔鬼的狰狞嘶叫。校园的每一个角落，糊满了铺天盖地的大字报。那些涉及母亲的大字报如暴风骤雨一般，击溃了我所有的骄狂。后来我甚至想到，我在校园里的骄狂，更加重了母亲的灾难。我愤怒地试图去为母亲辩解，却一次一次地被反击被羞辱。最后，我觉得自己和母亲一起，被逼到了无路可走。我终于冲着母亲大声嚷起来，为什么要有那些丑陋的见不得人的事情呀？

我的声音带着压抑不住的哭声。我并不知道，母亲胸前挂着的烂草鞋，丑陋而尖锐地引发了我内心巨大的恐惧和愤怒。

和平！不要胡说——女人努力着喝住我。她的声音，一样带着巨大的恐惧和愤怒。

母亲站在门槛外的地方，还来不及迈进来。她站住了，久久地不动，就那样低垂着头，两手吃力地扶住门框，好像在努力支撑着已经要倒下的身体。这时的母亲，开始失去了往日的整洁和优雅。只有在她仰起头的时候，才能从她的眼睛里看到那最后不愿意丢失的尊严。

眼前的一切令我无法忍受。我把饭碗一摔，哭起来了。

饭桌前的女人放下小弟，赶着去扶母亲。这一刻，母亲像是被我的哭声惊到了，抬起头来看了我一眼，满是凄惶和无助。

母亲没有吃饭，她抱了抱小弟，然后迈着吃力的步子走回了房间，坐到了书桌前。父亲不在了，又剩下母亲一人坐在窗前写检查，往日的忧伤，重新像灯光一样笼罩了母亲孤寂的身影，仍然像一幅令人心碎的画面。

小弟悄悄走到跟前，抬起手擦拭我脸上的泪水。小弟软软的小手，在我脸颊上轻轻滑过，无边的悲伤即刻如潮水一般淹没了刚才的愤怒，心变得无着无落，我哭得更厉害了。

紧接着，那个有月的夜晚就来临了。

人头涌动喊声如雷的池塘边，我挤进去，看到最不愿意看到的一幕。女人正从水中抱起了水淋淋也血淋淋的母亲。母亲已经毫无知觉，身体沉重地趿拉着，活像一个烂麻袋。往日娴静如水优雅如诗的母亲，终于失去了她所有的尊严和美丽，在她的孩子们面前，露出了不堪入目的丑陋。那一刻，我感觉到，自己内心一块最神圣的东西被残酷撕开了。我绝望地推开身边那些高声的辱骂和嘲笑，跑离了人群，往校园里的黑暗处跑去。这个可怕的时刻，我完全忘了一直跟在我身边的小弟。女人在急着出来寻找母亲时，将小弟托给了我。

但我忘了小弟，自己跑开了。应该就在那一刻，人群更汹涌的激动和拥挤中，小弟被挤下了池塘。

小弟死后，我永远记住自己在那一刻犯下的不可饶恕的罪过。几年后的一个强台风夜，我放声大哭着对那个名叫解放的男孩说，我罪孽深重！

满天风雨电闪雷鸣中，我眼前只有小弟天使一般的面孔。

母亲苏醒过来，就知道小弟出事了。

母亲跪在床前，用热毛巾轻轻揩擦着小弟的身体。在这之前，女人已经细细擦洗过一遍了。但母亲仍然坚持再擦一遍。她说，小弟最爱干净了，每回身上沾上一点脏东西，也会哭……女人没有作声，给母亲一回又一回地递着毛巾。毛巾热了又凉了，湿了又干了，在两个女人手中默默传递着，眼睛不经意相遇了，都能看到对方的眼里，流淌着那种痛彻心扉的东西。

小弟和母亲死后，我在梦中常常还能听到母亲的声音。母亲总在说，小弟怕水……连洗澡盆里的水他都怕……他怎么就会跑到水里去呢？小弟不该叫洋这个名字……洋……这个名字不好……不好呀……这是像我呀……我也怕水，学不会游泳……母亲的声音，如月光下的水面，柔和摇曳，在梦中绵绵长长一寸一寸浸透了我的心和身体。每回从梦中醒来，我的脸是湿的，心也是湿的。

小弟的名字叫洋，是父亲起的。小弟的出生，成了父亲那段日子里最大的喜悦。他反复地对母亲说，这个儿子的名字要让我来取，前面的三次权利都是给你占去了呀！母亲笑笑，算是默认了。父亲深思冥想了几日，写出个“洋”字。母亲看着，会意地微笑了。父亲小时候就生活在大海边，他是那样地热爱大海。他对母亲说，大海是多么的美丽壮观……无边无尽的水呀，连接着无边无际的天，成群的鸟儿从水面飞起来，钻入了云中，充满着神奇，充满着自由……还在大学里的父亲，用如此诗一般的语言对母亲描述大海，就像他对母亲描述革命一样，深深迷住了母亲。但是，母亲忘了，自己怕水。一直到小弟死的时候，母亲终于反应过来了。

到了今天，我仍然认为，母亲给我们取的名字是深有匠心的。母亲给我取名叫和平，大弟弟叫长安，妹妹叫长宁。母亲也许是有意承继了外公给她取名的风格，直白，坦率。对于母亲这样一个充满诗意的女人来说，这样的取名似乎过于世俗化了。我成年以后，有一段时间对自己的名字非常不满，想不通饱读诗词的母亲，为什么要给我起这样一个平淡的名字。到我开始写文章用笔名的时候，就曾经设想出了如木清如徽如如远寒等韵味十足的组词。我相信母亲比我更能运用这样的组词。母亲在这方面的世俗化，使我对母亲的形象困惑不已。就像我同样想不通我的外公，为什么给母亲取了一个完全没有女性色彩的名字。后来我才知道，一生研究国学的外公，最崇拜的竟然是梁启超的新民学说。这个发现，令我不得不痛苦地去想象和思索，中国那个动荡的年代里，很多的读书人，太痛恨于长年的国道衰落兵荒马乱，心里都有了一种非常迫切的追求，那是对一个新时代单纯执着而热情的渴望与向往。

我们三个寄托着母亲希望的儿女还在。只有小弟不在了。他的名字叫洋，不是母亲取的，似乎与母亲的希望也联系不上。小弟怕水，母亲也怕水，但他们都死在了水中。

母亲是和小弟在同一个夜晚走的。

那个晚上，我在悲伤痛苦以及悔恨恐惧中，终于昏昏睡过去了。所以，我没有听到母亲和女人说了好长时间的话。说了什么，托付了什么，女人从没有和我说起。她只是在那些我们一起经历的夜晚里，和我一起痛苦地怀念母亲和小弟。到夜很深了，校园里的喧嚣也停下来。母亲催着女人去睡觉。女人有些不放心地频频回头，母亲微笑着说，石娘，快去睡吧，明天还要送小弟上路哪——

母亲的声音，微弱着消失，沉入深深的地方去了。女人心如刀刨般的痛。

女人终于也去睡了。她不知道母亲是什么时候出的门了。母亲出了门，径直向池塘走去。出门的时候，母亲轻轻地关上门，脚步也是轻轻的，就像往常一样，生怕惊醒了里面熟睡的儿女们，还有女人。母亲想到了女人的时候，心里充满了感激。她知道，她已经放心地将身后的事情交代好了。母亲到这个时候，非常清晰地意识到，在长长的日子里，女人已经成了自己最信赖的亲人。

那是一个满月的晚上。到了后半夜，厚厚的云层散了，月光毫无遮拦如水般漫流四处，一切景物变得纯洁无瑕，清朗温柔。母亲在池塘边站住了，她在最后，一定是想着我们，还有心爱的丈夫。她甚至还想着我那天的话和哭声，心里充满了深深的愧疚。自从1955年那个寒冷的冬天开始，母亲一直像一个永远无法赎罪的罪人，背负着对社会对丈夫对孩子，甚至对女人的负疚感。

清澈明亮的月光，在母亲的脸上留下最后的光芒。母亲的脸仍然年轻秀雅。多年来的精神压力，使母亲的脸上失去了那种单纯热情的光彩，但没有带走母亲的美丽。唯一增多的，是眉宇间那个紧紧拧在一块的小结，镂刻着母亲经历的那些风刀霜剑的日子。

月光下的池塘很安静。

这原是一个长满荷花的池塘。现在没有荷花了，残留的几株断枝几张破叶，在水面寂然不动，恍如不可解的隐喻。母亲慢慢走下去了，往池塘的深处走去。母亲相信，那就是小弟落水的地方，她要到那里去寻找心爱的小儿子。天使一般的小弟，是母亲和父亲在最苦难的日子里得到的最美丽的馈赠。他还那么幼小，怎么放心让他一个人孤单单地上路呢？月光下的水面安静温柔，默默拥抱了满怀苦难的母亲。那一小片涟漪久久没有散去，像受到了突如其来的感动，禁不住留下了震颤。

多年过去了，母亲和小弟死去那一日的全部细节，刻骨铭心地长存在我的记忆中，岁月的流逝不会带走一丝一毫，却将其中深深的悔恨和痛苦，凝聚成我心中一个巨大的结。每逢有月的晚上，月光便一寸一寸一丝一丝地流淌出来，如水一般，彻心彻肺地淹没了我。

我开始发烧了。无处躲避的悔恨与痛苦，终于诱发了我身体内的顽疾。

那是一段长长日子的反复高烧，在那些反复发烧如陷炼狱的夜晚里，我不断地做着噩梦，不断地从梦中惊醒。当我从梦中惊醒过来，看到窗外如水的月光下，是小弟天使般的面孔和母亲娴静美丽的笑容。我不敢再入睡，面对着窗外，泪水涟涟地坐上整整一夜。守在一旁的女人，没有话，只是紧紧抱住我。最后，女人的泪水，也淌湿了我的肩头和衣服。

那些有月的夜晚，我和女人为了共同的痛苦而流泪。

那个夏天过去了。北校场的凤凰花开到了最盛最红，旋而在骤起的秋风中凋落。我的烧慢慢退下来，我出了门，寻着我们熟悉的路，一步一步地走了出去。我在纷落的花雨中漫无目的地行走，穿过仍然屹立不倒的烈女坊，走了长长的路，一直走到了城边的江滩。江水没有了夏天时的膨胀喧闹，落下了许多，变得平缓安静。我靠近了水边，水面上照出了我的面影，我看到了自己的眼睛和自己的心，有了秋水一般的冷冽。

十五岁的我如同脱胎换骨，将之前的骄狂全部丢掉。

我开始远离原先的一切，不出门，不见同学好友，对校园里不断重复的事情与不断重复的疯狂充耳不闻。我整日整夜躲在垂下帐子的床上看书，那是女人在抄家中抢下来的，她知道是母亲最爱读的书。那片古老遥远的欧洲大陆上充满优雅而糜烂的风情，令我迷恋沉醉。窗外高音喇叭里昼夜不停的声音，变得遥远虚幻。只有在某一个黄昏时，我突然心血来潮从屋里走出来，在沉沉暮色中穿过校园，走到烈女坊的凤凰树下。我很久不再画画，母亲托人从省城给我买的那套精美的画具，在抄家中被踩碎了。我不习惯用简陋的东西，去描绘用心体会的美丽风景。暮色下的景物沉寂苍凉，风从树梢吹过，洒下熟悉的声响。那架高大的秋千，在树的阴影下孤零零立着不动。我努力回想母亲教给我的那许多诗词，只留下一句——

乱红飞过秋千去。

深夜回到家中，女人等着我，给我热上饭菜。

一天夜里，很久不见了的小李叔叔突然来临。他对女人说，首长那边我会看着的，快带着孩子们到山里去吧——

女人没有话，连夜收拾好几个包袱，第二天一早，带我们离开了小城。我在晨曦中匆匆回首，心一阵剧痛，好像把什么最珍爱的东西落下了。女人的手伸过来，紧紧拉住了我。我们的手拉在了一起的那一刻，我看到了女人手腕上的伤疤，也看到了自己手腕上的伤疤。由于用了力，伤疤的颜色红了，鲜血的美丽诡异陡然逼近眼前。

我们离开小城的第二天，城里面激烈的武斗就打响了。

山里避难的日子安宁平和。女人的亲人们，把我们当珍宝一般小心翼翼地照顾。单纯明亮的阳光下，弟弟妹妹跟随着孩子们漫山遍野地跑，我坐在河边的石头上，赤裸着双脚浸在清凉的水中，头发散乱，目光迷离，对女人说，我们不回城了！

女人不吭声。看着我，眼光沉重，露出了心里承担的东西。后来我常常想，母亲离开的那个晚上，给女人交代了什么呢？使她就这样默默无言担起了这个家，接下了照料我们成长的责任。

我们终于还是回了城，只是没有想到，我很快又会回到山里去。

回到城里一些日子后，父亲从监狱里出来了，但没有回家，就被直接送到了远郊的一个农场。那个农场，集中了许多如父亲这样身份复杂的人。这里与监狱不同的，是每天有繁重的劳动，还有每个月的最后一天，可以让亲人来探望。

那些月末的日子，我带着女人准备的东西，徒步走长长的路，去探望父亲。有时，弟弟长安跟着一起去。有时，我眼巴巴地盯着女人，希望女人陪我去。但是，女人从没有作出反应，最后她将临时煮熟的咸鸭蛋放进篮子里，轻轻推我出了门。咸鸭蛋是女人自己腌制的，她不像别的人家随便用炉子里乱糟糟的灰，而是到郊外捡来稻草，干干净净烧出来。女人知道，父亲最爱吃咸鸭蛋。我不知道，女人在背后远远看着我的时候，心里想起了什么。是母亲，是小弟，还是男人？多遥远的事情了，怎么还像日月循环一样没个尽头呢？

父亲总在那个池塘的土堤上站着等我。有风的日子，父亲的头发被吹乱起来，深处的那络白发赫然醒目。

父亲终于知道母亲和小弟的噩耗了。

父亲在我面前，从没有问起那个夏天里的事情。我们常常一起静静地坐在小土屋里，听着外面鸭子的嘎嘎叫声。父亲的劳动，是看管鸭群，夜里，得常常起来巡查，防止附近的农民来偷鸭子。从小土屋的窗口看出去，是池塘宽畅的水面。我常常想，有月的夜晚，父亲会不会也像我一样，在水波涟漪中，看到小弟天使般的面孔和母亲娴静美丽的笑容？

一次，赶上了大雨，我戴着斗笠也淋湿了。父亲手忙脚乱点起灶火让我烘着，又找来一条毛巾给我揩擦头发和手臂。父亲在拉过我右手腕的时候，脸色一下僵了。我手腕上那个消退不去的伤疤，被雨水一激，潮红鲜艳。父亲低头静静看了好一会，轻轻地揩擦着。然后惘然说出了那句话，血流得够多了，还要等多久呢？

什么等多久呢？我一怔，听不懂父亲的话。

父亲没有回答我。

多年后，我才明白，那个时候，父亲应该更深入地逼近外公的质问了。

不能去探望父亲的日子，我仍然躲在屋里看书，只在偶然的黄昏走出去，在凤凰树下久久徘徊，静听着风声从树梢吹过，洒下熟悉的声响。终于有一日，我遇到了那个疯女人。那天，下雨了，春天里那种绵绵长长的雨，带着萧瑟寒风。疯女人的声音缠绕着风雨，悠远动听：复仇了——复仇了——

我大惊。那一刻，我分明看到眼前一片红光，在高大的烈女坊上飘荡。

烈女坊在苍凉的暮色中飒然沉重，疯女人的叫声恐怖诡异，我隐隐地感觉到，我的一生，一种与血腥相随的东西如影子般跟着我，我在青春期的躁动中，焦虑地等待着解脱的时候。

终于要下乡了。

下乡那年，是1969年。与母亲和小弟死去已相距三年了。

离开家前那个晚上，女人和我久久没有入睡。女人对我说，和平，都忘掉吧——

女人的声音平缓低沉，听不出她心中隐藏的东西。

我沉默无言。窗外，没有月亮，一切沉入黑暗中。

十一

山里的阳光仍然单纯明亮，白天我辛勤地劳作，到了夜里从噩梦中惊醒，我从床上爬起来，在油灯下给家里写信。妹妹长宁放学回来，给女人念我的信，信的最后，总是同样的一句话，我一切很好。女人疑惑着看着妹妹，没有话，眼光远远地望出窗外。窗外的远方是山里。女人的眼光穿越长长的空间，注视着我和她一样，在孤寂中努力摆脱那些痛苦的噩梦。

吕美丽和解放出现了。

吕美丽和解放的出现，注定还要将隐藏中的记忆一一呈现，使我们所有的努力落空。回想与他们相处的日子里，多少的快乐和甜蜜中，仍然能时时听到烈女坊的凤凰树上，风声在夜色中呼啸，带着深深的诡异和恐惧。

认识吕美丽是在冬天的文艺会演晚会上。

在那个逼仄简陋的老戏台上，吕美丽的歌声犹如金碧辉煌的太阳，照亮了沉沉夜空下那个古老简陋的小镇，照亮了台下一张张萎靡阴晦的面孔。我阴霾密布的心怀，被歌声霎时间扯开了缺口，充斥了油然而生的惊诧与欣喜。

吕美丽主动找我来了。

那是在镇上的邮局。赶墟的日子，这里就成了知青聚会的场所。吕美丽是和一帮农场男知青一起从门外走进来的。她在门槛的地方站住了，眼睛扫视了一遍屋里，然后开口说，谁是戴和平呀？话说完了，她的眼睛随之微微眯了起来。那是南方人少有的单眼皮，仔细看，眼皮还有点肿，这使她看任何人的眼神都显得虚虚的，落不到实处。那天，她就那样依傍着门框站着，神情慵散，风韵天成。

靠近着她，我久久说不出话。吕美丽，多么美丽的名字和人。

这个时候，我知道了吕美丽的名声不好。女知青们热衷于谈论她，却不屑与她为伍。但我对她充满了兴趣。应该说，我是对吕美丽身上的堕落一词产生了兴趣。这是我内心的隐秘，甚至是无意识的。母亲身名俱裂中最令我深感耻辱的，正是这个词。母亲死后，我在高烧中反复地质问跟前的女人，堕落是什么？母亲的堕落是什么？女人用手掩住我的口，脸色发白。烧退了，我走出了校园，母亲不在了，那些大字报也不见了。但这个充满耻辱的词，却一直追随着我。我青春期中的成长，饱含了对这个词的厌恶、恐惧和不可抑制的兴趣。后来我才意识到，那些对男女间低级丑陋的描述，成了我青春期中一种带着丑陋、血腥但又充满诱惑的启蒙。

于是，我带着一种不可思议的兴奋和吕美丽成了朋友。

我对吕美丽主动找我充满了疑惑。她没有解释。一直到了我将她带回家里，她看见了女人，满怀兴致打量着，然后说，从小就知道戴玉清。他是当年燕州城大名鼎鼎的第一任公安局长，为我的父亲报了仇。

女人的脸唰地白了。我大惊，说不出话。

吕美丽微微笑了，垂下头来摆弄手指，从容，优雅。然后，不慌不忙地说，吕善南，是我的父亲——

烈士岗血案。

烈士岗上的纪念碑和着月色风声，日夜俯瞰着小城，将当年发生过的事情永远留在小城人的记忆中。

我很快发现，女人对吕美丽的态度非常奇怪。她从不阻拦我将吕美丽带回家中吃饭和睡觉，而且每回都会尽量地做出点好菜，那是以前父亲母亲的客人来才有的待遇。但是，她在吕美丽面前几乎不说话，脸色近乎冷淡。这一点开始令我很不高兴，但我偶尔转过头去，却又感觉到女人偷偷地在观察吕美丽。她看吕美丽的眼光里，也漫上了那种雾气，让人看不清隐藏其中很复杂很隐晦的东西。

吕美丽似乎也觉察了女人的奇怪态度。她开始主动地和女人说话。有一次，她对女人说，你的名字不好，所以你一辈子都没有男人……

吕美丽说这话时，口气轻松，神情非常老练，完全不像一个二十来岁的女孩。

女人的反应非常大。脸上即刻布满震惊之色，端着盆子的双手甚至在微微抖动。但她什么话也没有说，急速转过身进厨房去了。

你为什么这样说呢？我对吕美丽很不满。

这个女人心里一定藏着很深很重的东西……吕美丽盯着厨房的门口，说话的口气已经像个巫婆了。

我顿时一惊，女人身上时而飘动的那种陌生感觉逼近眼前。奇怪的是，吕美丽刚认识女人，怎么就能一下子体悟到我从小以来的感觉？

过后，我疑惑着问女人，你以前是不是已经认识了吕美丽？还是吕善南？

对历史的敏感开始使我常常具有非凡的想象力。

女人摇摇头，不说话。

那个时候，我自然不会知道，女人看着吕美丽时，总想起当年我的父亲在烈女坊下对外公说，知道吕善南的女儿未满三个月吗？血海深仇！怎能不报？

吕美丽来了一趟家里后，就喜欢找机会来了。她所在的农场离城里不是太远，她常常心血来潮，搭上顺车进了城就来了。我不在家，她也一样熟悉地进了门，渴了自己倒水，饿了直奔厨房问女人要东西吃，遇上弟弟妹妹也在，她随时都能从包里掏出什么好玩好吃的东西，引得弟弟妹妹欢喜着叫她美丽姐姐。等到女人闲下来了，吕美丽就坐下来，和女人说话。后来我曾经想过，吕美丽到家里来，更重要的原因是找女人说话。虽然女人还是不爱开口，脸色仍然冷淡，但一点也不妨碍吕美丽说话的兴趣，她好像坚信，她说的话女人一定能听懂。终于到了有一天，吕美丽对女人说起那个已经很老很老的老女人来了。吕美丽说，那个老女人真的很老很老了，村里村外的人都叫她太祖母。都说她已经过了一百岁，却还是头发乌黑，眼睛明亮，坐在村头的老树下，目光盯住每一个经过那里的陌生人，问同一句话，进城了吗？看见我的重孙子了吗？都说是二十来年过去了，她还相信她的重孙子活着，固执地等待着重孙子的回来。话说到这一刻，女人的头抬起来了，目光怔怔地盯着吕美丽的脸，神色大变。吕美丽停下不说了，像个真正的巫婆，胸有成竹镇静自若地看着女人，她好像等待这一刻已经很久了。

一直到了后来，我才知道，是那幅画，那幅将女人想象成一棵小杉树的画。男人最后一次回去的时候，带着它回去了，男人对太祖母说，这就是未来的重孙媳妇了。太祖母欢喜透了，将画贴到了床头的墙面上。那乡下房子的墙太粗粝，风一吹，画掉落了，太祖母赶紧用打鞋底的糨糊又贴上去。看过那幅画的人都说，年月旧了，画的边缘都卷了损了，但色彩还在，画上的树呀花呀女人呀，明艳鲜亮着哪！太祖母对每个看到这画的人说，看哪，我的重孙媳妇多好看呀！我始终没有想明白，是什么令吕美丽相信，女人就是画中那个像小杉树一样站在凤凰树下的年轻女人。吕美丽在我和女人面前的出现，带着历史的突兀诡异扑朔迷离。

女人死后，我曾经这样想，在听了吕美丽的话之后，女人会不会去寻找过那个还在坚持活着的太祖母呢？

与吕美丽的交往中，我渐渐知道了她的一些事情。她很小的时候，就和母亲跟随继父搬到省城去了，但她却知道燕州城的许多往事，烈女坊传说，烈士岗血案，父亲的铁腕，我的谋杀案。她甚至还知道，那个太祖母的重孙子，原就是燕州中学的美术老师，以通匪的罪名被处决在北校场的大沙坑里。我无比惊诧地听着吕美丽讲述的时候，眼前是大片大片的凤凰花，在秋风中骤然凋落。我想起了我的图画老师也是在一个凤凰花凋落的日子里，长叹着气对我说，戴和平，你的画风有我老师的灵气和笔触——

我久久悚然。

吕美丽最后盯着我说，和平，你发现了吗？你的生命中充满了血腥。

吕美丽在说“生命”这个词的时候，我的目光下意识地落到我的右手腕上，伤疤仍然鲜明生动，如一条粉红色的小蛇静静趴在我白皙的皮肤上。

我顿时骇然。吕美丽的话充满了谶语般的诡秘和险恶。

那些我和吕美丽相处的日子里，历史好像一本书重新翻阅回来，将我一直在朦胧中感觉着和接近着的东西，一点一点清晰地呈现在眼前。历史的面目原来神奇而残酷，诱惑着我又令我惧怕。

这个时候，解放来到我们之中了。

长大了的解放，一副平静清冷的神情。他没有跟随他的同学去插队，而是孤零零一人回到了他父亲的老家。那是离燕州城不远的一个村子。这个时候，我才知道，一身革命豪气的罗四哥，也和他的妻子梁三姐一样，出身于一个非常富有的大家族。解放到家里来的那年，他的父亲罗四哥已经死去近五年了，母亲梁三姐也进了精神病院。解放让老奶妈带两个妹妹在城里继续读书，自己回到老家来了。我不知道，他在刚来的那一年多的时间里为什么一直不来找我们，直到女人在墟市上碰见他的时候，他正挑着一担柴火在卖。女人什么也没说，带着他回来了。从那以后，他就常常到家里来了。我们第一次相遇那天，他蹲在家门口的空地上劈柴。看见我，他站立起来，微笑着看着我，看着我的眼睛。然后，脸上就露出了那种惊诧的神情。我也看着他，看着他注视我的眼睛，想起了我们第一次见面的时候，他问我，你的眼睛里藏着什么吗?

我们这样相望的时候，神情很纯洁。完全没有一个长大了的男孩和一个也长大了的女孩相遇一起，总得有着点什么复杂的东西在眼里，而让双方都会有点心跳脸红的感觉。在当时，我们什么感觉也没有。

不过对我来说，这没有什么关系。因为那个时候的我，还没有一点要谈恋爱的心思。我甚至感觉不到身边有什么男孩可以吸引我。这使我对堕落这个词莫名的兴趣和想象变得越来越虚幻。我对吕美丽说，我们一辈子都不结婚吧!

吕美丽惊异地端详了我一番，哈哈大笑起来。笑过了，她亲热地搂住我的肩膀说，好吧——看我们谁能坚持!

这话让我激动了好些日子。

解放也和吕美丽一样，开始喜欢到家里来了。他们俩离城里近，想来时一抬腿就来了。我不在的时候，他们俩更像这家里的孩子，熟悉地走进来，吃着女人做的饭菜，帮着女人干活，和女人说话，让我的弟弟长安妹妹长宁高兴地叫他们哥哥姐姐。遇到我回家，就和女人一起，到烈女坊下接我。我坐着从山里出来的货车回来，带着大包小包的东西，那是女人在山里的亲人要我带上的。每回我从车上跳下来，和他们一起簇拥着女人往家里走去的时候，我的心快乐而温暖，觉得我们就像真正的一家人。后来回想起来，那段日子里，女人就是家的温暖和依靠，吸引着我们三个人亲密地走在一起。

我回家的日子，我们喜欢跑到校园西南角的艺术馆里去玩。在那里的楼梯间，藏着一架很漂亮的风琴。这是吕美丽发现的。她对校园的熟悉令我大吃一惊。那个时候，学校里还很冷清，学生和老师都搬到有田有地的地方去上劳动课了，食堂里连饭都不开，工友们迷恋于捕捉大小池塘里仅存的鱼虾，没人注意我们三个人的行动。我们在那里，听吕美丽弹着琴，唱着一首又一首旧时光里熟悉的歌。当她唱俄罗斯民歌的时候，她的歌喉更展现出那种圆润悠远而又深情的感觉。听深了，觉得那是浸满了水的感觉，令我想起二十年前燕州城里那场震撼人心的出殡，那个未满三个月的女婴在滂沱大雨中撕心裂肺的哭声。有一天，我从吕美丽的口袋里，发现了一张变黄了的照片，上面是一个年轻男人和一个年轻女人。那个年轻男人无疑就是吕善南。吕美丽长得很像她的父亲。那个年轻女人，短发微卷，笑容妩媚，洋气中透着一股子说不出的迷人气质。后来吕美丽告诉我，她母亲是省城人，一年暑假到燕州探亲，遇到了还在燕州中学读书的吕善南，就不走了，在燕州中学继续完成了学业后，就留校当了音乐老师，这架漂亮的风琴，是母亲当年托人从省城买来的。吕美丽的琴艺和歌喉，原都是遗传了她的母亲。

优美的琴声和歌声，滋养着我们正在日渐枯萎的日子和生命。那些夕阳和月光在窗外妩媚流淌的黄昏和夜晚，我们觉得心在自由地飞翔，那只叫青春的小鸟，美丽地诱惑着我们。后来我相信，我和解放，都深深地爱上了那个名叫吕美丽的女孩。

女人一直在看着我们。

有一天，女人对我说，和平，解放和美丽要好了吧？

啊?！我疑惑地看着女人。

美丽从小就没有父亲——

这是什么话?！我即刻充满警惕。

当年美丽的父亲死得非常惨，和平你不懂——女人说着，像回避什么似的转过了身子。

我也没有母亲！我突然愤怒了。我的母亲也死得非常惨！

我的话说出来，屋里的气氛骤然变得冰冷。女人的背影静止不动，我看不到她眼睛里的雾气漫流。

我跑进房间关上门生气和伤心的时候，想起了和吕美丽之间的约定，困惑不已，我弄不清楚，自己是要妒忌解放还是要妒忌吕美丽。

又到母亲和小弟的忌日了。那天的晚霞汹汹涌涌，美丽壮观，如火一般燃烧了整个天空。女人抬起头忧虑着说，台风要来了吗？山上的风哗哗有声，吹起女人的头发。我突然发现了那鬓角处的一根白发。母亲走后，女人开始一点一点地变老。

我执意独自留在母亲和小弟的坟茔前。那是郊外一个不显眼的小山岭，当年女人托了学校食堂里的工友埋到这里来了。自然，是给了点钱的。一年一年过去了，坟茔上的草长好了又衰了，衰了又长好了。我看着夕阳一点点地下沉，也看着内心隐秘的痛一点点地张开。风开始急了，一阵一阵急疾而来，急疾而去，留下空旷漠远的山岭和天空。我哭了，心头的空旷剧痛在哭声中肆意张开。风带着我的哭泣四处奔跑，山岭和天空好像无法承受，霎时间昏暗变色，接而电闪雷鸣，大雨倾注。

夏天的第一场台风终于来了。

当狂风暴雨疯狂撕毁着天地时，女人站在家门口焦灼万分地等我，等到了解放。解放听女人一说，即刻转身又冲了出去。解放在烈女坊下找到我的时候，我紧贴着牌坊的墙面站着，浑身湿透，簌簌发抖。高大的凤凰树上风声呼啸，黑压压如魔鬼在头顶张开翅膀冲刺下来。漆黑中听到连续不断噼里啪啦的巨响，那是树枝断裂的声音。粗大的树枝从高处轰然落下，非常骇人。当解放出现在我眼前的时候，我满腔的悲伤和恐惧如决堤的洪水一般，再也控制不住了。我失声痛哭着喊出来，我罪孽深重——

一道闪电撕裂天空，照亮了解放苍白的脸。那一刻，他向我伸出了双手。

落进解放怀里的时候，我感觉到他全身在发抖。我不知道，那一刻，解放想起了他父亲自缢的那天，他正和他的同学们一起在烈日下满街奔跑，张贴着打倒炮轰他父亲的标语和大字报。今天他到精神病院去探望母亲。母亲仍然不愿躺到床上，还是埋着头蹲在房间最暗的角落里。他走近了，母亲突然抬起了头，声音肃然地说，我们是真革命的……真革命的……是红的……红的……红……红……说着说着，头耷拉下去，声音就弱了，没了。医生对他说，母亲的病加重了，体质非常虚弱，恐怕撑不到今年秋天了。

我们——都罪孽深重！

解放的低语伴着天边翻滚而来的响雷，在我耳边久久轰响。

风声呼啸着在烈女坊上空来回窜跑，雷电交加，雨水倾注，天地一片肃杀荒凉。

风雨肆虐的夜晚，我们依偎在烈女坊古老的墙壁下，用相互的体温，去抵御共同的痛苦和恐惧。

回到家后，我的高烧就来了。我在昏昏沉沉中一直拉住解放的手不放。退烧那天，风雨停了，朝霞早早染红了天空和树林。我从床上起来，仍然拉住解放的手。我们一起走出门，穿过校园，一直走到凤凰树下。一切景物又安静复原了。鲜丽的朝阳从树叶间温柔地漏洒下来，映红了我的脸颊。我望着解放，眼睛里充满了水一般缠缠绵绵的东西。

十二

那个夏天的那场强台风，好像诱发了我和解放体内的一种热病，令我们在梦魇般的迷茫中，找到了爱与依恋。

那些在一起的黄昏和夜晚，我们坐在凤凰树下，看花开花败，看日落月沉。后来吕美丽不在了，美妙的琴声和歌声远离了我们，我们更常常流连在妩媚缠绵的夕阳和月光中，一点一点去挽留那只青春的小鸟。解放久久地深深地看着我，看着我的眼睛，呢喃般说，我知道了，知道了——你的眼睛里，藏着的是悲伤，永恒的悲伤——

我的眼睛里充满泪水。我想告诉解放，不仅是我的眼睛，我身体的每一寸，都藏着悲伤，藏着悔恨和痛苦……

解放不再说话，拥我进怀里。我眼睛里的泪水破碎着流出，打湿了解放的衣襟和脸颊。

后来回想起来，解放温情细腻的爱，如此及时地填补了我内心失去母亲和小弟后的空旷至痛。长大了的解放，性情文雅温和，罗四哥和梁三姐的刚烈性子，没有遗传给解放。后来解放告诉我，老奶妈对他说，他的性情只像一个人，是他的外婆，梁三姐的母亲。那个大家庭里的二太太，就是这样一种优雅细腻的性情。土改那年，梁三姐没有回去，她的母亲终于在斗争会召开的前一夜，吞金戒指自杀了。解放说起这些事情的时候，眼睛里充满了迷惘和悲伤，透着与这个现实氛围的极端格格不入，总令我想起《呼啸山庄》里的埃德加。

夜深了，我们手牵着手回家。女人开了门，看着我们，没有话。而我看到，女人转身的时候，眼睛里有些东西倏忽飘落，似是欣慰，又似是惆怅。

吕美丽对我和解放之间的变化似乎麻木不仁，一副漫不经心的样子。她照样喜欢到家里来，和女人说话，和弟弟妹妹打闹，也还和我们一起到艺术馆去弹琴唱歌。那些夕阳和月光在窗外妩媚流淌的黄昏和夜晚，优美的琴声和歌声，仍然带给我们心灵的快乐和自由。只有当解放柔和的目光落到我身上时，我赶紧转过脸，努力看着吕美丽，内心涌上深深的愧疚。

我们三个人之间的关系，是以吕美丽的离开结束的。

吕美丽寄来一封信，说要单独见我一面。

还在农忙，我仍然从山里赶回了城里。得到吕美丽要走的消息，我大吃一惊，心像被重重挖走了一块。

我站在凤凰树下已经很长时间，开始惶惶不安。吕美丽走过来了。

吕美丽的声音与往常有些不同。她说，和平，我想你知道，我一直都不爱解放。我——不爱任何人！

吕美丽说最后一句话时，语气怪怪的，带着少有的刚硬。眼前的空气骤然变得清冷起来。我吃惊地抬头看着她。吕美丽又说，和平，我才是不要谈恋爱的那个人——

话说完了，她的眼睛随之微微眯了起来，眼神虚虚的，又是那种神情懒散风韵迷人的样子了。我从别人的口中知道，她能离开农场到军区文工团当文艺兵，是一位军区首长亲自点了名。都说那首长特别爱听吕美丽的歌声，还认了她做干女儿了。说话的人语气酸溜溜的，满含着暧昧与阴险，我心里很不舒服，没听完就走了。我仍然非常喜欢吕美丽，即使想起解放可能还在爱她，我也无法令自己改变这种感觉。我把手塞进吕美丽的衣袋里，放下一件东西，那是我用山里一种洁白如玉的石头磨刻成的一只小老虎。吕美丽属虎。她出生的那一年是1950年，小城发生了很多大事和小事。吕美丽的父亲在烈士岗血案中死去，而我还在母亲的身体里，呼吸着那带着浓浓血腥味的空气无知无畏地生长着。

烈女坊在我们的眼前耸立，古老斑驳的墙面上留着风雨磨刷过的深深痕迹。历史仍然像梦魇中的魔鬼，追赶着我们青春的生命不放。

吕美丽拉起我的右手腕，轻轻摸了摸上面的伤疤，说了最后一句话，和平，一定要让自己幸福。知道吗？

我的眼泪簌簌而落。

很多年后，当我听到吕美丽在加拿大出车祸死去的消息，失声痛哭，即刻想起了她最后留给我的这句话。

吕美丽走远了。我即刻没了神气，在树下呆呆伫立。直到解放在暮色四合中走到我身边，轻轻拉起我的手时，我才抬起头来。无精打采地看着解放，然后说，解放，你不也爱吕美丽吗？为什么要让她走呀？

解放看着我，仍然安静温和，什么话也没说，拉着我走了。走到半路，他说，女人催我快回家，说是小李叔叔来了。

小李叔叔的突然到来令我兴奋起来。他已经很久没来了。他的到来，总令我感到有某种安全的保障，就像小时候看到他跟着父亲在一起的感觉。

我一路拉着解放的手紧紧不放，吕美丽的毅然离去，突然让我感觉到我生命中最好的两个朋友，就剩下解放了。于是，当小李叔叔和女人在家里正谈起父亲的事情时，我和解放站在了家门口，手拉着手。

真相的残酷面目，总是在我们措手不及中呈现。

小李叔叔告诉女人，父亲被秘密带走了，还不知下落。听说仍然是为了当年父亲在罗四哥面前说的那番话，上面严厉指出，那番话一定有着更深刻的背景，要继续追查。接着，小李叔叔就将当年父亲说的那番话说出来了。就是那个我和解放第一次见面的日子里，当我们在门外融融的阳光下惊异着打量对方的时候，房间里的父亲对罗四哥说，相信自己对妻子的信任没有错，这并不违背自己的原则。父亲那天有点激动了。也许因为见到的是自己的上级，也是自己多年的朋友，说话的口气无形中就带上了质问。父亲说，难道我们的原则不是要团结那些信任我们支持我们的人？可是，我们却一个个将他们打成了我们的敌人……父亲说这些话时，忧心忡忡，从去年春夏之交京城那场将外公株连进去的文字案开始，一场名为“肃反”的运动已经席卷全国，越来越深入而激烈，使父亲不仅在越来越多的困惑中担忧着更远的将来，而且朦朦胧胧中开始反省更早时候的思想。父亲想着说着，就不由自主地带上了某种说不清是痛心还是迷茫的口气了。

也许，我们应该要更谨慎——父亲似乎停顿了一下，然后，说出了那最后的一句话：不能再——草菅人命呀！

父亲在不自觉中，说出了当年外公对自己说的话。这应该是父亲在那以后长长的日子里，在心中反复思考的东西。终于，父亲在最信任的战友和朋友面前，说出了心里憋了很久的话。

但这话的分量是父亲无论如何也想不到的。

草菅人命。

罗四哥在听到这句话的时候，大拍桌子。他完全有理由拍桌子。

因为这句话，父亲从公安局长的位置上下来了。父亲失去了最后的信任，在战友和朋友的出卖下。

小李叔叔的声音越来越远，像消失在一个黑洞洞的地方。我像跟着掉了进去，两眼一黑，脑袋轰的一下，随即听到了一声巨响。那是门边放洗脸盆的架子被推倒在地。屋里面安静了片刻，紧跟着，虚掩的门猛地打开，小李叔叔站在灯光下，脸色铁青，嗓子哽住，你们这两个孩子——

女人站在小李叔叔的背后，眼神可怕地盯着我。

我木然地看着女人，好像弄不明白她为什么这样盯着我。一直到感觉自己的手被紧紧地捏痛了，我缓缓转过脸来，非常吃惊，怎么会是解放呢？我的手怎么会在他的手中呢？他没有看我，而是目光定定地看着小李叔叔，似乎想要问清楚什么。那一刻，我突然像被毒蛇咬着了，猛然用力甩开了解放的手。解放趔趄着倒退几步，他努力站稳身体，抬起头，深深地看了我一眼。后来的日子里，我常常会在毫无防备下，突然回忆起解放在那一刻看我的那一眼，那眼中突然而来的深不可测的东西，令我永远无法悟透，也无法摆脱。

那一个晚上，我不知道女人是怎样在藏书阁楼外最黑暗的角落里找到了我，将我带回家安置我入睡。我在第二天早晨醒过来，鲜艳的朝阳照进了屋里，照在了我的脸上，温暖而明亮，但所有的痛苦仍然在那一瞬间，像涨潮的海水一样涌上来。真相使苦难重新显示，鲜明深刻，所有的努力，所有的甜蜜和快乐，都掩盖不住。我痛心疾首地想着父亲没有尽头的厄运，想着死去的母亲和小弟，撕心裂肺地哭起来。

我对女人说，不要叫我忘掉什么！我不会忘掉，永远不会……我要、我要复仇！

说出复仇一词的时候，强烈的恐惧感突然而至，如无边乌云笼罩头顶，我感到自己沉入了一片黑暗之中。罗四哥已经死了，梁三姐在精神病院里奄奄一息，剩下的只有解放。我复仇的对象是谁？

女人脸色煞白。

我没有告诉过女人，那个强台风的夜晚，我在烈女坊下又见到那个疯女人了。天昏地暗飞沙走石中，疯女人如幽灵一般在树下飘来飘去，口中喊着，复仇了——复仇了——当解放将我拥进怀里的那一刻，一道闪电从空中落下，我分明看到疯女人回过头来朝我一笑，笑容惨白如纸，却充满温柔。

我从镜子中看到，我的脸也惨白如纸，却没有了温柔。

在读高中的妹妹长宁，从乡下的分校回来，晚上和我挤着睡，凑在我耳边怯怯地说，姐姐，我喜欢你和解放哥哥在一起——

妹妹正是含苞欲放的年纪，出落得非常美丽而又安静温顺，完全承继了母亲的相貌和性情。她一开口，就令我想起母亲，柔肠寸断。

弟弟长安什么也不说，老在门外那块石墩上呆坐，长腿伸着，一蹬一蹬地发出奇怪的响声。往日解放来的时候，两人喜欢在那石墩上下棋。下的是象棋，棋子已经破残，棋盘是自画的，但丝毫没有减少他们的兴趣。要是没有我的干预，他们可以整整一天地下下去，不吃饭，也不说话。

我知道，是女人将我和解放分手的事告诉他们了。女人在想尽办法阻拦我。只是没有用。我性情中任性固执的一面显露出来了。

我独自去了一趟母亲和小弟的坟茔。入冬了，山上的草仍然生长着，只是黄黄弱弱的，没什么生气，很凄凉的景色。我在寒风中坐了很久，心里对母亲和小弟说着话。这一刻，我清晰地回忆起母亲和小弟在的时候，我们一起手牵手，走在璀璨辉煌的花树下，笑着闹着，我们还一起荡秋千，大声地念诵着母亲教的诗句：乱红飞过秋千去——

那是多么幸福的日子呀！

我哭了。心如刀绞地哭。把满山的景色哭湿了，哭重了，哭暗了。月亮从山岭后面升起来，洒下冰冷的光亮。

回到家，女人深深看了我一眼，什么也没说，将锅里的饭菜热了端上来，坐在桌子旁边看着我吃下。

夜里，我在迷迷糊糊中，感觉到女人坐在床前，轻轻捏着我的手。那是我的右手，那道伤疤在月光下清晰可见，闪烁着冰冷的光亮。我从我的手中，感觉到女人的身体在簌簌发抖。我惊异着，然后，听到了女人呢喃般的话语，为什么要说复仇？不要说……不要说……千万不要说复仇的话……你的心永远过不去，过不去……

女人的话，断断续续，轻轻的，像雨中的风声，树下的碎红，细致缠绵，在我的耳边和梦中久久萦绕，充满了无法参透的深意。

我和解放不再见面。

我知道我不在家的时候，解放偶尔还来看看女人，遇上弟弟长安，也下上一盘棋。但我们没有再相遇。有时，我在暮色深沉中突然到家，在走向灯光明亮的家门口时，恍惚间感到暗处有一双眼睛在看着我，不由心一颤，想转过头去。但始终没有。心在那一瞬间，即刻变得沉甸甸的，如同无边的苦水浸漫过来。

我仍然在山里辛勤地劳作，农闲的时候仍然回家。

回家的日子，我迫不及待地去探望父亲。父亲像被神秘地带走一样，又被神秘地放回来，仍然在远郊那个农场过着和囚犯差不多的日子。每次去之前，女人如常地给我准备能带去的东西。女人一样一样地将东西收拾好，最后，往篮子里放进刚煮熟的咸鸭蛋。我们都记得，父亲最爱吃咸鸭蛋。我还知道，腌鸭蛋的草灰，用的还是稻草灰，是女人到郊外捡来稻草干干净净烧出来的。我从女人手中接过篮子走出门，没有话。女人在门口看着我走远，也没话。我们之间常常沉默无言，好像很多话已经没有办法说出来了。往农场有一段长长的路，我在太阳底下机械地跟着自己的影子走，感觉日子在自己的脚下消失。偶尔到了有坎坷有水的地方，脑海里突然跳出一个熟悉的画面，一个男孩牵住一个女孩的手笑着跳过去了。我一时神思恍惚，停下来左右环视，没有人。白晃晃的太阳光下，只有前面农场破烂不堪的房舍。

农场改叫干校，父亲也不再看鸭群，改放牛。看到父亲孤独的身影与那些安静的牛相伴，就觉得父亲更沉默了。每次和父亲在一起，我都想问些什么，但最终什么也没问，就陪着父亲坐着，看着牛在山坡上移动，也看着云在天空中行走，就像看着自己的青春在孤寂中一点一点地凋零。

不去探望父亲的时候，我也不再到烈女坊的凤凰树下了。我知道，那里有时会出现解放等待的身影。我在校园里漫无目的地行走，终于转到了藏书阁。父亲走了，老校长也死了，那里变得更为冷落荒凉，楼外的草都长高长乱，找不着那条用鹅卵石铺成的小径了。我摸索着走进去，裤脚被露水重重打湿。那扇长满锈斑的铁门虚掩着，用力推开，一股曾经非常熟悉的故纸堆的霉味，从又高又陡的楼梯上翻卷着下来。我顿时泪水盈眶，看到了当年父亲埋在书堆中孤独的背影。从那以后，我常常躲进这栋无人理睬的藏书阁里，开始去翻阅那些陌生艰涩的线装书。岭南霉雨季节里持续潮湿的气候，令我身上的纸霉味也变得晦暗压抑而悠长，我时时想冲出这个四面闭困孤寂如灰的屋子，而又越来越被书中充满诡秘难解和痛苦的东西所诱惑。每当这个时候，我就能听到烈女坊那凤凰树上的风声呼啸而来，翻卷起书页间那股阴冷陈腐的气味。

十三

日子这般过着，转眼吕美丽就离开三年了。

那一年，是 1977 年。

很快，听说解放考上大学了。他报了一个很北边的大学，远远地离开了小城。

第二年，我也参加了高考，考上了南方最大城市里的一所大学。我知道我只能习惯南方潮湿的气候，习惯了要靠着离家不太远的地方。

大学的四年很快就过去。毕业后我留在了那个城市，找到了一份能养活自己的工作。不久，我结了婚。不久，我又离了婚。离婚后我抱着五个月大的女儿回到了家，将女儿交给了女人。

我的离婚毫无风波，像 20 世纪 80 年代流行的版本。一方出了国，不愿回来了。国内国外从物质到精神的巨大差异，使这种行为非常合理和时髦。我毫不犹豫地答应了离婚，给了对方自由，也给了自己自由。我迫不及待地想回家。

这个时候，家里已经搬到了省城。这仍然是小李叔叔一手操办的。父亲的问题在小李叔叔的奔走下终于得到了解决。但平反后的父亲决意不回公安系统，而在小李叔叔的帮助下到了省博物馆。已经在省公安厅任职的小李叔叔，将父亲在干校里写的对铜鼓的考证直接交给博物馆的人，对方欣然接受了父亲。后来父亲果然还写出了两篇很有价值的学术文章，引起了史学界的注意。当人们了解到作者竟然就是燕州城第一任公安局长，无不惊诧。当年燕州城的匪患和剿匪轰动省内甚至全国，公安局长戴玉清也成了传奇人物。但得知戴玉清还是史学界宋老前辈的弟子和爱婿，也觉得有道理了。

我上大学后，一直希望家人远远离开小城。所以弟弟妹妹都在我的告诫下发愤考上了大学，先后离开了小城。等到父亲和女人也终于到了省城，我觉得心里轻松了好多。只是每逢想到不得不将母亲和小弟远远地留在那个伤心之地，心中便凄惶不已。

弟弟长安大学毕业后回到省城工作，结了婚，生了小孩。家里变得热闹起来了。我回来看到女人的神情，觉得是对生活的安然满足。我从弟弟那里得知，离开小城的时候，女人没有表示任何的异议，只是在离开前的那个下午，她一人出去了，一直到晚上才回来。她没有说她去了什么地方。但有人告诉弟弟说，看到她坐在烈女坊的下面，一动也不动，坐了整整的一个下午。我不甘心地盯着女人显示出满足安宁的眼睛，我总想寻找到那其中藏得深深的东西。我忘不了，有些时候，女人的眼睛里，总会飘荡出那些如雾气一样令我陌生的东西。那些东西，使我们就像站在一条河的两边，相互注视着，但又看不透。

我将女儿交到女人手中时，女人什么也没有说。只是问了一句，起什么名了？我怔了一下，说，叫红吧。

从机场回来的路上，看到这个城市也有凤凰树。不过这里凤凰树的花落得早，秋风没起，树上已经红颜褪尽，剩下稀疏的叶子，盖不住粗放的枝干了。后来我想明白了，小城离这个城市还有好长的路程，在更往南边的地方，那里的气候要潮湿炎热得多，也许是因为这样，那里的凤凰树的花期要更长。在这个我还不熟悉的省城里看到熟悉的凤凰树，我想起了小学三年级那年我的画在省里得了奖。那画是母亲题的字：乱红。后来画从省里拿回来，母亲将它用一个漂亮的镜框装起来，挂到了墙上。那些日子，母亲已经常常要在书桌前写那些写不完的交代材料了。

女人问过母亲，乱红——是什么意思？

母亲小心地斟酌着说，是凄凉的美丽。母亲很吃惊，她感觉到女人看画的眼光是能看懂的。她希望女人也能听得懂这个词。

红，也是母亲给自己取的字。

母亲一生虔诚地向往和追求进步与革命，但她不会想到，自己始终没能融入红色的革命中，却像脏水一样早早地被革命的洪流剔除了。而心爱的丈夫，也因此受株连而断送了蒸蒸日上的仕途。母亲死得早，我还年少，无法理解母亲在死之前，对自己的理想是否有过什么样的反思。

父亲站在床前，俯着头叫着女儿。声音很低，只听清了很轻很轻的音尾：红——

我的眼窝湿润了。我知道，我还有一个温暖可靠的家。

那是一段很平静的日子。经历了那么多的事情，我知道我要真正地成熟起来。我一边努力工作来养活自己和女儿，一边开始去读很多的书。那是20世纪80年代，有一种爱读书爱思想的氛围。外公的基因遗传开始在我的头脑里起着非凡的作用。当年在藏书阁读书的经历，使我越来越喜欢读历史。读书让我的心境越来越平静清澈，也越来越躁动困惑。我开始对书里的话进行思考，也对我们经历过的事情进行思考。于是，当我回到家，常常不由自主地用思索的眼光去注视我的父亲。这个时候，我已经知道了父亲当年曾是多么有名的一个人物。他经历了我们这个国家现代史中最重要最复杂的阶段，他的命运，与那段历史有着深刻而痛苦的联系。我多么希望，父亲能和我一起谈论历史。他毕竟也是当年历史系的高才生，我外公的得意弟子。

但是，父亲仍然是沉默的。母亲和小弟去世后，父亲的沉默如山一样重。

我终于发现父亲的心中仍然装着别的东西。那些东西，远比他在博物馆里面对的铜鼓要沉重得多。他常常待在自己的房间里，独自久久地对着摆开的棋盘。我担心地对弟弟长安说，你进去陪一陪吧。

不，他不愿意——

弟弟摇摇头。说完了，好像突然回忆起了什么，转过脸来怪异地看看我，神情怅然。我把脸转开。我知道，弟弟是回忆起当年与解放对弈的快乐时光。

我突然很想陪在父亲身边坐坐。我已经很久没有机会和父亲单独待在一起了。到了这个时候，我常常怀念从小到大对父亲的依恋。

女人阻止着不让我进去。女人说，他是在和你外公谈话哪——

女人的话令我惊诧而警觉。但一直到父亲去世了，女人才对我说起父亲和我外公当年那场重要的谈话。那场谈话发生在我出生的那一年，1951年。

父亲是突发的脑溢血，时间很短。我终于相信了父亲脑子里承受的思考太长久太沉重了。有的人的精神，永远要比物质的肉体承受的东西多得多。

我和弟弟妹妹一起将父亲的骨灰送回了小城，送回到母亲和小弟的身边。很庆幸，那个小山岭还很安静。我叫人重修了坟墓，两座大的，一座小的，紧挨在一起。我想，父母能陪伴在他们心爱的小儿子身边，一定很欣慰。

我没有让女人跟我们一起回去。她病倒了。从来不病的女人在父亲去世时却突然病倒了。我走之前，女人躺在床上，对我说起了那场谈话。那场发生在1951年夏天，在外公和父亲之间进行的谈话。

坐在父母和小弟的坟墓前，我久久回想着那场重要的谈话，还有我读过的许多书和我断断续续的许多思考。站在这里，能远远看见烈士岗上纪念碑高高的碑顶。我熟悉它，熟悉下面那大片的凤凰树，熟悉凤凰树下的那座烈女坊，还有那个叫北校场的地方。温煦的风在我耳边轻轻吹过，长长的历史在我的心中翻卷，我看到了凤凰树下的烈女坊前，外公在我的哭声中沉重而痛苦地说，杀人复杀人，和平永无宁日——

泪流满面中，我清晰地意识到，从这一刻起，我将不可避免地承继了外公和父亲终生没有停止的思考。

父亲死后，女人一下子老了很多。

又过了两年，女人终于病倒了。病之前，女人好像有了预感。她叫弟弟长安给我写信，说红快满六岁了，应该带她回去读书了，大城市里的条件好。我对女人说，你也一起来吧。女人说，不了，不习惯到新地方了……

那是20世纪80年代的最后一年了。

那一年里，发生了一些令国人非常震惊的大事。女人的生命之弦在这个时候骤然断裂，似乎吻合着女人能够敏感感受到那种隐藏着暴戾气味的空气。夏天过去的时候，她突然病倒了。我在刚刚平静下来的京城听到这个消息，已经迟了好些日子了。京城里刚发生过的事情和这个消息一起，酿成一种巨大的痛苦，令我难以承受。我发着烧一路赶回来，弟弟长安和妹妹长宁在火车站接到我。正值岭南的雨季，我们在多日淅沥不停的雨中相拥大哭。

女人知道自己不能久留人世了，她拉着我的手说，和平，带我回去吧——

那一刻，我在女人的眼中，又看到了那林中雾气一般的东西，那是我始终破解不了的谜一样的东西。我想起了吕美丽曾经说过的话，女人的心藏着太深太深的东西。那是什么呢？我紧紧搂着女人的肩膀，心头涌起了难以言说的伤感。

小城的变化还不大，零星有了些新建筑。烈女坊还在，人民公园也在，北校场也在。只是公路移到了小山岭的另一边，人民公园的大门也移了过去，留下的烈女坊，四周砌起了矮墙，当作重要的文化遗迹保护起来了。晃眼一看，觉得烈女坊走了模样，仔细瞧，是粉刷过了。鲜艳的色彩，遮住了那些多少风雨侵蚀过的残破痕迹。有熟悉的人当了小城的父母官，兴致勃勃地对我说，正在申请办旅游点了。烈女坊的故事，古老悠久而真实，我甚至在《清史稿》的《列女传》中读到。

原来，这就是我们的正史。

我心中黯然，扭过头往北校场看去，仍然规整漂亮的足球场上跑着青春的身影，挡住了我的视线，不知道西北角上的那个大沙坑还在不在。突然我想问，现任的公安局长是谁了？

大片的凤凰树林还在，风景如昔。

看到了凤凰树，女人的眼睛突然间变得熠熠发光。一直到女人离开这个世界的最后一息，我仍然在她的眼里看到那大片大片的红光，那是凤凰树的花在大簇大簇地纷落，漫天乱红，如火般燃烧，如血般溅落，惨烈至极。

女人拉着我的手，用尽最后一口气对我说，几十年了……你们——是我的仇人……也是——我的亲人……

我失声恸哭。我如此清晰而悲凉地感觉到，我和女人之间那根紧绷了几十年的神秘而奇特的弦，在那一刻砰然断裂。

我终于知道，从小到大，女人眼中雾气一般的东西，一直就是我们之间永远无法走近的距离。那距离，原已是生死之限的距离。因为她灵魂的一半，已经在多年前的那个日子里，追随着那个会画画的男人一起走了。留下的另一半，则在世间陪伴我们一起走过长长的日子。那些长长日子里，充满了苦难，也充满了温馨，充满了欢乐，也充满了痛苦。女人给我们的，只有爱，只有她心中对这个尘世永远无法割断的情愫。而那些仇怨，在她的心中，原也是如烟一般无处依存的东西，转着转着就飘走了。

女人死后，解放从美国飞回来了。是女人托付了弟弟长安将他叫回来的。我不知他们从什么时候开始就有了联系。解放仍然孤身一人。女人死之前，仍然坚持将最后的心事安顿好。我相信，那一定是她对母亲的承诺。

相隔了遥远的时间重新见到解放，一点也不感到陌生，好像我们昨天才见过面一样。吃惊的是女儿也熟悉了他，一见他，马上亲热地搂住解放叫叔叔。

解放答应着，脸上波澜不惊，还是那种安静温和的神情。

我带解放去了女人的墓前，也在郊外那个小山岭上，与父亲、母亲和小弟的坟茔在一起。女人死的时候，我对从山里出来的人说，我想让姑姑和我的亲人在一起。山里的人说，在石娘心里，你们一直就是她的亲人。

石娘。我在墓碑上刻上了女人的名字：李石娘。

小山岭上仍然很安静，风吹过来，带着草的花的树的味道。站在这里，可以远远看到烈女坊的凤凰树，花还在开，红殷殷的像在天边烧起了一片大火。我想起了女人第一天来到小城，站在那里，像一棵美丽的小杉树，被一个画画的男人画进了一幅画中。那画的背景，也正是碎花纷落，乱红如雨。

我将女人临死前说的话告诉了解放。解放没有说话，伸出手来抓住了我，抓得紧紧的，好像担心一不小心就会失去。他的力量传到了我右手腕上的伤疤，一阵微微的麻和微微的疼。这是我一生非常熟悉的感觉。

解放看着我，仍然是那种微微惊诧的眼神。他从八岁那年第一次见我，就用这样的眼神看我，问我，你的眼睛里藏着什么吗？后来，他又说，我知道了，你的眼睛里藏着悲伤，永恒的悲伤——

我满含泪水，在解放的眼睛深处，看到了当年那个名叫和平的女孩，在满天风雨中大声哭喊，我罪孽深重！我突然醒悟，我的生命，就像我的名字一样，从一开始就充满了无法解悟的隐喻和昭示，是为了证明一段无法忘记也无法改变的历史。

刚入秋，凤凰花开得茂盛，也开始落了，没有风的时候，碎红从树上落下来，一点一点地落，轻轻慢慢，温柔细致。当年母亲牵着我们的手走过树下，给我们吟诵古人的诗词。母亲的声音洒落地面，也是轻轻慢慢，温柔细致。有些东西，永远不会因为岁月的流逝而失去原有的光彩。

秋千没有了。留下生了锈的粗大铁环，深深嵌在老树干上。刚才从烈女坊下走过，无意中看到一块新粉刷的墙面掉落了，露出了原先的斑驳残破，在明亮的阳光下流漾着阴冷陈腐的气息。不由心中一凛。也有些东西，永远在我们不可知的地方隐藏着。

女儿从树下欢笑着跑过来。

突然起风了。女儿的身后，红殷殷的凤凰花大片大片地纷飞飘落。

乱红如雨。仍然美丽而凄然。

2005 年 12 月 12 日完稿
原刊《钟山》2006 年第 3 期

后记

终于出版第一本小说集了。

2003 年底，大病，不得不放弃讲台，开始潜心写作。奇迹般生存至今，或许有写作的支撑，更是亲人、朋友、学生以及许多熟识或不熟识的人的关怀与帮助。

借此书的出版，感谢我的亲人、我的朋友、我的学生以及那些帮助过我的人。也是亲人、朋友和学生，自始至终地鼓励和支持了我的写作，他们是我的作品最早最忠实的读者。

有人指出，我的写作过于温情，似在有意无意间回避人性的丑陋与恶。或许是这样的。我少年逢乱世，几乎失去对人性的信任，由此更渴望和珍惜人性的温情，也更愿意相信人性的善要比恶更有力量，相信爱能给予生命最大的能量。经此人生大劫，更坚信这点。也许是这样，我希望我的文字里能留下更多人性的温情与美好。

此书的出版，全有赖于我的学生的资助，还有罗越媚、叶长茂两位朋友的热心促成和辛劳奔走。

感谢罗越媚、叶长茂两位朋友。

感谢我的学生。他们是我近二十年前教过的学生。多年来即便疏于联系，心灵上依然亲近如昔。他们是我的骄傲。我爱他们。在此写上他们的名字：

张婵、叶平、刘娟、陈会玲、李恩端、廖红霞、钟惠萍、罗信波、杨菁、袁枫、吴杏仙、杜展屏、吴家文、梁建文、周慧、李丽辉、梁红、苏雪欢、郑之敏、温彩虹、黄虎等。

此外，还要感谢我的朋友胡发云、董浩以及我的弟弟王力坚为此书写下优美的序文。感谢女儿小文为此书精心绘制了插图与封面设计。感谢暨南大学出版社的周玉宏、黄志波两位老师为此书的出版所付出的辛勤努力。

最后，也感谢愿意读到这本书的读者。

林　梓

2015 年 12 月 12 日　广州